DAPHNE DUMAURIER/MEINE COUSINE RACHEL

DAPHNE DUMAURIER

MEINE COUSINE
RACHEL

ROMAN

VERLEGT BEI

KAISER

Titel des Originals: »My Cousin Rachel«
Einzig berechtigte Übertragung aus dem Englischen von N. O. Scarpi

Berechtigte Ausgabe für den Neuen Kaiser Verlag, Buch und Welt,
Hans Kaiser Klagenfurt, mit Genehmigung des Scherz Verlages,
Bern und München.
Copyright © by Daphne DuMaurier
Buchausstattung: Volkmar Reiter
Gesamtherstellung: Mladinska Knjiga

IN FRÜHEREN ZEITEN pflegte man die Menschen am Kreuzweg zu hängen. Jetzt nicht mehr. Wenn jetzt ein Mörder sein Verbrechen sühnt, so tut er es in Bodmin nach gerechter Verhandlung vor dem Schwurgericht. Das heißt, wenn das Gesetz ihn für schuldig erklärt, bevor sein eigenes Gewissen ihn umgebracht hat. Es ist besser so. Und die Leiche wird anständig beerdigt, wenn auch in einem namenlosen Grab. In meiner Kinderzeit war es noch anders. Ich kann mich daran erinnern, wie ich als kleiner Junge dort, wo die vier Straßen zusammentreffen, einen Mann in Ketten hängen gesehen habe. Sein Gesicht und sein Körper waren mit Teer bestrichen worden. Da hing er denn fünf Wochen, bevor man ihn abschnitt, und in der vierten Woche sah ich ihn.

Er pendelte an dem Galgen zwischen Erde und Himmel oder, wie mein Vetter Ambrose sagte, zwischen Paradies und Hölle. Ambrose stupste die Leiche mit seinem Stock. Noch jetzt sehe ich sie vor mir, im Winde schwingend wie eine Wetterfahne an einem rostigen Drehbolzen, eine armselige Vogelscheuche, die einst ein Mann gewesen war. Der Regen hatte seine Hosen verfaulen lassen, und Stoffstreifen schälten sich von seinen gequollenen Gliedern wie aufgeweichtes Papier.

Es war Winter, und ein vorüberwandernder Witzbold hatte einen Stechpalmenzweig in das zerrissene Wams gesteckt; das sollte ein Schmuck sein, aber auf mich, den siebenjährigen Knaben, wirkte es wie der äußerste Hohn. Doch ich sagte kein Wort. Ambrose mußte mich aus einem ganz bestimmten Grund hierhergeführt haben, vielleicht um meine Nerven auf die Probe zu stellen, um zu sehen, ob ich davonlaufen, ob ich lachen oder weinen würde. Er war mein Vormund, mein Vater, mein Bruder, mein Berater, mein Ein und Alles, und immer stellte er mich auf die Probe. Wir gingen rund um den Galgen.

«Da siehst du es, Philip», sagte Ambrose. «Dahin gelangen wir am Ende alle. Manche sterben auf dem Schlachtfeld, manche im Bett, andere, wie es ihr Geschick bestimmt hat. Ein Entrinnen gibt es nicht. Diese Lehre kannst du dir gar nicht früh genug einprägen. So aber stirbt ein Lump. Eine Mahnung für dich und mich, ein ehrbares Leben zu führen! Das hier war Tom Jenkyn, ein einfältiger, braver Kerl, wenn er nicht gerade zuviel getrunken hatte. Gewiß, seine Frau war ein schlimmer Drache, aber das ist keine Entschuldigung dafür, daß er sie erschlagen hat. Wenn man Frauen ihrer Zunge wegen erschlagen würde, dann wären alle Männer Mörder.»

Hätte er mir doch den Namen des Mannes nicht genannt! Bis zu diesem Augenblick war der Körper für mich etwas Totes ohne nähere Bestimmung gewesen, das sich leblos und greulich in meine Träume drängen würde. Das hatte ich von der Sekunde an gewußt, da ich meine Blicke auf den Galgen richtete. Jetzt aber würde der Traum mit der Wirklichkeit verbunden sein und mit dem Mann, der Triefaugen hatte und an der Schiffslände Hummer verkaufte. In den Sommermonaten stand er immer dort, den Korb neben sich, und dann setzte er seine lebenden Hummer auf den Boden und ließ sie, zum Ergötzen der Kinder, einen phantastischen Wettlauf austragen. Es war noch gar nicht lange her, daß ich ihn gesehen hatte.

«Nun», meinte Ambrose, «was sagst du dazu?»

Ich zuckte die Achseln und stieß mit dem Fuß an das Holz des Galgens. Ambrose durfte nie erfahren, wie nahe mir das alles ging, wie elend und jämmerlich mir zumute war. Er würde mich verachten. Ambrose mit seinen siebenundzwanzig Jahren war der Herr der Schöpfung, jedenfalls der Herr meiner eigenen, engen Welt, und das einzige Ziel meines Lebens war, ihm zu gleichen.

«Tom hat besser ausgeschaut, als ich ihn zuletzt gesehen habe», erwiderte ich. «Jetzt ist er nicht einmal mehr frisch genug, um als Köder für seine eigenen Hummer zu dienen.»

Ambrose lachte und zog mich an den Ohren. «Daran erkenne ich meinen Jungen», sagte er. «Das ist gesprochen wie ein echter Philosoph.» Und dann setzte er verständnisvoll hinzu: «Aber wenn's dir schwummrig ist, so geh und übergib dich dort hinter der Hecke; und denk, daß ich dich nicht gesehen habe.»

Er wandte dem Galgen und dem Kreuzweg den Rücken und schlenderte durch die neue Allee, die er gerade damals angepflanzt hatte; sie durchquerte den Wald und sollte als zweite Zufahrt zum Hause dienen. Mir war es lieb, daß er ging, denn ich erreichte die Hecke nicht mehr rechtzeitig. Nachher war mir wohler, obgleich meine Zähne klapperten und ich fror. Tom Jenkyn hatte seine Persönlichkeit wieder verloren, war nichts als ein lebloses Ding, ein alter Sack, nicht mehr.

Das war ganze achtzehn Jahre her, und ich kann mich mit dem besten Willen nicht erinnern, daß ich seither oft daran gedacht hatte. Bis vor ein paar Tagen jedenfalls. Es ist seltsam, wie in Stunden großer Krisen der Geist sich jäh der Kindheit zuwendet. Auf einmal mußte ich ständig an den armen Tom denken und wie er kettenbeladen am Kreuzweg gehangen hatte. Seine Geschichte hatte ich nie erfahren, und heute würden nur wenige Menschen sich noch daran erinnern. Er hatte seine Frau umgebracht; das wußte ich von Ambrose. Und das war alles. Sie war ein böser Drache, doch das ist keine Entschuldigung für einen Mord. Vielleicht hatte er, der gern ein Glas zuviel trank, sie im Rausch getötet. Aber wie? Mit was für einer Waffe? Mit einem Messer oder mit den bloßen Händen? Vielleicht war Tom in jener Winternacht, in heißer Begierde, aus dem Wirtshaus an der Schiffslände herausgeschwankt. Und die Flut war hoch und spritzte über die Stufen, und der Vollmond leuchtete über dem Wasser. Wer weiß, welche Liebesträume seinen unsteten Geist erfüllten, welch plötzliche Lust ihn gepackt hatte?

Er mochte sich den Weg zu seiner Hütte hinter der Kirche mühsam ertastet haben, ein blasser, triefäugiger Mann, der nach Hummer stank, und seine Frau schalt ihn, weil er mit seinen nassen Füßen ins Zimmer kam, und daran zerbrach sein Traum, und er tötete sie. So mag die Geschichte sich abgespielt haben.

Das Entscheidende ist doch, daß das Leben hingenommen und gelebt werden muß. Wie man es aber leben soll, das ist die Frage. Der Alltag mit seinen Aufgaben bietet keine weiteren Schwierigkeiten. Ich werde Friedensrichter werden, wie Ambrose es war, und eines Tages ins Parlament kommen. Ich werde Ehre und Achtung genießen wie meine Familie vor mir. Ich werde darauf achten, daß das Land gut bestellt wird, und werde mich um die Leute kümmern. Keiner wird ahnen, welche Bürde von Vorwürfen ich auf meinen Schultern trage; noch werden die Menschen wissen, daß ich mir Tag um Tag, vom Zweifel gepeinigt, die Frage stelle, die ich doch nicht beantworten kann. War Rachel unschuldig oder schuldig? Vielleicht werde ich das erst im Fegefeuer erfahren.

Wie sanft und süß ihr Name klingt, wenn ich ihn vor mich hin flüstere. Er haftet heimtückisch und kaum fühlbar auf der Zunge, fast wie ein Gift, das seine Wirkung tut. Er gleitet von der Zunge auf die ausgedörrten Lippen und von den Lippen wieder ins Herz. Und das Herz beherrscht den Körper und auch den Geist. Werde ich eines Tages davon frei sein? In vierzig, in fünfzig Jahren? Vielleicht werde ich, wenn einmal alles gesagt und getan ist, gar kein Verlangen danach tragen, frei zu sein. Vorläufig kann ich das noch nicht sagen.

Ich muß mich immer noch um das Haus kümmern, denn so hätte es Ambrose gewünscht. Ich werde die Wände ausbessern lassen, wo die Feuchtigkeit eindringt, und alles in guter Ordnung halten. Ich kann fortfahren, Bäume und Sträucher zu pflanzen, die nackten Hügel aufzuforsten, über die der Wind von Osten her braust. Ein Vermächtnis an Schönheit hinterlassen, nichts anderes. Doch ein einsamer Mann ist ein unnatürlicher Mann, und bald erwacht die Unrast. Von der Unrast zur Launenhaftigkeit, von der Launenhaftigkeit zum Wahnsinn ist es nicht weit. Und so kehrt mein Geist zu Tom Jenkyn zurück, wie er kettenbeladen am Galgen hing. Vielleicht hat auch er gelitten.

Ambrose schlenderte damals vor achtzehn Jahren durch die Allee und ich hinter ihm her. Vielleicht hat er den Rock getragen, den ich heute trage; den alten grünen Jagdrock mit den Lederflecken an den Ellbogen. Ich bin ihm so ähnlich geworden, daß ich sein Geist sein könnte. Meine Augen sind seine Augen, meine Züge sind seine Züge. Der Mann, der seinen Hunden pfiff und Galgen und Kreuzweg den Rücken wandte, könnte ich selber sein. Aber das war es doch, was ich mir immer gewünscht hatte. Zu sein wie er. Seine Größe, seine Schultern zu haben, seine vorgebeugte Haltung, sogar seine langen Arme, seine ziemlich plump wirkenden Hände, sein plötzliches Lächeln, seine Schüchternheit bei der ersten Begegnung mit Fremden, seinen Widerwillen gegen alles Aufsehen, jede Zeremonie. Seine freundliche Art im Umgang mit denen, die ihm dienten und die an ihm hingen – wer mir sagt, daß ich das alles auch besitze, der schmeichelt mir. Und auch die Kraft, die sich allerdings als eine Täuschung erwies, so daß wir dem gleichen Verhängnis zum Opfer fielen. Erst kürzlich habe ich mir die Frage vorgelegt, ob damals, als er, das Gemüt bedrückt und von Furcht und Zweifel gemartert, vergessen und einsam in jener gottverfluchten Villa starb, wo ich ihn nicht erreichen konnte, sein Geist den Körper verließ und heimkehrte, von meinem Körper Besitz ergriff, so daß er in mir weiterlebte, seine Fehler wiederholte, nochmals von der Krankheit befallen wurde und zweimal zugrunde ging.

Es mag sein. Alles, was ich weiß, ist, daß diese Ähnlichkeit, auf die ich so stolz war, sich als Verhängnis für mich erwies. Um ihretwillen kam es zu dem Unglück. Wäre ich ein anderer Mensch gewesen, geschickt und rasch entschlossen, mit gewandter Zunge und begabt für die Geschäfte, so wäre das abgelaufene Jahr nichts anderes gewesen als abermals zwölf Monate, die kamen und gingen. Ich könnte einer heiteren, zufriedenen Zukunft entgegensehen. Heiraten vielleicht und eine Familie gründen.

Doch ich war und hatte nichts von alledem, und Ambrose ging es nicht anders. Wir waren Träumer, wir beide, unpraktische, weltferne Träumer, von großen Ideen erfüllt, die nie auf die Probe gestellt wurden, und, wie alle Träumer, schlafend mitten in einer wachenden Welt. Wir hatten eine Scheu vor unseren Mitmenschen und sehnten uns doch nach Zärtlichkeit; und als das Herz berührt wurde, da öffneten sich die Himmel, und wir beide fühlten, daß wir den ganzen Reichtum des Weltalls zu verschenken hatten. Wären wir andere Menschen gewesen, so hätten wir beide es überleben können. Rachel wäre trotzdem hergekommen. Hätte ein oder zwei Nächte hier verbracht und wäre wieder ihres Weges gegangen. Man hätte geschäftliche Angelegenheiten erörtert, wäre zu einer Einigung gelangt, das Testament wäre verlesen worden, die Anwälte hätten ihre Pflicht getan, und ich hätte die Situation mit einem einzigen Blick erfaßt, hätte ihr ein Jahreseinkommen ausgesetzt und wäre sie los gewesen.

Doch weil ich aussah wie Ambrose, verlief es nicht so. Es verlief nicht so, weil ich fühlte wie Ambrose. Als ich am Abend ihrer Ankunft hinaufging, anklopfte und dann in der Tür stand, den Kopf gebeugt, weil sie zu niedrig war, erhob sie sich von dem Stuhl am Fenster und schaute mich an. Damals, an diesem ersten Blick des Erkennens in ihren Augen hätte ich merken müssen, daß nicht ich es war, den sie sah, sondern Ambrose. Nicht Philip, sondern ein Gespenst. Damals hätte sie gehen sollen, ihre Koffer packen und verschwinden; zurückkehren an den Ort, wo sie hingehörte, in jene verschlossene Villa, deren Luft von Erinnerungen schal und muffig war, zu dem wohlgehegten Terrassengarten und dem Springbrunnen in dem kleinen Hof. Zurückkehren in ihr eigenes Land, das im Hochsommer ausgedörrt im Dunst der Hitze liegt, im Winter aber klar und kalt unter dem leuchtenden Himmel. Ein Instinkt hätte ihr sagen sollen, daß es Vernichtung bringen mußte, wenn sie bei mir blieb, Vernichtung nicht bloß für das Gespenst, das sie hier traf, sondern schließlich auch für sie.

Als sie mich da stehen sah, mißtrauisch und linkisch, verdrossen und grollend, weil sie gekommen war, und doch meiner Pflicht als Hausherr voll bewußt, gleichzeitig aber ärgerlich meiner großen Arme, Beine und Füße gewahr, eckig, ungelenk wie ein junges Füllen – kam es ihr plötzlich in den Sinn: ‹So muß Ambrose gewesen sein, als er jung war! Vor meiner Zeit! Ich kannte ihn nicht, als er so aussah!› Und ist sie deswegen geblieben? Das frage ich mich.

Vielleicht war das der Grund, weshalb auch Rainaldi, der Italiener, als ich jene erste kurze Begegnung mit ihm hatte, mich mit dem gleichen jähen Blick des Erkennens anschaute, den er doch schnell verhüllte. Er spielte mit einer Feder, die auf seinem Schreibtisch lag, dachte sekundenlang nach und fragte mich dann halblaut: «Sind Sie erst heute angekommen? Dann hat

Ihre Cousine Rachel Sie also noch gar nicht gesehen.» Auch ihn warnte ein Instinkt. Doch zu spät.

Man kann in diesem Leben den Weg nicht zweimal gehen. Eine Rückkehr gibt es nicht. Keine zweite Möglichkeit. Ich kann das ausgesprochene Wort nicht zurückrufen und auch die vollendete Tat nicht, während ich lebe und in meinem eigenen Heim sitze; ebensowenig, wie Tom Jenkyn es konnte, der kettenbeladen am Galgen baumelte.

Mein Pate war es, Nick Kendall, der in seiner ungeschminkten, aufrichtigen Art am Vorabend meines fünfundzwanzigsten Geburtstags — wenige Monate ist das nur her, und doch, o Gott, welch eine Ewigkeit! — zu mir sagte: «Es gibt bestimmte Frauen, Philip, möglicherweise ganz unbescholtene Frauen, die ohne ihre Schuld das Unglück heraufbeschwören. Was immer sie anrühren, wird zur Tragödie. Ich weiß nicht, warum ich dir das sage, aber ich habe das Gefühl, daß es meine Pflicht ist.» Und dann bekräftigte er mit seinem Namenszug meine Unterschrift auf dem Dokument, das ich ihm vorgelegt hatte.

Nein, es gibt keine Rückkehr. Der junge Mann, der am Vorabend seines Geburtstags unter ihrem Fenster stand, der junge Mann, der am Abend ihrer Ankunft an der Schwelle ihrer Tür stand, ist nicht mehr. Tom Jenkyn, verwittertes Exemplar des Menschengeschlechts, unkenntlich und unbeweint, hast du mir vor all diesen Jahren mitleidig nachgeschaut, als ich in den Wald hineinlief, meiner Zukunft entgegen?

Hätte ich damals über meine Schulter zurückgeblickt, so hätte ich nicht dich in deinen Ketten schaukeln sehen, sondern meinen eigenen Schatten.

II

Ich hatte kein Vorgefühl, als wir an jenem Abend, bevor Ambrose seine letzte Reise antrat, beisammen saßen und plauderten. Keine Ahnung, daß wir nie wieder beisammen sitzen sollten. Es war jetzt der dritte Herbst, seit die Ärzte ihm verordnet hatten, den Winter im Ausland zu verbringen, und ich hatte mich daran gewöhnt, daß er abwesend war und ich mich unterdessen um das Gut kümmern mußte. Im ersten Winter war ich noch in Oxford gewesen, aber im zweiten Winter kam ich, um zu bleiben, und harrte in unserem Heim aus. Und das hatte er von mir erwartet. Das Herdenleben von Oxford fehlte mir nicht, im Gegenteil, ich war froh, als ich es los war.

Ich hatte nie den Wunsch, anderswo zu sein als zu Hause. Von meiner Schulzeit in Harrow und nachher von meiner Studienzeit in Oxford abgesehen, hatte ich nie anderswo gewohnt als in diesem Haus, in das man mich mit achtzehn Monaten gebracht hatte, nachdem meine Eltern jung gestorben waren. Ambrose empfand auf seine seltsam großherzige Art Mitleid mit seinem kleinen, verwaisten Cousin, und so zog er mich auf, wie er einen Hund oder eine Katze oder sonst ein zartes, einsames, schutzbedürftiges Geschöpf aufgezogen hätte.

Vom ersten Tag an war es ein eigenartiges Hauswesen. Er entließ mein Kindermädchen, als ich drei Jahre alt war, weil sie mir mit einer Haarbürste ein paar Schläge über den Hintern gegeben hatte. Ich kann mich nicht mehr auf den Vorfall besinnen, aber er erzählte es mir später.

«Ich wurde so verflucht wütend», sagte er, «als ich sah, wie das Frauenzimmer ein kleines Kind mit ihren großen, groben Händen mißhandelte, und das wegen irgendeines winzigen Vergehens, das sie in ihrer Sturheit nicht begriff. Und von da an habe ich dich selber erzogen.»

Ich hatte nie Anlaß, das zu bedauern. Es konnte keinen gerechteren, gütigeren, liebenswerteren, verständnisvolleren Menschen geben. Er lehrte mich das Alphabet auf die einfachste Art, indem er die Anfangsbuchstaben von Schimpfwörtern dazu benützte – es war keine kleine Mühe, sechsundzwanzig verschiedene zu finden, aber irgendwie brachte er es doch zuwege, nur daß er mir gleichzeitig einschärfte, diese Wörter in Gesellschaft nicht zu verwenden. Bei all seiner nie versagenden Höflichkeit empfand er doch Frauen gegenüber Scheu und Mißtrauen; sie brächten nur Unheil über ein Haus. Darum hatte er auch ausschließlich männliche Angestellte, über die der alte Seecombe herrschte, der bei meinem Onkel die Stellung des Verwalters bekleidete.

Überspannt vielleicht und vom Üblichen abweichend – der Westen des Landes ist immer für seine Originale bekannt gewesen –, war Ambrose trotz seinen sehr persönlichen Ansichten über die Frauen und über die Erziehung von kleinen Jungen keineswegs ein schrulliger Mensch. Er wurde von seinen Nachbarn geachtet und gern gesehen, und seine Pächter hingen an ihm. Im Winter schoß und jagte er, bevor der Rheumatismus ihn erwischt hatte, im Sommer angelte er von einem kleinen Boot aus, das in der Mündung vor Anker lag, nahm Einladungen an, sah Gäste bei sich, wenn er gerade Lust hatte, und ging sonntags zweimal in die Kirche, obgleich er mir Grimassen schnitt, wenn die Predigt zu lang war; auch gab er sich redlich Mühe, seine Leidenschaft für das Pflanzen seltener Sträucher auf mich zu übertragen.

«Es ist eine Form des Schaffens», pflegte er zu sagen, «wie jede andere. Manche Leute betreiben Viehzucht. Mir sind die Dinge, die aus dem Boden wachsen, lieber. Es beansprucht einen nicht so sehr, und das Ergebnis ist viel befriedigender.»

Das ärgerte meinen Paten Nick Kendall und den Pfarrer Hubert Pascoe und andere seiner Freunde, die ihn drängten, sich den häuslichen Freuden zu weihen und Kinder großzuziehen, nicht aber Rhododendren.

«Ein Junges habe ich herangezogen», antwortete er dann und zog mich an den Ohren, «und das hat mich zwanzig Jahre meines Lebens gekostet oder ihm zwanzig Jahre zugelegt, je nachdem, wie ich es betrachte. Philip ist nun einmal bereits vorhanden und ein passender Erbe; es steht also gar nicht zur Debatte, daß ich eine Pflicht zu erfüllen hätte. Er wird das für mich besorgen, wenn es einmal so weit ist. Und jetzt setzt euch in eure Stühle, meine Herren, und macht es euch gemütlich. Da keine Frau im Hause ist, können wir die Stiefel auf den Tisch legen und auf den Teppich spucken.»

Natürlich taten wir nichts dergleichen. Ambrose war alles andere als unmanierlich, und als ich nach Harrow ging, wußte ich seine Eigenschaften nur um so mehr zu schätzen. Die Ferien verstrichen viel zu schnell, wenn ich sein Benehmen und seinen Umgang mit der Lümmelhaftigkeit meiner Schulkameraden oder dem steifen, nüchternen Ton meiner Lehrer verglich.

«Macht nichts», sagte Ambrose dann gewöhnlich und klopfte mir auf die Schulter, bevor ich blaß, dem Weinen nahe, aufbrach, um den Postwagen nach London zu erreichen. «Das ist einfach eine Schulung, etwa wie wenn ein Pferd zugeritten wird; wir müssen es ertragen. Wenn einmal deine Schulzeit vorüber ist, und das wird sie sein, bevor du auch nur die Tage zählen kannst, dann bringe ich dich für alle Zeit hierher und werde deine Schulung selber in die Hand nehmen.»

«Schulung wofür?» fragte ich.

«Du bist doch mein Erbe, nicht? Das ist an und für sich schon ein Beruf.»

Und dann ging's fort, im Wagen, den der Kutscher Wellington lenkte, unvermeidlich, unausweichlich über den knirschenden Kies der Anfahrt, durch den Park, durch das Tor, am Pförtnerhaus vorüber, zur Schule, in die Verlassenheit.

Aber Ambrose hatte nicht mit seinem Gesundheitszustand gerechnet, und als Schule und Universität hinter mir lagen, da war es an ihm, zu scheiden.

«Die Ärzte sagen, wenn ich noch einen Winter in diesem täglichen Regen verbrächte, würde ich meine Tage verkrüppelt in einem Rollstuhl beschließen», sagte er. «Ich muß fort, ich muß die Sonne suchen gehen. An die Küste von Spanien oder Ägypten, irgendwo am Mittelmeer, wo es trocken und warm ist. Große Lust abzureisen habe ich ja nicht, aber andererseits will ich verdammt sein, wenn es mir Spaß macht, mein Leben als Krüppel zu beenden. Einen Reiz hat der Plan. Ich werde von dort Pflanzen mitbringen, die hier kein anderer Mensch hat. Wir werden sehen, wie das Teufelszeug auf dem Boden von Cornwall gedeiht.»

Der erste Winter kam und ging, der zweite auch. Er unterhielt sich recht gut, und ich glaube auch nicht, daß er sich einsam fühlte. Bei seiner Rückkehr brachte er Gott weiß wie viele Bäume, Sträucher, Blumen, Pflanzen jeglicher Form und Farbe mit. Seine Leidenschaft waren Kamelien. Wir legten für sie allein eine Pflanzung an, und ob er eine gesegnete Hand oder etwas von einem Zauberer besaß, weiß ich nicht, aber sie blühten vom ersten Tag an, und wir verloren keine einzige.

So vergingen die Monate bis zum dritten Winter. Diesmal hatte er sich für Italien entschieden. Er wollte einige Gärten von Florenz und Rom sehen. In keiner der beiden Städte war es im Winter warm, doch das störte ihn nicht. Irgendwer hatte ihm versichert, die Luft sei trocken, wenn auch kühl, und vor Regen brauche er sich nicht zu fürchten. An diesem letzten Abend blieben wir lange beisammen sitzen. Er ging nie früh zu Bett, und häufig saßen wir bis ein oder zwei Uhr morgens in der Bibliothek, manchmal schweigsam, manchmal plaudernd, streckten die langen Beine ans Feuer, und die Hunde lagerten sich zu unseren Füßen. Ich sagte schon vorher, daß ich keinerlei Vorgefühl hatte, doch jetzt, wenn ich zurückdenke, frage ich mich, ob es ihm ebenso erging. Er hatte seinen Blick nachdenklich, leicht verstört auf mich geheftet, und von mir schaute er nach der getäfelten Wand, auf die vertrauten Bilder, in das Feuer und von dem Feuer auf die schlafenden Hunde.

«Ich wollte, du kämst mit mir», sagte er plötzlich.

«Zum Packen brauche ich nicht viel Zeit», erwiderte ich.

Er schüttelte den Kopf und lächelte. «Nein», sagte er. «Es war nur ein

Scherz. Wir können nicht gleichzeitig monatelang verreisen. Es ist doch eine Verantwortung, Gutsbesitzer zu sein, obgleich das nicht jeder so empfindet wie ich.»

«Ich könnte mit dir bis Rom fahren», sagte ich, und dieser Gedanke erregte mich. «Und dann wäre ich zu Weihnachten wieder daheim, wenn das Wetter mich nicht zurückhält.»

«Nein», sagte er langsam. «Nein, es war nur eine Idee. Denk nicht mehr daran!»

«Fühlst du dich auch wirklich wohl?» fragte ich. «Keinerlei Schmerzen? Keine Beschwerden?»

«Ach, mein Gott, nichts, nichts!» Er lachte. «Wofür hältst du mich denn? Bin ich ein Krüppel? Seit Monaten habe ich nichts mehr von meinem Rheumatismus gespürt! Das Dumme ist nur, daß ich so wahnsinnig an diesem Haus hänge. Wenn du einmal so alt bist wie ich, Philip, wird es dir vielleicht ebenso ergehen.»

Er stand auf und ging zum Fenster. Er schob die schweren Vorhänge zurück, blieb eine Weile stehen und schaute über den Rasen. Es war ein stiller Abend. Die Dohlen waren zur Ruhe gegangen, und ausnahmsweise ließen auch die Eulen sich nicht hören.

«Ich bin froh darüber, daß wir jetzt statt der Wege den Rasen bis ans Haus gezogen haben», sagte er. «Es sähe noch besser aus, wenn der Rasen bis zu der Koppel der Ponys reichen würde. Irgendwann mußt du auch das Strauchwerk entfernen lassen, damit der Blick auf das Meer frei wird.»

«Wie meinst du das?» fragte ich. «Warum muß ich das tun? Warum nicht du?»

Er gab nicht gleich Antwort. «Kommt auf dasselbe heraus», sagte er schließlich. «Das macht keinen Unterschied. Aber denk gelegentlich daran!»

Mein alter Jagdhund hob den Kopf und schaute Ambrose an; er hatte die Koffer in der Halle gesehen und witterte, daß eine Abreise bevorstand. Er rappelte sich auf, schlich zu Ambrose und ließ den Schweif hängen. Ich rief ihn halblaut, aber er gehorchte nicht. Ich klopfte die Asche aus meiner Pfeife in den Kamin. Die Turmuhr schlug eine volle Stunde. Aus den Wirtschaftsräumen konnte ich Seecombe hören, der den Küchenjungen schalt.

«Ambrose», sagte ich, «Ambrose, laß mich mit dir fahren!»

«Sei doch nicht töricht, Philip! Geh zu Bett», erwiderte er.

Damit war die Sache erledigt. Wir sprachen kein Wort mehr über die Reise. Am nächsten Morgen gab er mir beim Frühstück noch einige letzte Weisungen für den Frühjahrsanbau und verschiedene andere Dinge, die ich vor seiner Rückkehr tun sollte. Plötzlich war ihm der Einfall gekommen, dort, wo der Boden im Park morastig war, bei der östlichen Einfahrt, einen Schwanenteich anzulegen, und damit sollte schon in den Wintermonaten begonnen werden, wenn das Wetter es zuließ. Die Zeit zur Abfahrt war nur allzu schnell gekommen. Um sieben Uhr waren wir mit dem Frühstück fertig, denn er mußte sehr früh aufbrechen. Die Nacht würde er in Plymouth verbringen und dort mit der Morgenflut in See stechen. Das Schiff, ein Kauffahrer, sollte ihn bis Marseille bringen, und von dort aus wollte er gemächlich nach Italien weiterfahren; er freute sich auf die

12

lange Seereise. Es war ein rauher, feuchter Morgen. Wellington fuhr mit dem Wagen vor, der bald mit Gepäckstücken hoch beladen war. Die Pferde stampften unruhig. Ambrose wandte sich mir zu und legte die Hand auf meine Schulter.

«Gib acht auf Haus und Gut», sagte er. «Du darfst mich nicht im Stich lassen!»

«Das ist ein Schlag unter den Gürtel», erwiderte ich. «Ich habe dich noch nie im Stich gelassen!»

«Du bist noch sehr jung», sagte er. «Ich habe eine große Bürde auf deine Schultern gelegt. Nun, schließlich gehört alles, was ich besitze, dir; das weißt du ja.»

Wenn ich jetzt gedrängt hätte, vielleicht hätte er mich doch mitgenommen; heute glaube ich es. Aber ich sagte nichts. Seecombe und ich brachten ihn mit Decken und Stöcken im Wagen unter, und er lächelte uns aus dem offenen Fenster zu.

«Fertig, Wellington», sagte er. «Fahr zu!»

Und sie fuhren, gerade als es anfing zu regnen.

Die Wochen vergingen ungefähr ebenso, wie sie in den beiden verflossenen Wintern vergangen waren. Ich vermißte ihn, wie ich ihn immer vermißt hatte, aber es fehlte mir nicht an Beschäftigung. Wenn ich Verlangen nach Gesellschaft hatte, ritt ich zu meinem Paten Nick Kendall hinüber, dessen einzige Tochter Louise nur wenige Jahre jünger als ich und meine Spielkameradin aus frühester Jugend war. Sie war ein gesundes, kräftiges Mädchen, ohne jede Ziererei, und dazu recht hübsch. Ambrose scherzte gern darüber und sagte, sie würde eines Tages meine Frau werden, aber ich habe nie in diesem Zusammenhang an sie gedacht.

Es war Mitte November, als sein erster Brief kam. Die Reise war ereignislos verlaufen, obgleich es im Golf von Biskaya ein wenig geschaukelt hatte. Er fühlte sich wohl, war in bester Stimmung und freute sich auf die Reise nach Italien. Er wollte Wagen und Pferde mieten und plante, die Küste entlang nach Italien zu fahren, und sein nächstes Ziel war Florenz. Dorther kam auch sein nächster Brief. Ich bewahrte alle seine Briefe auf, und gerade jetzt habe ich sie vor mir. Wie oft habe ich sie in den folgenden Monaten gelesen! Sie wurden gedreht und gewendet und immer wieder gelesen, als ob der Druck meiner Hände den Seiten mehr entlocken könnte, als die geschriebenen Worte mir erzählten.

Am Ende dieses ersten Briefes aus Florenz, wo er offenbar das Weihnachtsfest verbracht hatte, sprach er zum ersten Mal von seiner Cousine Rachel.

‹Ich habe hier eine Verwandte von uns kennengelernt›, schrieb er. ‹Du hast mich vielleicht einmal den Namen der Coryns erwähnen hören, die einen Besitz am Tamar hatten, der inzwischen verkauft worden ist. Vor zwei Generationen heiratete ein Coryn eine Ashley, das kannst du auf dem Stammbaum der Familie sehen. Eine Tochter aus dieser Ehe wurde in Italien geboren und von einem mittellosen Vater und einer italienischen Mutter aufgezogen; dieses Mädchen heiratete in frühester Jugend einen italienischen Adligen namens Sangalletti, der halb betrunken ein Duell austrug, bei dem er sein Leben verlor. Seine Witwe ließ er mit einer beträchtlichen Schuldenlast und einer großen, leeren Villa zurück. Ohne Kinder. Die

Contessa Sangalletti, oder wie sie selber sich hartnäckig nennt, meine Cousine Rachel, ist eine vernünftige Frau, eine angenehme Gesellschafterin, und sie will mir die Gärten von Florenz und später auch die Gärten von Rom zeigen, da wir zur gleichen Zeit dort sein werden.›

Ich war froh, daß Ambrose Anschluß gefunden hatte, und noch dazu jemanden, der seine Leidenschaft für Gärten zu teilen schien. Da ich von der florentinischen oder römischen Gesellschaft keine Ahnung hatte, war ich besorgt gewesen und hatte gefürchtet, es werde nur wenige Engländer geben; doch hier war eine Frau, deren Familie aus Cornwall stammte, und so gab es ohne Zweifel gewisse gemeinsame Interessen.

Der nächste Brief war in der Hauptsache eine Aufzählung der Gärten, die sich wohl zu dieser Jahreszeit nicht in ihrem vollen Glanz zeigten, dennoch aber auf Ambrose offenbar großen Eindruck gemacht hatten. Und unsere neuentdeckte Verwandte nicht weniger.

‹Ich empfinde langsam aufrichtige Achtung vor unserer Cousine Rachel›, schrieb Ambrose im Vorfrühling, ‹und bin ganz unglücklich, wenn ich daran denke, was sie bei diesem Sangalletti zu erdulden gehabt hat. Diese Italiener sind einfach Erpresser. Sie ist ebensosehr eine Engländerin, wie du und ich Engländer sind; im Aussehen und in ihrem Wesen. Sie hätte gestern noch am Ufer des Tamar wohnen können. Von der Heimat kann sie gar nicht genug hören, und ich muß ihr alles erzählen, was ich weiß. Sie ist außerordentlich intelligent, weiß aber, Gott sei Dank, wann sie schweigen soll. Keine jener endlosen Schwätzerinnen, wie man sie unter Frauen oft genug findet. Sie hat für mich sehr schöne Zimmer in Fiesole gefunden, unweit ihrer eigenen Villa, und da das Wetter milder geworden ist, werde ich einen großen Teil meiner Zeit bei ihr verbringen, auf der Terrasse sitzen oder mir in den Gärten zu schaffen machen, deren Anlage, wie es scheint, ebenso berühmt ist wie die Statuen, die sich darin erheben. Doch davon verstehe ich nicht viel. Wie sie sich zurechtfindet, weiß ich nicht genau, aber ich nehme an, daß sie viel von den Einrichtungsgegenständen der Villa verkaufen muß, um die Schulden ihres Mannes abzuzahlen.›

Ich erkundigte mich bei Nick Kendall, ob er sich an die Coryns erinnere. Ja, er erinnerte sich, hatte aber keine hohe Meinung von ihnen. «Als ich noch ein Knabe war», sagte er, «galten sie als Nichtsnutze, sie verspielten Geld und Güter, und das Haus am Tamar ist nicht viel mehr als ein verfallenes Bauernhaus. Vor vierzig Jahren etwa ist der Besitz heruntergekommen. Der Vater dieser Frau muß Alexander Coryn gewesen sein — ich glaube, daß er auf dem Festland verschwunden ist. Er war der zweite Sohn eines zweiten Sohnes. Ich weiß aber nicht, was aus ihm geworden ist. Schreibt Ambrose, wie alt die Contessa ist?»

«Nein», sagte ich. «Er schreibt nur, daß sie sehr jung geheiratet hat; wann das war, sagt er nicht. Sie dürfte in mittleren Jahren sein.»

«Sie muß doch allerlei Reize besitzen, wenn Mr. Ashley sie überhaupt zur Kenntnis nimmt», bemerkte Louise. «Bisher habe ich noch nie gehört, daß er etwas für eine Frau übrig gehabt hat.»

«Das ist wahrscheinlich das Geheimnis», meinte ich. «Sie dürfte häßlich sein, und so fühlt er sich nicht verpflichtet, ihr Komplimente zu machen. Das ist mir nur recht.»

Noch ein oder zwei Briefe kamen, unzusammenhängende Briefe ohne viel neue Nachrichten. Er kam gerade vom Abendessen mit unserer Cousine Rachel, oder er war auf dem Weg zu ihr. Er klagte, wie wenige Menschen unter ihren Bekannten in Florenz ihr mit wirklich uneigennützigem Rat bei der Erledigung ihrer Angelegenheiten zur Seite stünden. Er freue sich, sagte er, daß er dazu imstande sei. Und sie sei so dankbar. Trotz ihren vielseitigen Interessen sei sie merkwürdig einsam. Es könne nie eine echte Gemeinsamkeit zwischen ihr und Sangalletti gegeben haben, und sie erkläre, daß sie sich ihr Leben lang nach englischen Freunden gesehnt habe. ‹Ich habe das Gefühl, tatsächlich etwas geleistet zu haben›, schrieb er. ‹Abgesehen davon, daß ich Hunderte neuer Pflanzen erstanden habe, die ich mitbringen werde.›

Dann verstrich einige Zeit. Er hatte noch kein Datum für seine Heimkehr angesetzt, doch gewöhnlich konnten wir ihn Ende April erwarten. Der Winter war langsam vergangen, und der Frost war — eine Seltenheit im Westen — außerordentlich hart gewesen. Einige seiner jungen Kamelien hatten darunter gelitten, und ich hoffte, er werde nicht allzu bald kommen, denn bei uns gab es nur Sturm und Regen.

Kurz nach Ostern kam ein Brief. ‹Mein lieber Junge›, schrieb er, ‹Du wirst Dich über mein Schweigen gewundert haben. Tatsächlich hätte ich nie geglaubt, ich würde Dir eines Tages solch einen Brief schreiben. Die Wege der Vorsehung sind eigenartig. Du bist mir immer so nahegestanden, daß Du möglicherweise etwas von dem Aufruhr geahnt hast, der sich in den letzten Wochen in mir abspielte. Aufruhr ist nicht das rechte Wort. Vielleicht sollte ich es eine glückliche Verwirrung nennen, die zur Gewißheit geworden ist. Ich habe keinen raschen Entschluß gefaßt. Du weißt, daß ich viel zu sehr ein Gewohnheitsmensch bin, um einer Laune wegen meine ganze Lebensform zu ändern. Doch vor wenigen Wochen erkannte ich, daß es keinen anderen Weg gibt. Ich habe etwas gefunden, das ich nie zuvor gekannt und an dessen Möglichkeit ich nie geglaubt hatte. Selbst jetzt kann ich kaum glauben, daß es sich ereignet hat. Meine Gedanken sind sehr oft zu Dir gewandert, aber irgendwie hatte ich bis zum heutigen Tag nicht die innere Ruhe, Dir zu schreiben. Deine Cousine Rachel und ich haben nämlich vor vierzehn Tagen geheiratet. Wir sind jetzt zusammen in Neapel auf unserer Hochzeitsreise und wollen bald nach Florenz zurückkehren. Weiteres kann ich noch nicht sagen. Wir haben keine Pläne gemacht, und zur Zeit hat niemand von uns den Wunsch, über den Augenblick hinaus zu leben.

Eines hoffentlich nicht zu fernen Tages, Philip, wirst Du sie kennenlernen. Ich könnte Dir vieles schreiben, was Dich langweilen würde; auch von ihrer Güte, ihrer echten, zärtlichen Liebe. Doch das wirst Du selber sehen. Warum sie von allen Männern gerade mich gewählt hat, einen grämlichen, zynischen Frauenfeind, das kann ich nicht sagen. Sie neckt mich damit, und ich gebe mich geschlagen. Von einer Frau wie ihr besiegt zu werden, ist in gewissem Sinn ein Sieg. Ich könnte mich einen Sieger nennen, wenn das nicht so verdammt eingebildet klänge.

Teile allen die große Neuigkeit mit, grüße alle von mir und auch von ihr und denke daran, mein liebster Junge und Schützling, daß diese späte Heirat meine tiefe Neigung für Dich nicht um ein Jota verringern kann, im Gegenteil, sie wird nur wachsen, und jetzt, da ich mich für den glücklichsten unter

15

den Männern halte, werde ich mir nur um so größere Mühe geben, mehr für Dich zu tun als je zuvor; und dabei wird sie mir zur Seite stehen. Schreib bald, und wenn Du es über dich bringst, so füg auch einen Willkommgruß für Deine Cousine Rachel hinzu.

Immer Dein Dich liebender

Ambrose.›

Der Brief kam etwa um halb sechs, gerade nach dem Abendessen. Zum Glück war ich allein. Seecombe hatte den Postsack gebracht und mir übergeben. Ich steckte den Brief in die Tasche und wanderte über die Felder zum Meer hinunter. Seecombes Neffe, der die Mühle am Strand bewohnt, grüßte mich. Er hatte seine Netze über die Steinmauer gebreitet und ließ sie in den letzten Sonnenstrahlen trocknen. Ich antwortete ihm kaum, und er muß mich für unhöflich gehalten haben. Ich kletterte über die Klippen bis zu einem schmalen Grat, der in die kleine Bucht abfiel, wo ich im Sommer zu schwimmen pflegte. Ambrose hatte sein Boot gewöhnlich fünfzig Meter vom Land entfernt verankert, und ich schwamm dorthin. Ich setzte mich auf die Klippe, zog den Brief aus der Tasche und las ihn noch einmal. Wenn ich nur einen Funken von Sympathie, Freude, einen einzigen Strahl von Wärme für jene beiden empfunden hätte, die dort unten in Neapel miteinander glücklich waren, so hätte das mein Gewissen erleichtert. So sehr ich mich schämte, so erbittert ich über meine Selbstsucht war, konnte ich dennoch überhaupt kein Gefühl aufbringen. Ich saß da, erstarrt vor Gram, und blickte auf die ruhige, flache See hinaus. Ich war eben dreiundzwanzig geworden, und dennoch fühlte ich mich so einsam und verloren, wie es mir vor Jahren in Harrow zumute gewesen war, als ich auf einer Bank in der vierten Klasse saß; niemand war bei mir, den ich Freund nennen konnte; vor mir lag nur eine neue Welt von seltsamen Erlebnissen, die ich nicht herbeigesehnt hatte.

III

Was mich am meisten beschämte, war die Freude seiner Freunde, ihre aufrichtige Begeisterung, ihre ehrliche Sorge um sein Wohl. Die Glückwünsche prasselten auf mich nieder, da ich sozusagen als Ambroses Bote kam, und immer mußte ich lächeln und nicken und tun, als hätte ich gewußt, daß es so kommen werde. Ich hatte das Gefühl, daß ich log und betrog. Ambrose hatte mich gelehrt, alle Falschheit zu hassen, und als ich jetzt plötzlich eine Rolle spielen mußte, war das für mich ein tiefer Schmerz.

«Das Beste, was überhaupt geschehen konnte!» Wie oft hörte ich diese Worte und mußte dazu ‹ja› sagen. Ich begann, meinen Nachbarn aus dem Wege zu gehen und mich in den Wäldern herumzutreiben, um ihren unermüdlichen Zungen zu entrinnen. Wenn ich über das Pachtland oder in den Ort ritt, war kein Ausweichen möglich. Kaum hatten Pächter oder andere Bekannte mich auch nur erspäht, so mußte ich mich mit ihnen in eine Unterhaltung einlassen. Wie ein gleichgültiger Schauspieler mußte ich mich zu einem Lächeln zwingen und spürte doch, wie die Haut sich dagegen wehrte, mußte Fragen mit einer Herzlichkeit beantworten, die mir zuwider war, mit jener Herzlichkeit, die man erwartet, sobald von einer Eheschließung die Rede ist. «Und wann werden sie heimkommen?» Darauf gab es nur eine Antwort: «Ich weiß nicht. Ambrose hat es mir nicht geschrieben.»

Es wurde viel über ihr Aussehen, ihr Alter, ihr Wesen hin- und hergeraten, und ich konnte darauf nur erwidern: «Sie ist Witwe, und sie teilt seine Liebe für Gärten.»

Sehr passend, hieß es, man nickte, besser hätte es sich gar nicht treffen können, genau das, was Ambrose gebraucht hat. Und dann folgten die Späße und Witze, und man spottete allgemein über den eingefleischten Junggesellen, der sich am Ende doch dem ehelichen Joch gebeugt hat. Die ewig zänkische Mrs. Pascoe, die Frau des Pfarrers, konnte sich von diesem Thema überhaupt nicht trennen. «Welch eine Veränderung wird das jetzt geben, Mr. Ashley», sagte sie bei jeder möglichen Gelegenheit. «Es wird in Ihrem Haushalt nicht mehr drunter und drüber gehen. Und das ist gut so. Endlich werden die Dienstboten sich fügen müssen, und ich glaube nicht, daß Seecombe sehr erfreut darüber ist. Er hat aber lange genug unumschränkt geherrscht.»

Darin sprach sie die Wahrheit. Ich glaube, daß Seecombe mein Verbündeter war, doch hütete ich mich sehr, ihn das merken zu lassen, und wenn er zutraulich werden wollte, dann brach ich das Gespräch sofort ab.

«Ich weiß nicht, was ich sagen soll, Master Philip», brummte er düster. «Eine Herrin im Haus wird das Unterste zuoberst kehren, und wir werden nicht mehr wissen, woran wir sind. Erst wird das eine nicht recht sein, dann das andere, und wahrscheinlich wird man's der Dame überhaupt nie recht machen können. Es ist wohl an der Zeit, daß ich mich zur Ruhe setze und einem jüngeren Mann das Feld räume. Sie könnten das vielleicht Mr. Ambrose mitteilen, wenn Sie ihm schreiben.»

Er solle nicht töricht sein, sagte ich; Ambrose und ich wären ohne ihn verloren, aber er schüttelte den Kopf, ging von nun an mit langem Gesicht durch das Haus und versäumte keine Gelegenheit, Anspielungen auf die Zukunft zu machen; wie die Essenszeiten geändert, neue Möbel ins Haus kommen würden. Vom Morgen bis zum Abend Großreinemachen, weder Ruh noch Rast, und am Ende würden selbst die armen Hunde dran glauben müssen. Diese Prophezeiung, in Grabesstimme vorgebracht, bewirkte, daß ich meinen verlorengegangenen Sinn für Humor in gewissem Maß wiederfand, und zum ersten Mal seit der Ankunft von Ambroses Brief konnte ich herzlich lachen.

Doch als auch andere derartige Voraussagen äußerten – sogar Louise Kendall –, da entstand eine gewisse Gereiztheit.

«Du kannst Gott danken», sagte sie heiter, «endlich wird es in der Bibliothek frische Überzüge geben. Sie sind mit den Jahren ganz grau und verschlissen geworden, aber ich glaube, das hast du nie bemerkt. Und Blumen im Haus! So wird doch der Salon auch einmal zu seinem Recht kommen. Ich fand es immer schade, daß er gar nicht benützt wurde. Aber Mrs. Ashley wird ihn sicher mit Büchern und Bildern aus ihrer italienischen Villa ausschmücken.»

So redete sie weiter, bis ich schließlich die Geduld verlor und ziemlich barsch sagte: «Um Himmels willen, Louise, rede doch von etwas anderem! Ich hab' es mit der Zeit satt!»

Sie brach ab und sah mich von der Seite an.

«Du bist doch nicht am Ende eifersüchtig?» fragte sie.

«Sei nicht so dumm!» erwiderte ich.

Das war grob, aber wir kannten einander so gut, daß ich sie immer wie eine jüngere Schwester ansah und nur geringen Respekt vor ihr hatte.

Daraufhin verstummte sie, und ich bemerkte, daß sie mir jedesmal, wenn das beliebte Thema aufkam, einen Blick zuwarf und sich alle Mühe gab, das Gespräch in andere Bahnen zu lenken. Ich war ihr dafür dankbar und hatte sie darum nur noch lieber.

Es war ihr Vater, der mir den letzten Stoß versetzte, natürlich ohne sich dessen auch nur im mindesten bewußt zu sein; er redete immer offenherzig und ganz rückhaltlos mit mir.

«Hast du schon Pläne für deine Zukunft gemacht, Philip?» fragte er mich eines Abends, als ich hinübergeritten war und mit ihnen bei Tisch saß.

«Pläne? Nein», erwiderte ich, ohne den Sinn seiner Frage voll zu erfassen.

«Es ist natürlich noch Zeit genug», fuhr er fort, «und vermutlich kannst du auch keinen Entschluß fassen, bevor Ambrose und seine Frau heimgekehrt sind. Ich meinte nur, daß du dich vielleicht in der Nachbarschaft nach einem eigenen kleinen Besitz umgeschaut hättest.»

Noch immer wollte mir nicht aufgehen, worauf er abzielte.

«Warum denn?» fragte ich.

«Na ja, die Lage hat sich doch einigermaßen geändert, oder?» sagte er völlig sachlich. «Ambrose und seine Frau werden natürlich allein im Haus wohnen wollen. Und wenn es Nachwuchs geben sollte, einen Sohn etwa, dann wäre doch deine Stellung nicht mehr die gleiche, nicht wahr? Ich bin überzeugt, daß Ambrose dich unter der Veränderung nicht leiden lassen will; er wird dir sicher einen Besitz kaufen, der dir zusagt. Selbstverständlich kann es auch sein, daß sie keine Kinder haben werden, aber es ist kein Grund vorhanden, das anzunehmen. Vielleicht willst du lieber selber bauen. Manchmal ist es schöner, etwas Eigenes zu bauen, als in ein fertiges Haus einzuziehen.»

So redete er weiter, sprach von Häusern im Umkreis von zwanzig Meilen, die mir etwa gefallen könnten, und ich war ihm dankbar, daß er offenbar keine Antwort erwartete. Mein Herz war allerdings auch viel zu voll, als daß ich imstande gewesen wäre zu antworten. Was er da vorgebracht hatte, war für mich so neu, so unerwartet, daß ich kaum einen vernünftigen Gedanken fassen konnte und mich bald darauf unter dem ersten besten Vorwand verzog. Eifersüchtig, ja! Louise hatte damit wohl recht. Die Eifersucht eines Kindes, das plötzlich den einzigen Menschen in seinem Leben mit einem Fremden teilen muß!

Wie Seecombe hatte ich mich bereits damit beschäftigt, mich mit äußerster Anstrengung den neuen Lebensformen anzupassen. Meine Pfeife auszuklopfen, aufzustehen, Konversation zu machen, mich den strengen Sitten weiblicher Gesellschaft zu unterwerfen. Und Ambrose, meinen Gott,

zu beobachten, der sich wie ein Gimpel aufführte, bis ich mich aus lauter
Verlegenheit aus dem Zimmer flüchten würde. Aber ich hatte mich nie als
Ausgestoßenen angesehen. Und nun nicht länger erwünscht zu sein, aus
meinem Heim vertrieben, in den Ruhestand versetzt zu werden wie ein
Dienstbote! Ein Kind, das auf die Welt kam, Ambrose Vater nannte, so daß
ich nicht länger benötigt wurde!

Wäre es Mrs. Pascoe gewesen, die meine Aufmerksamkeit auf diese Möglichkeit gelenkt hätte, so hätte ich darin nichts als eine kleine Bosheit gesehen
und es rasch vergessen. Daß aber mein eigener Pate in aller Ruhe einen einfachen Tatbestand feststellte, war doch etwas anderes. Von Ungewißheit und
Kummer bedrängt, ritt ich heim. Ich wußte kaum, was ich tun, wie ich vorgehen sollte. Mir ein Haus suchen? Vorbereitungen für die Abreise treffen? Ich wollte nirgendwo leben als hier, noch ein anderes Haus besitzen.
Ambrose hatte mich großgezogen und nur für dieses eine Haus bestimmt. Es
war mein. Es war sein. Es gehörte uns beiden. Jetzt aber nicht mehr, alles
hatte sich geändert. Ich kann mich entsinnen, wie ich von meinem Besuch
bei Kendalls heimkam, durch das Haus wanderte, alles mit neuen Augen
ansah, und die Hunde, die meine Unruhe spürten, folgten mir, vom gleichen
Unbehagen erfaßt wie ich.

Wenn ich bisher an meine Cousine Rachel gedacht hatte — was ich nur
selten tat, denn zumeist verdrängte ich ihren Namen aus meinen Gedanken,
wie man das mit unerfreulichen Dingen zu tun pflegt —, so hatte ich sie mir
ungefähr wie Mrs. Pascoe ausgemalt, aber noch unangenehmer. Grobe,
eckige Züge, Sperberaugen für Staub, ganz wie Seecombe es prophezeite,
und mit einem viel zu lauten Lachen, wenn Gäste da waren, so daß Ambrose
einem leid tat. Jetzt aber wechselte das Bild. Einmal war sie aus der Form
gegangen wie die arme Molly Bate, von der man aus Zartgefühl den Blick
abwenden mußte, im nächsten Augenblick sah ich sie blaß und leidend, den
Schal um den Hals, in einen Stuhl hingegossen, mit der ganzen Reizbarkeit
einer Kranken, und im Hintergrund eine Pflegerin, die ihr geschäftig die
Medizinen reichte. Einmal in mittleren Jahren und bei besten Kräften, ein
andermal jünger als Louise und über alle Maßen zimperlich. Ja, meine
Cousine Rachel hatte ein Dutzend oder mehr Persönlichkeiten, eine wider-
wärtiger als die andere. Ich sah, wie sie Ambrose zwang, auf den Knien
umherzurutschen, die Kinder auf seinem Rücken, und Bär zu spielen, und
Ambrose ließ sich das alles demütig gefallen, denn er hatte all seine
Würde verloren. Und dann sah ich sie in fließenden Musselingewändern,
ein Band im Haar, den Mund verziehen, die Locken schütteln, ganz hinge-
bungsvolle Zärtlichkeit, und Ambrose lehnte sich in seinem Stuhl zurück,
sah sie an, und auf seinen Zügen spielte das leere Lächeln eines Idioten.

Als im Mai der Brief kam, in dem es hieß, sie hätten sich nun doch entschlossen, auch den Sommer im Ausland zu verbringen, war das für mich
eine derartige Erleichterung, daß ich am liebsten laut hinausgejubelt hätte.
Mehr denn je hatte ich das Gefühl, damit Verrat an Ambrose zu begehen,
aber ich konnte dennoch nicht anders.

‹Deine Cousine Rachel ist noch immer so sehr mit ihren Angelegenheiten
beschäftigt, die vor der Heimreise nach England geregelt werden müssen›,
schrieb Ambrose, «daß wir, wenn auch, wie Du Dir vorstellen kannst, mit

bitterster Enttäuschung, beschlossen haben, den Zeitpunkt unserer Heimkehr zunächst zu verschieben. Ich tue mein Möglichstes, aber das italienische Gesetz weicht sehr wesentlich vom englischen ab, und es ist ein verteufeltes Beginnen, wenn man die beiden miteinander in Einklang bringen will. Ich gebe zwar eine Menge Geld aus, doch das geschieht für eine gute Sache, und ich bedaure es nicht. Wir sprechen oft von Dir, mein lieber Junge, und ich wollte, Du könntest bei uns sein.› Und nun erkundigte er sich, wie daheim die Arbeit vonstatten ging, wie es mit den Gärten stand, und dabei war sein gewohntes Interesse so deutlich zu spüren, daß ich den Eindruck hatte, ich müsse verrückt gewesen sein, als ich glaubte, er hätte sich verändert.

Dann, im Winter, veränderte sich der Ton der Briefe. Zunächst so unmerklich, daß es mir kaum auffiel, doch als ich seine Worte zweimal las, da wurde ich eines gewissen Zwangs in allem gewahr, was er schrieb, einer Art hintergründig lauernder Angst, die ihn zu beschleichen schien. Zum Teil war es Heimweh, das konnte ich leicht erkennen. Eine Sehnsucht nach seinem Land, nach seinem Besitz, doch mehr als das ein Gefühl der Einsamkeit, das bei einem Mann nach zehn Monaten Ehe bestürzend war. Er gab zu, daß der lange Sommer und Herbst sehr ermüdend gewesen seien, und nun sei der Winter ungewöhnlich früh hereingebrochen. Obgleich die Villa hochgelegen war, fehlte es ihr an frischer Luft; er schrieb, er wandere von einem Zimmer ins andere wie ein Hund vor dem Gewitter, doch kein Gewitter kam. Die Luft kläre sich nicht, und er hätte seine Seele für einen richtigen Landregen gegeben, auch wenn er darüber zum Krüppel werden sollte. ‹Ich habe nie an Kopfschmerzen gelitten›, schrieb er, ‹aber jetzt habe ich sie häufig. Manchmal blenden sie mich beinahe. Ich werde ganz krank, wenn ich die Sonne sehe. Du fehlst mir mehr, als ich sagen kann. So viel gäbe es, worüber ich mit Dir sprechen möchte und was sich brieflich so schwer ausdrücken läßt. Meine Frau ist heute in der Stadt, daher habe ich Zeit zum Schreiben.› Es war das erste Mal, daß er die Worte ‹meine Frau› gebrauchte. Vorher hatte er immer ‹Rachel› geschrieben oder ‹Deine Cousine Rachel›, und die Worte ‹meine Frau› wirkten förmlich und kalt.

In den Briefen dieses Winters war keine Rede von Heimkehr, aber stets eine leidenschaftliche Sehnsucht, alles zu erfahren, was zu Hause vorging, und zu jeder Kleinigkeit, die ich ihm berichtete, machte er ausführliche Bemerkungen, als interessiere ihn nichts anderes auf der Welt.

Weder zu Ostern noch zu Pfingsten kamen Nachrichten, und ich wurde unruhig. Ich sprach mit meinem Paten darüber, und er meinte, es müsse das Wetter sein, das den Postverkehr behindert habe. Von Europa wurden späte Schneefälle gemeldet, und ich konnte nicht erwarten, vor Ende Mai Nachrichten aus Florenz zu erhalten. Es war nun mehr als ein Jahr her, seit Ambrose geheiratet, achtzehn Monate, seit er uns verlassen hatte. Die Erleichterung, die ich empfunden hatte, als er nach seiner Heirat fernblieb, verwandelte sich jetzt in die Befürchtung, er könne am Ende überhaupt nicht mehr heimkehren. Der eine Sommer hatte seine Gesundheit offenbar auf eine harte Probe gestellt. Wie würde er einen zweiten ertragen? Endlich im Juli kam ein Brief, kurz und unzusammenhängend und ganz anders, als es sonst seine Art war. Selbst seine sonst so klare Schrift war zu einem Gekritzel geworden, als hätte er Mühe, die Feder zu halten.

‹Es steht nicht durchwegs gut mit mir›, schrieb er. ‹Das mußt Du wohl schon in meinem letzten Brief gemerkt haben. Aber es ist dennoch besser, nichts davon zu sagen. Sie beobachtet mich die ganze Zeit. Ich habe Dir mehrmals geschrieben, aber es gibt hier keinen Menschen, dem ich vertrauen kann, und wenn ich die Briefe nicht selber zur Post trage, erreichen sie Dich vielleicht nicht. Seit meiner Krankheit habe ich nicht mehr oft gehen können. Von den hiesigen Ärzten halte ich keinen für zuverlässig. Sie sind alle miteinander Lügner, die ganze Bande! Der neue, den Rainaldi mir empfohlen hat, ist ein Halsabschneider, aber das muß er wohl sein, wenn er mir von dieser Seite geschickt wird. Sie haben ein sehr ernstes Urteil über meinen Zustand gefällt, aber ich werde sie trotzdem besiegen.› Nun kam eine leere Stelle, und dann war ein Satz so durchgestrichen, daß ich ihn nicht entziffern konnte. Und darunter war nur noch die Unterschrift.

Ich ließ mein Pferd satteln, ritt sofort zu meinem Paten hinüber und zeigte ihm den Brief. Er war ebenso besorgt wie ich. «Das klingt nach einem geistigen Zusammenbruch», sagte er. «Mir gefällt das ganz und gar nicht. Das ist nicht der Brief eines normalen Menschen. Ich hoffe zu Gott . . .» Er brach ab und biß sich auf die Lippen.

«Was?» fragte ich.

«Dein Onkel Philip, Ambroses Vater, ist an einem Gehirntumor gestorben. Das weißt du doch, nicht?» sagte er kurz.

Ich hatte nie ein Wort davon gehört.

«Natürlich noch vor deiner Geburt», fuhr er fort. «Darüber hat man in der Familie nie viel geredet. Ob diese Dinge erblich sind oder nicht, weiß ich nicht, und die Ärzte wissen es auch nicht. Die medizinische Wissenschaft ist noch nicht so weit fortgeschritten.» Er las den Brief noch einmal, und diesmal setzte er vorher die Brille auf, um sich auch ja nichts entgehen zu lassen. «Es gibt natürlich noch eine andere, höchst unwahrscheinliche Möglichkeit, die ich bei weitem vorziehen würde», sagte er.

«Und das wäre?»

«Daß Ambrose betrunken war, als er diesen Brief schrieb.»

Wenn er nicht über sechzig Jahre alt und mein Pate gewesen wäre, ich hätte ihn ins Gesicht geschlagen!

«Ich habe Ambrose nie in meinem Leben betrunken gesehen», erklärte ich.

«Ich auch nicht», sagte er trocken. «Ich versuche nur, zwischen zwei Übeln zu wählen. Du wirst dich wohl entschließen müssen, nach Italien zu fahren.»

«Dazu habe ich mich bereits entschlossen, bevor ich zu dir kam», erwiderte ich. Und dann ritt ich heim, ohne mir auch nur die entfernteste Vorstellung davon zu machen, wie ich diese Reise unternehmen sollte.

Es fuhr kein Schiff von Plymouth ab, das mich mitgenommen hätte. Ich mußte nach London fahren, von dort nach Dover, das Postschiff nach Boulogne nehmen und dann auf dem üblichen Weg durch Frankreich nach Italien reisen. Wenn es keine Verzögerungen gab, konnte ich in etwa drei Wochen in Florenz sein. Mein Französisch war dürftig, von Italienisch hatte ich keinen Dunst, doch all das bekümmerte mich wenig, wenn ich nur zu Ambrose kommen konnte. Ich nahm Abschied von Seecombe und den

21

anderen, sagte ihnen nur, daß ich ihrem Herrn einen kurzen Besuch abstatten wolle, ließ aber kein Wort von seiner Krankheit verlauten, und dann machte ich mich an einem schönen Julimorgen auf den Weg nach London.

Als der Wagen in die Straße nach Bodmin einbog, sah ich den Reitknecht, der uns mit dem Postsack entgegenkam. Ich befahl Wellington zu halten, und der Reitknecht gab mir den Postsack. Die Aussicht, daß ein Brief von Ambrose darin sein mochte, war eins zu tausend, aber da war er: Ich nahm ihn aus dem Sack und schickte den Burschen heim. Während Wellington die Pferde in Trab fallen ließ, zog ich den Brief aus dem Kuvert und rückte ans Fenster, um besser lesen zu können.

Die Worte waren hingekritzelt und beinahe unlesbar.

‹Um Gottes willen, komm schnell. Endlich bin ich mit ihr fertig, mit Rachel, meinem Quälgeist. Wenn Du zögerst, kann es zu spät sein.

Ambrose.›

Das war alles. Kein Datum auf dem Papier, kein Datum auf dem Umschlag, den er mit seinem eigenen Ring gesiegelt hatte.

Ich saß im Wagen, den Fetzen Papier in der Hand, und wußte, daß keine Macht im Himmel und auf Erden mich vor Mitte August zu ihm bringen konnte.

IV

Als der Postwagen mich und die andern Passagiere nach Florenz brachte und vor dem Gasthaus am Arno absetzte, war mir zumute, als hätte ich ein ganzes Leben auf der Straße verbracht. Es war der fünfzehnte August. Kein Reisender, der seinen Fuß zum erstenmal auf das europäische Festland setzte, war weniger beeindruckt gewesen als ich. Die Straßen, die wir fuhren, die Berge und Täler, die Städte in Frankreich oder in Italien, wo wir rasteten — eines war für mich wie das andere. Überall war es schmutzig, wurde man vom Ungeziefer geplagt, beinahe betäubt vom Lärm. An die Stille eines fast leeren Hauses gewöhnt — denn die Dienstleute schliefen abgesondert, in den Zimmern unter dem Uhrturm — war mir das ununterbrochene Tosen und Lärmen der fremden Städte fast unerträglich.

Ich schlief, gewiß; wer würde mit vierundzwanzig Jahren nach langen Reisestunden nicht schlafen? Doch in meine Träume drangen all die fremden Geräusche; das Türeschlagen, das Kreischen der Stimmen, die Schritte unter dem Fenster, die Karrenräder auf holprigem Pflaster, das Läuten der Kirchenglocken. Wäre ich mit andern Plänen auf den Kontinent gekommen, so hätte es sich vielleicht anders verhalten. Dann hätte ich mich vielleicht am Morgen mit leichterem Herzen aus dem Fenster gebeugt, hätte den barfüßigen Kindern zugesehen, die im Rinnstein spielten, hätte ihnen Münzen zugeworfen, all die neuen Geräusche und Stimmen hätten mich vielleicht bezaubert, ich wäre nachts durch enge, gewundene Gassen gewandert und hätte sie mit der Zeit liebgewonnen. Derzeit aber betrachtete ich, was ich sah, mit einer Gleichgültigkeit, die in Feindseligkeit überging. Für mich gab es nur eines — Ambrose wiedersehen! Und da ich wußte, daß er in einem fremden Land krank war, verwandelte meine Sorge um ihn sich in einen wahren Haß gegen alle fremden Dinge, ja, gegen den Boden selbst.

Mein erster Instinkt, als ich in Florenz aus der Kutsche kletterte, und während das staubige Reisegepäck abgeladen und ins Haus getragen wurde, war, die schlechtgepflasterte Straße zu überqueren und an den Fluß zu treten. Ich war müde, schmutzig von der langen Reise und von Kopf bis Fuß mit Staub bedeckt. In den letzten zwei Tagen hatte ich es vorgezogen, neben dem Kutscher zu sitzen und nicht in der Stickluft des Wageninnern, und wie die armen Tiere auf den Straßen lechzte auch ich nach Wasser. Hier lag es vor mir. Nicht die blaue Mündung daheim, wo das Wasser sich salzig und frisch kräuselte und der Schaum der Wellen aufspritzte, sondern ein träger, gedunsener Fluß, braun wie sein Bett darunter, der sich seinen Weg zwischen den Bögen der Brücke suchte und aus dessen glatter Oberfläche Blasen aufstiegen. Allerlei Unrat wurde von seinem Wasser mitgeschleppt, Stroh, Pflanzen, und doch war es in meiner Phantasie, die vor Müdigkeit und Durst überreizt war, etwas, das man kosten, schmecken, durch die Kehle rinnen lassen mußte, wie man etwa einen Gifttrank herunterschluckt.

So stand ich da und betrachtete, wie gebannt, das schlaff dahinströmende Wasser; die Sonne brannte grell auf die Brücke herab, und plötzlich schlug hinter mir in der Stadt eine große Glocke mit tiefem, feierlichem Ton die vierte Stunde. Andere Kirchen stimmten in das Geläute ein, und die Töne schienen sich mit dem Fluß zu vermengen, der braun und schleimig über die Steine strömte.

Ich wusch mich, zog mich um — alles mit seltsamer Stumpfheit. Jetzt, da ich das Ziel meiner Reise erreicht hatte, überkam mich eine gewisse Apathie, und das Ich, das sich in größter Erregung auf den Weg gemacht hatte, zum Reißen gespannt und zu jedem Kampf bereit, war nicht mehr vorhanden. An seiner Stelle stand ein Fremder, mutlos und erschöpft. Die Erregung war längst verschwunden. Selbst die Realität des Papierfetzens in meiner Tasche hatte ihre Wesenhaftigkeit verloren. Die Worte waren vor vielen Wochen geschrieben worden; so viel mochte sich unterdessen zugetragen haben. Vielleicht hatte sie ihn von Florenz fortgeführt, vielleicht waren sie nach Rom, nach Venedig gereist, und ich sah mich schon in der schaukelnden Kutsche hinter ihnen herfahren, durch Stadt um Stadt holpernd, dieses verwünschte Land in seiner ganzen Länge und Breite durchquerend, ohne sie je zu finden, stets von der Zeit und den heißen, staubigen Straßen besiegt.

Oder aber — das alles konnte sich als Irrtum erweisen, die Buchstaben in toller Laune hingekritzelt sein, einer jener Scherze, die Ambrose so viel Spaß gemacht hatten, wenn ich als Kind in eine seiner Fallen ging. Und nun erschien ich in der Villa und fand dort Gäste zu einer Feier versammelt, Lichterglanz und Musik; und ich würde in der Gesellschaft auftauchen, ohne eine rechte Entschuldigung vorbringen zu können; Ambrose aber, bei bester Gesundheit, würde erstaunte Blicke auf mich richten.

Ich rief einen vorüberfahrenden Mietwagen, und als ich zögernd die Worte ‹Villa Sangalletti› sagte, erwiderte der Kutscher irgend etwas, das ich nicht verstehen konnte, aber ich hörte immerhin, als er nickte und mit der Peitsche in eine bestimmte Richtung wies, das Wort ‹Fiesole› heraus. Wir fuhren durch die engen, überfüllten Straßen, er schrie dem Pferd zu, die Glöckchen an den Zügeln tönten, die Leute wichen zur Seite. Der Klang der Kirchenglocken hatte längst aufgehört, war erstorben, aber in meinen Ohren hallte noch immer das Echo feierlich, volltönend nach, läutete nicht für mein kleines, unerhebliches Vorhaben, noch für das Leben der Menschen auf den Straßen, sondern für die Seelen längst verstorbener Männer und Frauen und für die Ewigkeit.

Wir fuhren auf einer langen, gewundenen Straße nach den fernen Hügeln, und Florenz lag hinter uns. Die Häuser wurden spärlicher. Es war friedlich und still hier, und die heiße, lastende Sonne, die den ganzen Tag auf die Stadt herabgebrannt hatte, war mit einem Male sanft und gütig geworden. Die gelben Häuser und die gelben Mauern, sogar der braune Staub wirkten nicht mehr so ausgedörrt wie zuvor. Die Häuser gewannen wieder Farben, verblichene, gedämpfte Farben vielleicht, doch jetzt, da die volle Kraft der Sonne sich verbraucht hatte, in einem zarteren Nachglanz leuchtend. Zypressen, düster und still, schimmerten tintengrün.

Der Kutscher fuhr vor einem geschlossenen Tor in einer langen, hohen Mauer vor. Er drehte sich auf seinem Sitz um und schaute über die Schultern zu mir herunter. «Villa Sangalletti» sagte er. Das Ziel meiner Reise.

Ich bedeutete ihm zu warten, stieg aus, trat ans Tor und zog an der Glocke, die an der Mauer hing. Ich konnte den zitternden Klang hören. Mein Kutscher lenkte seinen Gaul an die Straßenseite, kletterte vom Bock, blieb neben dem Graben stehen und verscheuchte mit seinem Hut die Fliegen, die ihn plagten. Das Pferd, das halbkrepierte arme Tier, ließ zwischen den Deichseln den Kopf hängen; es brachte nicht mehr die Kraft auf, das Gras am Wegrand zu fressen, sondern döste und bewegte kaum die Ohren. Kein Laut war hinter der Mauer vernehmbar, und ich zog die Glocke ein zweites Mal. Jetzt ließ sich ein gedämpftes Hundegebell hören, das plötzlich lauter wurde, als wahrscheinlich eine Tür geöffnet wurde; das Geschrei eines Kindes wurde von einer schrillen, gereizten Frauenstimme zum Verstummen gebracht, und dann näherten sich Schritte dem Tor. Bolzen wurden rasselnd herausgezogen, eine Tür tat sich knarrend auf, eine Bauernfrau stand vor mir und musterte mich. Ich machte einen Schritt auf sie zu und sagte: «Villa Sangalletti? Signor Ashley?»

Der Hund, der im Pförtnerhaus angebunden war, bellte noch wütender als zuvor. Eine Allee dehnte sich vor mir, an deren Ende ich die Villa, die mit verschlossenen Läden völlig ausgestorben dalag, sehen konnte. Die Frau wollte offenbar das Tor wieder zusperren, während der Hund bellte und das Kind brüllte. Ihr Gesicht war auf einer Seite geschwollen, wahrscheinlich von einem Zahn, und sie hielt einen Zipfel ihres Kopftuchs an die Wange, um den Schmerz zu lindern.

Ich trat an ihr vorbei und wiederholte die Worte: «Signor Ashley.» Diesmal fuhr sie auf, als hätte sie mich erst jetzt bemerkt, begann rasch und wie in nervöser Erregung zu reden und deutete auf die Villa. Dann wandte sie sich um und rief etwas in die Türe des Pförtnerhauses. Ein Mann tauchte an der offenen Tür auf, ein Kind auf der Schulter. Er brachte den Hund zum Schweigen, trat auf mich zu und richtete eine Frage an seine Frau. Von neuem entfesselte sie einen Wortschwall, dem ich nur «Ashley» und *«Inglese»* entnehmen konnte, und nun war es an ihm, mich anzustarren. Er wirkte besser als die Frau, war sauberer, hatte einen redlichen Blick, und während er mich musterte, trat ein Ausdruck tiefer Besorgnis auf seine Züge. Er flüsterte seiner Frau einige Worte zu, woraufhin sie sich mit dem Kind in den Eingang des Pförtnerhauses zurückzog und uns von dort aus, immer noch das Tuch an der geschwollenen Backe, beobachtete.

«Ick sprecken ein wenig Englisch, *signore*», sagte er. «Kann ick Ihnen behilfflick sein?»

«Ich bin gekommen, um Mr. Ashley zu besuchen», sagte ich. «Sind er und Mrs. Ashley in der Villa?»

Die Besorgnis auf seinen Zügen wurde noch ausgeprägter. Er schluckte nervös. «Sie sind der Sohn von Mr. Ashley, *signore?*» fragte er.

«Nein», erwiderte ich ungeduldig. «Sein Vetter. Sind sie daheim?»

Er schüttelte unglücklich den Kopf. «Sie sind von England gekommen, *signore*, und wissen also noch nickts! Was soll ick sagen? Es ist serr, serr traurig. Ick weiß nickt, wie ick es sagen soll. *Signor* Ashley − er ist vor drei Wochen gestorben. Ganz plötzlick. Serr traurig. Wie *signor* Ashley begraben, die Contessa hat die Villa zugesperrt und ist weggefahren. Bald zwei Wochen sie ist fort. Wir wissen nickt, ob sie wiederkommt.»

Der Hund begann wieder zu bellen, verstummte aber auf einen Befehl seines Herrn.

Ich spürte, daß alle Farbe aus meinem Gesicht gewichen war. Wie betäubt stand ich da. Der Mann beobachtete mich mit sichtlichem Mitleid und sagte etwas zu seiner Frau, die einen Stuhl brachte, den er vor mich stellte.

«Setzen Sie sick, *signore*», sagte er. «Ick bin serr traurig. Serr, serr traurig.»

Ich schüttelte den Kopf. Zu sprechen vermochte ich nicht. Es gab nichts, was ich in diesem Augenblick hätte sagen können. Der Mann war offenbar auch sehr bedrückt; er sagte ein paar Worte in rauhem Ton zu seiner Frau, als wollte er sich erleichtern. Dann wandte er sich wieder zu mir.

«*Signore*», sagte er, «wenn Sie wollen in die Villa gehn, ick werden Ihnen aufmachen. Sie können sehen, wo der *signor* Ashley gestorben ist.»

Mir war es gleichgültig, wohin ich ging oder was ich tat. Mein Geist war noch viel zu betäubt, als daß ich mich auf irgend etwas hätte konzentrieren können. Er ging durch die Allee, zog einige Schlüssel aus der Tasche, und ich ging neben ihm; meine Beine waren plötzlich zu zwei schweren Gewichten geworden. Die Frau und das Kind folgten uns.

Die Zypressen umsäumten unsern Weg, und am Ende stand wie ein Grabmal die Villa mit den verschlossenen Läden. Als wir näher kamen, sah ich, daß es ein großes Haus mit vielen Fenstern war, und vor dem Eingang war reichlich Platz, damit Wagen wenden konnten. Zwischen den Zypressen erhoben sich Statuen auf ihren Sockeln. Der Mann öffnete mit seinem Schlüssel die große Tür und ließ mich eintreten. Die Frau war mit dem Kind nachgekommen, und nun rissen sie die Läden auf, so daß das Tageslicht in die stille Halle strömte. Sie gingen vor mir her, von Zimmer zu Zimmer, öffneten überall die Läden und glaubten in ihrer Herzensgüte wohl, daß sie dadurch meinen Schmerz lindern könnten. Die Räume waren miteinander verbunden, groß, spärlich möbliert, die Decken waren mit Fresken ausgeschmückt, die Böden mit Steinplatten belegt, und in der Luft lastete ein schwerer Modergeruch, der aus dem Mittelalter zu stammen schien. In einigen Zimmern waren die Wände einfach gestrichen, in andern mit Tapeten bespannt, und in dem einen, der noch bedrückender wirkte als die andern, stand ein langer Tisch, flankiert von geschnitzten Klosterstühlen, und an beiden Enden große schmiedeeiserne Kerzenhalter.

«Die Villa Sangalletti ist serr schön, *signore,* serr alt», sagte der Mann. «Hier ist gesessen der *signor* Ashley, wenn draußen die Sonne ist gewesen zu stark. Das da ist gewesen sein Stuhl.»

Er wies, beinahe ehrfürchtig, auf einen hochlehnigen Stuhl am Tisch. Wie von einem Traum befangen, betrachtete ich ihn. Nichts von all dem war wirklich. Ich konnte mir Ambrose in diesem Haus, in diesem Raum nicht vorstellen. Niemals konnte er hier mit seinem vertrauten Schritt gegangen sein, gepfiffen, geplaudert, seinen Stock neben diesen Stuhl, neben diesen Tisch auf den Boden gelegt haben! Ruhelos, eintönig gingen Mann und Frau von Fenster zu Fenster und öffneten die Läden. Draußen war ein kleiner Hof, ein umzirktes Viereck, dem Himmel offen, doch gegen die Sonne geschützt. In der Mitte des Hofs stand ein Springbrunnen mit der Bronzestatue eines Knaben, der mit beiden Händen eine Muschel hielt. Hinter dem Springbrunnen wuchs ein Goldregenbaum zwischen den Steinen, die den Boden pflasterten, und formte eine schattige Laube. Die goldenen Blüten waren längst abgefallen und verwelkt, und nun lagen die Schoten staubig und trocken da. Der Mann flüsterte der Frau etwas zu, sie ging in einen Winkel des Hofes und drehte an einer Kurbel. Langsam, lässig tropfte das Wasser aus der Muschel in den Händen des bronzenen Knaben. Es rieselte herab und fiel in das Becken herunter.

«Der *signor* Ashley», sagte der Mann, «ist jeden Tag hier gesessen und hat den Springbrunnen angesehen. Er hatte Vorliebe für Wasser. Er ist gesessen unter dem Baum. Das ist im Frühjahr serr schön. Die Contessa, sie ihn hat gerufen von ihrem Zimmer dort oben.»

Er wies auf die steinernen Säulen der Balustrade. Die Frau verschwand im Haus, und nach kurzer Zeit erschien sie auf dem Balkon, auf den er gedeutet hatte. Das Wasser tropfte noch immer aus der Muschel. Nicht schnell, noch kräftig, just nur, um in das kleine Becken darunter zu fallen.

«Im Sommer sie immer hier gesessen», fuhr der Mann fort. «*Signor* Ashley und die Contessa. Sie hier sind gesessen, sie haben dem Springbrunnen zugehört. Ich haben bei Tisch aufgewartet, Sie verstehen. Ick bringen zwei Tabletts hierher und haben auf den Tisch gestellt.» Er wies auf den Steintisch und die beiden Stühle, die noch immer hier standen. «Sie hier haben immer nach Tisch ihren Kräutertee getrunken», setzte er hinzu. «Tag auf Tag, immer dasselbe.»

Er machte eine Pause und berührte mit der Hand den Stuhl. Ich fühlte mich immer bedrückter. Es war kühl in diesem viereckigen Hof, beinahe so kalt wie in einem Grab, und doch war die Luft stickig, wie in den Zimmern, bevor er die Läden geöffnet hatte.

Ich dachte an Ambrose, ich sah ihn vor mir, wie er daheim gewesen war. Im Sommer pflegte er ohne Rock über Land zu gehen, ein alter Strohhut

26

schützte ihn gegen die Sonne. Ich sah Ambrose, die Hemdärmel über den Ellbogen hinaufgerollt, im Boot stehen, auf etwas hinweisend, das fern auf dem Meer sichtbar wurde. Ich erinnerte mich, wie er mich mit seinen langen Armen packte, wenn ich herangeschwommen kam, und ins Boot zog.

«Ja», sagte der Mann, als spräche er zu sich selber. «Der *signor* Ashley hier in diesem Stuhl gesessen ist und hat dem Wasser zugeschaut.»

Die Frau kam zurück, überquerte den Hof, drehte die Kurbel. Das Wasser hörte auf zu fließen. Der bronzene Knabe sah auf eine leere Muschel hinab. Alles war still, still. Das Kind, das den Springbrunnen mit runden Augen betrachtet hatte, bückte sich plötzlich, grub zwischen den Steinen, hob die Schoten auf und warf sie in das Becken. Die Frau schalt das Kind, zog es an die Mauer, griff dann nach einem Besen, der dort lehnte, und begann den Boden zu kehren. Diese Tätigkeit unterbrach das Schweigen, und ihr Mann berührte meinen Arm.

«Sie wünschen auch das Zimmer zu sehen, wo der *signore* gestorben ist?» fragte er halblaut.

Immer noch im Bann des Gefühls einer völligen Unwirklichkeit folgte ich ihm über breite Stufen zu dem Treppenabsatz im ersten Stock. Wir gingen durch Räume, die noch kärglicher möbliert waren als die Zimmer im Erdgeschoß, und einer, dessen Fenster nach Norden, über die Zypressenallee blickten, war kahl und nackt wie eine Mönchszelle. Ein einfaches Eisenbett stand an der Wand, daneben ein Waschbecken, ein Krug und ein Wandschirm. Oberhalb des Kamins hing ein Wandteppich, und in einer Nische war die Statue einer knienden Madonna, die Hände zum Gebet gefaltet.

Ich betrachtete das Bett. Die Decken waren am Fußende sauber zusammengelegt. Zwei Kissen ohne Überzug lagen am Kopfende übereinander.

«Es ist serr plötzlich gekommen», sagte der Mann, und seine Stimme sank zu einem Flüstern herab. «Er war schwach, ja, serr schwach vom Fieber, aber noch am Tag vorher er sick haben geschleppt in den Hof, ist beim Springbrunnen gesessen. Nein, nein, die Contessa haben gesagt, du wirst noch kränker werden, du mußt liegen, aber er ist gewesen serr eigensinnig, er hat nickt auf sie hören wollen. Und da sind gekommen und gegangen den ganzen Tag die Doktoren. *Signor* Rainaldi, er auch ist hiergewesen, hat geredet, aber *signor* Ashley nie hat wollen hören, er geschrien, er serr heftig gewesen, und dann, wie kleines Kind, ganz still geworden. Es war traurig, zu sehen einen starken Mann in solchem Zustand. Dann, am frühen Morgen, die Contessa, sie kommen schnell in mein Zimmer, rufen nack mir. Ick haben im Hause geschlafen, *signore*. Sie sagen, das Gesickt weiß wie die Wand da: ‹Er sterben, Giuseppe, ick weiß, er sterben›, und ick hinter ihr ins Zimmer, und da er liegt im Bett, die Augen zu, atmet nock, aber schwer, Sie verstehen, nickt ricktig schlafen. Wir schicken um Doktor, aber der *signor* Ashley nickt mehr aufwachen, es war Ende, es war Todesschlaf. Ick mit der Contessa, wir zünden die Kerzen an, und wie die Nonnen sind dagewesen, ick ihn noch einmal haben angeschaut. Alle Heftigkeit war fort, er ganz friedlich. Ick wollte, Sie würden haben gesehen, *signore*.»

Tränen standen in den Augen des braven Kerls. Ich schaute zur Seite, blickte auf das leere Bett. Irgendwie empfand ich überhaupt nichts. Die Betäubung war vergangen, aber ich war kalt und hart geworden.

«Was meinen Sie mit der Heftigkeit?» fragte ich.

«Die Heftigkeit ist gekommen mit dem Fieber», sagte der Mann. «Zwei-, dreimal ick ihn haben im Bett festgehalten, wenn er Anfälle gehabt haben. Und mit der Heftigkeit die Schwäche drinnen hier ist gekommen.» Er preßte die Hand auf den Magen. «Er serr viel hat gelitten. Und wenn Schmerzen fort, er war betäubt und schwerfällig, sein Geist abwesend. Ick Ihnen sagen, *signore*, es war serr traurig; serr, serr traurig, so großen Mann so hilflos zu sehen.»

Ich wandte mich von dem kahlen Raum ab, der wie ein leeres Grab wirkte, und ich hörte, wie der Mann die Läden und dann die Tür wieder schloß.

«Warum hat man denn nichts getan?» fragte ich. «Konnten die Ärzte ihm denn gar nicht helfen? Und Mrs. Ashley, hat sie ihn einfach sterben lassen?»

Er sah verwirrt drein. «Bitte, *signore*?» fragte er.

«Was war denn das für eine Krankheit, und wie lange hat sie gedauert?»

«Ick Ihnen haben gesagt, das Ende ist gekommen plötzlick, serr plötzlick», sagte der Mann. «Nur ein, zwei Anfälle vorher. Und den ganzen Winter der Herr nicht so wohl, traurig, gar nickt er selber. Serr verschieden von Jahr vorher. Wie der *signor* Ashley zum ersten Mal ist gekommen in die Villa, er ist gewesen serr glücklick, serr lustig.»

Er öffnete andere Fenster, und wir traten auf eine große Terrasse, die da und dort mit Statuen geschmückt war. Eine lange steinerne Balustrade schloß sie ab. Wir blickten von dort auf einen tiefer gelegenen, in strengen Linien angelegten und wohlgepflegten Garten hinunter, aus dem der Duft von Rosen und Jasmin aufstieg, und in einiger Entfernung stand abermals ein Springbrunnen und noch ein dritter; breite Stufen führten von einem Garten zum andern, eine Terrasse folgte der andern, bis zu der gleichen hohen Mauer, an der sich die Zypressen erhoben, die den ganzen Besitz umsäumten.

Wir schauten westwärts nach der sinkenden Sonne, und die Terrasse und die schweigenden Gärten erglänzten in rosigem Glühen, selbst die Standbilder waren von dem Abendlicht umflossen, und als ich jetzt, die Hand auf die Balustrade gestützt, dastand, war es mir, als ob eine seltsame Abgeklärtheit sich über das Haus gesenkt hätte, von der vorher nichts zu spüren gewesen war.

Der Stein unter meiner Hand war noch warm, eine Eidechse huschte aus einer Spalte und flitzte über die Mauer darunter.

«An stillen Abenden», sagte der Mann, der mit einer gewissen Ehrerbietigkeit einen Schritt hinter mir stand, «es ist serr schön hier, *signore*, hier in den Gärten der Villa Sangalletti. Manchmal die Contessa hat befohlen, die Springbrunnen aufzudrehen, und bei Vollmond sie und der *signor* Ashley sind hergekommen auf die Terrasse nach dem Abendessen. Letztes Jahr, vor seiner Krankheit.»

Noch immer blieb ich stehn, blickte auf die Springbrunnen hinunter und auf die Becken, in denen Seerosen schwammen.

«Ick glauben», sagte der Mann langsam, «daß die Contessa nickt wird kommen zurück. Zu traurig für sie. Zu viele Erinnerungen. *Signor* Rainaldi uns haben erzählt, daß die Villa ist zu vermieten, vielleicht zu verkaufen.»

«Wer ist *signor* Rainaldi?» fragte ich.

Der Mann ging mit mir in die Villa zurück. «*Signor* Rainaldi, er alles bringt in Ordnung für die Contessa», erklärte er. «Geschäftssachen, Geldsachen, viele Sachen. Er die Contessa kennt seit langer Zeit.» Er runzelte die Stirn und machte seiner Frau ein Zeichen, die mit dem Kind auf dem Arm über die Terrasse spazierte. Dieser Anblick störte ihn, sie hatte hier nichts zu suchen. Sie verzog sich ins Haus und begann die Läden zu schließen.

«Ich möchte ihn sprechen, diesen *signor* Rainaldi», sagte ich.

«Ick Ihnen geben seine Adresse. Er sprickt serr gut englisch.»

Wir gingen ins Haus zurück, und während ich von Raum zu Raum wanderte, wurden hinter mir die Läden geschlossen. Ich griff in die Tasche, suchte ein paar Geldstücke. Ich hätte ein beliebiger Fremder sein können, ein Reisender, der eine Villa besichtigt, vielleicht sogar mit der Absicht, sie zu kaufen. Nicht ich selber, der ich zum ersten und letzten Mal das Haus sah, in dem Ambrose gelebt hatte und gestorben war.

«Ich danke Ihnen für alles, was Sie für Mr. Ashley getan haben», sagte ich und drückte ihm das Geld in die Hand.

Abermals traten Tränen in seine Augen. «Ick bin serr traurig, *signore*», sagte er. «Serr traurig!»

Die letzten Läden waren geschlossen. Die Frau stand mit dem Kind in der Halle neben uns, und der Flur, der zu den leeren Räumen und zum Treppenhaus führte, wurde wieder dunkel; es war wie der Eingang zu einem Grabgewölbe.

«Was ist mit seinen Kleidern geschehen?» fragte ich. «Seinen persönlichen Sachen, seinen Büchern, seinen Papieren?»

Der Mann sah wieder verstört drein. Er wandte sich zu seiner Frau, und sie sprachen schnell miteinander. Fragen und Antworten wurden gewechselt. Ihr Gesicht war völlig ausdruckslos, sie zuckte die Achseln.

«*Signore*», sagte der Mann, «meine Frau haben der Contessa geholfen, wie sie abgereist ist. Aber sie sagen, die Contessa haben alles mitgenommen. Alle Kleider von *signor* Ashley sind in einen großen Koffer gepackt worden, alle seine Bücher, alles. Nichts ist mehr dageblieben.»

Ich sah ihnen in die Augen, doch sie waren unerschütterlich. Ich wußte, daß sie die Wahrheit sprachen. «Und Sie haben keine Ahnung, wohin Mrs. Ashley sich begeben hat?»

Der Mann schüttelte den Kopf. «Sie haben Florenz verlassen, das ist alles, was ick weiß», sagte er. «Den Tag nach dem Begräbnis, die Contessa ist abgereist.»

Er öffnete die schwere Tür, und ich trat ins Freie.

«Wo liegt er begraben?» fragte ich völlig unpersönlich, wie ein Fremder.

«In Florenz, *signore*. Auf dem neuen protestantischen Friedhof. Viele Engländer hier liegen begraben. *Signor* Ashley nickt allein sein.»

Es war, als wolle er mir tröstend versichern, daß Ambrose sich in guter Gesellschaft befinde und daß in der dunklen Welt jenseits des Grabes seine eigenen Landsleute ihm Trost spenden würden.

Zum ersten Mal konnte ich den Blick seiner Augen nicht ertragen. Es waren Hundeaugen, ehrlich und ergeben.

Ich wandte mich ab, und da hörte ich, wie die Frau plötzlich ihrem

29

Mann etwas zurief, und bevor er noch Zeit hatte, die Tür zu schließen, war sie ins Haus geeilt und öffnete den großen Eichenschrank, der in der Halle an der Wand stand. Sie kam zurück und reichte ihrem Mann einen Gegenstand, den er mir hinhielt. Seine Züge drückten jetzt eine gewisse Erleichterung aus.

«Die Contessa», sagte er, «sie haben eine Sache vergessen. Nehmen Sie es mit, *signore*, das gehört nur Ihnen allein.»

Es war Ambroses breitkrempiger, verbogener Hut, der Hut, den er daheim als Schutz gegen die Sonne getragen hatte. Er hätte keinem andern Mann gepaßt, dazu war er zu groß. Ich spürte die ängstlichen Blicke der beiden auf mir haften, sie warteten offenbar, daß ich noch etwas sagte, als ich da stand und den Hut in meinen Händen drehte und wendete.

V

Von der Rückfahrt nach Florenz ist mir nur noch in Erinnerung, daß die Sonne untergegangen war und es rasch dunkel wurde. Es gab keine Abenddämmerung, wie wir sie daheim gewöhnt sind. Aus den Gräben am Straßenrand tönte das monotone Zirpen der Insekten – vielleicht Grillen, und dann und wann gingen barfüßige Bauern, Körbe auf dem Rücken, an uns vorüber.

Als wir in die Stadt kamen, war es mit der kühlen, reinen Luft der Hügel vorbei, und es wurde wieder heiß. Nicht der weiße, blendende Glast des Tages, sondern die schale Hitze des Abends, die sich stundenlang in die Mauern und Dächer der Häuser eingebrannt hatte. Die Lässigkeit des Mittags und die Geschäftigkeit der Stunden zwischen Siesta und Sonnenuntergang waren einer allgemeinen Belebung gewichen. Die Männer und Frauen auf den Plätzen und in den Gassen wirkten lebhafter, als hätten sie sich den ganzen Tag in ihren stillen Häusern verborgen gehalten und kämen jetzt zum Vorschein wie Katzen, die über Dächer streunen. Die Verkaufsstände waren von Kerzen und Fackeln erhellt und von Kunden umdrängt, die alle Waren prüfend in die Hand nahmen. Frauen mit Kopftüchern drängten sich aneinander, schwatzten, zankten; die Verkäufer schrien laut, um sich verständlich zu machen. Die Glocken begannen wieder zu schlagen, und diesmal schienen ihre Klänge irgendwie persönlicher zu wirken. Die Kirchentüren waren geöffnet, ich konnte die Kerzen brennen sehen, und die Menschengruppen auf der Straße zerstreuten sich und folgten dem Ruf der Glocken.

Auf dem Platz vor dem Dom bezahlte ich meinen Kutscher, und das Läuten der großen Glocke tönte eindrucksvoll, zwingend wie eine Herausforderung durch die stille, abgestandene Luft. Ohne recht zu wissen, was ich tat, ließ ich mich von dem Menschengedränge in den Dom mitreißen und blieb dann sekundenlang an eine Säule gelehnt stehen, um meine Augen an das Dämmerlicht zu gewöhnen. Neben mir stand, auf eine Krücke gestützt, ein alter, lahmer Bauer. Er wandte ein blickloses Auge dem Altar zu, seine Lippen bewegten sich, seine Hände zitterten; rund um mich knieten Frauen und gaben dem Priester mit schriller Stimme die Responsen, während ihre Hände den Rosenkranz umklammerten.

Noch immer hatte ich Ambroses Hut in der linken Hand, und als ich hier in dem großen Dom stand, winzig in meiner Bedeutungslosigkeit, ein gleichgültiger Fremder mitten in dieser ·Stadt von kalter Schönheit, den Priester sah, der sich vor dem Altar verneigte, und seine Lippen Worte anstimmen hörte, die jahrhundertealt und feierlich waren und die ich nicht verstehen konnte, da wurde mir mit einemmal und mit aller Deutlichkeit das volle Ausmaß meines Verlustes klar. Ambrose war tot. Ich würde ihn nie wiedersehen. Er war für immer von mir gegangen. Nie mehr sein Lächeln, sein vergnügtes Schmunzeln, nie mehr seine Hand auf meiner Schulter. Niemals seine Kraft, sein Verständnis! Nie mehr diese bekannte Gestalt, die so allgemein geliebt und geachtet wurde! Ich dachte an den kahlen Raum, in dem er gestorben war, in der Villa Sangalletti, und an die Madonna in ihrer Nische, und irgend etwas sagte mir, daß er, als er starb, nicht mit diesem Raum, diesem Haus, diesem Land verbunden war, sondern daß sein Geist dorthin zurückkehrte, wohin er gehörte, zu seinen Hügeln, seinen Wäldern, in den Garten, den er liebte, an den Strand, wo er das Meer rauschen hörte.

Ich wandte mich um, verließ den Dom, trat auf die Piazza hinaus und schaute zu der Kirche und dem Turm auf, der sich, distanziert und schlank, gegen den Himmel abzeichnete. Und da kam mir zum erstenmal in den Sinn, daß ich an diesem Tag noch keinen Bissen zu mir genommen hatte. Ich richtete meine Gedanken vom Tod auf das Leben, suchte mir eine Gaststätte in der Nähe des Doms, wo ich mich sättigen konnte, und machte mich dann auf die Suche nach Signor Rainaldi. Der brave Diener in der Villa hatte mir seine Adresse aufgeschrieben, und nachdem ich mich ein- oder zweimal erkundigt hatte, auf den Zettel wies und einen lahmen Kampf um die Aussprache des Italienischen führte, entdeckte ich das Haus am linken Ufer des Arno. An dieser Seite des Flusses war es dunkler und stiller als im Herzen von Florenz. Nur wenige Menschen gingen durch die Straßen. Die Türen waren versperrt, die Läden geschlossen. Selbst meine Schritte hallten hohl von dem holprigen Pflaster wider.

Endlich stand ich vor dem Haus und zog die Glocke. Ein Diener öffnete sogleich und führte mich, ohne nach meinem Namen zu fragen, eine Treppe hinauf, durch einen Gang, klopfte an eine Tür und ließ mich eintreten. Blinzelnd stand ich in dem jähen Licht und sah einen Mann an einem Tisch sitzen, auf dem sich ein Stoß Papiere stapelte. Er stand auf, als ich eintrat, und musterte mich. Er war ein wenig kleiner als ich, etwa vierzig Jahre alt und hatte ein blasses, fast farbloses Gesicht, aus dem eine Adlernase vorsprang. In seiner Haltung war etwas Stolzes, Verächtliches; er wirkte wie ein Mann, der für Narren oder gar für seine Feinde nur wenig Erbarmen hatte; aber ich glaube doch, daß mir am meisten seine Augen auffielen, die dunkel waren, tief in ihren Höhlen saßen und in denen blitzartig ein Ausdruck des Erkennens aufflammte, um sogleich wieder zu verschwinden.

«Signor Rainaldi», sagte ich. «Ich heiße Ashley. Philip Ashley.»

«Ja», sagte er. «Wollen Sie Platz nehmen.»

Seine Stimme klang kalt und hart, der italienische Akzent war kaum merkbar. Er schob mir einen Stuhl zurecht.

«Sie sind zweifellos überrascht, mich hier zu sehen», sagte ich und beobachtete ihn scharf. «Sie wußten nicht, daß ich in Florenz bin?»

«Nein», erwiderte er. «Das wußte ich nicht.»

Er sprach langsam, und anscheinend wählte er seine Worte mit großer Vorsicht, doch das mochte auch an seiner mangelhaften Kenntnis der englischen Sprache liegen.

«Ich glaube, daß ich über die verwandtschaftlichen Beziehungen im klaren bin», sagte er. «Sie sind ein Vetter oder Neffe des verstorbenen Ambrose Ashley, nicht wahr?»

«Ein Vetter», sagte ich, «und sein Erbe.»

Er griff nach einer Feder und klopfte damit auf den Tisch. Vielleicht wollte er nur Zeit gewinnen, vielleicht wollte er mich ablenken.

«Ich bin in der Villa Sangalletti gewesen», fuhr ich fort. «Ich habe das Zimmer gesehen, in dem er gestorben ist. Der Diener Giuseppe war äußerst zuvorkommend. Er berichtete mir alle Einzelheiten und hat mich an Sie verwiesen.»

Bildete ich es mir bloß ein, oder war es wirklich so, daß die dunklen Augen sich bei meinen Worten verschleierten?

«Wie lange sind Sie schon in Florenz?» fragte er.

«Seit wenigen Stunden. Ich bin heute nachmittag angekommen.»

«Sie sind erst heute angekommen? Dann hat Ihre Cousine Rachel Sie also noch gar nicht gesehen?» Die Hand, die den Federkiel hielt, wurde lockerer.

«Nein. Der Diener in der Villa gab mir zu verstehen, daß sie am Tag nach dem Begräbnis Florenz verlassen hat.»

«Sie hat die Villa Sangalletti verlassen, nicht aber Florenz», entgegnete er.

«Und sie ist noch immer in der Stadt?»

«Nein, jetzt ist sie fort. Sie hat mich beauftragt, die Villa zu vermieten; wenn möglich, zu verkaufen.»

Sein Benehmen war eigentümlich steif und zurückhaltend, als müßte er jede Auskunft, die er mir gab, vorher erst gründlich erwägen.

«Wissen Sie, wo sie sich befindet?»

«Leider nein», sagte er. «Sie ist ganz plötzlich fortgefahren, sie hatte keine Pläne gefaßt. Sie sagte mir, sie wolle mir schreiben, sobald sie zu einem Entschluß über ihre Zukunft gelangt sei.»

«Sie ist vielleicht bei Freunden», meinte ich.

«Vielleicht», sagte er, «aber ich glaube es nicht.»

Ich hatte das Gefühl, daß sie noch heute oder gestern hier in diesem Raum gewesen war, daß er viel mehr wußte, als er zugab.

«Sie werden begreifen, Signor Rainaldi», sagte ich, «daß es einen schweren Schlag für mich bedeutete, die Nachricht vom Tod meines Vetters von den Lippen der Dienstboten zu erfahren. Das alles war wie ein Alptraum. Was ist denn eigentlich geschehen? Warum hat man mich nicht davon unterrichtet, daß er krank war?»

Er beobachtete mich sehr genau; keine Sekunde wandte er seine Blicke von mir ab. «Ihr Vetter ist ganz plötzlich gestorben», sagte er. «Es war für uns alle ein schwerer Schlag. Er war krank gewesen, ja, gewiß, aber sein Zustand war, wie wir alle glaubten, nicht bedenklich. Das übliche Fieber, das viele Fremde im Sommer hier befällt, hatte ihn geschwächt, und er klagte auch über heftige Kopfschmerzen. Die Contessa – ich sollte wohl sagen Mrs. Ashley – war sehr besorgt, aber Mr. Ashley war kein bequemer

32

Patient. Er hatte vom ersten Augenblick an einen heftigen Widerwillen gegen unsere Ärzte, ohne daß man recht wußte, warum. Jeden Tag hoffte Mrs. Ashley auf eine Besserung, und sie wollte Sie und seine Freunde nicht überflüssig beunruhigen.»

«Wir waren aber sehr beunruhigt», sagte ich. «Und darum bin ich auch nach Florenz gekommen. Diese Briefe habe ich von ihm erhalten.»

Das war vielleicht ein kühner, bedenkenloser Schachzug, aber nun kam es mir nicht darauf an. Ich reichte ihm die letzten zwei Briefe von Ambrose über den Tisch. Er las sie sorgfältig. Sein Ausdruck änderte sich nicht. Dann gab er sie mir zurück.

«Ja», sagte er, und seine Stimme war ganz ruhig und verriet keinerlei Überraschung. «Mrs. Ashley fürchtete, er könnte etwas dergleichen geschrieben haben. Erst in den letzten Wochen, als er so seltsam, so verschlossen wurde, begannen die Ärzte das Schlimmste zu befürchten und warnten sie.»

«Warnten sie? Wovor?»

«Daß irgend etwas auf sein Gehirn drücken könnte», erwiderte er. «Ein Tumor, der rasch wuchs und ihn in diesen Zustand versetzte.»

Ein Gefühl der Verlorenheit überkam mich. Ein Tumor? Dann war die Vermutung meines Paten am Ende doch richtig gewesen. Erst Onkel Philip und dann Ambrose! Und doch ... warum beobachtete dieser Italiener meine Augen so scharf?

«Haben die Ärzte gesagt, daß er an einem Tumor gestorben ist?»

«Zweifellos! Und dann an der Schwäche, die nach den Fieberanfällen zurückblieb. Es waren zwei Ärzte anwesend. Mein eigener und noch ein anderer. Ich will sie holen lassen, und Sie können ihnen jede Frage stellen, die Sie für nötig halten. Der eine spricht ein wenig Englisch.»

«Nein», sagte ich langsam. «Nein. Das ist nicht nötig.»

Er öffnete eine Lade und nahm ein Blatt Papier heraus.

«Hier habe ich eine Kopie des Totenscheins», sagte er. «Unterfertigt von beiden Ärzten. Lesen Sie! Eine Kopie ist Ihnen bereits nach Cornwall geschickt worden und eine zweite an den Testamentsvollstrecker Ihres Vetters, Mr. Nicholas Kendall, bei Lostwithiel in Cornwall.»

Ich warf einen Blick auf den Totenschein. Zu lesen brauchte ich ihn nicht.

«Woher wußten Sie», fragte ich, «daß Nicholas Kendall der Testamentsvollstrecker meines Vetters ist?»

«Weil Ihr Vetter eine Abschrift seines Testaments bei sich hatte», erwiderte Rainaldi. «Ich habe sie mehrmals gelesen.»

«Sie haben das Testament meines Vetters gelesen?» fragte ich ungläubig.

«Natürlich», sagte er. «Als Vertrauensmann der Contessa — von Mrs. Ashley — war es doch meine Pflicht, den letzten Willen ihres Gatten zu lesen. Daran ist nichts Besonderes. Ihr Vetter hat mir selber sein Testament gezeigt; bald nach der Eheschließung. Ich habe sogar eine Kopie davon. Aber es ist nicht meine Sache, Ihnen den Inhalt bekanntzugeben. Das geht Mr. Kendall an, Ihren Vormund. Nach Ihrer Rückkehr wird er es ohne Zweifel auch tun.»

Er wußte, daß mein Pate auch mein Vormund war, und das war mehr, als ich selber wußte. Wenn er sich nicht im Irrtum befand. Ein Mann über einundzwanzig hat doch bestimmt keinen Vormund, und ich war vierund-

33

zwanzig! Aber das war jetzt belanglos. Worauf es allein ankam, war Ambrose und seine Krankheit, Ambrose und sein Tod!

«Diese beiden Briefe», erklärte ich hartnäckig, «sind nicht die Briefe eines kranken Mannes! Es sind die Briefe eines Mannes, der Feinde hat, der von Menschen umgeben ist, denen er nicht trauen kann.»

Signor Rainaldi beobachtete mich unablässig.

«Es sind die Briefe eines Geisteskranken», entgegnete er. «Verzeihen Sie mir meine offene Sprache, aber ich habe ihn in diesen letzten Wochen gesehen und Sie nicht. Es war für keinen von uns ein erfreuliches Erlebnis, am wenigsten für seine Frau. Sie sehen, was er in diesem ersten Brief schreibt – daß sie ihn nicht verlassen hat. Dafür kann ich mich verbürgen. Sie hat ihn Tag und Nacht nicht verlassen. Eine andere Frau hätte Nonnen ins Haus genommen, um ihn zu pflegen. Sie hat das ganz allein besorgt; sie hat sich wahrhaftig nicht geschont.»

«Und doch hat ihm das nicht geholfen», sagte ich. «Sehen Sie doch diese Briefe, lesen Sie die letzte Zeile: ‹Endlich bin ich mit ihr fertig, mit Rachel, meinem Quälgeist . . .› Wie fassen Sie das auf, Signor Rainaldi?»

Ich muß wohl in der Erregung lauter gesprochen haben. Er stand auf und zog eine Glocke. Als der Diener erschien, gab er ihm einen Auftrag, und der Mann brachte Wein und Wasser. Er schenkte mir eine Mischung ein, aber ich berührte das Glas nicht.

«Nun?» sagte ich ungeduldig.

Er setzte sich nicht wieder. Er trat an das Regal, wo sich seine Bücher reihten, und zog einen Band heraus.

«Haben Sie sich je mit der Geschichte der Medizin befaßt, Mr. Ashley?» fragte er.

«Nein.»

«Hier werden Sie die Erklärungen finden, die Sie suchen», sagte er. «Und Sie können sich auch an die Ärzte wenden, deren Adresse ich Ihnen nur zu gern geben werde. Es gibt eine eigenartige Erkrankung des Gehirns, die durch das Anwachsen einer Geschwulst erzeugt wird; und dann macht der Leidende sich völlig falsche Vorstellungen. So bildet er sich zum Beispiel ein, daß er bespitzelt wird; daß der Mensch, der ihm am nächsten steht, in diesem Fall also seine Frau, sich gegen ihn gewendet hat, ihm untreu ist, ihn um sein Geld bringen will. Kein Zureden, keine Liebe vermag etwas gegen diesen Verdacht auszurichten, wenn er sich einmal festgesetzt hat. Wenn Sie mir oder den hiesigen Ärzten nicht glauben wollen, so erkundigen Sie sich doch bei Ihren Landsleuten oder lesen Sie dieses Buch.»

Wie glaubhaft das alles klang! Wie kalt, wie zuversichtlich er doch war! Und ich dachte an Ambrose, der auf dem Eisenbett in der Villa Sangalletti lag, gequält, verwirrt, und dieser Mann beobachtete ihn, analysierte alle Symptome, eines nach dem andern, lauerte vielleicht hinter dem dreiteiligen Wandschirm! Ob er die Wahrheit sprach oder nicht, das wußte ich nicht. Alles, was ich wußte, war, daß ich Rainaldi haßte.

«Warum haben Sie mich nicht kommen lassen?» fragte ich. «Wenn Ambrose doch alles Vertrauen zu ihr verloren hatte – warum haben Sie mich nicht kommen lassen? Niemand hat ihn besser gekannt als ich!»

Rainaldi klappte das Buch zu und stellte es wieder auf das Regal.

«Sie sind noch sehr jung, nicht wahr, Mr. Ashley?» fragte er.

Ich starrte ihn an. Ich wußte nicht, was er damit sagen wollte.

«Was hat das damit zu tun?» fragte ich.

«Nun, eine liebende Frau gibt nicht so leicht nach», sagte er. «Sie mögen es Stolz nennen oder Hartnäckigkeit, wie Sie wollen. Doch trotz allen Beweisen des Gegenteils sind die Gefühle der Frauen primitiver als unsere Gefühle. Sie halten an den Dingen fest, die ihnen etwas bedeuten, und sie ergeben sich nie. Wir haben unsere Kämpfe und Kriege, Mr. Ashley. Aber auch die Frauen wissen zu kämpfen.»

Er sah mich aus seinen tiefliegenden Augen an, und ich wußte, daß ich ihm nichts mehr zu sagen hatte.

«Wenn ich hier gewesen wäre», entgegnete ich ihm, «so wäre er nicht gestorben!»

Ich stand auf und ging zur Tür. Abermals zog Rainaldi die Glocke, und der Diener erschien, um mich hinauszubegleiten.

«Ich habe an Ihren Vormund geschrieben», sagte Rainaldi. «Ich habe ihm alles, was geschehen ist, in sämtlichen Einzelheiten geschildert. Kann ich sonst noch etwas für Sie tun? Wollen Sie sich längere Zeit in Florenz aufhalten?»

«Nein. Wozu sollte ich bleiben? Es gibt nichts, was mich hier hält.»

«Wenn Sie sein Grab besuchen wollen», sagte er, «werde ich Ihnen eine Zeile für den Wärter des protestantischen Friedhofs mitgeben. Vorläufig ist noch kein Stein gesetzt worden; doch das wird bald geschehen.»

Er wandte sich zu dem Tisch und schrieb ein paar Zeilen auf ein Blatt Papier.

«Was soll auf dem Stein stehen?» fragte ich.

Er antwortete nicht gleich; es war, als überlegte er noch, während mir der Diener, der in der offenen Tür stand, Ambroses Hut reichte.

«Ich glaube», sagte er endlich, «daß meine Instruktionen dahin lauten, auf den Stein die Worte setzen zu lassen: ‹Zur Erinnerung an Ambrose Ashley, den innigst geliebten Gatten von Rachel Coryns Ashley.› Und dann natürlich das Datum.»

Da wußte ich, daß ich kein Verlangen trug, auf den Friedhof zu gehen und das Grab zu besichtigen. Daß es mich nicht lockte, die Stelle zu sehen, wo sie ihn in die Erde gesenkt hatten. Sie konnten einen Stein setzen, sie konnten Blumen hintragen, wenn sie Lust hatten, aber Ambrose würde es nie wissen; ihm wäre es gleichgültig. Er war bei mir, in jenem Land im Westen, unter seinem eigenen Boden, in seinem eigenen Erdreich.

«Wenn Mrs. Ashley zurückkommt», sagte ich langsam, «dann bestellen Sie ihr, bitte, daß ich in Florenz gewesen bin. Daß ich in der Villa Sangalletti war und das Bett gesehen habe, wo Ambrose starb. Sie können ihr auch von den Briefen berichten, die Ambrose an mich geschrieben hat.»

Er reichte mir die Hand, die kalt und hart war wie er selbst, und noch immer beobachtete er mich aus seinen verschleierten, tiefliegenden Augen.

«Ihre Cousine Rachel ist eine sehr impulsive Frau», sagte er. «Als sie Florenz verließ, nahm sie alles mit, was sie besitzt. Ich fürchte, daß sie nie wieder hierher zurückkehren wird.»

Ich trat aus dem Haus auf die dunkle Straße. Es war mir, als folgten seine

Blicke mir noch durch die verschlossenen Läden. Ich ging durch die Straße, über die Brücke, und bevor ich mich in mein Hotel begab, um, wenn möglich, ein wenig Schlaf zu finden, blieb ich noch einmal am Ufer des Arno stehen.

Die Stadt schlief. Ich war der einzige, der noch verweilte. Selbst die feierlichen Glocken schwiegen, und das einzige Geräusch war das Plätschern des Flusses an den Brückenbogen. Er strömte jetzt schneller; so wenigstens schien es mir. Es war, als hätte das Wasser während der langen, heißen Tagesstunden gezaudert und fände jetzt in Nacht und Schweigen sein Leben wieder.

Und hier, am Ufer des Arno, schwor ich einen feierlichen Eid.

Ich schwor, daß ich dieser Frau alles, was Ambrose erduldet haben mochte, bevor er starb, in vollem Ausmaß vergelten wollte. Denn ich glaubte nicht an Rainaldis Geschichte. Ich glaubte an die Wahrheit der beiden Briefe, die ich in meiner rechten Hand hielt. Die letzten, die Ambrose mir geschrieben hatte.

Eines Tages, irgendwie sollte meine Cousine Rachel dafür büßen!

VI

In der ersten Septemberwoche war ich wieder in der Heimat. Die Nachricht war mir vorangeeilt – der Italiener hatte nicht gelogen, als er mir sagte, er habe an Nick Kendall geschrieben. Mein Pate hatte es den Dienstleuten und den Pächtern mitgeteilt. Wellington erwartete mich mit dem Wagen in Bodmin. Die Pferde trugen schwarze Decken, und Wellington und der Reitknecht hatten lange, feierliche Mienen aufgesetzt.

Meine Erleichterung darüber, daß ich wieder daheim sein durfte, war so groß, daß zunächst sogar der Schmerz verstummte; vielleicht war es auch, daß die lange Reise quer durch Europa meine Gefühle abgestumpft hatte; aber ich erinnere mich, daß es mein erster Instinkt war, Wellington und dem Burschen zuzulächeln, die Pferde zu streicheln und zu fragen, ob alles in Ordnung sei. Es war fast, als sei ich ein Schüler, der in den Ferien heimkehrt. Doch das Benehmen des alten Kutschers war steif und förmlich wie nie zuvor, und der junge Reitknecht öffnete mir ehrerbietig den Schlag.

«Eine traurige Heimkehr, Mr. Philip», sagte Wellington, und als ich mich nach Seecombe und den anderen Dienstleuten erkundigte, schüttelte er den Kopf und berichtete, sie und alle Pächter seien tief bekümmert. Die ganze Nachbarschaft, berichtete er, habe von nichts anderem gesprochen. Die Kirche sei den ganzen Sonntag schwarz ausgeschlagen gewesen, ebenso die Kapelle auf dem Gut, doch der größte Schlag für sie alle sei es gewesen, als Mr. Kendall ihnen berichtet hatte, ihr Herr liege in Italien begraben und solle nicht heimgebracht werden, um in der Gruft seiner Familie bestattet zu werden.

«Wir alle meinen, daß das nicht in der Ordnung ist, Mr. Philip», sagte er. «Und wir glauben auch nicht, daß Mr. Ambrose es so gewollt hätte.»

Darauf konnte ich nichts entgegnen. Ich stieg in den Wagen und ließ mich nach Hause fahren.

Es war seltsam, wie die Erregung und die Müdigkeit der vergangenen Wochen beim Anblick des Hauses verschwanden. Die Spannung wich, und trotz den langen Stunden auf der Landstraße fühlte ich, wie Ruhe und Frieden in mir einzogen. Es war Nachmittag, und die Sonne beschien die Fenster des Westflügels und die grauen Mauern, als jetzt der Wagen durch das zweite Tor die Steigung zum Haus hinauffuhr. Da waren die Hunde, die mich begrüßten, und der arme Seecombe, wie auch die anderen Dienstleute mit einer schwarzen Crêpebinde um den Arm, konnte sich nicht beherrschen, als ich ihm die Hand schüttelte.

«Es hat so lange gedauert, Mr. Philip», sagte er. «So schrecklich lange! Und woher hätten wir wissen sollen, ob Sie nicht auch am Fieber erkrankt waren wie der arme Mr. Ashley?»

Er wartete mir selber bei Tisch auf und war ängstlich besorgt um mein Wohlergehen; ich war ihm dankbar dafür, daß er nicht mit Fragen über den Verlauf der Reise oder über die Krankheit und den Tod seines Herrn in mich drang, sondern nur davon berichtete, wie die Nachricht auf ihn und das ganze Haus gewirkt hatte; wie die Glocken einen ganzen Tag lang geläutet hatten, was der Pfarrer gesagt, welche Kränze gebracht worden seien. Und zu all dem kam, daß er eine neue Form der Anrede gebrauchte. Ich war jetzt nicht länger ‹Master Philip›, sondern ‹Mr. Philip›. Das hatte ich auch schon bei Kutscher und Reitknecht bemerkt. Es war unerwartet, aber es wärmte mir das Herz.

Nach dem Essen ging ich hinaus ins Freie und wanderte durch den Park; ein eigenartiges Glücksgefühl erfüllte mich, das ich nach Ambroses Tod nie mehr zu erhoffen gewagt hätte; denn als ich Florenz verließ, hatte ich mich unendlich einsam gefühlt und nichts mehr vom Leben erwartet. Auf der Fahrt durch Italien und Frankreich verfolgten mich Bilder, die sich nicht wegscheuchen ließen. Ich sah Ambrose im schattigen Hof der Villa Sangalletti sitzen, neben dem Goldregenbaum, und den Springbrunnen beobachten. Ich sah ihn in jener kahlen Mönchszelle oben, auf die zwei Kissen gestützt, nach Atem ringend. Und immer in Hörweite, fast in Sicht war die düstere, verhaßte Gestalt jener Frau, die ich nie gesehen hatte. Sie hatte so viele Gesichter, so viele Masken, und die Bezeichnung Contessa, die der Diener Giuseppe und auch Rainaldi vorzugsweise für sie verwendeten, verlieh ihr eine Aura, die sie früher nie besessen hatte, als sie in meinen Vorstellungen eher eine zweite Mrs. Pascoe gewesen war.

Solche Bilder verfolgten mich, bis ich den Kanal überquert hatte und in Dover ankam. Und jetzt, jetzt, da ich heimgekehrt war, verschwanden sie wie Alpträume bei Tagesanbruch. Auch meine Verbitterung wich. Ambrose war wieder bei mir, und er war nicht mehr gequält, wurde nicht länger gemartert, litt nicht mehr. Er war überhaupt nie in Florenz oder in Italien gewesen. Es war, als wäre er hier gestorben, in seinem eigenen Heim, und läge begraben, wo sein Vater, seine Mutter und meine eigenen Eltern ihren letzten Schlaf schliefen. Jetzt war mein Gram etwas, das sich überwinden ließ; noch immer empfand ich tiefen Kummer, aber es war keine Tragödie mehr.

Ich ging über die Felder, wo die Leute bei der Ernte waren. Die Garben wurden auf die Wagen geladen. Als die Bauern mich sahen, unterbrachen sie ihre Arbeit, ich trat auf sie zu und sprach mit ihnen. Der alte Billy Rowe, der, seit ich denken konnte, Pächter auf der Barton-Farm war und mich nie anders als Master Philip genannt hatte, hob die Hand an die Stirn, als ich ihn begrüßte, und seine Frau und Tochter, die gleichfalls mithalfen, machten einen Knicks.

«Sie haben uns sehr gefehlt, Sir», sagte er. «Und es war uns nicht recht, daß wir das Getreide einbringen sollten, während Sie nicht da waren. Jetzt sind wir froh, daß Sie wieder daheim sind.»

Noch vor einem Jahr hätte ich die Ärmel aufgerollt wie alle anderen, hätte nach einer Forke gegriffen; jetzt aber gab es etwas, das mich zurückhielt: die Erkenntnis, daß die anderen es für unschicklich halten würden.

«Ich bin auch froh, daß ich wieder daheim bin», sagte ich. «Mr. Ashleys Tod ist ein großer Schlag für mich und für euch alle auch, aber jetzt müssen wir so fortfahren, wie er es von uns erwartet hätte.»

«Ja, Sir», sagte er und hob abermals die Hand an die Stirn.

Ich plauderte noch eine Weile mit ihnen, dann rief ich die Hunde und ging meines Wegs. Das Haus lag jetzt im Schatten, nur die Wetterfahne an der Spitze des Uhrturms fing noch einen letzten Lichtstrahl auf. Langsam ging ich über das Gras zur offenen Tür.

Die Fensterläden waren noch nicht zugemacht worden. Der Anblick der Fensterrahmen, darin die Vorhänge sachte schwankten, und der Gedanke an all die Zimmer hinter den Fenstern, an all die Räume, die ich kannte und liebte, wirkte wie ein Willkommensgruß. Hoch und gerade stieg der Rauch aus den Schornsteinen auf. Der alte Don, der Jagdhund, schon zu steif, um mich zu begleiten, und die jüngeren Hunde scharrten im Kies unter den Bibliotheksfenstern, dann wandten sie mir die Köpfe zu, als ich näher kam, und wedelten freudig mit den Schwänzen.

Mächtig und zum erstenmal, seit ich die Nachricht von Ambroses Tod erfahren hatte, wurde mir bewußt, daß alles, was ich nun sah, was mein Blick erreichte, mein war. Mit keinem Lebenden brauchte ich es zu teilen. Diese Mauern, diese Fenster, dieses Dach, diese Glocke, die eben die siebente Stunde schlug, das gesamte Leben und Sein dieses Hauses gehörte mir, und mir allein. Das Gras unter meinen Füßen, die Wiesen, die Wälder, selbst die Männer und Frauen, die den Boden bebauten, waren ein Teil meines Erbes; sie alle gehörten dazu.

Ich ging ins Haus, stand, die Hände in den Taschen, vor dem offenen Kamin in der Bibliothek. Die Hunde kamen mir nach, wie sie es gewohnt waren, und kauerten sich zu meinen Füßen nieder. Ich wurde mir einer Selbstsicherheit, einer Kraft bewußt, von der ich nie eine Ahnung gehabt hatte; ich fühlte mich über mich selbst hinausgehoben. So etwa mußte ein Soldat sich fühlen, dem der Befehl über ein Bataillon anvertraut wird; dieses Gefühl des Besitzes, des Stolzes überkam mich, wie es einen langgedienten Major überkommen mochte, der Monate und Jahre an zweiter Stelle gestanden hatte. Doch im Unterschied zum Offizier mußte ich das Kommando nie mehr abgeben. Es war mein auf Lebenszeit. Als diese Erkenntnis in mir erwuchs, während ich vor dem Kamin in der Bibliothek stand, da erlebte ich eine Beglückung wie noch nie, weder vorher noch nachher. Ich erinnere mich noch genau an das Selbstgefühl, das ich an jenem Abend empfand, als ob etwas seit langem in mir geschlummert hätte und nun erwacht wäre. Ich ging früh zu Bett und schlief fest und traumlos.

Am nächsten Tag kam Nick Kendall zu mir und brachte Louise mit. Da keine nahen Verwandten vorhanden waren, las Nick Kendall mir das Testament vor, als wir allein in der Bibliothek waren. Louise ging unterdessen im Park spazieren. Es gab die üblichen Legate für Seecombe und die anderen Dienstleute, Schenkungen für die Armen des Dorfes, für die Witwen und Waisen. Das Gut aber gehörte mir. Trotz der Amtssprache, in der das Testament abgefaßt war, klang alles einfach und eindeutig. Bis auf eine Einschränkung. Der Italiener Rainaldi hatte tatsächlich recht gehabt. Nick Kendall war zu meinem Vormund eingesetzt worden; denn das Gut sollte erst dann in meinen Besitz übergehen, wenn ich das fünfundzwanzigste Jahr vollendet hatte.

«Ambrose war fest davon überzeugt», erklärte mein Pate und nahm die Brille ab, als er mir das Dokument reichte, «daß kein junger Mensch sich vor seinem fünfundzwanzigsten Jahr über sich selber im reinen ist. Du hättest mit einer Schwäche für Trinken, Spielen oder Frauen aufwachsen können, und diese Klausel bietet da eine gewisse Sicherheit. Ich habe ihm geholfen, seinen letzten Willen aufzusetzen, als du noch in Harrow warst, und obgleich wir beide wußten, daß keine dieser Neigungen sich bei dir bisher gezeigt hatte, zog Ambrose vor, die Klausel einzuschalten. ‹Es kann Philip nicht weiter kränken›, sagte er immer, ‹aber es wird ihn Vorsicht lehren.› Nun ist es so, und wir können nichts daran ändern. In Wirklichkeit wird es keine Beeinträchtigung für dich bedeuten, abgesehen davon, daß du noch sieben Monate lang zu mir kommen mußt, wenn du Geld für die Bewirtschaftung des Gutes oder für deine persönlichen Ausgaben brauchst — so war es ja auch bisher. Und im April hast du Geburtstag, nicht?»

«Das mußt du doch wissen», sagte ich. «Du bist ja mein Pate.»

«Ein drolliger kleiner Wurm bist du damals gewesen», sagte er lächelnd. «Ganz verdutzt hast du den Pfarrer angeschaut. Ambrose war gerade von Oxford gekommen. Er zwickte dich in die Nase, um dich weinen zu machen, und seine Tante, deine Mutter, war sehr böse darüber. Nachher forderte er deinen armen Vater zu einem Wettrudern heraus, und sie ruderten vom Schloß bis Lostwithiel und wurden beide bis auf die Haut naß. Haben dir deine Eltern nie gefehlt, Philip? Manchmal denke ich, daß es doch hart für dich gewesen ist, ohne Mutter aufzuwachsen.»

«Ich weiß es nicht», sagte ich. «Viel habe ich nie darüber nachgedacht. Ich habe nie einen andern Menschen gebraucht als Ambrose.»

«Dennoch war es falsch», sagte er. «Und das habe ich ihm auch gesagt. Aber er wollte nicht auf mich hören. Es hätte doch ein weibliches Wesen im Haus sein sollen, eine Haushälterin, eine entfernte Verwandte oder sonstwer. Du bist aufgewachsen ohne eine Ahnung von den Frauen; und wenn du einmal heiratest, wird das für deine Frau ziemlich schwierig werden. Noch heute beim Frühstück habe ich das zu Louise gesagt.»

Er brach ab und sah — wenn das bei meinem Paten überhaupt möglich war — etwas unbehaglich drein, als ob er mehr gesagt hätte, als er eigentlich beabsichtigt hatte.

«Na ja», meinte ich. «Meine Frau wird mit diesen Schwierigkeiten schon fertig werden, wenn es einmal so weit sein sollte. Aber das ist sehr unwahrscheinlich. Ich glaube, daß ich viel zuviel von Ambrose habe, und jetzt weiß ich, welche Wirkung die Ehe auf ihn ausgeübt haben muß.»

Mein Pate schwieg. Dann berichtete ich ihm von meinem Besuch in der Villa, von meiner Begegnung mit Rainaldi, und er wiederum zeigte mir den Brief, den der Italiener ihm geschrieben hatte. Es war ungefähr so, wie ich es erwartet hatte; in kalten, gestelzten Worten schilderte er Ambroses Krankheit und Tod, sprach von seinem persönlichen Mitgefühl und dann von dem Gram der Witwe, die nach seiner Darstellung ganz untröstlich war.

«So untröstlich», sagte ich zu meinem Paten, «daß sie sich am Tag nach der Beerdigung davonmacht wie eine Diebin. So untröstlich, daß sie sämtliche Gegenstände, die Ambrose gehörten, eingepackt und mit sich genommen hat, mit Ausnahme seines alten Hutes; wahrscheinlich weil er alt und wertlos war.»

Mein Pate hüstelte. Seine buschigen Brauen zogen sich zusammen.

«Du wirst ihr doch die Kleider und Bücher nicht mißgönnen», sagte er. «Denk nicht mehr daran, Philip; es ist alles, was sie bekommen hat.»

«Was willst du damit sagen?»

«Nun, ich habe dir doch das Testament vorgelesen, nicht? Und da liegt es vor deinen Augen. Es ist dasselbe Testament, das ich vor zehn Jahren mit ihm aufgesetzt habe. Er hat nach seiner Ehe kein Addendum hinzugefügt. Er hat keine Bestimmung zugunsten seiner Frau getroffen. Das ganze Jahr lang war ich eigentlich darauf gefaßt, von ihm eine Weisung zu erhalten. Es wäre schließlich ganz normal gewesen. Aber durch seinen Aufenthalt im Ausland ist er vielleicht in der Erledigung seiner Angelegenheiten nachlässiger geworden, und dann hat er ja auch damit gerechnet, bald zurückzukehren. Und diese Pläne hat seine Krankheit vereitelt. Signor Rainaldi, der dir so unsympathisch ist, schreibt kein Wort von einem Anspruch, den Mrs. Ashley erheben würde. Das beweist eigentlich ein großes Zartgefühl.»

«Einen Anspruch?» rief ich. «Mein Gott, du sprichst von einem Anspruch, da wir doch genau wissen, daß sie die Schuld an seinem Tod trägt?!»

«Wir wissen nichts dergleichen», erwiderte mein Pate. «Und wenn du die Absicht hast, so von der Witwe deines Vetters zu reden, dann will ich das nicht anhören.» Er stand auf und begann seine Akten zusammenzulegen.

«Du glaubst also an diesen Tumor?»

«Natürlich glaube ich daran», sagte er. «Hier ist der Brief dieses Rainaldi und der Totenschein, unterschrieben von zwei Ärzten. Ich erinnere mich noch an den Tod deines Onkels Philip. Das war vor deiner Zeit. Die Symptome waren sehr ähnlich. Es war genau das, was ich befürchtete, als Ambroses Brief kam und du nach Florenz gereist bist. Daß du zu spät kommst, um irgendwie behilflich zu sein, ist eines der unglücklichen Zusammentreffen, an denen kein Mensch die Schuld trägt. Wenn ich es recht bedenke, war es übrigens vielleicht gar kein Unglück, sondern eine Gnade. Du hättest dir gewiß nicht gewünscht, ihn leiden zu sehen.»

Ich hätte ihn verprügeln können, den alten Narren, der so verstockt, so blind war!

«Du hast den zweiten Brief nie gelesen», sagte ich. «Die Zeilen, die an dem Morgen meiner Abreise ankamen. Sieh her!»

Ich hatte den Brief bei mir; ich trug ihn immer in meiner Brusttasche, und jetzt reichte ich ihn Nick Kendall. Er setzte seine Brille wieder auf und las.

«Es tut mir leid, Philip», erklärte er, «aber selbst dieses herzzerreißende Gekritzel kann meine Ansicht nicht ändern. Du mußt dich mit den Tatsachen abfinden. Du hast Ambrose lieb gehabt, und ich auch. Als er starb, habe ich meinen teuersten Freund verloren. Es lastet ebenso schwer auf mir wie auf dir, wenn ich an sein Leiden denke, vielleicht sogar noch mehr, weil ich den Fall schon einmal miterlebt habe. Du kannst dich nicht damit abfinden, daß der Mann, den wir kannten, bewunderten, liebten, in der Zeit vor seinem Tod nicht mehr er selber war; das ist es, was dich verwirrt. Er war geistig und körperlich krank und für das, was er schrieb, nicht verantwortlich.»

«Das glaube ich nicht», rief ich. «Das kann ich nicht glauben!»

«Du meinst, daß du es nicht glauben willst», entgegnete mein Pate, «und dann ist jedes weitere Wort überflüssig. Aber um Ambroses willen, um aller jener willen, die ihn gekannt und geliebt haben, muß ich dich bitten, deine Ansichten vor keinem andern Menschen laut werden zu lassen. Das würde nur üble Folgen haben, und wenn das Gerede an die Ohren seiner Witwe dringen sollte, so würdest du eine recht jämmerliche Rolle spielen, und sie wäre voll im Recht, wenn sie einen Verleumdungsprozeß gegen dich anstrengen würde. Wäre ich ihr Vertreter, wie es dieser Italiener zu sein scheint, würde ich keinen Augenblick zögern, vor Gericht zu gehen.»

Ich hatte meinen Paten nie so energisch reden gehört. Er hatte recht; da war kein weiteres Wort zu verlieren. Ich hatte meine Lehre erhalten; ich würde nicht mehr von der Sache anfangen.

«Sollen wir nicht Louise rufen?» fragte ich sehr betont. «Sie ist wohl lange genug durch die Gärten gewandert. Und ihr bleibt zu Tisch bei mir!»

Mein Pate war während des Essens sehr schweigsam. Er war offenbar noch immer entrüstet über das, was ich gesagt hatte. Louise erkundigte sich nach meinen Reisen, wie mir Paris gefallen, was ich in Frankreich gesehen hätte, wollte Näheres über die Alpenfahrt und Florenz wissen. Meine sehr unzulänglichen Antworten mußten die Lücken in der Unterhaltung stopfen. Doch sie merkte sehr gut, daß etwas nicht stimmte. Und nach Tisch, als mein Pate Seecombe und die übrigen Dienstleute zusammenrief, um sie von den Legaten in Kenntnis zu setzen, da ging ich mit ihr in den Salon.

«Mein Pate ist unzufrieden mit mir», sagte ich und erzählte ihr alles. Sie beobachtete mich mit dem kritischen Blick, den ich an ihr bereits kannte, den Kopf ein wenig auf die Seite gelegt.

«Weißt du», sagte sie, nachdem ich geendet hatte, «ich glaube, daß du recht hast. Man muß wohl zugeben, daß der arme Mr. Ashley und seine Frau nicht glücklich gewesen sind, und er war zu stolz, um dir das zu schreiben, bevor er krank wurde; und dann gerieten sie vielleicht in Streit, und alles kam zusammen, und so hat er dir diese Briefe geschrieben. Was haben denn die Dienstleute in der Villa über sie gesagt? Ist sie jung? Ist sie alt?»

«Danach habe ich nie gefragt», sagte ich. «Ich wüßte auch nicht, was das zu bedeuten hätte. Das einzige, worauf es ankommt, ist, daß er ihr in der letzten Zeit mißtraut hat.»

Sie nickte. «Das ist ist schrecklich. Er muß sich sehr einsam gefühlt haben.»

Mir wurde warm ums Herz. Vielleicht hatte sie mehr Verständnis als ihr Vater, weil sie so jung war. Er selber wurde sichtlich alt, und seine Urteilsfähigkeit hatte bereits gelitten.

«Du hättest den Italiener, diesen Rainaldi, fragen sollen, wie sie aussieht», sagte Louise. «Ich hätte das getan. Das wäre meine erste Frage gewesen. Und wie sich die Sache mit ihrem ersten Mann, dem Grafen, abgespielt hat. Hast du mir nicht einmal erzählt, daß er im Duell gefallen ist? Siehst du, das spricht auch gegen sie. Wahrscheinlich hat sie mehrere Liebhaber gehabt.»

Von dieser Seite hatte ich meine Cousine Rachel bisher noch nie zu sehen versucht. Für mich war sie nur böse wie eine Spinne. Trotz meinem Haß mußte ich lächeln. «Die romantischen Vorstellungen eines jungen Mädchens», sagte ich. «Gleich Liebhaber zu wittern, Dolchstöße in verschwiegenen Gäßchen, geheime Treppen! Ich hätte dich nach Florenz mitnehmen sollen! Da hättest du viel mehr gesehen als ich!»

Sie wurde dunkelrot, als ich das sagte, und ich dachte, wie seltsam junge Mädchen doch sind; selbst Louise, die ich mein ganzes Leben lang kannte, verstand keinen Spaß. «Jedenfalls», fuhr ich fort, «geht es mich nichts an, ob diese Frau hundert Liebhaber gehabt hat oder nicht. Jetzt mag sie sich in Rom oder Neapel herumtreiben oder wo sie sonst will. Aber eines Tages werde ich ihr nachspüren, und dann wird sie etwas erleben!»

In diesem Augenblick kam mein Pate dazu, und ich sagte kein Wort mehr. Er schien besserer Laune zu sein. Zweifellos hatten Seecombe und Wellington und die anderen Dienstleute die Nachricht von den Legaten mit großer Dankbarkeit aufgenommen, und er fühlte sich ein wenig mitverantwortlich.

«Komm doch bald wieder herüber», sagte ich zu Louise, als ich ihr auf den Sitz neben ihrem Vater half. «Deine Gesellschaft tut mir gut.»

Abermals errötete sie seltsamerweise und schaute zu ihrem Vater auf, um sich zu vergewissern, was er dazu meinte; als ob wir nicht unzählige Male hin und her geritten wären und einander besucht hätten! Vielleicht machte meine neue Würde auch auf sie einen gewissen Eindruck, und am Ende würde ich plötzlich auch für sie Mr. Ashley werden! Ich kehrte in das Haus zurück und lächelte, wenn ich an Louise dachte, die ich noch vor wenigen Jahren an den Haaren gezogen hatte und die jetzt mit Respekt zu mir aufblickte; in der nächsten Minute aber hatte ich sie und meinen Paten vergessen, denn nach zwei Monaten Fernsein gab es eine Menge Arbeit für mich.

Ich glaubte nicht, meinen Paten in den nächsten vierzehn Tagen wiederzusehen, denn die Erntearbeiten und andere Dinge nahmen mich völlig in Anspruch; doch kaum eine Woche war verstrichen, als sein Reitknecht eines Tages geritten kam und mir meldete, sein Herr wolle mich sprechen und könne, einer leichten Erkältung wegen, nicht selber kommen; aber er habe mir Verschiedenes zu sagen.

Ich hielt die Sache nicht für gar so dringend – an jenem Tag brachten wir das letzte Getreide ein – und ritt erst am nächsten Nachmittag zu ihm hinüber.

Er saß allein in seinem Arbeitszimmer. Louise war nicht da. Auf seinem Gesicht lag ein eigentümlicher Ausdruck von Verblüfftheit und Unbehagen. Ich konnte leicht erkennen, daß irgend etwas ihn sehr beschäftigte.

«Also», begann er, «jetzt muß etwas geschehen, und du wirst beschließen müssen, was und wann. Sie ist mit dem Schiff in Plymouth angekommen.»

«Wer ist angekommen?» fragte ich. Doch ich glaubte es bereits zu wissen. Er hob ein Blatt Papier.

«Hier habe ich einen Brief», sagte er, «von deiner Cousine Rachel.»

VII

Er reichte mir den Brief. Ich betrachtete die Handschrift auf dem zusammengefalteten Blatt. Ich weiß nicht, was ich erwartete. Schleifen und Schnörkel vielleicht; oder ein vulgäres, gemeines Gekritzel. Doch dies war eine Handschrift wie andere auch, außer, daß die Worte in kleine Striche ausliefen, was die Leserlichkeit ein wenig beeinträchtigte.

«Sie scheint nicht zu wissen, daß die Nachricht schon bis zu uns gedrungen ist», sagte mein Pate. «Sie muß Florenz verlassen haben, bevor dieser Rainaldi seinen Brief geschrieben hat. Nun sieh zu, was du daraus entnimmst. Nachher werde ich dir meine Ansicht sagen.»

Ich öffnete den Brief. Er war vom dreizehnten September datiert, und die Absenderadresse war ein Gasthaus in Plymouth.

‹Geehrter Mr. Kendall,

Wenn Ambrose von Ihnen sprach, was er sehr häufig tat, hätte ich kaum geglaubt, daß meine erste Verbindung mit Ihnen von so viel Trauer belastet sein würde. Ich bin heute früh von Genua in Plymouth angekommen, und leider allein.

Mein lieber Mann ist am 20. Juli nach einer kurzen, aber heftigen Krankheit in Florenz gestorben. Es wurde alles getan, was nur getan werden konnte, aber selbst die besten Ärzte, die ich kommen ließ, waren nicht imstande, ihn zu retten. Es war ein Wiederaufflammen des Fiebers, das ihn im Vorfrühling gepackt hatte; das Ende aber wurde durch einen Druck auf das Gehirn verursacht. Nach Ansicht der Ärzte war bereits seit Monaten eine Geschwulst vorhanden gewesen, die sich dann plötzlich rasch entwickelte. Er liegt auf dem protestantischen Friedhof in Florenz begraben; ich selber habe die Stelle ausgesucht, sie ist ein wenig von den Gräbern der andern Engländer entfernt und von Bäumen gesäumt, wie er es sich gewünscht hätte. Von meinem Gram, von der Leere meines Lebens will ich nicht sprechen; Sie kennen mich nicht, und ich möchte Sie nicht mit meinem Kummer belasten.

Mein erster Gedanke galt Philip, den Ambrose so zärtlich geliebt hatte und dessen Schmerz dem meinen gleich sein dürfte. Mein guter Freund und Berater, Signor Rainaldi in Florenz, versicherte mir, daß er Ihnen schreiben werde, damit Sie auch Philip verständigen könnten, doch ich habe wenig Zutrauen zu der Postverbindung zwischen Italien und England und befürchtete, die Nachricht könnte Sie durch Gerüchte oder überhaupt nicht erreichen. Darum bin ich hierher gekommen. Ich habe alles mitgebracht, was Ambrose besaß; seine Bücher, seine Kleider, alles, was Philip vielleicht behalten will und was jetzt von Rechts wegen ihm gehört. Ich wäre Ihnen sehr verbunden, wenn Sie mir mitteilen wollten, was ich mit den Dingen anfangen, wie ich sie senden soll, oder ob Sie es für richtig halten, daß ich selber an Philip schreibe.

Ich habe Florenz ganz plötzlich und ohne jedes Bedauern verlassen. Ich könnte es nicht ertragen, jetzt, nach Ambroses Tod, dort zu bleiben. Weitere Pläne habe ich nicht. Nach einem so furchtbaren Schlag brauche ich wohl vor allem Zeit zur Selbstbesinnung. Ich hatte gehofft, früher in England einzutreffen, wurde aber in Genua aufgehalten, weil das Schiff, mit dem ich fahren wollte, noch nicht bereit war. Ich glaube, daß noch Mitglieder meiner Familie, der Coryns, über Cornwall verstreut leben, aber da ich keinen von ihnen kenne, habe ich auch nicht die Absicht, ihnen ins Haus zu fallen. Viel lieber wäre es mir, allein zu bleiben. Vielleicht werde ich, wenn ich hier ein wenig Ruhe gefunden habe, nach London fahren und dort weitere Entschlüsse fassen.

Ich bitte um Mitteilung, was mit den Sachen meines Mannes geschehen soll.

Ihre sehr ergebene
Rachel Ashley.›

Ich las den Brief einmal, zweimal, vielleicht dreimal, und dann gab ich ihn meinem Paten zurück. Er erwartete, daß ich etwas sagen würde, aber ich sagte kein Wort.

«Du siehst», sagte er endlich, «daß sie doch nichts behalten hat. Kein Buch, keinen Handschuh! Alles ist für dich bestimmt!»

Ich antwortete nicht.

«Sie verlangt nicht einmal das Haus zu sehen», fuhr er fort, «das Haus, das immerhin ihr Heim gewesen wäre, wenn Ambrose gelebt hätte. Diese Reise, die sie jetzt unternommen hat – du begreifst natürlich, daß sie sie unter andern Umständen miteinander unternommen hätten. Das wäre der Einzug in ein neues Heim gewesen. Welch ein Unterschied! Alle Leute vom Gut hätten sie begrüßt, die Dienstboten ganz außer sich vor Neugier, die Nachbarn wären zu Besuch gekommen. Und jetzt? Ein einsames Gasthaus in Plymouth. Sie mag sympathisch sein oder nicht – ich weiß es nicht, ich habe sie ja noch nicht kennengelernt. Aber das Wesentliche ist, daß sie uns um nichts bittet, nichts verlangt. Und doch ist sie Mrs. Ashley! Es tut mir leid, Philip, ich kenne deine Ansichten, und du wirst dich davon nicht abbringen lassen. Aber als Ambroses Freund, als sein Vertrauensmann, kann ich nicht einfach hier sitzen und nichts tun, wenn seine Witwe allein und schutzlos in unserm Land ankommt. Wir haben ein Gastzimmer in unserem Haus. Sie ist uns willkommen, bis sie irgendwelche Pläne gefaßt hat.»

Ich trat ans Fenster. Louise war nicht fortgegangen. Sie hatte einen Korb am Arm und warf die abgeschnittenen, verwelkten Blumen hinein. Jetzt erblickte sie mich und winkte mir zu. Hatte mein Pate ihr den Brief vorgelesen?

«Nun, Philip?» fragte er. «Du magst ihr schreiben oder nicht, ganz wie es dir genehm ist. Ich vermute, daß du sie nicht zu sehen wünschst, und wenn sie meine Einladung annimmt, so werde ich dich, solange sie bei uns bleibt, nicht bitten herüberzukommen. Aber irgendeine Botschaft schuldest du ihr; du mußt mindestens zur Kenntnis nehmen, daß sie dir Ambroses Sachen mitgebracht hat. Ich kann das in einer Nachschrift erwähnen, wenn ich ihr schreibe.»

Ich wandte mich vom Fenster ab und sah ihn an.

«Warum glaubst du, daß ich sie nicht zu sehen wünsche?» fragte ich.

«Ganz im Gegenteil, ich möchte sie dringend sehen. Wenn sie eine impulsive Frau ist, und das scheint sie nach diesem Brief zu sein – übrigens erinnere ich mich, daß auch Rainaldi das von ihr gesagt hat –, kann auch ich einem Impuls folgen. Ein Impuls war es, der mich vor allem nach Florenz gedrängt hat, nicht wahr?»

«Und?» fragte mein Pate und musterte mich argwöhnisch.

«Wenn du nach Plymouth schreibst», sagte ich, «dann teile ihr mit, daß Philip Ashley die Nachricht von Ambroses Tod bereits vernommen hat. Daß er auf zwei Briefe hin nach Florenz gefahren ist, die Villa Sangalletti besucht, ihre Dienstleute gesprochen, ihren Berater, Signor Rainaldi, angehört hat und nun wieder zurückgekehrt ist. Sag ihr, daß Philip ein sehr einfacher Mensch ist und sehr bescheiden lebt. Daß er keine feinen Sitten hat, keine Konversation machen kann und nicht an die Gesellschaft von Frauen gewöhnt ist – überhaupt keine Geselligkeit pflegt. Wenn sie dennoch ihn und das Heim ihres verstorbenen Gatten zu sehen wünscht – Philip Ashleys Haus steht zur Verfügung seiner Cousine Rachel, wann immer sie Wert darauf legt, es zu besuchen.» Und ich legte die Hand auf das Herz und verbeugte mich.

«Ich hätte nie geglaubt, daß du so hart geworden bist», sagte mein Pate langsam. «Was ist denn in dich gefahren?»

«Nichts ist in mich gefahren», erwiderte ich, «nur daß ich, wie ein junger Jagdhund Blut, wittere. Hast du vergessen, daß mein Vater Soldat gewesen ist?»

Dann ging ich zu Louise in den Garten. Sie hatte die Nachricht noch mehr aufgeregt als mich. Ich nahm sie bei der Hand und zog sie in das Sommerhäuschen neben dem Rasen. Da saßen wir beieinander wie zwei Verschwörer.

«Dein Haus eignet sich nicht dazu, jemanden zu empfangen», sagte sie sofort. «Und ganz gewiß nicht eine Frau wie die Contessa – wie Mrs. Ashley. Du siehst, daß ich sie auch unwillkürlich Contessa nenne; es scheint mir angemessener. Seit zwanzig Jahren hat es in deinem Haus keine Frau mehr gegeben. In welchem Zimmer willst du sie unterbringen? Und denk an den Staub! Nicht bloß im oberen Stockwerk, sondern auch im Salon. Das habe ich neulich sehr wohl bemerkt.»

«Darauf kommt es nicht an», sagte ich ungeduldig. «Sie kann selber abstauben, wenn sie Lust hat. Je schlimmer sie es findet, desto lieber wird es mir sein. Mag sie doch wissen, welch ein sorgloses Leben wir geführt haben, Ambrose und ich. Anders als in jener Villa . . .»

«Du hast unrecht!» rief Louise. «Du willst doch nicht wie ein Bauer, wie ein Fuhrknecht wirken! Damit würdest du in einem schlechten Licht dastehen, bevor du auch nur das erste Wort mit ihr gesprochen hast. Du mußt bedenken, daß sie ihr ganzes Leben auf dem Kontinent verbracht hat, an jedes Raffinement, an zahlreiche Dienstboten gewöhnt ist – die ausländischen Dienstleute sollen besser sein als unsere –, und sie hat bestimmt eine Menge

Kleider und vielleicht auch Schmuck bei sich, nicht nur Mr. Ashleys Sachen. Sie wird aus seinem Mund so viel von dem Haus gehört haben, daß sie sich etwas sehr Elegantes darunter vorstellt – etwa so wie ihre eigene Villa. Und wenn jetzt alles unordentlich, verstaubt, schmutzig ist und wie ein Hundestall riecht – nein, Philip, um seinetwillen kannst du nicht wünschen, daß sie es so vorfindet!»

Wie wütend ich da wurde! «Was, zum Teufel, meinst du damit, daß das Haus wie ein Hundestall riecht? Es ist ein Männerhaus, einfach und gemütlich, und so wird es, will's Gott, auch bleiben. Weder Ambrose noch ich haben jemals Wert auf elegante Möbel gelegt, auf zierliche Tische, die zusammenkrachen, wenn man sie nur mit dem Knie streift.»

«Verzeih», sagte sie, «ich wollte dich nicht kränken. Du weißt, wie gern ich dein Haus habe. Es war mir immer lieb und wird es bleiben. Aber darüber, wie es gepflegt ist, muß ich doch sagen, was ich denke; ich kann nicht anders. Seit so langer Zeit ist nichts mehr dafür getan worden; es fehlt ihm an Wärme und – na ja, auch an Komfort, wenn du mir diese Bemerkung nicht übelnimmst.»

Ich dachte an das helle, gut gepflegte Wohnzimmer, wo mein Pate abends saß, und, in der Wahl zwischen diesem Zimmer und meiner Bibliothek, wußte ich wohl, was ich vorziehen würde.

«Schön, schön», sagte ich. «Verzeih den Mangel an Komfort. So hat es Ambrose genügt, so genügt es mir, und für ein paar Tage – so lange, wie sie mich mit ihrer Anwesenheit beehren mag – sollte es auch meiner Cousine Rachel genügen.»

Louise schüttelte den Kopf.

«Du bist unverbesserlich! Wenn Mrs. Ashley so ist, wie ich sie mir vorstelle, dann wird sie nur einen Blick auf das Haus werfen und dann in St. Austell oder bei uns Zuflucht suchen.»

«Das wird mir sehr lieb sein», erwiderte ich, «wenn ich erst einmal mit ihr fertig bin.»

Neugierig sah Louise mich an. «Willst du sie wirklich ausfragen? Womit wirst du beginnen?»

Ich zuckte die Achseln. «Das kann ich erst sagen, wenn ich sie gesehen habe. Sie wird zweifellos versuchen, sich aufzuspielen. Oder vielleicht eine Komödie inszenieren, weinen und hysterische Anfälle bekommen. Mich läßt das alles kalt. Ich werde sie beobachten und meine Freude daran haben.»

«Ich glaube nicht, daß sie sich aufspielen wird», sagte Louise. «Noch wird sie hysterische Anfälle haben. Sie wird einfach eintreten und das Kommando übernehmen. Vergiß nicht, daß sie daran gewöhnt sein muß, zu befehlen.»

«Nicht in meinem Haus!»

«Armer Seecombe! Was würde ich dafür geben, wenn ich sein Gesicht sehen könnte! Sie wird ihm allerlei an den Kopf werfen, wenn er nicht beim ersten Läuten erscheint. Italiener sind sehr leidenschaftlich, weißt du! Sehr temperamentvoll. Das habe ich immer gehört.»

«Sie ist nur eine halbe Italienerin», erwiderte ich. «Und Seecombe kann sich sehr gut selber verteidigen. Vielleicht wird es drei Tage lang regnen, und sie wird mit Rheumatismus im Bett liegen.»

Wir lachten miteinander in dem Sommerhäuschen wie zwei Kinder, aber im Grund meines Herzens war mir gar nicht zum Lachen. Die Einladung hatte ich hingeworfen wie eine Herausforderung, und im selben Augenblick schon mochte ich sie bereut haben, obgleich ich das Louise verschwieg. Noch mehr bereute ich sie, als ich heimkam und mich umsah. Ach du guter Himmel, wie kopflos hatte ich gehandelt! Wenn mein Stolz es mir erlaubt hätte, so wäre ich auf der Stelle zu meinem Paten geritten und hätte ihm gesagt, er solle doch kein Wort von meiner Einladung erwähnen, wenn er nach Plymouth schrieb.

Was in der Welt sollte ich mit dieser Frau in meinem Haus anfangen?! Was sollte ich ihr sagen, wie sollte ich vorgehen? Wenn schon Rainaldi glaubwürdig war, so würde sie es zehnmal mehr sein! Ein unmittelbarer Angriff würde keinen Erfolg haben, und was hatte der Italiener nur von der Zähigkeit der Frauen gesagt? Und wie auch sie zu kämpfen verstünden? Wenn sie großmäulig und ordinär war, dann glaubte ich zu wissen, wie ich mit ihr umgehen könnte. Ein Bursche von einer der Farmen hatte sich mit solch einer eingelassen, die ihn wegen Bruches des Heiratsversprechens verklagen wollte, aber die hatte ich bald nach Devon zurückspediert, wo sie hingehörte! Wenn sie aber zuckersüß, heimtückisch war, mit wogendem Busen und lammfrommen Augen — würde ich ihr dann auch gewachsen sein? Ich glaubte es. Ich hatte dergleichen in Oxford kennengelernt, und immer wieder hatte ich festgestellt, daß äußerste Offenherzigkeit, ja Brutalität sie in ihre Erdlöcher zurückjagte, ohne daß sie sich dabei einen Knochen gebrochen hätten. Nein, alles in allem war ich sehr zuversichtlich; o ja, wenn es zu der Aussprache mit meiner Cousine Rachel kommen sollte, würde ich schon die richtigen Worte finden, dessen war ich gewiß. Aber die Vorbereitungen für den Besuch, das war eine verteufelte Geschichte; die äußere Höflichkeit, bevor man zu den Waffen griff!

Zu meiner großen Überraschung befreundete Seecombe sich mit der Idee ohne besonderes Widerstreben. Es sah beinahe so aus, als hätte er es erwartet. Ich teilte ihm kurz mit, daß Mrs. Ashley in England angekommen sei und Mr. Ambroses persönliche Habe mitgebracht hätte. Es sei immerhin möglich, daß sie in einer Woche zu einem kurzen Besuch bei uns eintreffen werde. Seine Unterlippe streckte sich nicht vor wie gewöhnlich, wenn eine heikle Frage auftauchte, und er lauschte mir mit großem Ernst.

«Ja, Sir», sagte er. «Das ist recht und billig. Wir alle werden uns sehr freuen, Mrs. Ashley hier willkommen zu heißen.»

Ich schaute ihn über meine Pfeife an; sein wichtigtuerisches Gehaben erheiterte mich.

«Ich glaubte doch», bemerkte ich, «Sie seien genau wie ich und legten keinen Wert darauf, Frauen im Haus zu haben! Sie haben anders geredet, als ich Ihnen mitteilte, Mr. Ambrose habe geheiratet und seine Frau würde Herrin in diesem Hause sein!»

Er sah entrüstet drein. Diesmal schob sich die Unterlippe vor.

«Das war nicht dasselbe, Sir», sagte er. «Seither ist das Unglück geschehen, und die arme Dame ist Witwe. Mr. Ambrose hätte ganz sicher gewünscht, daß wir unser Möglichstes für sie tun, um so mehr» — er hüstelte diskret — «als es scheint, daß Mrs. Ashley keinerlei Vorteil von seinem Tod hat.»

47

Wie, zum Teufel, konnte er das erfahren haben? Ich stellte ihm die Frage.

«Das ist allgemein bekannt, Sir», sagte er. «Die ganze Gegend spricht davon. Alles ist Ihnen hinterlassen worden, Mr. Philip, und nichts der Witwe. Das ist nicht üblich, Sir. In jeder Familie, ob groß oder klein, wird auch für die Witwe gesorgt.»

«Ich bin sehr erstaunt, Seecombe, daß Sie auf jeden Klatsch hören!»

«Das ist kein Klatsch, Sir», erwiderte er würdevoll. «Was die Familie Ashley betrifft, betrifft uns alle. Wir, die Dienstleute, sind nicht vergessen worden.»

«Das hat nichts mit Vergessen zu schaffen», sagte ich kurz. «Dadurch, daß Mr. Ashley im Ausland war und nicht daheim, konnten geschäftliche Angelegenheiten nicht erledigt werden. Er hatte ja nicht erwartet, daß er in Italien sterben würde. Wäre er heimgekommen, so hätte er wohl gewisse Bestimmungen getroffen.»

«Ja, Sir», sagte er. «Das glauben wir alle.»

O ja, sie mochten über das Testament schwatzen, das war nicht weiter wichtig. Aber mit jäh aufschießender Bitterkeit fragte ich mich, wie sie sich mir gegenüber verhalten hätten, wenn ich nicht der Erbe gewesen wäre. Hätte es eine Spur von Ehrerbietung gegeben? Von Respekt? Von Treue? Oder wäre ich der junge Master Philip gewesen, ein armer Verwandter, der in einem Hinterzimmer hauste? Wie viele Menschen gab es hier auf dem Gut, die an mir hingen und mich um meiner selbst willen achteten?

«Das ist alles, Seecombe», sagte ich. «Ich werde Sie wissen lassen, wenn Mrs. Ashley sich entschließt, uns zu besuchen. Ich weiß nicht, wie man es mit dem Zimmer halten soll. Das überlasse ich Ihnen.»

«Ja, Mr. Philip», sagte Seecombe erstaunt, «es wird doch wohl das einzig Richtige sein, wenn Mrs. Ashley das Zimmer Mr. Ashleys bezieht!»

Ich sah auf und konnte zunächst kein Wort hervorbringen, so erbost war ich. Aus Furcht, meine Gefühle zu verraten, wandte ich mich ab.

«Nein», sagte ich, «das geht nicht. Ich werde selber in Mr. Ashleys Zimmer übersiedeln. Das wollte ich Ihnen noch sagen. Gerade in diesen letzten Tagen habe ich mich dazu entschlossen.»

Das war eine Lüge. Erst in diesem Augenblick war mir der Gedanke gekommen.

«Sehr wohl, Sir», erwiderte er. «In diesem Fall wäre das blaue Zimmer mit dem Ankleideraum und dem Boudoir für Mrs. Ashley passend.» Und damit verließ er das Zimmer.

Mein Gott, dachte ich, diese Frau in Ambroses Zimmer unterzubringen! Ich warf mich in meinen Lehnstuhl und biß am Stiel meiner Pfeife. Ich war wütend, unsicher, hatte die ganze Geschichte satt. Es war Wahnsinn gewesen, die Botschaft durch meinen Paten zu senden, Wahnsinn, sie überhaupt ins Haus zu lassen! Was, in Teufels Namen, hatte ich da angefangen! Dieser Seecombe, dieser Dummkopf, mit seinen Vorstellungen von dem, was recht und was unrecht war!

Die Einladung wurde angenommen. Meine Cousine Rachel schrieb an meinen Paten, nicht an mich. Und das war, wie Seecombe ohne Zweifel finden würde, angemessen und korrekt. Die Einladung war nicht unmittelbar von mir ausgegangen, und darum mußte sie auf diese Art beantwortet werden. Sie wäre bereit, schrieb sie, zu kommen, wann es genehm sei, ihr einen Wagen zu senden; andernfalls würde sie die Post nehmen. Ich erwiderte, abermals durch meinen Paten, daß ich den Wagen am Freitag schicken würde. Und das war zunächst alles.

Nur allzu rasch war der Freitag da. Ein trüber Tag, wie es sich gehörte, und der Wind wehte in heftigen Böen. Solches Wetter hatten wir in der dritten Septemberwoche, zur Zeit der Hochfluten, sehr häufig. Die Wolken hingen tief, zogen vom Südwesten her über den Himmel, und man mußte wohl noch vor dem Abend auf Regen gefaßt sein. Ich hoffte sogar darauf. Auf einen unserer richtigen schweren Regenfälle, wenn möglich mit einem Sturm verbunden. Ein Land im Westen entbietet seinen Willkommgruß. Nicht Italien. Ich hatte Wellington schon am Vortag mit dem Wagen weggeschickt. Er würde in Plymouth übernachten und am nächsten Tag mit ihr zurückkommen. Seit dem Augenblick, da ich den Dienstleuten gesagt hatte, Mrs. Ashley wolle uns besuchen, herrschte Unruhe im Haus. Selbst die Hunde empfanden das und folgten mir von Zimmer zu Zimmer. Seecombe war wie ein alter Priester, der sich jahrelang von jeder religiösen Feierlichkeit ferngehalten hat und sich nun plötzlich auf vergessene Riten besinnt. Geheimnisvoll und feierlich, mit gedämpften Schritten – er hatte sich sogar ein Paar Hausschuhe mit Filzsohlen gekauft! – glitt er durch die Räume, und Silbergeschirr, das ich nie zuvor gesehen hatte, erschien jetzt auf dem Eßtisch oder auf dem Buffet. Wahrscheinlich stammte es aus den Tagen meines Onkels Philip. Große Kandelaber, Zuckerdosen, Becher und sogar eine Silberschale mit Rosen als Hauptschmuck!

«Seit wann sind Sie Mesner geworden?» spottete ich. «Wie wär's mit Weihrauch und Weihwasser?»

Kein Muskel in seinem Gesicht rührte sich. Er trat zurück und besah, was er fertiggebracht hatte.

«Ich habe Tamlyn gebeten, Schnittblumen zu bringen», sagte er. «Die Burschen legen sie jetzt zurecht; wir brauchen doch Blumen für den Salon, für das blaue Schlafzimmer und für das Boudoir.» Er runzelte die Stirn, denn der Küchenjunge John stolperte und wäre beinahe mit zwei weiteren schweren Kandelabern gefallen.

Die Hunde schauten niedergeschlagen zu mir auf. Einer von ihnen kauerte unter der Bank in der Halle. Ich ging die Treppe hinauf. Gott weiß, wann ich das blaue Zimmer zuletzt betreten hatte. Wir hatten nie Gäste, und in meiner Erinnerung verband es sich damit, daß ich vor langen Zeiten, als mein Pate zum Weihnachtsfest herübergekommen war, mit Louise dort Verstecken gespielt hatte. Ich konnte mich entsinnen, daß ich mich damals in das stille Zimmer geschlichen und unter dem Bett im Staub versteckt hatte. Auch erinnerte ich mich dunkel daran, daß Ambrose einmal gesagt hatte, es sei Tante Phoebes Zimmer gewesen, und Tante Phoebe war dann nach Kent übersiedelt, wo sie auch gestorben war.

Heute war keine Spur mehr von ihr vorhanden. Die Diener hatten unter Seecombes Leitung ganze Arbeit geleistet. Die Fenster standen offen und erlaubten einen Blick auf den Park, und die Sonne schien auf die gründlich geklopften Teppiche. Das Bett war mit frischem Leinen von einer mir bisher unbekannten Qualität bezogen. Waren Waschtisch und Krug immer im anstoßenden Ankleideraum gewesen? Gehörte der Lehnstuhl hierher? Ich konnte mich an all diese Dinge nicht erinnern, aber ich wußte ja auch nichts mehr von Tante Phoebe, die noch vor meiner Geburt nach Kent übergesiedelt war. Nun, was für sie gut genug gewesen war, mußte wohl auch für meine Cousine Rachel gut genug sein!

Das dritte Zimmer, das dazu gehörte, war Tante Phoebes Boudoir gewesen. Auch hier war sauber gemacht worden, und die Fenster standen offen; ich muß gestehen, daß ich auch diesen Raum seit den Tagen des Versteckenspielens nicht mehr betreten hatte. An der Wand, über dem Kamin, hing ein Porträt von Ambrose aus der Zeit, da er ein junger Mann war. Ich hatte überhaupt nichts von der Existenz dieses Bildes gewußt, und er selber hatte es wahrscheinlich auch vergessen. Wäre es das Werk eines bekannten Malers gewesen, so hätte man es wohl unten neben den andern Familienbildern aufgehängt; daß man es aber hier oben, in einem nie benützten Zimmer unterbrachte, bewies, daß man nicht viel von seinem Kunstwert hielt. Es zeigte ihn beinahe in Lebensgröße, das Gewehr unter dem Arm, ein Rebhuhn in der linken Hand. Die Augen blickten in meine Augen, und seinen Mund umspielte ein leises Lächeln. Das Haar hatte er damals länger getragen als zu meiner Zeit. Es war nichts Besonderes an dem Bild. Nur eines fiel mir auf: Es glich mir ganz außerordentlich. Ich schaute in den Spiegel und dann wieder auf das Porträt, und der einzige Unterschied war im Schnitt der Augen, die ein wenig schmäler waren als meine, und auch sein Haar war dunkler. Wir hätten Brüder, ja, Zwillingsbrüder sein können, der junge Mann auf der Leinwand und ich. Diese jähe Erkenntnis unserer Ähnlichkeit hob meine Stimmung wesentlich. Es war, als lächelte der junge Ambrose mir zu und sagte: ‹Ich bin bei dir!› Und auch der ältere Ambrose war mir sehr nah. Ich schloß die Tür hinter mir, ging abermals durch das Ankleidezimmer und das blaue Schlafzimmer und dann die Treppe hinunter.

Ich hörte das Rasseln von Rädern. Es war Louise in ihrem leichten Jagdwagen, und auf dem Sitz neben ihr lagen große Sträuße von Margueriten und Dahlien.

«Für den Salon», rief sie, als sie mich erblickte. «Ich meinte, Seecombe würde sich freuen.»

Seecombe, der eben mit seinen Helfern durch die Halle ging, sah gekränkt drein. Er blieb stehen, während Louise die Blumen ins Haus trug. «Sie hätten sich nicht darum bemühen müssen, Miss Louise», sagte er steif. «Ich habe das alles schon mit Tamlyn erledigt. Es sind genügend Blumen da.»

«Dann werde ich sie arrangieren», sagte Louise. «Ihre Leute werden ja nur die Vasen zerbrechen. Ihr habt doch hoffentlich Vasen? Oder hat man die Blumen in Konfitüregläser gestopft?»

Seecombes Gesicht war ein Bild gekränkter Würde. Ich schob Louise eiligst in die Bibliothek und schloß die Türe.

«Ich hatte überlegt», sagte Louise, «ob es dir nicht recht wäre, wenn ich käme, mich ein wenig um alles kümmern und Mrs. Ashley begrüßen würde. Vater hätte mich begleitet, aber er fühlt sich noch nicht wohl, und bei diesem Wetter meinte ich, er solle lieber daheim bleiben. Also, was sagst du? Soll ich bleiben? Die Blumen waren natürlich nur ein Vorwand.»

Ich war verdrossen darüber, daß sie und mein Pate mich anscheinend für unfähig hielten, die nötigen Vorbereitungen zu treffen, und den armen Seecombe auch, der seit drei Tagen wie ein Sklavenaufseher fronte.

«Nett von dir, daran zu denken», sagte ich, «aber ganz überflüssig. Wir schaffen es schon allein.»

Sie sah sehr enttäuscht aus. Offenbar brannte sie vor Neugier, meinen Gast zu sehen. Ich sagte ihr nichts davon, daß ich gar nicht beabsichtigte, zu Hause zu sein, wenn sie ankam.

Louise musterte das Zimmer kritisch, sagte aber nichts. Zweifellos bemerkte sie manche Mängel, war aber taktvoll genug, jede Bemerkung zu unterdrücken.

«Du kannst hinaufgehen, wenn du Lust hast, und dir das blaue Zimmer ansehen», sagte ich, um sie doch einigermaßen zu trösten.

«Das blaue Zimmer?» fragte sie. «Das ist doch das Zimmer an der Ostseite, über dem Salon, nicht wahr? Ihr habt sie also nicht in Mr. Ashleys Zimmer untergebracht?»

«Nein», sagte ich. «Ambroses Zimmer bewohne ich selber.»

Daß sie es wie anscheinend alle anderen als selbstverständlich angesehen hatte, Ambroses Zimmer würde seiner Witwe zur Verfügung gestellt werden, gab meiner rasch wachsenden Gereiztheit neue Nahrung.

«Wenn du vorhast, dich um die Blumen zu kümmern, so laß dir von Seecombe noch einige Vasen geben», sagte ich und ging auf die Tür zu. «Ich habe noch eine Menge draußen zu tun und werde wahrscheinlich fast den ganzen Tag auf den Feldern sein müssen.»

Sie nahm die Blumen und warf mir einen Blick zu.

«Du bist nervös, nicht wahr?» sagte sie.

«Ich bin gar nicht nervös», erwiderte ich. «Aber ich möchte allein sein.»

Sie errötete und wandte sich ab, und ich spürte Gewissensbisse, wie immer, wenn ich jemanden gekränkt hatte.

«Verzeih mir, Louise», sagte ich und klopfte sie auf die Schulter, «gib nicht acht auf das, was ich sage. Und vielen Dank dafür, daß du Blumen gebracht hast und bereit warst zu bleiben!»

«Wann sehe ich dich wieder?» fragte sie. «Ich möchte doch möglichst viel über Mrs. Ashley erfahren. Wenn es Vater besser geht, werden wir Sonntag natürlich in die Kirche fahren, aber morgen werde ich den ganzen Tag daran denken und mir den Kopf zerbrechen . . .»

«Den Kopf zerbrechen?» fragte ich. «Worüber? Ob ich meine Cousine Rachel von der Felsspitze hinuntergeworfen habe? Ich wäre sehr wohl dazu imstande, wenn sie mich reizt. Hör – nur dir zu Gefallen – morgen nachmittag komme ich nach Pelyn und werde dir ihr Bild in den lebhaftesten Farben malen. Bist du damit zufrieden?»

«Das ist mehr als genug», sagte sie lächelnd und ging auf die Suche nach Seecombe und den Vasen.

Ich war den ganzen Morgen draußen und kehrte von meinem Ritt etwa um zwei Uhr hungrig und durstig zurück, aß ein wenig kaltes Fleisch und trank ein Glas Bier. Louise war fort. Seecombe und die Dienstleute waren beim Mittagessen. Ich stand allein in der Bibliothek und kaute an meinem belegten Brot. Zum letzten Mal allein, dachte ich. Heute abend würde sie hier sein, entweder in diesem Zimmer oder im Salon, eine unbekannte, feind-

51

liche Erscheinung, die meinen Zimmern, meinem Haus den Stempel ihrer Persönlichkeit einprägen würde. Als Eindringling kam sie in mein Haus. Ich wollte sie nicht hier haben. Weder sie noch eine andere Frau mit spähenden Augen und forschenden Fingern, die sich einer vertrauten, persönlichen Atmosphäre, meiner eigenen Atmosphäre aufzwängte. Das Haus war still und ruhig, und ich war ein Teil davon, gehörte dazu, wie Ambrose dazu gehört hatte und irgendwie im Schatten noch immer dazu gehörte. Wir brauchten niemanden, der dieses Schweigen störte!

Ich sah mich im Zimmer um, es war beinahe ein Abschied, und dann verließ ich das Haus und wanderte durch die Wälder.

Ich ging durch Wind und Regen. Die Allee entlang, die zum Kreuzweg führte, und ostwärts bis an die Grenze unseres Besitzes; dann zurück durch die Wälder und in nördlicher Richtung zu den entfernten Farmen, wo ich es geradezu darauf anlegte, die Zeit zu vergeuden; ich sprach mit den Pächtern und hatte es gar nicht eilig. Dann durch den Park und über die Hügel im Westen, an der Barton-Farm vorbei und heim, als es gerade zu dämmern begann. Ich war beinahe bis auf die Haut durchnäßt, aber das bekümmerte mich nicht.

Ich öffnete die Tür der Halle und trat ins Haus. Ich erwartete irgendwelche Zeichen einer Ankunft zu erblicken, Koffer und Kisten, Reisetaschen und Körbe; doch alles war wie immer, nichts von all dem war zu sehen.

In der Bibliothek brannte ein Feuer, aber der Raum war leer. Im Eßzimmer war nur für eine Person gedeckt. Ich läutete. «Nun?» fragte ich, als Seecombe erschien.

Er trug seine neue Würde zur Schau und sprach mit gedämpfter Stimme.

«Madam ist angekommen», sagte er.

«Das habe ich vermutet», erwiderte ich. «Es muß ja beinahe sieben Uhr sein. Hat sie Gepäck mitgebracht? Was haben Sie damit getan?»

«Madam hat nur sehr wenig Gepäck mit. Die Koffer und Kisten haben Mr. Ambrose gehört. Ich habe sie alle in Ihr früheres Zimmer stellen lassen.»

«So», sagte ich. Ich ging zum Kamin und stieß mit dem Fuß an ein Scheit. Ich hätte Seecombe um alles in der Welt nicht merken lassen, daß meine Hände zitterten.

«Wo ist Mrs. Ashley jetzt?» fragte ich.

«Madam ist in ihr Zimmer gegangen, Sir», erwiderte er. «Sie war sichtlich müde und bittet um Entschuldigung, daß sie nicht zum Abendessen kommen kann. Ich habe ihr vor etwa einer Stunde das Essen hinaufgebracht.»

«Hm», sagte ich, drehte dem Feuer den Rücken und ließ mir die Beine wärmen.

«Sie sind ja ganz durchnäßt, Sir», sagte Seecombe. «Sie sollten sich umziehen, sonst werden Sie sich erkälten.»

«Ja, gleich», sagte ich, und dann schaute ich mich im Zimmer um. «Wo sind denn die Hunde?»

«Ich glaube, daß sie Madam in ihr Zimmer nachgelaufen sind», berichtete er. «Der alte Don wenigstens ist bei ihr. Von den andern weiß ich es nicht bestimmt.»

Noch immer wärmte ich mir die Beine am Feuer. Seecombe blieb an der Tür stehen, als erwarte er, daß ich das Gespräch fortsetzen würde.

52

«Gut, gut», sagte ich. «Ich werde baden und mich umziehen. Sagen Sie einem der Burschen, daß er mir heißes Wasser bringen soll. Und in einer halben Stunde werde ich zu Abend essen.»

Ich setzte mich allein an den Eßtisch, vor die frischpolierten Kerzenhalter und die Silberschale mit den Rosen. Seecombe stand hinter meinem Stuhl, aber wir wechselten kein Wort. Das Schweigen muß ihn an diesem Abend aller Abende sehr gepeinigt haben, denn ich wußte, wie er sich danach sehnte, seine Bemerkungen über den neuen Gast zu machen. Nun, er mußte es eben aushalten, und nachher konnte er ja im Verwalterzimmer nach Herzenslust schwatzen.

Ich war gerade mit dem Essen fertig, als John eintrat und Seecombe etwas zuflüsterte. Seecombe beugte sich über meine Schulter.

«Madam läßt sagen, daß sie sich freuen würde, Sie zu sehen, wenn Sie ihr nach Tisch das Vergnügen machen wollten», sagte er.

«Danke.»

Nachdem Seecombe und John das Zimmer verlassen hatten, tat ich etwas, was ich nur sehr selten tat. Nur bei größter Erschöpfung, nach einem anstrengenden Ritt oder einem Jagdtag oder nach einer Sturmfahrt mit Ambrose in dem kleinen Boot. Ich trat ans Büfett und goß mir ein Glas Brandy ein. Und dann ging ich die Treppe hinauf und klopfte an die Tür des kleinen Boudoirs.

VIII

Eine leise, fast unhörbare Stimme antwortete. Obgleich es jetzt bereits dunkel war und die Kerzen brannten, hatte sie die Vorhänge noch nicht zugezogen, sondern saß auf dem Fensterplatz und schaute in den Garten hinunter. Sie drehte mir den Rücken zu; die Hände hatte sie im Schoß gefaltet. Sie muß mich für einen Diener gehalten haben, denn sie rührte sich nicht, als ich eintrat. Don lag vor dem Feuer, den Kopf auf die Pfoten gelegt, und neben ihm die beiden jungen Hunde. Nichts war in dem Zimmer verändert worden, keine Lade in dem kleinen Schreibtisch geöffnet, keine Kleider lagen umher; nichts von der Unordnung einer Ankunft war zu merken.

«Guten Abend», sagte ich, und meine Stimme tönte in dem kleinen Raum gezwungen und unnatürlich. Sie wandte sich um, stand auf und kam auf mich zu. Das alles vollzog sich so schnell, daß ich keine Zeit fand, keine Möglichkeit, mich an eines der hundert Bilder zu erinnern, die ich mir in den vergangenen achtzehn Monaten von ihr gemacht hatte. Die Frau, die meine Gedanken bei Tag und bei Nacht beschäftigt, die meine wachen Stunden gequält, meine Träume gestört hatte, stand jetzt neben mir. Mein erstes Gefühl war Überraschung, fast Verblüffung darüber, daß sie so klein war. Sie reichte mir kaum bis zur Schulter. Sie war weder so groß noch so kräftig wie Louise.

Sie war ganz in Schwarz gekleidet, und das nahm ihrem Gesicht jede Farbe; an Hals und Handgelenken waren Spitzen. Ihr Haar war braun, in der Mitte gescheitelt und zu einem tiefen Knoten zusammengefaßt, ihre Züge waren klar und regelmäßig. Das einzige Große an ihr waren die

Augen, die sich bei meinem Anblick erschrocken in jähem Erkennen weiteten, wie die Augen eines Rehs, und vom Erkennen wechselte der Blick zur Bestürzung, zum Schmerz, fast zur Angst. Ich sah, wie ihr Gesicht blaß und rot wurde, und ich glaube, daß diese Begegnung auf sie ebenso erschütternd wirkte wie auf mich. Man hätte unmöglich mit Bestimmtheit sagen können, wer von uns beiden nervöser war, sich unbehaglicher fühlte.

Ich schaute auf sie hinunter, sie sah zu mir auf, und es dauerte eine Weile, bevor einer von uns sprach. Und als es endlich soweit war, sprachen wir gleichzeitig.

«Sie haben sich hoffentlich ausruhen können», war mein steifer Beitrag zur Konversation, und sie sagte: «Ich muß Sie um Entschuldigung bitten», und dann setzte sie sogleich als Antwort auf meine Worte hinzu: «Vielen Dank, Philip! Ja.» Sie trat ans Feuer, setzte sich auf einen niedrigen Stuhl davor und lud mich mit einer Geste ein, ihr gegenüber Platz zu nehmen. Don, der alte Jagdhund, streckte sich, gähnte, schleppte sich zu ihr und legte den Kopf in ihren Schoß.

«Das ist Don, nicht wahr?» fragte sie und streichelte ihn. «Ist er wirklich an seinem letzten Geburtstag vierzehn Jahre alt geworden?»

«Ja», sagte ich. «Er hat seinen Geburtstag eine Woche vor mir.»

«Sie haben ihn unter einer Pastetenform auf Ihrem Frühstückstisch gefunden», fuhr sie fort. «Ambrose versteckte sich hinter dem Wandschirm im Eßzimmer und wartete. Er sagte, er würde nie vergessen, wie verblüfft Sie dreinschauten, als Sie den Deckel hoben und Don hervorkroch. Sie waren damals zehn Jahre alt, und es war der erste April.»

Sie sah auf, klopfte Don auf den Kopf und lächelte mir zu; und zu meiner größten Verwirrung sah ich Tränen in ihren Augen aufglänzen.

«Ich muß mich bei Ihnen entschuldigen, weil ich nicht zum Abendessen kommen konnte», sagte sie. «Sie hatten so große Vorbereitungen getroffen und müssen lange vor Ihrer gewohnten Stunde heimgekehrt sein. Aber ich war sehr müde; ich wäre doch eine schlechte Gesellschaft gewesen. Und so meinte ich, es wäre Ihnen angenehmer, allein zu Abend zu essen.»

Ich dachte daran, wie ich von Ost nach West über das Gut gestapft war, nur um sie warten zu lassen, und darum sagte ich nichts. Einer der jüngeren Hunde wachte auf und leckte mir die Hand. Ich zog ihn an den Ohren, um mich irgendwie zu betätigen.

«Seecombe erzählte mir, wie beschäftigt Sie sind und wieviel es zu tun gebe», sagte sie. «Ich möchte nicht, daß Sie sich durch meinen unerwarteten Besuch behindert fühlen. Ich kann mich schon allein zurechtfinden und werde es sehr gern tun. Sie dürfen Ihre Tageseinteilung um meinetwillen keinesfalls ändern. Ich wollte Ihnen nur sagen, wie dankbar ich Ihnen dafür bin, Philip, daß Sie mich eingeladen haben zu kommen. Es kann Ihnen nicht ganz leicht gefallen sein.»

Sie stand auf, trat ans Fenster und zog die Vorhänge zu. Der Regen peitschte gegen die Scheiben. Vielleicht wäre es meine Sache gewesen, die Vorhänge zuzuziehen; ich wußte es nicht. Linkisch stand ich auf, aber ich wäre ohnehin zu spät gekommen. Nun trat sie wieder ans Feuer, und wir setzten uns.

«Es war solch ein seltsames Gefühl», begann sie, «durch den Park und vor das Haus zu fahren, wo Seecombe bei der Tür stand, um mich zu begrüßen. In meiner Phantasie habe ich das so oft getan. Alles war genauso, wie ich es mir vorgestellt hatte. Die Halle, die Bibliothek, die Bilder an den Wänden. Die Uhr schlug vier, als der Wagen vorfuhr; ich erkannte sogar ihren Klang.» Immer noch zog ich den jungen Hund an den Ohren. Ich sah meine Cousine Rachel nicht an. «An den Abenden in Florenz», sagte sie, «im letzten Sommer und Winter, bevor Ambrose krank wurde, sprachen wir immer von der Heimreise. Das waren seine glücklichsten Stunden. Er erzählte mir von den Gärten und den Wäldern und von dem Pfad, der ans Meer führt. Wir hatten immer die Absicht, die Reiseroute einzuschlagen, die ich schließlich genommen habe; und darum habe ich es auch getan. Über Genua nach Plymouth. Und dann sollte Wellington uns mit dem Wagen hierher bringen. Es war sehr liebenswürdig von Ihnen, daß Sie mir den Wagen geschickt haben; daß Sie wußten, wie mir zumute sein mußte.»

Ihr Benehmen war jetzt völlig unbefangen. Die erste Nervosität war vorüber, wenn es überhaupt eine Nervosität gewesen war. Das konnte ich nicht beurteilen. Ich stellte fest, daß nur ich es war, der jetzt eine schlechte Rolle spielte, denn ich kam mir in dem winzigen Raum und auf dem Stuhl, der für Zwerge fabriziert sein mochte, sehr ungeschlacht und plump vor. Nichts kann einen so benachteiligen, wie wenn man unbequem sitzen muß, und ich fragte mich, was ich auf diesem verfluchten kleinen Stuhl für eine Figur machen mußte, als ich meine großen Füße ungeschickt unter den Stuhl zog und meine langen Arme zu beiden Seiten herunterhingen.

«Wellington zeigte mir die Einfahrt zu Mr. Kendalls Haus», sagte sie, «und einen Augenblick lang meinte ich, es wäre vielleicht richtig und höflich, zunächst ihm einen Besuch zu machen. Doch es war spät, die Pferde hatten eine lange Fahrt hinter sich, und in meiner Selbstsucht verlangte es mich nur danach – hier zu sein.» Sie hatte eine kleine Pause vor dem Wort ‹hier› gemacht, und es fiel mir ein, daß sie vielleicht das Wort ‹daheim› auf der Zunge gehabt haben mochte, sich aber eines andern besonnen hatte. «Ambrose hat mir das alles so genau beschrieben», sagte sie, «von der Tür in die Halle bis zu jedem Raum des Hauses. Mit geschlossenen Augen hätte ich den Weg finden können ...» Wieder hielt sie inne. «Es war geradezu ahnungsvoll, daß Sie mich in diesen Zimmern untergebracht haben. Das waren die Zimmer, die wir benützen wollten, wenn wir miteinander gekommen wären. Es war Ambroses Absicht, Ihnen sein Zimmer abzutreten, und Seecombe sagte mir, Sie hätten es bereits bezogen. Das hätte Ambrose sehr gefreut.»

«Hoffentlich werden Sie sich hier wohl fühlen», sagte ich. «Offenbar war die letzte Bewohnerin dieser Zimmer eine Frau, die Tante Phoebe hieß.»

«Tante Phoebe verliebte sich in einen Geistlichen und fuhr nach Tunbridge, um ihr gebrochenes Herz zu heilen», sagte sie. «Aber das Herz erwies sich als hartnäckig, und Tante Phoebe holte sich eine Erkältung, die zwanzig Jahre dauerte. Haben Sie die Geschichte nie gehört?»

«Nein.» Unter halbgeschlossenen Lidern spähte ich zu ihr hinüber. Sie schaute ins Feuer und lächelte, wahrscheinlich in der Erinnerung an die Geschichte von Tante Phoebe. Ihre Hände lagen gefaltet in ihrem Schoß. Ich hatte noch nie an einem erwachsenen Menschen so kleine Hände gesehen. Sie waren sehr schmal, sehr schlank, wie die Hände einer Frau auf einem Porträt, das ein alter Meister gemalt und nicht vollendet hatte.

«Nun?» fragte ich. «Was wurde aus Tante Phoebe?»

«Nach zwanzig Jahren, beim Anblick eines anderen Geistlichen, wurde sie die Erkältung im Nu los. Doch unterdessen war Tante Phoebe fünfundvierzig geworden, und ihr Herz war nicht mehr so zerbrechlich. Diesen zweiten Geistlichen heiratete sie.»

«Und wurde es eine glückliche Ehe?»

«Nein», sagte meine Cousine Rachel. «Sie starb in der Hochzeitsnacht – vor sittlicher Entrüstung.»

Sie wandte den Kopf und sah mich an, der Mund verzog sich, aber die Augen blickten noch immer ernst und feierlich, und plötzlich hatte ich die Vision von Ambrose, der ihr, in seinem Stuhl zusammengekauert, die Geschichte erzählte, und sie schaute zu ihm auf, wie sie jetzt zu mir aufschaute, und hielt mühsam ihr Lachen zurück. Ich konnte mir nicht helfen, ich mußte meiner Cousine Rachel zulächeln, und da trat ein seltsamer Ausdruck in ihre Augen, und sie erwiderte mein Lächeln.

«Diese Geschichte haben Sie wahrscheinlich gerade jetzt erfunden», sagte ich, und schon bedauerte ich, daß ich gelächelt hatte.

«Kein Gedanke!» beteuerte sie. «Seecombe dürfte sie auch kennen. Fragen Sie ihn nur!»

Ich schüttelte den Kopf. «Das würde er für unpassend halten. Und er wäre zutiefst empört, wenn er ahnte, daß Sie sie mir erzählt haben. Übrigens habe ich vergessen zu fragen – hat er Ihnen etwas zum Abendessen gebracht?»

«Ja. Eine Tasse Suppe, ein Stückchen Huhn und gebratene Nieren; alles war ausgezeichnet.»

«Sie sind sich doch darüber klar, daß es keine weiblichen Dienstboten im Haus gibt. Kein Zimmermädchen, das Ihnen zur Verfügung steht, das Ihre Kleider aufhängen könnte. Nur John oder Arthur, die Ihnen das Badewasser bringen werden.»

«Mir ist das viel lieber so. Zimmermädchen schwatzen gern. Und da ich nur Trauerkleider trage, kommt es nicht so sehr darauf an. Ich habe nicht mehr als dieses hier und noch ein zweites mit. Und um im Freien zu wandern, habe ich ein Paar kräftige Schuhe.»

«Wenn es so regnet wie heute, dann werden Sie im Hause bleiben müssen. In der Bibliothek gibt es eine Menge Bücher. Ich selbst lese ja nur wenig, aber Sie finden bestimmt etwas, das Ihnen zusagt.»

Abermals zuckte es um ihren Mund, und sie sah mich ernst an. «Ich könnte immerhin auch das Silber putzen», sagte sie. «Ich hätte nicht erwartet, daß so viel Silber da ist. Ambrose sagte häufig, daß es in der Nähe des Meeres leicht anläuft.»

Sie hatte bestimmt erraten, daß das reichlich zur Schau gestellte Silber aus einem lange verschlossenen Schrank stammte; darauf hätte ich schwören können. Und daß sie mich hinter den großen Augen auslachte.

Ich wandte den Blick ab. Einmal hatte ich ihr zugelächelt; aber, verdammt noch einmal, das sollte nicht wieder geschehen!

«In der Villa», fuhr sie fort, «wenn es sehr heiß war, saßen wir in einem

56

kleinen Hof bei einem Springbrunnen. Ambrose hieß mich die Augen schließen und dem Wasser lauschen; so töne es, sagte er, wenn es daheim regne. Er hatte sich nämlich die Theorie zurechtgelegt, daß ich im englischen Klima, zumal in der Feuchtigkeit von Cornwall, zittern und frieren würde; er nannte mich eine Treibhauspflanze, nur bei besonderer Pflege haltbar und in gewöhnlichem Boden nicht zu brauchen. Ich sei ein typisches Stadtkind, sagte er, und überzivilisiert. Einmal kam ich in einem neuen Kleid zu Tisch, und er sagte, ich sei wie eine Frau aus dem alten Rom. ‹Daheim wirst du in diesem Kleid erfrieren›, sagte er. ‹Da muß man Flanell und einen Wollschal tragen.› Ich habe seinen Rat nicht vergessen; den Schal habe ich mitgebracht.»

Ich sah auf. Ja, sie hatte tatsächlich einen Schal, schwarz wie ihr Kleid; er lag auf einem Stuhl neben ihr.

«In England», sagte ich, «und insbesondere hier ist das Wetter von größter Wichtigkeit. Unser Land hier an der See ist kein sehr fruchtbarer Ackerboden. Es ist karg, und da es vier Tage von sieben regnet, hängen wir sehr von der Sonne ab. Morgen wird sie vielleicht scheinen, und dann können Sie einen Spaziergang machen.»

«Das Dorf Bove und Bawdens Wiese», sagte sie. «Kemps Hof und Beefpark, Kilmoor und Zwanzig Morgen und die Westhügel.»

Ich sah sie verdutzt an. «Sie kennen die Namen?»

«Ja, natürlich; seit beinahe zwei Jahren kenne ich sie auswendig», erwiderte sie.

Ich schwieg. Was hätte ich darauf antworten sollen? «Die Wege sind recht rauh», sagte ich schließlich. «Nicht gerade für Frauen geeignet.»

«Ich habe ja feste Schuhe mit!»

Der Fuß, den sie unter dem Kleid vorschob, schien mir in dem schwarzen kleinen Samtschuh für längere Märsche höchst ungeeignet zu sein.

«Diese hier?» fragte ich.

«Nein, natürlich nicht! Richtige Wanderschuhe!»

Ich konnte sie mir nicht über Felder und Wiesen stapfend vorstellen. Und in meinen groben Stiefeln würde sie ertrinken!

«Können Sie reiten?» fragte ich.

«Nein.»

«Können Sie sich auf einem Pferd halten, wenn man es führt?»

«Das sollte gehen», meinte sie, «aber ich müßte mich mit beiden Händen am Sattel festhalten. Gibt es nicht irgend etwas am Sattel, das man ‹Knauf› nennt und mit dessen Hilfe man im Gleichgewicht bleibt?»

Diese Frage stellte sie mit großem Ernst, und ihre Augen blickten feierlich, aber wiederum war ich überzeugt, daß sie dahinter ein Lachen verbarg und mich auch zum Lachen verlocken wollte. «Ich bin nicht sicher», sagte ich steif, «ob wir einen Damensattel besitzen. Ich werde Wellington fragen, aber ich selber habe in der Sattelkammer nie einen gesehen.»

«Vielleicht ist auch Tante Phoebe geritten», meinte sie, «nachdem sie ihren Geistlichen verloren hatte. Das mag ihr einziger Trost gewesen sein.»

Es war vergebens; irgend etwas perlte in ihrer Stimme, und ich war verloren. Und sie sah mich lachen; da war das Schlimmste daran. Ich schaute zur Seite.

«Schön», sagte ich. «Morgen früh will ich mich darum kümmern. Soll ich Seecombe beauftragen, in den Schränken zu stöbern und nachzusehen, ob Tante Phoebe auch ein Reitkleid zurückgelassen hat?»

«Ich brauche kein Kleid», sagte sie. «Nicht, wenn Sie mich vorsichtig führen und ich mich am Sattelknauf festhalten kann.»

In diesem Augenblick klopfte Seecombe an die Türe und trat ein. Er trug einen silbernen Kessel auf einem riesigen Tablett, ferner eine silberne Teekanne und eine silberne Büchse. Das alles hatte ich in meinem ganzen Leben noch nicht gesehen, und ich fragte mich, aus welchem Labyrinth im Verwalterzimmer er das alles hervorgezaubert haben mochte. Und wozu brachte er es herauf? Meine Cousine Rachel sah das Erstaunen in meinen Augen. Um keinen Preis hätte ich Seecombe kränken wollen, der nun den Silberschatz mit großer Würde auf den Tisch stellte, aber eine fast unüberwindliche Lachlust stieg in mir auf, ich trat ans Fenster und tat, als wollte ich nach dem Wetter sehen.

«Der Tee ist serviert, Madam», sagte Seecombe.

«Vielen Dank, Seecombe», erwiderte sie feierlich.

Die Hunde erhoben sich, schnupperten, hoben die Nasen zu dem Tablett. Sie waren ebenso verblüfft wie ich. Seecombe schnalzte ihnen zu.

«Komm, Don», sagte er, «kommt, ihr alle drei! Ich glaube, Madam, daß ich die Hunde doch lieber mitnehme. Sie könnten das Tablett umwerfen.»

«Ja, gewiß, Seecombe», sagte sie. « Da haben Sie recht.»

Abermals war das Lachen in ihrer Stimme. Ich war nur froh, daß ich ihr den Rücken gedreht hatte. «Wie ist es mit dem Frühstück, Madam?» fragte Seecombe. «Mr. Philip pflegt um acht Uhr im Eßzimmer zu frühstücken.»

«Ich hätte das Frühstück lieber in meinem Zimmer», sagte sie. «Mr. Ashley pflegte zu sagen, vor elf Uhr sei keine Frau so weit, daß man sie ansehen könne. Würde das große Umstände machen?»

«Gewiß nicht Madam.»

«Vielen Dank also, Seecombe, und gute Nacht.»

«Gute Nacht, Madam. Gute Nacht, Sir!» Er rief die Hunde, die ihm widerstrebend folgten. Eine Weile lang blieb es still im Zimmer, dann sagte sie halblaut: «Wollen Sie eine Tasse Tee? Das scheint ja in Cornwall Sitte zu sein.»

Meine mühsam aufrechterhaltene Würde verschwand. Es wäre gar zu anstrengend gewesen, diese Rolle weiterzuspielen. Ich ging wieder ans Feuer und setzte mich auf den Stuhl am Tisch.

«Ich will Ihnen etwas verraten», sagte ich. «Ich habe dieses Tablett, diesen Kessel, diese Teekanne noch nie zuvor gesehen.»

«Dieses Gefühl hatte ich auch», erwiderte sie. «Ich sah den Ausdruck in Ihrem Gesicht, als Seecombe damit eintrat. Er dürfte sie auch noch nie zuvor gesehen haben. Das sind vergrabene Schätze gewesen. Und er hat sie im Keller ausgegraben.»

«Schickt es sich wirklich», fragte ich, «nach dem Abendessen Tee zu trinken?»

«Natürlich», sagte sie. «In vornehmer Gesellschaft, wenn Damen zugegen sind.»

«Sonntags, wenn die Kendalls und die Pascoes zum Essen kommen, haben wir nie Tee getrunken», sagte ich.

«Vielleicht hält Seecombe sie nicht für vornehme Gesellschaft. Ich fühle mich jedenfalls sehr geschmeichelt. Ich trinke gern eine Tasse Tee. Sie können Butterbrot dazu essen.»

Auch dies war eine Neuerung. Dünn geschnittenes Brot, zusammengerollt wie kleine Würstchen. «Ich bin sehr erstaunt darüber, daß sie das in der Küche fertiggebracht haben», sagte ich und schluckte eines herunter. «Aber sie schmecken sehr gut.»

«Eine plötzliche Eingebung», meinte meine Cousine Rachel. «Und was übrigbleibt, werden Sie bestimmt zum Frühstück vorgesetzt bekommen. Die Butter schmilzt übrigens; Sie können ruhig die Finger ablecken.»

Sie trank und beobachtete mich über den Rand der Tasse.

«Wenn Sie sich Ihre Pfeife anstecken wollen, so tun Sie es nur», sagte sie. Ich starrte sie verblüfft an.

«In dem Boudoir einer Dame?» fragte ich. «Sind Sie ganz sicher? Sonntags, wenn der Pfarrer mit seiner Frau kommt, rauchen wir nie im Salon.»

«Hier sind wir in keinem Salon, und ich bin nicht Mrs. Pascoe», erklärte sie.

Ich zuckte die Achseln und griff in die Tasche.

«Seecombe wird das für höchst unpassend halten», sagte ich. «Er wird es morgen früh sogleich wittern.»

«Ich werde das Fenster aufmachen, bevor ich schlafen gehe. Mit dem Regen wird sich der Geruch rasch verziehen.»

«Es wird hereinregnen, und das Wasser wird den Teppich verderben», sagte ich. «Und das wäre noch schlimmer als Tabakgeruch.»

«Man kann den Teppich trocken reiben. Sie sind ja heikel wie ein alter Herr!»

«Ich glaubte, daß eher Frauen in solchen Dingen heikel sind.»

«Das sind sie auch, wenn sie keine anderen Sorgen haben», sagte sie.

Als ich nun, die Pfeife im Mund, in Tante Phoebes Boudoir saß, kam es mir plötzlich in den Sinn, daß ich mir den Abend eigentlich anders vorgestellt hatte. Ich hatte geplant, ihr ein paar eisig höfliche Worte zu sagen, mich brüsk zu verabschieden und sie empfinden zu lassen, daß ich sie als lästigen Eindringling betrachtete.

Ich sah zu ihr auf. Sie hatte den Tee getrunken und stellte Tasse und Untertasse auf das Tablett. Abermals fielen mir ihre Hände auf, die schmal, klein und sehr weiß waren. Hatte Ambrose auch diese Hände überzivilisiert genannt? Sie trug zwei Ringe mit schönen Steinen, aber das schien weder zu ihrem Trauerkleid im Widerspruch zu stehen noch zu ihrer Persönlichkeit. Ich war froh, daß ich den Pfeifenkopf halten und auf den Stiel beißen konnte; dadurch fühlte ich mich doch behaglicher und weniger wie ein Nachtwandler, den ein Traum in Verwirrung bringt. Es gab Dinge, die ich tun, Dinge, die ich sagen sollte, und da saß ich wie ein Dummkopf vor dem Feuer, unfähig, meine Gedanken oder meine Eindrücke zu sammeln. Der Tag, der sich so lang, so drückend dahingeschleppt hatte, war jetzt vorüber, und ich konnte mit dem besten Willen nicht entscheiden, ob er zu meinen Gunsten verlaufen war oder nicht. Wenn nur die geringste Ähnlichkeit mit dem Bild vorhanden gewesen wäre, das ich mir von ihr gemacht hatte, dann hätte ich wohl auch eher gewußt, was zu tun war. Doch jetzt war sie hier, neben mir, in Fleisch und Blut, und die Bilder wurden zu törichten Phantastereien, die ineinander verschwammen, um schließlich im Dunkel aufzugehen.

Jeder Ärger schien jetzt unnütz zu sein, und der Haß ebenso. Und Furcht? Wie hätte ich jemanden fürchten sollen, der mir nicht bis zur Schulter reichte und nichts Bemerkenswertes an sich hatte als Sinn für Humor und kleine Hände? Das sollte die Frau sein, um derentwillen ein Mann sich im Duell geschlagen, ein anderer Mann mir, sterbend, geschrieben hatte: ‹Endlich bin ich mit ihr fertig, mit Rachel, meinem Quälgeist›? Es war, als hätte ich eine Seifenblase aufsteigen lassen und sie bei ihrem Tanz beobachtet, und die Seifenblase war jetzt geplatzt.

Ich muß daran denken, sagte ich mir, als ich bei dem flackernden Feuer beinahe eingenickt wäre, daß ich ein andermal nach einem Zehnmeilenritt durch den Regen keinen Brandy trinken darf. Das stumpft die Sinne ab und löst die Zunge nicht. Ich war gekommen, um den Kampf gegen diese Frau aufzunehmen, und ich hatte noch nicht einmal damit begonnen. Was hatte sie doch von Tante Phoebes Sattel gesagt?

«Philip», sagte die Stimme jetzt sehr ruhig, sehr leise, «Philip, Sie schlafen ja schon beinahe. Gehen Sie doch zu Bett!»

Ich öffnete jäh die Augen. Sie saß da und beobachtete mich; ihre Hände ruhten auf dem Schoß. Ich stand mühsam auf und hätte fast das Tablett auf den Boden geworfen.

«Verzeihung», sagte ich. «Das muß daher kommen, daß ich ganz verkrampft auf diesem Stuhl gesessen habe. Sonst pflege ich in der Bibliothek die Beine zu strecken.»

«Sie hatten heute einen anstrengenden Tag hinter sich, nicht wahr?» fragte sie.

Ihre Stimme klang ganz unschuldig, und doch... Was meinte sie denn? Ich verzog die Stirn, schaute meine Cousine Rachel an und war entschlossen, kein Wort zu sagen. «Wenn das Wetter morgen früh besser ist», begann sie jetzt, «werden Sie dann wirklich ein Pferd für mich aussuchen, das fromm und sanft ist und auf dem ich sitzen kann, wenn ich die Barton-Farm besichtige?»

«Ja», sagte ich. «Wenn Sie Lust haben...»

«Ich will Sie nicht bemühen; Wellington kann mich führen.»

«Nein, nein, ich kann Sie schon führen; ich habe nichts anderes zu tun.»

«Warten Sie», erwiderte sie. «Sie haben vergessen, daß morgen Samstag ist und Sie am Morgen die Löhne auszahlen müssen. Wir wollen es auf den Nachmittag legen.»

Verwirrt sah ich sie an. «Ja, zum Teufel», sagte ich, «woher wissen Sie denn, daß ich Samstag die Löhne auszahle?»

Zu meiner größten Verlegenheit bemerkte ich, wie ihre Augen sich plötzlich erhellten und feucht wurden; so waren sie auch vorher gewesen, als sie von meinem zehnten Geburtstag gesprochen hatte. Und ihre Stimme klang viel bestimmter als zuvor.

«Wenn Sie es nicht wissen», sagte sie, «dann beweisen Sie viel weniger

Verständnis, als ich erwartet hätte. Einen Augenblick! Ich habe ein Geschenk für Sie!»

Sie öffnete die Tür, verschwand im blauen Schlafzimmer und kam, einen Stock in der Hand, zurück.

«Hier», sagte sie. «Nehmen Sie ihn! Er gehört Ihnen. Alles andere können Sie ein andermal übernehmen, aber diesen Stock wollte ich Ihnen heute abend selber geben.»

Es war Ambroses Spazierstock. Der Stock, den er immer getragen, auf den er sich immer gestützt hatte. Der Stock mit dem goldenen Reif und dem Hundekopf aus Elfenbein als Griff.

«Ich danke Ihnen», sagte ich linkisch. «Ich danke Ihnen sehr.»

«Aber jetzt gehen Sie», sagte sie. «Gehen Sie schnell!»

Dann schob sie mich aus dem Zimmer und schloß die Tür hinter mir.

Ich stand draußen, den Stock in den Händen. Sie hatte mir nicht einmal mehr die Zeit gelassen, ihr gute Nacht zu wünschen. Kein Laut drang aus ihrem Boudoir, und ich ging langsam durch den Korridor in mein Zimmer. Ich dachte an den Ausdruck ihrer Augen, als sie mir den Stock gereicht hatte. Sie trugen den uralten Blick des Leidens in sich.

IX

Am nächsten Morgen war ich sehr zeitig unten, und gleich nach dem Frühstück ging ich durch die Ställe, rief Wellington, und wir stellten in der Sattelkammer unsere Nachforschungen an.

Ja, da gab es tatsächlich zwischen den anderen etwa ein halbes Dutzend Damensättel. Bisher hatte ich sie nur noch nie beachtet.

«Mrs. Ashley kann nicht reiten», sagte ich. «Sie will nur oben sitzen und sich festhalten.»

«Da werden wir sie wohl auf Solomon setzen», meinte der alte Kutscher. «Er hat vielleicht noch nie eine Dame getragen, aber er wird sie nicht abwerfen, das ist sicher. Bei den anderen Pferden könnte ich das nicht so bestimmt sagen, Sir.»

Solomon war vor vielen Jahren von Ambrose zur Jagd verwendet worden, jetzt aber genoß er meist seine Muße auf den Wiesen, wenn Wellington ihn nicht auf der Straße traben ließ. Die Damensättel hingen hoch oben an der Wand der Sattelkammer, und er mußte den Stallburschen nach einer kleinen Leiter schicken. Die Auswahl des Sattels brachte viel Unruhe und Aufregung mit sich; der eine war zu verbraucht, der andere zu klein für Solomons breiten Rücken, und der Stallbursche wurde gescholten, weil der dritte mit Spinnweben bedeckt war. Ich mußte innerlich lachen, denn weder Wellington noch sonstwer hatte seit einem Vierteljahrhundert an diese Sättel gedacht; nun sollte man den passenden Sattel nur tüchtig putzen, und Mrs. Ashley würde überzeugt sein, er sei erst gestern aus London gekommen.

«Um welche Zeit wünscht die Herrin aufzubrechen?» fragte er, und ich sah ihn verblüfft an, weil er diese ungewöhnlich demütige Bezeichnung gewählt hatte.

«Nach Tisch wahrscheinlich», erwiderte ich kurz. «Sie können Solomon vor die Vordertür führen, und ich werde Mrs. Ashley selber begleiten.»

Dann ging ich in das Verwalterzimmer, sah die Bücher durch und brachte meine Rechnungen in Ordnung, bevor die Leute wegen ihrem Lohn kamen. Die Herrin! So also sahen sie sie an, Wellington und Seecombe und die andern? In gewissem Sinn war das wohl nur natürlich, und doch kam es mir in den Sinn, wie rasch Männer, und insbesondere männliche Dienstleute, in Gegenwart von Frauen zu Narren werden. Dieser ehrerbietige Ausdruck in Seecombes Augen, als er gestern abend den Tee gebracht hatte, seine respektvollen Manieren, als er das Tablett vor sie hinstellte, und heute früh war es doch wahrhaftig der junge John, der beim Büfett stand und den Deckel von meinem Speck hob, weil «Mr. Seecombe», wie er sagte, «mit dem Frühstück in das Boudoir hinaufgegangen ist». Und jetzt rieb und putzte Wellington völlig hingerissen den alten Damensattel und schrie über die Schulter dem Stallburschen zu, er solle doch nach Solomon schauen.

Um zwölf kamen die Dienstleute und die Männer, die in den Ställen, in den Wäldern, in den Gärten arbeiteten, und ich gab ihnen ihr Geld; dann bemerkte ich, daß Tamlyn, der Obergärtner, nicht unter ihnen war. Ich erkundigte mich nach ihm und erfuhr, daß er mit der ‹Herrin› irgendwo im Park war. Ich verlor kein Wort darüber, sondern zahlte ihnen ihren Lohn und ließ sie gehen. Ein Instinkt sagte mir, wo ich Tamlyn und meine Cousine Rachel finden würde. Und ich hatte recht. Sie waren in dem Treibhaus, wo die Kamelien, der Oleander und die andern jungen Pflanzen großgezogen worden waren, die Ambrose von seinen Reisen heimgebracht hatte.

Ich bin nie ein Sachverständiger gewesen − das hatte ich Tamlyn überlassen −, und jetzt, als ich um die Ecke bog und auf die beiden traf, hörte ich sie vom Zuschneiden, von Ablegern, von der Behandlung des Bodens sprechen, und Tamlyn lauschte, den Hut in der Hand und ebenso ehrerbietig wie Seecombe und Wellington. Sie lächelte, als sie mich erblickte, und stand auf. Sie hatte auf einem Stück Sackleinwand gekniet und die Sprosse eines jungen Bäumchens betrachtet.

«Ich bin schon seit halb elf draußen», sagte sie. «Ich habe Sie gesucht und wollte mir von Ihnen erst die Erlaubnis holen, aber ich konnte Sie nicht finden, und so war ich keck genug, selbst zu Tamlyn zu gehen und mich mit ihm anzufreunden; nicht wahr, Tamlyn?»

«Ja, ja, gewiß Madam», sagte Tamlyn mit lammfrommem Blick.

«Wissen Sie, Philip», fuhr sie fort, «ich habe alle Blumen und Sträucher, die wir, Ambrose und ich, im Verlauf der letzten zwei Jahre gesammelt hatten, nach Plymouth mitgebracht; im Wagen konnte ich sie nicht verstauen, sie werden mit einem Lastfuhrwerk hierher geschafft werden. Ich habe die Listen bei mir, es ist auch bei jeder Pflanze verzeichnet, wo sie hinkommen soll; und da meinte ich, es wäre doch eine Zeitersparnis, wenn ich die Liste mit Tamlyn besprechen und ihm alles erklären würde. Vielleicht bin ich nicht mehr da, wenn der Lastwagen kommt.»

«Schön, schön», sagte ich. «Ihr beide versteht diese Dinge besser als ich. Lassen Sie sich nicht stören.»

«Wir sind fertig, nicht wahr, Tamlyn? Und ich lasse Mrs. Tamlyn auch
für die Tasse Tee danken, die sie mir angeboten hat. Hoffentlich sind ihre
Halsschmerzen bis heute abend vergangen. Eukalyptusöl ist das beste Mittel dagegen. Ich werde ihr ein Fläschchen schicken.»

«Vielen Dank, Madam», sagte Tamlyn — ich hatte keine Ahnung, daß
seine Frau krank war —, sah mich an und setzte ein wenig linkisch
hinzu: «Heute früh hab ich wahrhaftig etwas gelernt, Mr. Philip; und
ich hätte nie geglaubt, daß ich es von einer Dame lernen könnte. Ich
meinte immer, daß ich mein Handwerk leidlich verstünde, aber Mrs. Ashley
weiß mehr vom Gartenbau, als ich je wissen werde. Ich bin mir vor ihr
ganz dumm und unwissend vorgekommen.»

«Unsinn, Tamlyn», meinte meine Cousine Rachel. «Ich verstehe nur
etwas von Bäumen und Sträuchern. Wenn es um Obst geht — da verstehe
ich nicht das geringste. Denken Sie daran, daß Sie mir den Blumengarten
auch noch nicht gezeigt haben. Das müssen Sie morgen tun!»

«Wann Sie befehlen, Ma'am», sagte Tamlyn; sie winkte ihm zu und ging
mit mir auf das Haus zu.

«Wenn Sie schon so lange draußen sind», sagte ich, «dann werden Sie
sich jetzt wohl ausruhen wollen. Ich sage Wellington, daß er das Pferd
doch lieber nicht satteln soll.»

«Ausruhen? Wer redet von Ausruhen? Ich habe mich den ganzen Morgen auf den Ritt gefreut. Sehen Sie! Die Sonne! Sie hatten ja gesagt, sie
würde durchbrechen. Wird Wellington mich führen?»

«Nein», sagte ich. «Das werde ich selber tun. Und eines sage ich Ihnen
schon jetzt; Sie mögen imstande sein, Tamlyn über die Kamelienzucht zu
belehren, aber wenn es um Ackerbau geht, werde ich kaum etwas von
Ihnen zu lernen haben.»

«Ich kann Hafer von Gerste unterscheiden», sagte sie. «Macht Ihnen
das keinen Eindruck?»

«Keinen großen. Und auf den Äckern werden Sie weder das eine noch
das andere finden; die Ernte ist bereits eingebracht worden.»

Als wir heimkamen, entdeckte ich, daß Seecombe ein kaltes Mittagessen aufgetragen hatte, Fleisch und Salat, und nachher Pasteten und
Pudding, als ob es ein richtiges Gastmahl wäre. Meine Cousine Rachel
warf mir einen Blick zu, ihre Züge blieben völlig ernst, aber hinter ihren
Augen spürte man doch das heimliche Lachen.

«Sie sind ein junger Mensch und noch nicht völlig ausgewachsen», sagte
sie. «Essen Sie nur und seien Sie dankbar. Stecken Sie ein Stück Pastete ein,
und wenn wir auf den Westhügeln sind, werde ich Sie darum bitten. Jetzt
gehe ich hinauf und ziehe mich halbwegs passend für den Ausritt an.»

Sie erwartet wenigstens nicht, daß man ihr aufwartet oder zierliche Phrasen
dreht, dachte ich, als ich mit herzhaftem Appetit vom kalten Fleisch aß;
sie besitzt eine gewisse geistige Unabhängigkeit, die, Gott sei Dank, unweib-
lich ist. Der einzige Übelstand war, daß sie mein Verhalten ihr gegenüber,
das kalt und ablehnend wirken sollte, gelassen hinnahm und sogar ihren
Spaß daran hatte. Mein Spott wurde als gute Laune mißdeutet.

Ich war kaum mit dem Essen fertig, als Solomon vorgeführt wurde.
Der stämmige alte Gaul war herausgeputzt worden wie noch nie in seinem

langen Leben. Selbst seine Hufe waren poliert, eine Aufmerksamkeit, die Gipsy nie widerfuhr. Die beiden jungen Hunde umsprangen ihn, und Don betrachtete die Szene ziemlich ungerührt. Für ihn waren die Tage des Springens ebenso vorüber wie für seinen alten Freund Solomon.

Ich sagte Seecombe, daß wir bis nach vier Uhr ausbleiben würden, und als ich aus dem Haus trat, war meine Cousine Rachel bereits aufgesessen. Wellington richtete den Steigbügel. Sie hatte ein anderes Trauerkleid angezogen, das ein wenig üppiger wirkte, und statt eines Huts hatte sie ihren schwarzen Spitzenschal um das Haar gewunden. Sie sprach mit Wellington, ihr Profil war mir zugewandt, und ganz unvermittelt erinnerte ich mich daran, was sie gestern abend erzählt hatte — daß Ambrose ihr scherzend gesagt habe, sie könnte aus dem alten Rom stammen. Jetzt glaubte ich zu wissen, was er damit meinte. Ihre Züge glichen Gesichtern auf römischen Münzen; und nun, mit dem Spitzenschal um den Kopf, erinnerte sie mich auch an die Frauen, die ich im Dom von Florenz knien oder aus dem Flur stiller Häuser hervorspähen gesehen hatte. Hoch zu Roß sah sie durchaus nicht so klein aus wie vorher, als sie neben mir stand. Die Frau, an der mir nichts aufgefallen war als die kleinen Hände, der wechselnde Ausdruck der Augen und das perlende Lachen, das gelegentlich ihre Stimme belebte, sah jetzt, da ich zu ihr hinaufschauen mußte, wesentlich anders aus. Sie wirkte distanzierter — und italienischer.

Sie hörte meine Schritte und wandte sich mir zu; und jener fremde, ferne Ausdruck, den ihre Züge in der Ruhe angenommen hatten, verschwand schnell. Jetzt sah sie aus wie vorher.

«Bereit?» fragte ich. «Oder haben Sie Angst herunterzufallen?»

«Ich setze mein Vertrauen auf Sie und Solomon.»

«Gut! Vorwärts denn! Wir werden ungefähr zwei Stunden unterwegs sein, Wellington.» Und ich ergriff die Zügel, und wir machten uns auf den Weg nach der Barton-Farm.

Der Wind hatte den Regen weggeweht, und um Mittag war die Sonne durchgebrochen, und der Himmel wurde klar. Die Luft war salzig und leicht, eine wahre Würze für jede Wanderung, und man konnte das Rauschen des Meeres hören, das sich an den Klippen brach. Im Herbst hatten wir häufig solche Tage; ohne eigentlich einer bestimmten Jahreszeit anzugehören, besaßen sie ihre eigene Frische, in der sich noch ein Duft des Nachsommers barg, doch auch die Vorahnung kälterer Stunden.

Eine seltsame Wallfahrt war es, die wir antraten. Wir begannen damit, Billy Rowe und seine Frau zu besuchen, und ich hatte alle Mühe, mich ihrer Einladung zu entziehen; wir hätten eintreten sollen, uns an ihren Tisch setzen und Kuchen und Sahne essen. Nur das Versprechen, daß wir Montag wiederkommen würden, ermöglichte es mir, Solomon und meine Cousine Rachel am Kuhstall, am Misthaufen vorbei durch das Tor und auf die Stoppelfelder der Westhügel zu lenken.

Die Ländereien der Barton-Farm bildeten eine Halbinsel. Wie ich Rachel bereits vorher gesagt hatte, war die Ernte eingebracht, und ich konnte den alten Solomon führen, wohin ich wollte, denn an den Stoppeln wurde kein Schaden angerichtet. Der größere Teil dieser Ländereien ist ohnehin Weide, und um alles zu sehen, hielten wir uns in der Nähe der Küste, bis wir zu dem

Leuchtturm kamen, von dem aus man einen Überblick über den ganzen Besitz hatte, den im Westen der lange sandige Streifen der Bucht begrenzte und drei Meilen östlich die Bucht. Die Barton-Farm und das Haus selbst — das Herrenhaus, wie Seecombe es immer nannte — lagen wie in einer Schale, doch schon waren die Bäume, die Ambrose und mein Onkel Philip gepflanzt hatten, kräftig genug, um dem Haus mehr Schutz zu verleihen, und in nördlicher Richtung wand sich die neue Allee durch die Wälder und den Abhang hinauf bis dorthin, wo sich die vier Straßen trafen.

Ich erinnerte mich an das, was meine Cousine Rachel am Abend zuvor gesagt hatte, und versuchte, sie noch einmal zu prüfen, aber sie kannte tatsächlich alle Ortsbezeichnungen. Ihr Gedächtnis blieb ihr auch treu, als es dazu kam, die verschiedenen Buchten, die Vorgebirge und die anderen Farmen zu benennen; sie kannte die Namen der Pächter, wußte, wieviel Kinder sie hatten, ferner daß Seecombes Neffe in dem Fischerhaus am Strand wohnte und sein Bruder die Mühle betrieb. All diese Kenntnisse packte sie nicht ungebeten vor mir aus, sondern ich selber war es, der sie, von Neugier geplagt, dazu brachte, und wenn sie alle Namen richtig zu nennen wußte, so geschah das ganz selbstverständlich und mit einem leisen Staunen darüber, daß ich es eher befremdend fand.

«Worüber sollten Ambrose und ich uns denn unterhalten haben?» fragte sie mich schließlich, als wir vom Leuchtturmhügel zu den Feldern im Osten hinunterstiegen. «Sein Heim war seine Leidenschaft, und darum habe ich es auch zu der meinen gemacht. Würden Sie von Ihrer Frau nicht das gleiche erwarten?»

«Da ich keine Frau habe, kann ich das nicht beantworten», sagte ich. «aber Sie haben doch Ihr ganzes Leben auf dem Kontinent gelebt, und ich hätte geglaubt, daß Ihre Interessen in eine ganz andere Richtung gehen würden.»

«So war es auch», erwiderte sie, «bis ich Ambrose kennenlernte.»

«Bis auf den Gartenbau vermutlich.»

«Ja, bis auf den Gartenbau», gab sie zu. «So hat es ja angefangen. Das muß er Ihnen doch geschrieben haben. Mein Garten bei der Villa war sehr hübsch, aber dies hier —» sie hielt einen Augenblick inne und zog an Solomons Zügeln. Ich blieb stehen. «Das ist es, was ich immer zu sehen gewünscht hatte. Das ist anders.» Sie schwieg sekundenlang und schaute auf die Bucht hinunter. «In der Villa», fuhr sie fort, «als ich jung war und eben erst geheiratet hatte — ich denke an meine erste Ehe —, da war ich nicht sehr glücklich, und so suchte ich meine Zerstreuung darin, daß ich eine neue Anlage der Gärten entwarf, viele Pflanzen versetzte und die Wege terrassierte. Ich suchte Rat bei Büchern, und die Ergebnisse waren sehr erfreulich; so glaubte ich zumindest, und andere fanden es auch. Ich wüßte gern, was Sie davon halten würden.»

Ich sah zu ihr auf. Ihr Profil war der See zugewandt, und sie wußte nicht, daß ich sie anblickte. Was meinte sie damit? Hatte mein Pate ihr nicht berichtet, daß ich in der Villa gewesen war?

Plötzlich überkam mich Besorgnis. Ich erinnerte mich an ihre gefaßte Haltung am Vorabend, nachdem sie die erste Nervosität der Begegnung überwunden hatte, und auch an die Unbefangenheit unseres Gesprächs, das — so wenigstens legte ich es mir beim Frühstück zurecht — ebensosehr von ihrem eigenen Sinn für Geselligkeit wie von meiner Abgestumpftheit nach einem Glas Brandy beeinflußt gewesen war. Jetzt kam mir zu Bewußtsein, wie seltsam es war, daß sie am Abend kein Wort über meinen Besuch in Florenz verloren hatte. Sollte mein Pate sich vor diesem Thema gedrückt und es mir überlassen haben, den Bann zu brechen? Ich verwünschte ihn in Gedanken, nannte ihn einen Tölpel, einen Feigling, und doch, im gleichen Augenblick, wußte ich, daß ich selber der Feigling war. Ach, hätte ich doch gestern abend zu ihr gesprochen, als ich mir mit dem Glas Brandy Mut angetrunken hatte! Aber jetzt war es erheblich weniger leicht. Sie würde sich darüber wundern, daß ich nicht früher gesprochen hatte. Jetzt war natürlich der Augenblick da; jetzt mußte ich sagen: ‹Ich habe die Gärten Ihrer Villa Sangalletti gesehen. Wußten Sie das nicht?› Aber da schnalzte sie Solomon zu, und er stapfte weiter.

«Können wir an der Mühle vorüber wandern und auf der anderen Seite durch die Wälder zurück?» fragte sie.

Ich hatte den richtigen Zeitpunkt verpaßt, und nun machten wir uns auf den Heimweg. Als wir in den Wäldern waren, ließ sie von Zeit zu Zeit eine Bemerkung über die Bäume fallen oder über die Hügel oder sonst über etwas, das sie gerade sah; für mich aber war die Unbefangenheit des Nachmittags verlorengegangen, denn irgendwie hätte ich doch von meinem Besuch in Florenz sprechen müssen. Wenn ich nichts sagte, so würde sie es von Seecombe erfahren oder von meinem Paten, wenn er Sonntag zum Abendessen kam. Je näher wir dem Haus kamen, desto schweigsamer wurde ich.

«Ich habe Sie zu sehr ermüdet», sagte sie. «Ich selber bin da wie eine Königin auf Solomon gesessen, und Sie sind wie ein Pilger neben mir gegangen. Verzeihen Sie mir, Philip. Aber ich war so glücklich. Sie können nicht ahnen, wie glücklich ich war.»

«Nein, ich bin gar nicht müde», sagte ich. «Ich ... ich freue mich sehr, daß der Ritt Ihnen Vergnügen gemacht hat.» Es war mir unmöglich, den Blick dieser fragenden Augen zu erwidern.

Wellington wartete beim Haus, um ihr aus dem Sattel zu helfen. Sie ging hinauf, um sich vor dem Abendessen noch ein wenig auszuruhen, und ich setzte mich in die Bibliothek, zündete meine Pfeife an und fragte mich mißgelaunt, wie ich ihr die Geschichte von meinem Besuch in Florenz beibringen sollte. Hätte mein Pate in seinem Brief davon gesprochen, so wäre es an ihr gewesen, den Anfang zu machen, und ich hätte in aller Ruhe abwarten können, was sie sagen würde. Das war das Schlimmste an der Sache, daß jetzt ich es war, der den ersten Schritt tun mußte. Und auch das wäre erträglich gewesen, wenn ich in ihr die Frau gefunden hätte, auf die ich gefaßt war. Warum, um Himmels willen, mußte sie so ganz anders sein und meine Pläne derart über den Haufen werfen?

Ich wusch mir die Hände, zog zum Abendessen einen andern Rock an und steckte die Briefe in die Tasche, die Ambrose mir geschrieben hatte. Doch als ich in den Salon trat, wo ich sie anzutreffen erwartete, war der Raum leer. Seecombe, der eben durch die Halle ging, meldete mir, ‹Madame› sei in der Bibliothek.

Nun, da sie nicht mehr auf Solomon saß, wo ich zu ihr aufschauen mußte, da sie den Schal abgenommen und ihr Haar glattgestrichen hatte, wirkte sie noch kleiner als zuvor und noch unbeschützter. Im Kerzenlicht sah sie blasser aus, und ihr Trauerkleid bildete einen scharfen Kontrast zu ihrer Gesichtsfarbe.

«Haben Sie etwas dagegen, daß ich hier sitze?» fragte sie. «Tagsüber ist der Salon sehr angenehm, abends aber ist mir, bei zugezogenen Vorhängen und im Kerzenlicht, dieses Zimmer das liebste. Und es ist doch auch der Raum, wo Sie und Ambrose immer beisammen gesessen haben.»

Jetzt bot sich mir vielleicht eine Möglichkeit. Ja, jetzt hätte ich sagen können: ‹Es ist wahr, in Ihrer Villa haben Sie nichts Ähnliches.› Aber ich schwieg, die Hunde stürmten herein und lenkten uns ab. Nach Tisch, sagte ich zu mir, nach Tisch wird die richtige Stunde kommen. Und ich werde weder Portwein noch Brandy trinken.

Bei Tisch setzte Seecombe sie zu meiner Rechten, und er und John warteten uns auf. Sie bewunderte die Silberschale mit den Rosen und die Kandelaber und richtete manchmal ein Wort an Seecombe. Und ich schwitzte vor Angst, denn wie leicht konnte er sagen: ‹Das war, Madam, als Mr. Philip nach Italien gefahren war.›

Kaum konnte ich erwarten, daß das Abendessen vorüber war und man uns wieder allein ließ, obgleich dadurch meine Aufgabe immer näher rückte.

Wir setzten uns vor das Feuer in der Bibliothek, sie holte eine Stickerei hervor und begann sich damit zu beschäftigen. Ich beobachtete ihre kleinen, zierlichen Hände.

«Sagen Sie mir doch, was Sie haben», begann sie nach einer Weile. «Leugnen Sie nicht, daß irgendwas nicht stimmt, denn ich weiß es genau, wenn Sie nicht die Wahrheit sprechen. Ambrose pflegte zu sagen, ich hätte ein geradezu animalisches Vorgefühl für Mißhelligkeiten, und heute abend, Ihnen gegenüber, habe ich es wieder. Nein, schon seit dem späten Nachmittag. Ich habe doch nichts gesagt, was Sie verletzen könnte?»

Jetzt war es also so weit! Und wenigstens war sie es, die mir einen klaren Weg geöffnet hatte.

«Sie haben nichts gesagt, was mich verletzen könnte», erwiderte ich, «aber eine zufällige Bemerkung von Ihnen hat mich ein wenig verwirrt. Könnten Sie mir erzählen, was Nick Kendall Ihnen in seinem Brief nach Plymouth geschrieben hat?»

«Ja, gewiß! Er dankte mir für meinen Brief und teilte mir mit, daß Sie beide die Nachricht von Ambroses Tod bereits erhalten hätten, daß Signor Rainaldi ihm geschrieben und den Totenschein beigelegt habe. Und schließlich übermittelte er mir Ihre Einladung zu einem kurzen Besuch, bis ich weitere Pläne gefaßt hätte. Auch schlug er vor, ich solle von hier aus zu ihm nach Pelyn übersiedeln, was sehr freundlich von ihm war.»

«Und das war alles, was er Ihnen schrieb?»

«Ja, es war nur ein kurzer Brief.»

«Daß ich verreist gewesen war, erwähnte er nicht?»

«Nein.»

«Ich verstehe.» In mir stieg eine Glut auf, während meine Cousine ganz ruhig bei ihrer Arbeit blieb.

Und dann begann ich: «Mein Pate hat die Wahrheit gesagt, als er Ihnen mitteilte, er selber und die Dienstleute hätten die Nachricht von Ambroses

Tod durch Signor Rainaldi erfahren. Für mich aber gilt das nicht. Ich erfuhr sie in Florenz, in der Villa, aus dem Mund Ihrer Dienstleute.»

Sie hob den Kopf und sah mich an; und diesmal waren keine Tränen in ihren Augen, aber auch keine Spur von verhaltenem Gelächter; der Blick war lang und forschend, und ich glaubte in ihren Augen zweierlei lesen zu können – Mitleid und Vorwurf.

X

«Sie waren in Florenz?» fragte sie. «Wann? Wie lange ist das her?»

«Ich bin vor knapp drei Wochen wieder heimgekommen», sagte ich. «Ich bin hin und zurück durch Frankreich gereist. In Florenz habe ich nur eine einzige Nacht verbracht. Die Nacht vom fünfzehnten August.»

«Vom fünfzehnten August?» Ein neuer Klang war in ihrer Stimme, ihre Augen blitzten. «Aber ich bin doch am Tag vorher nach Genua gefahren. Das ist ja nicht möglich!»

«Es ist sowohl möglich wie wahr», sagte ich. «Genauso war es.»

Die Stickerei war ihren Händen entglitten, und in ihren Augen war jener seltsame Blick, der beinahe Angst verriet.

«Warum haben Sie mir nichts davon gesagt?» fragte sie. «Warum haben Sie mich vierundzwanzig Stunden in Ihrem Haus wohnen lassen, ohne es auch nur mit einem Wort anzudeuten? Gestern abend hätten Sie es mir sagen müssen!»

«Ich glaubte, Sie wüßten es», sagte ich. «Ich bat meinen Paten, es Ihnen in seinem Brief mitzuteilen. Nun, jetzt ist es heraus. Sie wissen es!»

Der Feigling in mir regte sich; ich hoffte, wir könnten es dabei bewenden lassen, sie werde ihre Stickerei aufnehmen und nicht mehr davon sprechen. Doch nein, so sollte es nicht ablaufen!

«Sie gingen in die Villa», sagte sie, als spräche sie zu sich selber. «Giuseppe muß sie eingelassen haben. Er hat das Tor geöffnet, hat sie dort stehen sehen, und er mußte glauben...» Sie brach ab, ihre Augen umwölkten sich, sie sah an mir vorüber ins Feuer.

«Sie müssen mir alles erzählen, was sich begeben hat, Philip», sagte sie.

Ich steckte die Hand in die Tasche und tastete nach den Briefen.

«Ich hatte seit langem nichts mehr von Ambrose gehört», begann ich. «Seit Ostern oder vielleicht seit Pfingsten nichts – genau weiß ich das nicht mehr, aber ich habe alle seine Briefe oben. Ich machte mir Sorgen. Die Wochen verstrichen. Dann, im Juli, kam der Brief. Nur eine einzige Seite. Und die Schrift völlig unkenntlich, nichts als ein Gekritzel. Ich zeigte ihn meinem Paten. Nick Kendall und ich waren uns einig, daß ich sofort nach Florenz aufbrechen sollte, und das tat ich denn auch ohne Verzögerung. Als ich schon im Wagen saß, kam noch ein zweiter Brief. Nur wenige Sätze. Ich habe diese zwei Briefe jetzt in meiner Tasche. Wollen Sie sie sehen?»

Sie antwortete nicht sogleich. Sie hatte sich vom Feuer abgewandt und sah mich wieder an. In ihren Augen war etwas Zwingendes, nicht gerade gewaltsam oder befehlend, nein, seltsam tief, seltsam zärtlich, als hätte sie die Macht, zu erkennen, daß ich nicht gern weitersprach, als wüßte sie auch den Grund dafür, und dennoch übte sie einen Druck auf mich aus.

«Nein, nicht jetzt», sagte sie. «Später.»

Ich senkte meinen Blick von ihren Augen auf ihre Hände. Sie hielt sie gefaltet im Schoß, kleine, reglose Hände. Es fiel mir leichter zu sprechen, wenn ich nicht unmittelbar sie, sondern ihre Hände anschaute.

«Ich kam in Florenz an», begann ich. «Ich nahm einen Wagen und fuhr zu Ihrer Villa. Die Dienerin machte das Tor auf, und ich fragte nach Ambrose. Sie war sichtlich erschrocken und rief ihren Mann. Er kam, und dann berichtete er mir, Ambrose sei tot und Sie seien abgereist. Er zeigte mir die Villa. Ich sah das Zimmer, in dem er gestorben war. Bevor ich ging, holte die Frau noch Ambroses Hut aus einem Schrank. Es war das einzige, was Sie mitzunehmen übersehen hatten.»

Ich machte eine Pause, und meine Blicke hafteten an ihren Händen. Die Finger der rechten Hand berührten den Ring an der linken. Ich sah, wie sie sich darum klammerten.

«Sprechen Sie weiter!» sagte sie.

«Ich fuhr nach Florenz zurück. Der Diener hatte mir die Adresse von Signor Rainaldi gegeben. Ich ging zu ihm. Er schien zu stutzen, als er mich sah, faßte sich aber bald. Er berichtete mir Einzelheiten von Ambroses Krankheit und Tod, gab mir auch eine Botschaft für den Wächter auf dem protestantischen Friedhof mit, wenn ich Ambroses Grab besuchen wollte. Doch das wollte ich nicht. Ich erkundigte mich, wo Sie zu treffen seien, aber er erklärte, er wisse es nicht. Das war alles. Am nächsten Tag trat ich die Heimreise an.»

Abermals folgte eine Pause. Die Finger, die den Ring hielten, lockerten sich.

«Kann ich die Briefe sehen?» fragte sie.

Ich zog sie aus der Tasche und reichte sie ihr. Jetzt blickte ich wieder ins Feuer, und ich hörte das Rascheln des Papiers, als sie die Briefe entfaltete. Es gab ein langes Schweigen. Dann sagte sie: «Nur diese zwei?»

«Nur diese zwei», erwiderte ich.

«Nichts nach Ostern oder Pfingsten, sagten Sie? Nichts, bevor diese beiden kamen?»

«Nein, nichts.»

Sie mußte die Briefe ebenso genau gelesen haben wie ich; sie kannte sie jetzt Wort für Wort. Und schließlich gab sie sie mir zurück.

«Wie Sie mich hassen mußten!» sagte sie langsam.

Verblüfft schaute ich auf, und als wir einander ansahen, war mir, als müßte sie alle meine Phantasien, meine Tagträume kennen. Leugnen war nutzlos, Widerspruch unsinnig. Nun gab es keine Schranken mehr. Mir war zumute, als säße ich splitternackt auf meinem Stuhl.

«Ja», sagte ich.

Mir war leichter, nachdem das einmal heraus war. Vielleicht geht es den Katholiken so, dachte ich, wenn sie im Beichtstuhl sitzen. So wird man seiner Lasten ledig, werden alle Bürden gehoben. Statt dessen bleibt eine Leere zurück.

«Warum haben Sie mich hierher eingeladen?»

«Um Sie anzuklagen!»

«Mich anklagen? Wessen?»

«Das weiß ich nicht genau. Vielleicht weil Sie dieses Herz gebrochen haben – und das wäre doch ein Mord, nicht?»

69

«Und dann?»

«So weit reichten meine Pläne nicht. Mehr als alles in der Welt wollte ich Sie leiden machen; wollte Sie leiden sehen. Und dann hätte ich Sie vermutlich gehen lassen.»

«Das war großherzig. Großherziger, als ich es verdient hätte. Aber Sie haben Ihren Erfolg gehabt. Sie haben erreicht, was Sie wollten. Sehen Sie mich nur leiden, bis Sie Ihren Rachedurst gestillt haben.»

Irgend etwas war mit den Augen geschehen, die mich ansahen. Das Gesicht war ganz weiß und still; es war unverändert. Hätte ich das Gesicht mit meinen Absätzen zu Staub zertreten, die Augen wären dennoch geblieben, mit ihren Tränen, die niemals über die Wangen rannen, niemals fielen.

«Es ist zwecklos», sagte ich. «Ambrose sagte immer, ich würde einen schlechten Soldaten abgeben. Ich kann nicht kaltblütig schießen. Gehen Sie bitte hinauf oder sonst wohin! Meine Mutter starb so früh, daß ich mich nicht an sie erinnern kann. Und ich habe nie eine Frau weinen sehen.» Ich öffnete ihr die Tür. Aber sie blieb am Feuer sitzen und rührte sich nicht.

«Gehen. Sie hinauf, Rachel», wiederholte ich.

Ich weiß nicht, wie meine Stimme klang, ob sie rauh oder laut war, aber der alte Don, der auf dem Boden lag, hob den Kopf und schaute mich an. Dann reckte er sich, gähnte, legte den Kopf auf Rachels Füße am Feuer. Und dann machte sie eine Bewegung. Sie senkte die Hand und berührte seinen Kopf. Ich schloß die Tür und trat wieder an den Kamin. Ich nahm die zwei Briefe und warf sie ins Feuer.

«Das hat keinen Zweck», sagte sie. «Wenn wir beide uns doch daran erinnern, was er geschrieben hat.»

«Ich kann vergessen», sagte ich, «wenn Sie es auch tun. An einem Feuer ist etwas Reinigendes. Nichts bleibt übrig. Asche zählt nicht.»

«Wenn Sie ein wenig älter wären», erwiderte sie, «oder Ihr Leben anders verlaufen wäre, wenn Sie nicht Sie selbst wären und ihn nicht so geliebt hätten, so könnte ich mit Ihnen über diese Briefe und über Ambrose sprechen. Aber ich möchte nicht; mir ist es lieber, wenn Sie mich verdammen. Auf die Dauer macht es die Dinge leichter; für Sie und für mich. Lassen Sie mich bis Montag hier bleiben, und dann gehe ich fort, und Sie brauchen nie mehr an mich zu denken. Obgleich Sie es anders beabsichtigt hatten, waren der Abend gestern und der Tag heute wahrhaft beglückend. Gott segne Sie dafür, Philip!»

Ich stieß mit dem Fuß in das Feuer; die Scheite knisterten.

«Ich verdamme Sie nicht. Nichts ist so gekommen, wie ich gedacht oder geplant hatte. Ich kann die Frau nicht hassen, die nicht vorhanden ist.»

«Aber ich bin doch vorhanden!»

«Sie sind nicht die Frau, die ich gehaßt habe. Das ist alles, was ich sagen kann.»

Sie streichelte noch immer Dons Kopf, und jetzt hob er ihn und schmiegte ihn an ihre Knie.

«Diese Frau, die Sie sich vorgestellt haben», sagte sie, «hat sie erst Gestalt angenommen, als Sie diese Briefe gelesen haben, oder schon vorher?»

Ich dachte eine Weile nach. Und dann überstürzten sich die Worte. Welchen Sinn hatte es, jetzt noch faulende Reste übrigzulassen?

«Vorher», sagte ich. «In gewissem Sinn fühlte ich mich erleichtert, als die Briefe kamen; jetzt hatte ich einen Grund, Sie zu hassen. Bis dahin war eigentlich nichts vorhanden gewesen, worauf ich mich stützen konnte, und ich schämte mich.»

«Warum schämten Sie sich?»

«Weil es nichts so Selbstzerstörerisches gibt, kein so verächtliches Gefühl wie Eifersucht.»

«Sie waren eifersüchtig?»

«Ja. Jetzt kann ich das sagen – seltsam genug. Vom ersten Tag an, als er mir schrieb, um mir zu berichten, daß er geheiratet hatte. Vielleicht hat es schon vorher einen leisen Schatten gegeben, das weiß ich nicht. Alle Leute erwarteten, ich solle ebenso entzückt sein, wie sie selber es waren, und ich konnte nicht. Für Ihre Ohren muß es recht überspannt und unsinnig klingen, daß ich eifersüchtig gewesen bin. Wie ein verzogenes Kind. Das ist es vielleicht, was ich war und was ich bin. Das Schlimme war, daß ich niemand anders auf der Welt gekannt oder geliebt habe als Ambrose.»

Jetzt dachte ich laut und kümmerte mich nicht darum, was sie von mir halten mochte. Ich sprach Dinge aus, die ich mir bisher selber nicht eingestanden hatte.

«War das nicht auch für ihn das Schlimme?» fragte sie.

«Was meinen Sie damit?»

Sie zog ihre Hand von Dons Kopf weg, stützte das Kinn in die Hände, die Ellbogen auf das Knie und starrte ins Feuer.

«Sie sind erst vierundzwanzig Jahre alt, Philip», sagte sie. «Sie haben noch Ihr ganzes Leben vor sich, wahrscheinlich viele glückliche Jahre, ohne Zweifel verheiratet mit einer Frau, die Sie lieben, und Sie werden eigene Kinder haben. Ihre Liebe zu Ambrose wird darum nicht geringer sein, aber sie wird an den Platz gerückt werden, an den sie gehört. Die Liebe jedes Sohnes für seinen Vater. Für ihn war das anders. Er hat zu spät geheiratet.»

Ich kniete vor dem Feuer und zündete meine Pfeife an. Ich dachte gar nicht daran, um Erlaubnis zu bitten. Ich wußte, daß sie nichts dagegen hatte.

«Warum zu spät?»

«Er war dreiundvierzig, als er vor zwei Jahren nach Florenz kam und ich ihn zum erstenmal sah. Sie wissen, wie er war, wie er sprach, Sie kennen seine Art, sein Lächeln. Seit Ihrer Kindheit war das Ihr Leben. Aber Sie können nicht wissen, welche Wirkung all das auf eine Frau haben mußte, deren Leben nicht glücklich gewesen war, die – ganz andere Männer gekannt hatte.»

Ich sagte nichts, aber ich glaubte sie zu verstehen.

«Ich weiß nicht, warum er sich mir zuwandte, aber er tat es. Solche Dinge kann man nie erklären; sie geschehen nun einmal. Warum ein bestimmter Mann eine bestimmte Frau lieben muß, welch seltsame Mischung in unserem Blut uns zueinander zieht – wer kann das sagen? Zu mir, die ich einsam, verängstigt war, die Überlebende mancher Schiffbrüche, kam er wie ein Erlöser, wie die Antwort auf ein Gebet. Einem Mann, der stark und zärtlich war, dem es an jeder Eitelkeit fehlte, war ich noch nie begegnet. Es war eine Offenbarung. Was er für mich war, das weiß ich. Aber was ich für ihn war ...»

Sie hielt inne, zog die Brauen zusammen und schaute ins Feuer. Abermals spielten ihre Finger mit dem Ring an der linken Hand.

«Er war wie ein Schlafender, der plötzlich erwacht und die Welt entdeckt», fuhr sie fort. «All ihre Schönheit, aber auch all ihren Kummer. Den Hunger, den Durst. Alles, woran er nie gedacht, was er nie gewußt hatte, war hier vor ihm und verkörperte sich in einem Menschen, der, nennen Sie es Zufall, nennen Sie es Verhängnis, ich gewesen bin. Rainaldi – den er übrigens ebenso wenig ausstehen konnte wie Sie – sagte mir einmal, Ambrose sei zu mir erwacht, wie Menschen manchmal zu einer Religion erwachen. Aber ein Mann, der sich zur Religion bekehrt, kann in ein Kloster gehen und den ganzen Tag vor einem Altar zur Jungfrau beten. Sie ist schließlich aus Gips und ändert sich nicht. Frauen sind anders, Philip. Ihre Stimmungen wechseln mit den Tagen, mit den Nächten, manchmal mit den Stunden, wie bei den Männern auch. Wir sind eben Menschen, und das ist unsere Schwäche.»

Ich verstand nicht, was sie mit der Religion meinte. Ich konnte nicht begreifen, welchen Zusammenhang solch ein Geisteszustand mit Ambroses Verhalten haben sollte. Aber Katholiken sind natürlich anders. Sie mußte wohl annehmen, daß Ambrose sie wie eine Stelle aus den Zehn Geboten angesehen hatte. Du sollst sie nicht anbeten und ihnen nicht dienen!

«Sie meinen, daß er zu viel von Ihnen erwartet hatte? Er stellte Sie gewissermaßen auf einen Sockel?»

«Nein», sagte sie. «Nach meinem harten Leben wäre ein Sockel mir willkommen gewesen. Ein Heiligenschein kann etwas sehr Liebliches sein, wenn man ihn von Zeit zu Zeit abnehmen und ein einfacher Mensch sein darf.»

«Was denn also?»

Sie seufzte und ließ ihre Hände sinken. Plötzlich sah sie sehr müde aus. Sie lehnte sich in ihren Stuhl zurück, legte den Kopf an das Kissen und schloß die Augen.

«Eine Religion zu finden, bedeutet nicht immer, daß ein Mensch besser wird», sagte sie. «Zur Welt zu erwachen, hat Ambrose nicht geholfen. Sein Wesen hatte sich verändert.»

Auch ihre Stimme klang müde und seltsam matt. Wenn ich vielleicht wie im Beichtstuhl gesprochen hatte, so ging es ihr ebenso. Sie preßte die Handflächen auf die Augen.

«Verändert? Inwiefern hatte sich sein Wesen verändert?»

Ich empfand in meinem Herzen etwas wie einen Schlag. Als wäre einem Kind plötzlich zu Bewußtsein gekommen, daß es Tod, Übles oder Grausamkeit gibt.

«Die Ärzte sagten mir später, das sei eine Folge seiner Krankheit gewesen», fuhr sie fort. «Er könne nicht anders; Eigenschaften, die sein ganzes Leben lang auf dem Grund seines Ichs geschlummert hätten, seien endlich an die Oberfläche getreten. Doch dessen werde ich nie sicher sein. Nie gewiß, daß es wirklich so geschehen mußte. Irgend etwas in mir hat diese Eigenschaften geweckt. Mich zu finden, war für ihn einen kurzen Augenblick lang Seligkeit und dann eine Katastrophe. Sie hatten recht, mich zu hassen. Wäre er nicht nach Italien gekommen, so würde er jetzt hier bei Ihnen leben. Er wäre nicht gestorben.»

Ich war beschämt, verlegen. Ich wußte nicht, was ich sagen sollte. «Er

72

hätte dennoch krank werden können», wandte ich ein, gewissermaßen um ihr zu helfen. «Und dann hätte ich seine Veränderung ertragen müssen und nicht Sie.»

Sie senkte die Hände, sah mich an und lächelte.

«Er hat Sie so lieb gehabt», sagte sie. «Sie hätten sein Sohn sein können; er war so stolz auf Sie. Immer hieß es: ‹Mein Philip würde das tun, mein Junge würde jenes tun.› Ja, Philip, wenn Sie in diesen achtzehn Monaten eifersüchtig auf mich gewesen sind, so sind wir heute quitt. Gott weiß, daß ich manchmal auch mit weniger Lobsprüchen auf Sie ausgekommen wäre!»

Ich erwiderte ihren Blick und lächelte langsam.

«Haben Sie sich auch Vorstellungen von mir gemacht?» fragte ich.

«Immer», erklärte sie. «Dieser verzogene Junge, dachte ich, der ihm ständig Briefe schreibt, aus denen Ambrose mir nur Auszüge vorlas – gezeigt hat er sie mir nie. Dieser Junge hat ja keinen einzigen Fehler, nichts als Tugenden. Dieser Junge, der ihn so gut versteht, wo ich versage. Dieser Junge, der drei Viertel seines Herzens einnimmt, dem just das Beste an ihm gehört! Während mir nur ein Viertel blieb – und zwar das schlechteste! O Philip . . .»

Sie brach ab und lächelte wieder. «Ach, mein Gott, Sie wollen von Eifersucht reden? Die Eifersucht eines Mannes ist wie die eines unartigen Kindes, launisch, töricht und ohne Tiefe. Die Eifersucht einer Frau ist die eines erwachsenen Menschen, und das ist ein großer Unterschied.» Sie zog das Kissen hinter ihrem Kopf hervor und strich es zurecht. «Ich glaube, daß ich für heute abend genug mit Ihnen gesprochen habe», sagte sie. Sie beugte sich vor und hob die Stickerei auf, die zu Boden gefallen war.

«Ich bin nicht müde. Ich könnte noch lange weitersprechen, sehr lange. Das heißt, nicht selber sprechen, sondern Ihnen zuhören!»

«Wir haben ja noch den morgigen Tag!»

«Warum nur den morgigen?»

«Weil ich Montag abreise. Ich bin nur für das Wochenende gekommen. Ihr Pate hat mich nach Pelyn eingeladen.»

Mir kam es töricht und sinnlos vor, daß sie so bald wieder gehen sollte.

«Es ist ganz überflüssig, daß Sie übersiedeln, wenn Sie doch eben erst gekommen sind. Für Pelyn haben Sie noch Zeit genug. Sie haben ja noch nicht die Hälfte des Gutes besichtigt. Was würden die Dienerschaft und die Gutsleute denken! Sie wären tief beleidigt.»

«Wirklich?» fragte sie.

«Außerdem kommt bald der Lastwagen von Plymouth», sagte ich, «mit all den Pflanzen. Das müssen Sie mit Tamlyn besprechen. Und wir müssen auch Ambroses Effekten durchsehen.»

«Das könnten Sie doch allein besorgen!»

«Warum?» fragte ich. «Wenn wir es miteinander tun können . . .!»

Ich stand auf und streckte die Arme über den Kopf. Dann versetzte ich Don einen Tritt. «Wach auf», sagte ich, «höchste Zeit, daß du aufhörst zu schnarchen und mit den andern in deine Hütte gehst.» Er regte sich und knurrte. «Faules altes Biest», sagte ich. Dann sah ich auf meine Cousine Rachel hinunter, und sie schaute zu mir auf; und in ihren Augen war ein seltsamer Ausdruck, als könnte sie durch mich hindurch in jemand anders blicken.

«Was gibt es denn?» fragte ich.

«Nichts», erwiderte sie. «Nichts . . . Können Sie mir eine Kerze bringen und die Treppe hinaufleuchten?»

«Gern», sagte ich. «Und nachher führe ich Don in seine Hütte.»

Die Kerzenhalter standen auf dem Tisch bei der Tür. Sie nahm eine Kerze, und ich zündete sie an. In der Halle war es dunkel, aber oben auf dem Treppenabsatz hatte Seecombe eine Lampe brennen lassen.

«Das genügt schon», sagte sie. «Ich finde meinen Weg allein.»

Sekundenlang blieb sie auf der untersten Stufe stehen, ihr Gesicht war beschattet. Eine Hand hielt die Kerze, die andere hatte das Kleid gerafft.

«Sie hassen mich nicht mehr?»

«Nein», sagte ich. «Ich habe Ihnen ja erklärt, daß nicht Sie es waren, die ich gehaßt hatte. Es war eine andere Frau.»

«Sind Sie auch sicher, daß es eine andere Frau war?»

«Ganz sicher.»

«Dann gute Nacht! Und schlafen Sie wohl!»

Sie wandte sich zum Gehen, aber ich legte meine Hand auf ihren Arm und hielt sie zurück.

«Warten Sie», sagte ich, «jetzt habe auch ich Ihnen eine Frage zu stellen.»

«Was denn, Philip?»

«Sind Sie noch eifersüchtig auf mich? Oder war auch das ein anderer Mensch und nicht ich?»

Sie lachte und reichte mir die Hand; und dadurch, daß sie höher stand als ich, war sie von einer Anmut umflossen, die ich an ihr noch nicht bemerkt hatte. In dem flackernden Kerzenlicht wirkten ihre Augen sehr groß.

«Dieser schreckliche, verzogene Junge?» fragte sie. «Er ist gestern verschwunden, als Sie Tante Phoebes Boudoir betraten.»

Plötzlich beugte sie sich vor und küßte mich auf die Wange.

«Der erste Kuß, den Sie je bekommen haben», sagte sie. «Und wenn Sie es nicht mögen, so können Sie sich einreden, daß nicht ich es war, die Sie geküßt hat, sondern jene andere Frau.»

Sie stieg die Treppe hinauf, und das Licht der Kerze warf einen dunklen, fernen Schatten an die Wand.

XI

Der Sonntag hatte seit jeher seinen strengen Stundenplan. Gefrühstückt wurde später, gegen neun, und ein Viertel nach zehn fuhr der Wagen vor, um Ambrose und mich zur Kirche zu bringen. Die Dienstleute folgten im Gutswagen, der mit seinen zwei Längsbänken Raum für alle hatte. Nach dem Gottesdienst fuhren sie heim und aßen gegen ein Uhr zu Mittag; und dann, um vier Uhr, gingen wir selber zu Tisch. Wir hatten Pfarrer Pascoe und seine Frau zu Gast, manchmal auch eine oder zwei seiner Töchter, und gewöhnlich meinen Paten und Louise. Wenn Ambrose im Ausland war, benützte ich den Wagen nicht, sondern ritt auf Gipsy zur Kirche; das schien Anlaß zu Gerede gegeben zu haben. Warum, weiß ich nicht.

An diesem Sonntag gab ich zu Ehren meines Gastes den Auftrag, den

74

Wagen anzuspannen, wie das seit jeher Sitte war, und meine Cousine Rachel, der Seecombe es gemeldet hatte, als er ihr das Frühstück brachte, kam pünktlich um zehn Uhr die Treppe herunter. Seit dem Vorabend fühlte ich mich erleichtert, und als ich sie ansah, hatte ich den Eindruck, von jetzt an könne ich ihr sagen, was ich wolle. Nichts brauchte mich mehr zu hemmen, weder Angst, noch Groll, noch einfache Höflichkeit.

«Eine Warnung auf alle Fälle», sagte ich, nachdem ich ihr guten Morgen gewünscht hatte. «In der Kirche werden alle Blicke auf Sie gerichtet sein. Selbst die Faulenzer, die gern eine Ausrede finden, um sonntags im Bett zu bleiben, werden heute ausgerückt sein. Sie werden sich in der Kirche drängen und vielleicht sogar auf die Fußspitzen heben müssen.»

«Sie machen mir Angst», meinte sie. «Ich sollte wohl lieber gar nicht gehen!»

«Das wäre eine Kränkung, die man weder Ihnen noch mir jemals vergeben würde.»

Mit feierlichen Blicken sah sie mich an.

«Ich bin nicht ganz sicher, ob ich weiß, wie ich mich zu benehmen habe», sagte sie. «Ich bin als Katholikin aufgewachsen.»

«Behalten Sie das für sich», riet ich. «In diesem Teil der Welt sind Papisten einzig und allein für das Höllenfeuer bestimmt. So wenigstens sagte man mir. Machen Sie mir alles genau nach. Ich werde Ihnen die nötigen Weisungen geben.»

Der Wagen fuhr vor. Wellington, mit gebürstetem Hut und einer schmucken Kokarde dran, den Stallburschen neben sich, war gebläht vor Stolz wie ein Puter.

Seecombe, in sauberem, gestärktem Hemd und Sonntagsanzug, stand nicht minder würdig an der Tür. Dergleichen hatte er doch noch nie erlebt.

Ich half meiner Cousine Rachel in den Wagen und setzte mich neben sie. Sie hatte einen dunklen Mantel um die Schultern gelegt, und der Schleier, der von ihrem Hut herabfiel, verhüllte ihr Gesicht.

«Die Leute werden Ihr Gesicht sehen wollen», sagte ich.

«Dann muß es eben bei dem Wunsch bleiben», erwiderte sie.

«Sie dürfen das nicht mißverstehen. So etwas ist doch noch nie geschehen. Seit fast dreißig Jahren nicht mehr. Die alten Leute erinnern sich wohl noch an meine Tante und auch an meine Mutter, aber für die jüngeren hat es nie eine Mrs. Ashley gegeben, die in die Kirche gekommen wäre. Außerdem müssen Sie aufklärend wirken. Die Leute wissen, daß Sie aus dem Ausland kommen; in ihren Augen sind Italiener wahrscheinlich Schwarze.»

«Wollen Sie still sein!» flüsterte sie. «Ich sehe es Wellingtons Rücken an, daß er sehr wohl hören kann, was Sie sagen.»

«Ich werde nicht still sein», sagte ich. «Das ist eine Angelegenheit von höchster Wichtigkeit. Ich weiß, wie die Gerüchte sich verbreiten. Sämtliche Bewohner der Gegend werden kopfschüttelnd zu ihrem Sonntagsbraten heimkehren und behaupten, Mrs. Ashley sei eine Negerin.»

«In der Kirche werde ich meinen Schleier heben, aber nicht vorher. Wenn ich knie. Dann mögen die Leute mich anschauen, wenn sie Lust haben, aber nach Fug und Recht sollten sie das nicht tun. Sie sollten die Augen in ihrem Gebetbuch haben.»

«Unser Kirchenstuhl ist von einer hohen Bank mit Vorhängen umgeben», erklärte ich ihr. «Wenn Sie einmal knien, kann kein Mensch Sie sehen. Sie können dahinter sogar mit Marmeln spielen, wenn es Ihnen Spaß macht. Als Kind habe ich das oft getan.»

«Kein Wort von Ihrer Kindheit», sagte sie. «Ich kenne jede Einzelheit. Wie Ambrose Ihre Kinderfrau davongejagt hat, als Sie drei Jahre alt waren. Wie er Ihnen die Röckchen weggenommen und Sie in Hosen gesteckt hat. Die ungeheuerliche Art und Weise, wie er Ihnen das Alphabet beigebracht hat. Es wundert mich gar nicht, daß Sie in der Kirche mit Marmeln gespielt haben. Ich bin nur erstaunt, daß Sie nichts Schlimmeres getan haben.»

«Das habe ich auch. Einmal hatte ich weiße Mäuse in der Tasche, und sie sind unter den Sitz gelaufen. Sie krochen unter den Rock einer alten Dame, die hinter uns saß; sie bekam einen hysterischen Anfall und mußte hinausgeführt werden.»

«Hat Ambrose Sie damals nicht verprügelt?»

«Ach, keine Spur! Er selber hat sie doch auf dem Boden freigelassen!»

Meine Cousine Rachel deutete auf Wellingtons Rücken. Seine Schultern hatten sich gestrafft, und seine Ohren waren ganz rot.

«Heute werden Sie sich anständig benehmen, sonst verlasse ich die Kirche», erklärte sie.

«Dann würden alle glauben, diesmal seien Sie es, die die Anfälle hat. Und mein Pate und Louise würden Ihnen Hals über Kopf zu Hilfe kommen. Ach, du großer Gott . . .» Ich schlug mir bestürzt mit der Hand auf die Knie.

«Was haben Sie denn?»

«Ich denke gerade daran, daß ich Louise versprochen hatte, gestern nach Pelyn zu reiten, und das habe ich vollkommen vergessen. Sie wird den ganzen Nachmittag auf mich gewartet haben.»

«Das war nicht sehr galant», fand meine Cousine Rachel. «Sie soll Sie nur tüchtig schelten!»

«Ich werde es auf Sie schieben», sagte ich. «Und das ist ja auch die Wahrheit. Ich werde sagen, daß Sie einen Ausflug nach der Barton-Farm machen wollten.»

«Ich hätte das nicht von Ihnen verlangt», erwiderte sie, «wenn ich gewußt hätte, daß Sie anderswo erwartet werden. Warum haben Sie mir nichts davon gesagt?»

«Weil ich es vollständig vergessen hatte.»

«Wenn ich Louise wäre, würde ich Ihnen das sehr verübeln. Eine schlechtere Ausrede können Sie vor einer Frau gar nicht vorbringen.»

«Louise ist keine Frau», meinte ich. «Sie ist jünger als ich, und ich kenne sie seit ihrer frühesten Kindheit.»

«Das ist keine Antwort. Sie hat nichtsdestoweniger Empfindungen, die man verletzen kann.»

«Na schön, sie wird es schon verwinden. Bei Tisch wird sie neben mir sitzen, und ich werde ihr dafür danken, daß sie die Blumen so nett arrangiert hat.»

«Welche Blumen?»

«Die Blumen im Haus. Die Blumen in Ihrem Boudoir und im Schlafzimmer. Sie ist eigens deswegen zu uns herübergekommen.»

«Wie liebenswürdig von ihr!»

«Sie hatte kein Zutrauen zu Seecombe.»

«Daraus kann ich ihr keinen Vorwurf machen. Sie hat jedenfalls viel Zartgefühl und Geschmack bewiesen. Am besten hat mir die Schale auf dem Kamin im Boudoir gefallen und dann der Herbstkrokus am Fenster.»

«War eine Schale am Kamin?» fragte ich. «Und eine am Fenster? Das hatte ich gar nicht bemerkt. Aber ich werde ihr trotzdem ein Kompliment machen; hoffentlich verlangt sie keine eingehende Schilderung von mir!»

Ich sah sie an und lachte, und ich sah, daß auch sie mir unter dem Schleier zulächelte, aber sie schüttelte den Kopf.

Wir waren den steilen Hügel hinuntergefahren und bogen jetzt in die Straße ein. Bald erreichten wir das Dorf und die Kirche. Wie ich vorausgesehen hatte, gab es eine Ansammlung von Menschen. Die meisten kannte ich, aber es waren auch viele aus bloßer Neugier gekommen. Als wir vorfuhren und ausstiegen, gab es ein richtiges Gedränge. Ich zog den Hut und bot meiner Cousine Rachel den Arm. Ich hatte wohl Dutzende Male gesehen, wie mein Pate Louise den Arm reichte. Wir gingen den Weg zur Kirchentür zwischen einem Spalier von Leuten, die uns anstarrten. Ich hatte angenommen, daß ich mir sehr albern und ganz fremd vorkommen würde, doch so war es nicht. Ich war selbstsicher und stolz und empfand ein seltsames Vergnügen. Ich schaute gerade vor mich hin, weder nach rechts noch nach links, und die Männer zogen die Hüte, und die Frauen machten einen Knicks. Ich konnte mich nicht erinnern, daß sie das auch meinetwegen je getan hätten. Es war also doch ein großer Anlaß!

Als wir in die Kirche traten und die Glocken läuteten, drehten jene Kirchenbesucher, die bereits auf ihren Bänken saßen, sich nach uns um. Man hörte die Stiefel der Männer scharren und die Röcke der Frauen rascheln. Wir gingen am Kirchenstuhl der Familie Kendall vorüber zu unserem eigenen Kirchenstuhl. Ich warf einen Blick auf meinen Paten; er hatte die buschigen Brauen zusammengezogen und sah nachdenklich drein. Ohne Zweifel fragte er sich, wie ich mich in den verflossenen achtundvierzig Stunden wohl betragen hatte. Aber die gute Erziehung verbot ihm, uns anzusehen. Louise saß sehr steif und aufrecht neben ihm. Sie sah hochmütig drein; wahrscheinlich weil ich sie gekränkt hatte. Aber als ich zur Seite wich, um meine Cousine Rachel in den Stuhl treten zu lassen, wurde Louise doch von der Neugier überwältigt. Sie hob den Blick, starrte meinen Gast an und gönnte dann auch mir einen Blick. Fragend zog sie die Brauen in die Höhe. Aber ich tat, als sähe ich sie nicht, und schloß die Tür des Kirchenstuhls hinter mir. Die Gemeinde kniete zum Gebet nieder.

Ein eigentümliches Gefühl war es, eine Frau neben sich im Kirchenstuhl zu wissen. Die ganze Zeit über war ich ihrer Nähe gewahr. Gar keine Rede davon, daß sie nicht gewußt hätte, was sie tun mußte. Sie hätte jeden Sonntag in einer englischen Kirche dem Gottesdienst beigewohnt haben können. Sie saß ganz still da, die Blicke ernst auf den Pfarrer gerichtet, und wenn sie kniete, bemerkte ich, daß sie sich tatsächlich auf die Knie niederließ und nicht, wie Ambrose und ich es taten, halb auf dem Sitz hocken blieb. Sie raschelte auch nicht mit ihrem Kleid, schaute nicht um sich, wie Mrs. Pascoe und ihre Töchter es immer taten, weil dort, wo sie saßen, der

Pfarrer sie nicht sehen konnte. Als die Kirchenlieder angestimmt wurden, hob meine Cousine Rachel den Schleier, und ich sah, wie ihre Lippen den Worten folgten, aber ich hörte sie nicht singen. Und als wir uns setzten, um die Predigt anzuhören, senkte sie den Schleier wieder.

Wenn ich sie so sah, mußte ich an meine Mutter denken. Hatte sie hier neben meinem Vater gekniet? Hatte sie sich zurückgelehnt, die Hände im Schoß gefaltet und die Predigt angehört? Und nachher – war sie heimgefahren und hatte mich aus meiner Wiege gehoben? Als ich hier saß und Mr. Pascoes Stimme dröhnen hörte, fragte ich mich, wie es wohl war, wenn eine Mutter ihr Kind in den Armen hielt. Hatte sie mein Haar gestreichelt, meine Wange geküßt und mich dann lächelnd wieder in die Wiege gelegt? Plötzlich wünschte ich, ich könnte mich an sie erinnern. Warum mußte es so sein, daß die Erinnerung eines Kindes nicht über eine bestimmte Grenze hinausreicht? Ich war ein kleiner Junge gewesen, hinter Ambrose einhergetrottet, hatte geschrien, er solle doch auf mich warten. Weiter zurück gab es nichts. Nicht das geringste!

«Und jetzt zu Gott dem Vater, Gott dem Sohn und Gott dem Heiligen Geist!» Die Worte des Pfarrers veranlaßten mich aufzustehen; ich hatte kein Wort von der Predigt gehört. Noch hatte ich Pläne für die kommende Woche gemacht. Ich war verträumt dagesessen und hatte meine Cousine Rachel angesehen.

Ich griff nach meinem Hut und berührte ihren Arm. «Sie haben sich ausgezeichnet gehalten», flüsterte ich ihr zu. «Aber die wahre Prüfung steht Ihnen erst jetzt bevor.»

«Vielen Dank», erwiderte sie leise. «Ihnen auch. Jetzt müssen Sie sich wegen Ihres gebrochenen Versprechens entschuldigen.»

Wir traten aus der Kirche in die Sonne, und hier erwartete uns eine kleine Schar; Pächter, Bekannte, Freunde, und mitten unter ihnen Mrs. Pascoe, die Frau des Pfarrers mit ihren Töchtern, aber auch mein Pate und Louise. Einer nach dem andern wollte vorgestellt werden. Es war wie eine Hofzeremonie. Meine Cousine Rachel hob den Schleier, und ich nahm mir vor, sie nachher, wenn wir allein waren, damit zu necken.

Als wir den Pfad zu den wartenden Wagen hinuntergingen, sagte sie vor den andern zu mir, so daß ich mich nicht wehren konnte – und an ihrem Blick und dem leisen Zittern ihrer Stimme merkte ich, daß sie das absichtlich tat: «Philip, wollen Sie nicht Miss Kendall in Ihrem Wagen nach Hause bringen? Ich fahre dann mit Mr. Kendall.»

«Ja, gewiß, wenn Sie es vorziehen», versetzte ich.

«Ich halte das für die beste Einteilung», sagte sie und lächelte meinem Paten zu, der sich verbeugte und ihr den Arm reichte. Sie wandten sich dem Wagen der Familie Kendall zu, und mir blieb nichts übrig, als mit Louise in unseren Wagen zu klettern. Ich kam mir wie ein Schuljunge vor, den man gezüchtigt hatte.

«Hör, Louise, es tut mir schrecklich leid», begann ich sogleich. «Es war ganz unmöglich, gestern nachmittag davonzulaufen. Meine Cousine Rachel wollte das Gut besichtigen, und da mußte ich sie begleiten. Ich fand keine Zeit mehr, dich zu benachrichtigen oder dir auch nur den Reitknecht mit einer Botschaft zu schicken.»

«Ach, du brauchst dich nicht zu entschuldigen», erwiderte sie. «Ich habe zwei Stunden gewartet, aber das tut nichts. Es war ein wunderschöner Tag, und ich konnte die Zeit damit verbringen, späte Heidelbeeren zu sammeln.»

«Es war ein sehr unglückliches Zusammentreffen», wiederholte ich. »Es hat mir aufrichtig leid getan.»

«Ich hatte schon vermutet, daß so etwas dazwischengekommen sein mußte. Aber ich bin nur froh, daß es nichts Ernsteres gewesen ist. Ich weiß ja, wie du über diesen Besuch denkst, und da hatte ich Angst, es wäre etwas Schlimmeres geschehen, es hätte eine heftige Szene gegeben, und wir würden sie plötzlich unversehens auf unserer Schwelle finden. Nun, was hat sich denn ereignet? Hast du es bisher wirklich ohne Krach überstanden? Erzähl mir doch!»

Ich zog den Hut über die Augen und verschränkte die Arme.

«Wir hatten nur wenig Zeit zum Reden», sagte ich. «Am ersten Abend war sie müde und ist früh zu Bett gegangen. Gestern mußte ich ihr das Gut zeigen. Vormittags die Gärten und nachmittags die Felder und Farmen.»

«Dann hat es noch gar kein ernsthaftes Gespräch zwischen euch gegeben?»

«Das hängt davon ab, was du unter ‹ernsthaft› verstehst. Alles, was ich weiß, ist, daß sie ganz anders ist, als ich sie mir vorgestellt hatte. Das wirst du ja schon auf den ersten Blick selber bemerkt haben.»

Louise schwieg. Sie lehnte sich nicht zurück, wie ich es tat. Sie saß bolzengerade, die Hände in ihrem Muff.

«Sie ist sehr schön», sagte sie schließlich.

Ich zog die Beine vom Sitz gegenüber und starrte sie an.

«Schön?» fragte ich verdutzt. «Ja, aber Louise, du mußt ja verrückt sein!»

«O nein, ich bin nicht verrückt», erwiderte Louise. «Frag meinen Vater, frag, wen du willst. Hast du denn nicht bemerkt, wie die Leute sie angegafft haben, als sie den Schleier hochschlug? Nur weil du überhaupt Frauen gegenüber so blind bist, muß dir das entgangen sein.»

«So einen Unsinn habe ich mein Leben lang nicht gehört», rief ich. «Sie mag schöne Augen haben, aber sonst ist doch nichts an ihr. Ein Durchschnittsmensch, wenn es je einen gegeben hat! Was mir an ihr gefällt, ist, daß ich über alles sprechen kann. Ich brauche nicht viel Umstände zu machen, mir keinen Zwang aufzuerlegen; ich kann mich ganz einfach ihr gegenüber auf einen Stuhl setzen und meine Pfeife anzünden.»

«Ich glaubte, du hättest noch gar keine Zeit gehabt, dich mit ihr zu unterhalten!»

«Keine Wortklauberei! Natürlich haben wir bei Tisch miteinander gesprochen, und draußen auf den Feldern auch. Ich will damit nur sagen, daß das keine weitere Anstrengung erfordert.»

«Gewiß, gewiß.»

«Und das mit ihrer Schönheit – das muß ich ihr wahrhaftig erzählen! Sie wird sich darüber amüsieren. Natürlich haben die Leute sie angegafft. Sie haben sie angegafft, weil sie eben Mrs. Ashley ist.»

«Das auch. Aber nicht nur deswegen. Ob sie jetzt ein Durchschnittsmensch ist oder nicht – sie scheint doch auch auf dich großen Eindruck gemacht zu haben. Gewiß, sie ist in mittleren Jahren. Fünfunddreißig würde ich sagen, nicht? Oder hältst du sie für jünger?»

«Davon habe ich nicht die leiseste Ahnung, und es ist mir auch vollkommen gleichgültig. Meinetwegen könnte sie neunundneunzig sein!»

«Sei nicht albern! Mit neunundneunzig haben Frauen nicht solche Augen und solchen Teint. Sie zieht sich sehr gut an. Das Kleid war ausgezeichnet geschnitten, und der Mantel auch. Daß sie Trauer trägt, wirkt an ihr gar nicht düster.»

«Mein Gott, Louise, du könntest Mrs. Pascoe sein! Noch nie habe ich aus deinem Mund solches Weibergewäsch gehört!»

«Noch ich aus deinem Mund solche Begeisterung! Das gleicht sich aus. Welch eine Veränderung in achtundvierzig Stunden! Jedenfalls, ich weiß jemanden, dem ein Stein vom Herzen fallen wird, und das ist mein Vater. Er hatte nach deinem letzten Gespräch mit ihm Mord und Totschlag befürchtet; und daraus kann man ihm keinen Vorwurf machen.»

Ich war froh, daß die lange Steigung kam und ich mit dem Reitknecht zu Fuß neben dem Wagen gehen konnte, um die Pferde zu entlasten, wie wir das immer taten. Louises Haltung war doch wirklich erstaunlich! Statt sich darüber zu freuen, daß Rachels Besuch so glatt verlief, war sie augenscheinlich ganz erregt, beinahe wütend. Das war nicht die richtige Art, mir ihre Freundschaft zu zeigen. Als wir oben angelangt waren, stieg ich wieder ein, setzte mich neben sie, doch wir sprachen kein Wort mehr miteinander. Es war lächerlich, aber wenn sie keinen Versuch machte, das Schweigen zu brechen, so würde ich es, zum Teufel, gewiß nicht tun! Ob ich wollte oder nicht, ich mußte mir eingestehen, daß die Fahrt zur Kirche erheblich heiterer gewesen war als die Rückfahrt.

Wie mochte das andere Paar sich mittlerweile unterhalten haben? Anscheinend recht gut. Als wir aus dem Wagen stiegen und Wellington weitergefahren war, um dem zweiten Wagen Platz zu machen, blieben Louise und ich an der Tür stehen und warteten auf meinen Paten und meine Cousine Rachel. Sie schwatzten wie alte Freunde, und mein Pate, sonst eher rauh und schweigsam, setzte sich offenbar mit großer Wärme für etwas ein. Ich schnappte die Worte ‹schändlich› und ‹das wird das Land nicht zulassen› auf. Da wußte ich, daß er bei seinem Lieblingsthema war, der Beziehung zwischen Regierung und Opposition.

«War die Fahrt angenehm?» fragte meine Cousine Rachel; ihr Blick suchte den meinen, um ihren Mund zuckte es, und ich hätte darauf schwören können, daß sie unseren steifen Manieren anmerkte, wie die Fahrt sich abgespielt hatte.

Mein Pate und ich hatten kaum Zeit, die Hände zu waschen und einen Gruß zu wechseln, als schon die gesamte Familie Pascoe auftauchte, und es war meine Pflicht, den Pfarrer und seine Töchter durch den Park zu führen. Der Pfarrer war recht harmlos, aber auf die Töchter hätte ich gern verzichtet. Seine Frau war den Damen in das obere Stockwerk nachgegangen. Das blaue Zimmer hatte sie noch nie gesehen, wenn die Überzüge von den Möbeln genommen waren... Die Töchter äußerten sich in heller Begeisterung über meine Cousine Rachel, und wie Louise fanden sie, daß sie sehr schön sei. Mir machte es Spaß zu erklären, ich fände sie klein und ganz unscheinbar, was sie mit heftigem Protest erwiderten. «Unscheinbar nicht!» meinte Mr. Pascoe und schlug mit seinem Stock einer Hortensie den Kopf

80

ab. «Ganz gewiß nicht unscheinbar. Obgleich ich auch nicht der Ansicht bin, daß sie schön ist. Weiblich – das ist das richtige Wort. Ganz ausgesprochen weiblich!»

«Ja, aber, Vater», sagte eine der Töchter, «etwas anderes hast du von Mrs. Ashley doch gewiß kaum erwarten können!»

«Mein liebes Kind», erwiderte der Pfarrer, «du würdest staunen, wie viele Frauen gerade diese Eigenschaft nicht haben!»

Ich dachte an Mrs. Pascoe und ihren Pferdekopf, und dann machte ich meine Gäste schnell auf die jungen Palmen aufmerksam, die Ambrose aus Ägypten mitgebracht hatte; sie hatten die Pflanzen zweifellos schon ein dutzendmal gesehen, aber auf diese Art glaubte ich das Gespräch immerhin taktvoll auf ein anderes Thema abgelenkt zu haben.

Als wir ins Haus zurückkehrten und in den Salon traten, hörten wir, wie Mrs. Pascoe meiner Cousine Rachel mit großem Stimmaufwand von ihrem Küchenmädchen erzählte, das durch den Gärtnerburschen in Schwierigkeiten geraten war.

«Was ich überhaupt nicht verstehen kann, Mrs. Ashley, ist, wo sich das abgespielt haben soll. Sie schläft mit meiner Köchin in derselben Kammer, und meines Wissens hat sie das Haus nie verlassen.»

«Und der Keller?» fragte meine Cousine Rachel.

Die Unterhaltung versiegte sogleich, als wir eintraten. Seit Ambrose vor zwei Jahren hier gewesen war, hatte ich keinen Sonntag mehr erlebt, der so schnell vergangen wäre. Und selbst wenn er da war, kam es vor, daß die Unterhaltung sich hinschleppte. Er hatte Mrs. Pascoe nicht ausstehen können, die Töchter waren ihm gleichgültig, und Louise ließ er sich nur gefallen, weil sie die Tochter seines ältesten Freundes war. Und dann hatte er sich nach Möglichkeit auf das Gespräch mit dem Pfarrer und mit Nick Kendall beschränkt. So hatten wir vier Männer uns einigermaßen erholen können, und wenn dann die Damen erschienen, wirkten die Stunden wie ganze Tage. Heute war es anders.

Als das Essen serviert wurde, hatte man den Eindruck, an einem Bankett teilzunehmen; auf den Schüsseln häuften sich die Speisen, und der Tisch glitzerte von blankgeputztem Silber. Ich saß obenan, wo auch Ambrose immer gesessen hatte, und mir gegenüber am andern Ende saß meine Cousine Rachel. Zwar mußte ich so Mrs. Pascoe als Nachbarin erdulden, aber diesmal gab sie mir keinen Anlaß zum Ärger. Drei Viertel der Zeit wandte sie ihr großes Gesicht fragend nach der andern Seite; sie lachte, sie aß, sie vergaß sogar, ihrem Mann mit vorgeschobenem Unterkiefer Zeichen zu geben; und der Pfarrer, vielleicht zum erstenmal aus seiner Muschelschale befreit, hatte rote Wangen, seine Augen blitzten, und er zitierte sogar Verse. Die gesamte Familie Pascoe blühte auf wie ein Rosenbeet, und auch meinen Paten hatte ich noch nie so bei Laune gesehen.

Nur Louise war schweigsam und zerstreut. Ich gab mir alle Mühe mit ihr, aber sie reagierte nicht oder wollte nicht reagieren. Sie saß steif an meiner linken Seite, aß wenig, zerkrümelte ihr Brot und schaute drein, als hätte sie eine Marmel verschluckt. Gut, wenn sie schmollen wollte, so mochte sie schmollen! Ich selber war viel zu guter Laune, um mich ihretwegen zu beunruhigen. Ich saß bequem auf meinem Stuhl, ließ die Arme hängen und

81

lachte meiner Cousine Rachel zu, die den Pfarrer in seiner poetischen Stimmung bestärkte. Das, fand ich, sei das geselligste Sonntagsmahl, das ich je mitgemacht hatte, und die ganze Welt hätte ich dafür gegeben, wenn Ambrose unter uns gewesen wäre und an unserer Fröhlichkeit teilgenommen hätte. Nach dem Dessert, als der Portwein auf den Tisch gestellt worden war, wußte ich nicht, ob ich aufstehen sollte, wie ich das gewöhnlich tat, um die Tür zu öffnen, oder ob ich jetzt, da eine Hausfrau mir gegenübersaß, es ihr überlassen müßte, den Damen das Zeichen zum Aufbruch zu geben. Es trat eine kleine Pause ein. Plötzlich sah sie mich an und lächelte, und ich erwiderte ihr Lächeln. Wir schienen sekundenlang miteinander verbunden zu sein. Es war seltsam, eigenartig. Ein Gefühl durchzuckte mich, das ich nie zuvor gekannt hatte.

Dann bemerkte mein Pate mit seiner tiefen, rauhen Stimme: «Sagen Sie, Mrs. Ashley, erinnert Philip nicht sehr an Ambrose?»

Ein Schweigen folgte. Sie legte die Serviette auf den Tisch. «So sehr», sagte sie, «daß ich mich den ganzen Abend gefragt habe, ob es überhaupt einen Unterschied zwischen den beiden gibt.»

Sie stand auf, die andern Damen folgten ihrem Beispiel, ich ging durch das Eßzimmer und öffnete die Tür. Doch als die Damen sich zurückgezogen hatten und ich zu meinem Stuhl zurückkehrte, war das Gefühl noch immer in mir.

XII

Da der Pfarrer noch in einem andern Sprengel die Andacht abhalten mußte, verzogen die Gäste sich um sechs Uhr. Ich hörte, wie Mrs. Pascoe meine Cousine Rachel aufforderte, einen Nachmittag der nächsten Woche bei ihr zu verbringen, und jede einzelne der Töchter schloß sich dieser Bitte an, hatte irgendeinen besonderen Wunsch vorzubringen. Die eine wollte wissen, wie man mit Wasserfarben umging, die andere hatte Decken zu sticken begonnen und konnte sich nicht entscheiden, welche Wolle sie nehmen sollte, die dritte mußte jeden Donnerstag einer kranken Frau im Dorf vorlesen; könnte meine Cousine Rachel sie nicht begleiten? Die arme Seele sei so darauf erpicht, Mrs. Ashley kennenzulernen. «Ja, allerdings», sagte Mrs. Pascoe, als wir durch die Halle auf die Tür zugingen, «es gibt eine Menge Menschen, die Ihre Bekanntschaft machen möchten, Mrs. Ashley; Sie können darauf gefaßt sein, daß Sie in den nächsten vier Wochen jeden Nachmittag besetzt sein werden.»

«Das kann sie sehr gut von Pelyn aus erledigen», sagte mein Pate. «Unser Haus liegt für diese Zwecke günstiger. Und ich hoffe doch, daß wir in ein oder zwei Tagen das Vergnügen Ihres Besuchs haben werden!»

Er warf mir einen Blick zu, und ich antwortete hastig, bevor eine Vereinbarung getroffen werden konnte.

«Nein, nein», sagte ich. «Zunächst bleibt meine Cousine Rachel hier. Bevor sie eine andere Einladung annehmen kann, muß sie doch das ganze Gut besichtigen. Wir beginnen morgen damit, daß wir auf der Barton-

Farm Tee trinken. Und dann müssen die andern Farmen der Reihe nach drankommen. Es wäre sehr kränkend, wenn sie nicht jeden Farmer aufsuchen würde.»

Ich merkte, daß Louise mich mit weitaufgerissenen Augen ansah, aber ich beachtete es nicht weiter.

«Ja, gewiß, natürlich», sagte mein Pate überrascht. «Das ist nur recht und billig. Ich hätte mich angeboten, Mrs. Ashley herumzuführen, aber da du es selber tun willst, sieht die Sache ganz anders aus. Und wenn», fuhr er fort und wandte sich zu meiner Cousine Rachel, «Sie sich hier nicht behaglich fühlen — Philip wird mir verzeihen, daß ich das sage, aber man hat seit so vielen Jahren keine Damen mehr hier zu Gast gehabt, wie Sie wissen dürften, und so ist manches vielleicht nicht auf Damenbesuch eingerichtet — oder wenn Sie nach weiblicher Gesellschaft Verlangen tragen, dann wird meine Tochter Sie mit größtem Vergnügen bei uns empfangen.»

«Auch im Pfarrhaus haben wir ein Gastzimmer», erklärte Mrs. Pascoe. «Und wenn Sie sich jemals einsam fühlen sollten, Mrs. Ashley, so denken Sie daran, daß es Ihnen zur Verfügung steht. Wir wären entzückt, Sie bei uns aufnehmen zu können.»

«Ja, ja, gewiß», ertönte ein Echo aus dem Munde des Pfarrers, und ich erwartete, daß er abermals ein passendes Dichterzitat auf den Lippen haben werde.

«Sie sind alle sehr gütig und mehr als großherzig», sagte meine Cousine Rachel. «Wenn ich hier auf dem Gut meine Pflichten erledigt habe, dann wollen wir darüber sprechen. Unterdessen bin ich Ihnen aufrichtig dankbar.» Es gab einen lauten, herzlichen Abschied, und dann rollten die Wagen dem Tor zu.

Wir kehrten in den Salon zurück. Der Abend war recht angenehm vergangen, das mußte ich zugeben, aber ich war dennoch froh, daß die Gäste fort waren und das Haus wieder still wurde. Diesen gleichen Gedanken mußte auch meine Cousine Rachel gehabt haben, denn sie blieb stehen, sah sich um und sagte: «Ich liebe die Ruhe eines Raumes nach einer Gesellschaft. Die Stühle sind noch in Unordnung, die Kissen zerdrückt, alles beweist, daß die Leute sich gut unterhalten haben; und man kommt in den leeren Raum und freut sich, daß es vorüber ist, läßt sich gehen und sagt: ‹Nun sind wir wieder allein.› Ambrose sagte in Florenz oft zu mir, die Anstrengung einer Gesellschaft werde durch das Vergnügen belohnt, das man empfindet, wenn die Gäste gegangen sind. Und er hatte vollkommen recht.»

Ich beobachtete sie, wie sie den Bezug eines Stuhls glättete und über ein Kissen strich. «Das brauchen Sie nicht zu tun», sagte ich. «Seecombe, John und die anderen Dienstleute werden das morgen schon besorgen.»

«Frauen können nicht anders», erklärte sie. «Achten Sie nicht auf mich, setzen Sie sich hin und stopfen Sie ihre Pfeife. Haben Sie sich gut unterhalten?»

«Sehr gut.» Ich hatte es mir in einem Lehnstuhl gemütlich gemacht. «Warum, weiß ich nicht recht», setzte ich hinzu. «Sonst finde ich den Sonntag immer sehr langweilig. Wahrscheinlich, weil ich keine Konversation machen kann. Heute hatte ich nichts zu tun, als bei Tisch zu sitzen und Ihnen alles übrige zu überlassen.»

«Das ist das Gebiet, auf dem eine Frau sich nützlich erweisen kann», sagte sie. «Es gehört zu ihrer Erziehung. Ein Instinkt warnt sie, wenn die Unterhaltung erlahmen will.»

«Ja, aber Sie machen das ganz unmerklich. Mrs. Pascoe ist völlig anders. Sie redet weiter und weiter, bis man Lust hat, laut aufzuschreien. Ich weiß nicht, was Sie angestellt haben, daß alles in so guter Stimmung verlaufen ist.»

«War die Stimmung so gut?»

«Das habe ich Ihnen doch schon gesagt!»

«Dann sollten Sie sich beeilen und Ihre Louise heiraten, damit Sie eine wirkliche Hausfrau haben und nicht bloß einen Zugvogel.»

Ich richtete mich auf und starrte sie an. Sie glättete vor dem Spiegel ihr Haar.

«Louise heiraten?» fragte ich. «Reden Sie keinen Unsinn! Ich will überhaupt niemanden heiraten. Und sie ist nicht ‹meine› Louise.»

«Ach», erwiderte meine Cousine Rachel, «ich hatte doch den Eindruck, daß sie es ist. Zumindest ließ Ihr Pate das durchblicken.»

Sie setzte sich und griff nach ihrer Stickerei. In diesem Augenblick kam John ins Zimmer, zog die Vorhänge zu, und so schwieg ich. Aber ich war wütend. Mit welchem Recht hatte mein Pate solche Anspielungen gemacht? Ich wartete, bis John sich entfernt hatte.

«Was hat mein Pate gesagt?» fragte ich.

«So genau weiß ich das nicht mehr. Ich hatte nur das Gefühl, daß er es für abgemacht hält. Auf der Fahrt von der Kirche sprach er davon, daß seine Tochter herübergekommen sei, um die Blumen zu arrangieren, und daß es für Sie ein großer Nachteil sei, in einem Haus mit lauter Männern aufgewachsen zu sein. Je früher Sie heirateten und eine Frau hätten, die sich um Sie kümmere, desto besser. Er sagte, Louise und Sie verstünden sich sehr gut miteinander. Hoffentlich haben Sie sie wegen Ihres schlechten Benehmens vom Samstag um Entschuldigung gebeten.»

«Ja, das habe ich getan, aber es hat anscheinend keine große Wirkung gehabt. Ich habe Louise noch nie so schlecht gelaunt gesehen. Sie findet Sie übrigens schön. Und die Damen Pascoe sind der gleichen Ansicht.»

«Wie schmeichelhaft!»

«Der Pfarrer stimmt nicht mit ihnen überein.»

«Wie bedauerlich!»

«Aber er findet, Sie seien weiblich. Ausgesprochen weiblich.»

«In welcher Beziehung?»

«Vermutlich, weil Sie anders sind als Mrs. Pascoe.»

Sie ließ ein helles Lachen hören und schaute von ihrer Stickerei auf. «Wie würden Sie das umschreiben, Philip?»

«Umschreiben? Was?»

«Den Unterschied zwischen Mrs. Pascoes und meiner Weiblichkeit.»

«Ach, das weiß der Himmel!» sagte ich und stieß an das Bein meines Stuhls. «Ich verstehe nichts von solchem Zeug. Ich weiß nur, daß ich Sie gern ansehe und daß ich Mrs. Pascoe nicht gern ansehe.»

«Das ist eine nette, einfache Antwort, Philip; ich danke Ihnen dafür.»

Ich hätte das gleiche auch von ihren Händen sagen können. Die Hände meiner Cousine Rachel sah ich gern an, und die Hände von Mrs. Pascoe waren wie gekochter Schinken.

«Das mit Louise ist reinster Unsinn», sagte ich. «Denken Sie nicht mehr daran. Ich habe in ihr nie eine Frau gesehen, und dabei wird's wohl bleiben.»

«Arme Louise!»

«Lächerlich von meinem Paten, auf solche Ideen zu kommen!»

«Warum? Wenn zwei Menschen im gleichen Alter viel beisammen sind und einander gern haben, ist es nur natürlich, daß die Zuschauer an eine Heirat denken. Zudem ist sie ein nettes, hübsches Mädchen und sehr tüchtig. Sie wäre eine ausgezeichnete Frau für Sie.»

«Wollen Sie still sein, Rachel!»

Sie sah wieder zu mir auf und lächelte.

«Und über noch eins brauchen Sie kein Wort zu verlieren», fuhr ich fort. «Über diesen Unsinn, daß Sie bei aller Welt wohnen sollen. Einmal in Pelyn, ein andermal im Pfarrhaus. Was ist denn an unserem Haus und an meiner Gesellschaft nicht in Ordnung?»

«Nichts . . . bisher.»

«Also?»

«Ich will bleiben, bis Seecombe mich satt bekommt.»

«Seecombe hat nichts damit zu schaffen», erklärte ich. «Auch Wellington nicht und Tamlyn nicht, noch sonstwer. Hier bin ich Herr, und das geht nur mich allein an.»

«Dann muß ich tun, wie mir befohlen wird», erwiderte sie, «auch das gehört zur Erziehung der Frau.»

Argwöhnisch sah ich sie an; lachte sie über mich? Doch sie hatte den Kopf über ihre Arbeit gebeugt, und so konnte ich ihre Augen nicht sehen.

«Morgen», sagte ich, «werde ich eine Liste der Pächter nach ihrem Alter anlegen. Die, welche der Familie am längsten gedient haben, müssen als erste besucht werden. Wir werden bei der Barton-Farm anfangen, wie wir das besprochen haben. Wir werden uns jeden Tag um zwei Uhr auf den Weg machen, bis es keinen Menschen auf dem Gut mehr gibt, den Sie nicht kennen.»

«Gut, Philip.»

«Sie müssen Mrs. Pascoe und den Mädchen kurz schreiben, daß Sie andere Verpflichtungen haben.»

«Gleich morgen früh werde ich das tun.»

«Und wenn wir mit unseren eigenen Leuten fertig sind, dann müssen Sie drei Nachmittage in der Woche daheim bleiben – ich glaube Dienstag, Donnerstag und Freitag – für den Fall, daß Besuch aus der Nachbarschaft kommt.»

«Woher wissen Sie, welche Tage dafür in Frage kommen?»

«Weil ich die Pascoes und Louise oft genug davon habe sprechen hören.»

«Ich verstehe. Und ich muß allein hier im Salon sitzen, Philip, oder werden Sie dabei sein?»

«Sie müssen allein bleiben. Der Besuch gilt Ihnen und nicht mir. Die Damen aus der Nachbarschaft zu empfangen, ist keine Sache für Männer.»

«Und wenn ich auswärts zum Essen eingeladen werde, darf ich annehmen?»

«Man wird Sie nicht einladen; Sie sind in Trauer. Wenn man mit Leuten zusammenkommen will, muß das hier im Hause geschehen. Aber nie mehr als zwei Ehepaare gleichzeitig.»

«Ist das die Etikette in dieser Weltgegend?» fragte sie.

«Zum Teufel mit der Etikette! Ambrose und ich haben uns nie nach einer Etikette gerichtet; wir haben uns unsere Etikette selber gemacht.»

Ich sah, wie ihr Kopf sich tiefer über die Arbeit beugte, und ich hatte den bestimmten Argwohn, daß sie ein Lachen verbergen wollte, obgleich ich mit dem besten Willen nicht wußte, worüber sie lachte. Ich hatte gar nicht die Absicht, spaßhaft zu sein.

Nach einer Weile begann sie: «Es wäre Ihnen wohl zu mühsam, eine kleine Liste der Bräuche und Regeln aufzusetzen? Etwas, woran ich mich halten könnte? Ich würde das studieren, während ich hier auf die Besuche warte. Es wäre doch sehr peinlich, wenn ich etwas beginge, was Sie als *faux pas* ansehen würden; ich könnte mir dadurch sehr schaden.»

«Sie mögen sagen, was Sie wollen, zu wem Sie wollen», erklärte ich.

«Ich verlange nur, daß Sie hier im Salon bleiben. Lassen Sie nie einen Menschen, unter welchem Vorwand auch immer, die Bibliothek betreten.»

«Warum? Was wird sich denn in der Bibliothek abspielen?»

«In der Bibliothek werde ich sitzen. Mit den Füßen auf dem Kaminsims.»

«Auch an Dienstagen, Donnerstagen und Freitagen?»

«An Donnerstagen nicht. Donnerstag muß ich in die Stadt zur Bank gehen.»

Sie hielt die Seidensträhnen näher zur Kerzenflamme, um die Farben zu prüfen, und dann wickelte sie die Seide in ihre Arbeit und legte das Bündel beiseite.

Ich warf einen Blick auf die Uhr. Es war noch sehr früh. Dachte sie daran, schon jetzt in ihr Zimmer zu gehen? Ich empfand eine gewisse Enttäuschung.

«Und wenn die Nachbarschaft ihre Besuche bei mir erledigt hat», fragte sie, «was geschieht dann?»

«Dann sind Sie verpflichtet, die Besuche zu erwidern. Ich werde den Wagen jeden Nachmittag um zwei Uhr anspannen lassen – nein, Verzeihung! – nur jeden Dienstag, Donnerstag und Freitag.»

«Und ich fahre allein?»

«Sie fahren allein.»

«Und was soll ich Montag und Mittwoch anfangen?»

«Montag und Mittwoch ... überlegen wir einmal ...» Ich dachte nach, aber mit meiner Erfindungsgabe war es mäßig bestellt. «Zeichnen Sie vielleicht? Oder singen Sie? Wie die Töchter des Pfarrers? Sie könnten Montag Gesangsübungen machen und Mittwoch zeichnen oder malen.»

«Ich zeichne nicht, und ich singe auch nicht», erklärte meine Cousine Rachel. «Und ich fürchte, daß das Programm, das Sie für mich zusammenstellen, nichts als Müßiggang ist. Dafür bin ich völlig ungeeignet. Wie wäre es, wenn ich nicht auf die Besuche der Nachbarn warten, sondern mit meinen Besuchen bei den Nachbarn beginnen und mich erkundigen würde, ob sie nicht Italienischstunden nehmen wollen? Das wäre mir viel lieber.»

«Mrs. Ashley, die Italienischunterricht erteilt!» sagte ich mit gespieltem Entsetzen. «Welch eine Schmach für den Namen Ashley! Nur alte Jungfern geben Sprachstunden, wenn sie niemanden haben, der für sie sorgt!»

«Und was tun Witwen, die sich in einer ähnlichen Lage befinden?» fragte sie.

«Witwen?» sagte ich ohne nachzudenken. «Ach, Witwen verheiraten sich so rasch wie möglich wieder oder verkaufen ihre Ringe.»

«Ich verstehe. Aber ich gedenke weder das eine noch das andere zu tun. Da ziehe ich tatsächlich vor, Italienischstunden zu geben.» Sie stand auf, klopfte mir auf die Schulter und ging. An der Tür rief sie mir noch «Gute Nacht!» zu.

Ich spürte, daß ich dunkelrot geworden war. Mein Gott, was hatte ich da gesagt?! Ich hatte nicht an ihren eigenen Stand gedacht, hatte vollständig vergessen, wer sie war und was sich ereignet hatte. Wieder heiraten! Ihre Ringe verkaufen! Was mußte sie von mir gedacht haben! Was war nur in mich gefahren? Ich würde jetzt die ganze Nacht kein Auge schließen, ich würde wach in meinem Bett liegen und mich hin und her wälzen, und dann würde ich immer wieder die Antwort hören, die sie mir blitzschnell gegeben hatte: ‹Ich gedenke, weder das eine noch das andere zu tun. Da ziehe ich tatsächlich vor, Italienischstunden zu geben!›

Ich rief Don und verzog mich durch die Seitentür. Ich ging durch den Park. Und während ich ging, hatte ich den Eindruck, daß meine Taktlosigkeit immer größer wurde. Ein grober, gedankenloser, hohlköpfiger Lümmel war ich gewesen ... Und was hatte sie eigentlich andeuten wollen? War es denkbar, daß sie sich tatsächlich in einer Notlage befand und ihre Worte ernst gemeint waren? Mrs. Ashley, die Italienischstunden gibt! Ich erinnerte mich an den Brief, den sie aus Plymouth an meinen Paten gerichtet hatte. Daß sie vorhabe, nach einer kurzen Ruhepause nach London zu übersiedeln. Auch an das, was dieser Rainaldi gesagt hatte, erinnerte ich mich: daß sie ihre Villa in Florenz verkaufen müsse. Ich erinnerte mich, oder ich begriff jetzt in vollem Umfang, was es hieß, daß Ambrose ihr in seinem Testament nichts vermacht hatte; nicht das geringste! Jeder Penny des Besitzes gehörte mir. Ich erinnerte mich auch an den Klatsch unter den Dienstleuten. Für Mrs. Ashley sei nicht gesorgt worden! Was würde man in den Räumen der Dienerschaft, was auf dem Gut, in der Nachbarschaft, in der Gegend dazu sagen, wenn Mrs. Ashley herumfuhr und Italienischunterricht erteilte?

Irgend etwas mußte getan werden, und ich wußte nicht was. Über diese Frage konnte ich unmöglich mit ihr sprechen. Der bloße Gedanke ließ mich abermals vor Scham und Verlegenheit erröten. Dann erinnerte ich mich mit ehrlicher Erleichterung, daß das Geld und der Besitz ja gesetzlich noch nicht mein waren und erst an meinem Geburtstag, in einem halben Jahr, mein sein würden. Somit hatte ich keine Möglichkeit, etwas zu tun. Die Verantwortung fiel auf meinen Paten. Er war Ambroses Vertrauensmann bei der Verwaltung des Gutes und mein Vormund. Darum war es seine Sache, an Rachel heranzutreten und sie aus den Einkünften des Gutes irgendwie zu versorgen. Bei der nächsten Gelegenheit wollte ich mit ihm darüber reden. Mein Name brauchte überhaupt nicht genannt zu werden. Es sollte so aussehen, als ob es sich einfach um die Erfüllung einer gesetzlichen Pflicht handle, um etwas, das jedenfalls geregelt werden müßte, weil es der Brauch des Landes war. Ja, das war die beste Lösung. Dem Himmel sei Dank, daß mir das eingefallen war. Italienischstunden ... wie beschämend, wie schauderhaft!

Leichteren Herzens machte ich mich auf den Rückweg; doch die ursprüngliche Taktlosigkeit hatte ich noch nicht vergessen. Wieder heiraten! Die Ringe verkaufen! Ich kam an der Ostfront des Hauses bis an den Rand des Rasens und pfiff leise, weil Don durch das Unterholz strich. Meine Schritte knirschten leicht auf dem bekiesten Pfad. Ich hörte eine Stimme von oben her rufen: «Gehen Sie häufig nachts in den Wäldern spazieren?» Es war meine Cousine Rachel. Sie saß, ohne Licht, am offenen Fenster ihres Schlafzimmers und sah zu mir herab.

«Manchmal», erwiderte ich. «Wenn ich etwas auf dem Herzen habe.»

«Bedeutet das, daß Sie auch heute abend etwas auf dem Herzen haben?»

«Ja, allerdings. Ich bin auf meinem Spaziergang zu einer ernsten Schlußfolgerung gekommen.»

«Und zwar?»

«Ich kam zu der Schlußfolgerung, daß Sie vollkommen recht hatten, wenn Sie schon vor unserer persönlichen Bekanntschaft nichts von mir wissen wollten. Daß Sie mich für eingebildet, verzogen und frech gehalten haben. Das alles bin ich, und noch Schlimmeres dazu.»

Sie beugte sich vor und stützte die Arme auf den Fenstersims.

«Dann ist es schlecht für Sie, in den Wäldern spazierenzugehen. Und Ihre Schlußfolgerungen sind töricht.»

«Cousine Rachel . . .»

«Ja?»

Aber ich wußte nicht, wie ich mich entschuldigen sollte. Die Worte, die sich so leicht aneinandergereiht hatten, als ich im Salon die größten Dummheiten sagte, wollten jetzt, da ich meine Taktlosigkeit wiedergutzumachen gedachte, nicht kommen. Ich stand beschämt da unter ihrem Fenster und konnte keine Silbe hervorbringen. Ich sah, wie sie sich umwandte, die Hand ausstreckte, und dann beugte sie sich wieder vor und warf mir etwas zu. Es traf mich an der Wange und fiel zu Boden. Ich bückte mich und hob es auf. Es war eine der Blumen aus ihrer Schale, ein Herbstkrokus.

«Seien Sie nicht kindisch, Philip! Gehen Sie zu Bett!» sagte sie.

Sie schloß das Fenster und zog die Vorhänge zu; und irgendwie wich die Beschämung von mir, empfand ich meine Taktlosigkeit nicht mehr, und mir war frei und leicht zumute.

In dem ersten Teil der Woche war es mir nicht möglich, nach Pelyn zu reiten; die Besuche bei den Pächtern, die ich in mein Programm aufgenommen hatte, beanspruchten unsere ganze Zeit. Außerdem konnte ich kaum allein zu meinem Paten reiten, ohne meine Cousine Rachel mitzunehmen, die ja auch Louise besuchen mußte. Donnerstag ergab sich endlich eine Gelegenheit. Der Lastwagen mit allen Büschen und Blumen, die sie aus Italien mitgebracht hatte, kam aus Plymouth, und sobald Seecombe es ihr gemeldet hatte — ich beendete eben mein Frühstück —, war meine Cousine Rachel schon angezogen, hatte den Spitzenschal um den Kopf gewunden und schickte sich an, in den Garten zu gehen. Die Tür des Eßzimmers stand offen, und ich sah sie vorübergehen. Sogleich stand ich auf, um ihr guten Morgen zu wünschen.

«Ich meinte doch», begann ich, «Ambrose habe gesagt, keine Frau dürfe sich vor elf Uhr sehen lassen. Was machen Sie schon um halb neun hier unten?»

«Der Wagen ist angekommen», sagte sie. «Und am letzten Septembermorgen um halb neun bin ich keine Frau, sondern ein Gärtner. Tamlyn und ich haben viel Arbeit vor uns.»

Sie sah froh und glücklich aus wie ein Kind vor einem Festkuchen.

«Wollen Sie die Pflanzen zählen?» fragte ich.

«Zählen? Nein! Ich muß sehen, wie viele die Reise überstanden haben, und welche man sofort einpflanzen muß. Tamlyn wird das nicht wissen. Mit den Bäumen eilt es nicht so sehr, das können wir in aller Muße tun, aber die andern Pflanzen hätte ich gern auf der Stelle versorgt.»

Ich bemerkte, daß sie ein Paar alte, grobe Handschuhe trug, die zu ihrer gepflegten kleinen Persönlichkeit in Widerspruch standen.

«Sie werden doch nicht selbst im Garten graben?» fragte ich.

«Natürlich! Sie werden schon sehen! Ich werde schneller arbeiten als Tamlyn und seine Leute. Warten Sie nicht mit dem Mittagessen auf mich!»

«Ja, aber heute nachmittag!» protestierte ich. «Man erwartet uns in Lankelly und in Coombe. Die Küchen in den Farmhäusern werden schon geschrubbt, und es wird überall gebacken.»

«Sie müssen eine Botschaft schicken und unseren Besuch verschieben», erklärte sie. «Wenn Blumen in die Erde sollen, dann kann ich mich zu nichts verpflichten. Auf Wiedersehen!»

Und sie winkte mir zu und eilte durch die Haustür auf die bekieste Anfahrt hinaus.

«Cousine Rachel!» rief ich aus dem Fenster des Eßzimmers.

«Was denn?» fragte sie über die Schulter.

«Ambrose hatte mit dem, was er von den Frauen sagte, ganz unrecht», rief ich. «Um halb neun morgens sehen sie bereits sehr gut aus!»

«Ambrose hat nichts von halb neun gesagt», rief sie zurück. «Er meinte halb sieben, und oben in ihren Zimmern! Nicht unten!»

Lachend wandte ich mich ab und sah Seecombe hinter mir stehen. Er verzog sich, einen Ausdruck der Mißbilligung auf den Zügen, zum Büfett und ließ von John das Frühstücksgeschirr abräumen. Heute wenigstens war ich hier unerwünscht! So ließ ich denn Gipsy satteln, und um zehn Uhr war ich bereits auf der Straße nach Pelyn. Ich fand meinen Paten daheim, in seinem Arbeitszimmer, und ohne lange Vorreden kam ich auf den Zweck meines Besuches zu sprechen.

«Du begreifst also», sagte ich, «daß irgend etwas geschehen muß, und zwar gleich. Wenn es Mrs. Pascoe zu Ohren käme, daß Mrs. Ashley daran denkt, Italienischunterricht zu erteilen, wüßte es binnen vierundzwanzig Stunden die ganze Nachbarschaft.»

Mein Pate sah, wie ich erwartet hatte, betroffen und verärgert drein.

«Unmöglich!» sagte er. «Kommt gar nicht in Frage! Das ginge auf keinen Fall! Die Sache ist natürlich heikel. Ich muß mir ein wenig Zeit lassen, um zu einem Entschluß zu kommen. Ich weiß noch nicht recht, wie ich das anfangen soll.»

Ich wurde ungeduldig. Ich kannte seine behutsame, bedenkliche Art. Nun würde er tagelang darüber brüten.

«Wir haben keine Zeit zu verlieren», sagte ich. «Du kennst meine Cousine Rachel nicht, wie ich sie kenne. Sie ist durchaus imstande, in ihrer leichten Art zu einem der Pächter zu sagen: ‹Kennen Sie vielleicht jemanden, der

Italienisch lernen möchte?› Und wo wären wir dann? Zudem habe ich schon durch Seecombe von mancherlei Klatsch gehört. Jeder weiß, daß sie überhaupt nichts geerbt hat. All das muß berichtigt werden, und zwar gleich!» Er kaute nachdenklich an seinem Federkiel.

«Ihr italienischer Berater hat nichts von ihren Vermögensverhältnissen geschrieben», sagte er. «Es ist bedauerlich, daß ich die Frage nicht mit ihm erörtern kann. Wir haben keine Ahnung, wie hoch ihr Privateinkommen ist oder welche Verfügungen bei ihrer ersten Eheschließung getroffen worden waren.»

«Ich glaube, daß alles draufgegangen ist, um Sangallettis Schulden zu zahlen. Ich erinnere mich, daß Ambrose so etwas in seinen Briefen an mich geschrieben hat. Es war einer der Gründe, weshalb sie nicht voriges Jahr heimgekommen sind; ihre finanziellen Angelegenheiten waren zu verwickelt. Darum muß sie zweifellos auch die Villa verkaufen. Vielleicht hat sie keinen Penny mehr für sich. Wir müssen etwas für sie tun, und noch heute!»

Mein Pate ordnete die Papiere, die vor ihm auf dem Tisch lagen.

«Ich freue mich sehr, Philip», sagte er und musterte mich über seine Brillengläser, «daß du deine Haltung geändert hast. Bevor Rachel kam, war mir höchst unbehaglich zumute. Du hattest doch beabsichtigt, sehr rauh mit ihr zu verfahren und nicht das geringste für sie zu tun. Das hätte bestimmt einen Skandal gegeben. Jetzt bist du immerhin zur Vernunft gelangt.»

«Ich hatte mich geirrt», sagte ich kurz. «Das alles können wir begraben sein lassen.»

«Nun», erwiderte er, «dann will ich einen Brief an Mrs. Ashley und einen an die Bank schreiben. Ich werde da und dort auseinandersetzen, was Mrs. Ashley aus dem Ertrag des Gutes zukommen soll. Das Beste dürfte sein, ihr vierteljährlich eine bestimmte Summe aus dem Ertrag gutzuschreiben, wofür ich ihr ein Konto eröffnen lasse. Wenn sie nach London oder anderswohin übersiedelt, so werden wir der hiesigen Filiale Instruktionen erteilen. In sechs Monaten, wenn du fünfundzwanzig bist, kannst du die Sache dann selber in die Hand nehmen. Und nun der Betrag! Was würdest du vorschlagen?»

Ich überlegte kurz und nannte eine Summe.

«Das ist großzügig, Philip», sagte er. «Vielleicht sogar zu großzügig. Soviel wird sie ja kaum benötigen. Jedenfalls nicht im Augenblick!»

«Ach, um Himmels willen, wir wollen doch nicht darüber feilschen», sagte ich. «Wenn wir es tun, dann wollen wir es so tun, wie Ambrose es getan hätte, oder gar nicht.»

«Hm», machte er. Er notierte einige Zahlen auf seinem Block.

«Ja, das sollte ihr Freude machen», meinte er. «Dadurch wird die Enttäuschung über das Testament wieder ausgeglichen.»

Wie hart und kaltblütig er dachte! Kritzelte hier mit seiner Feder Ziffern hin, berechnete auf Shilling und Pence, wieviel das Gut aufbringen könne. O Gott, wie verhaßt mir das Geld war!

«Nur schnell», sagte ich. «Schreib deinen Brief. Dann kann ich ihn gleich mitnehmen. Ich kann auch zur Bank reiten, damit auch dieser Brief rechtzeitig ankommt. Und sie mag dann Geld abheben, wann sie Lust hat.»

90

«Mein lieber Junge, so eilig wird es Mrs. Ashley gar nicht haben. Du fällst von einem Extrem ins andere!»

Er seufzte und legte ein Blatt Papier zurecht.

«Sie hatte recht, als sie sagte, du seist ganz wie Ambrose.»

Diesmal stand ich hinter ihm, als er seinen Brief schrieb, um auch genau zu wissen, was er ihr zu sagen hatte. Meinen Namen erwähnte er nicht. Er sprach von dem Gut. Es sei der Wunsch der Gutsverwaltung, daß für sie gesorgt werden solle. Die Gutsverwaltung habe eine Summe angesetzt, die Mrs. Ashley vierteljährlich auszuzahlen wäre. Ich beobachtete ihn wie ein Sperber.

«Wenn du nicht in die Sache hineingezogen werden willst», sagte er, «dann wäre es besser, den Brief nicht selber mitzunehmen, Dobson kann ihn heute nachmittag abgeben. Er wird ihr den Brief in meinem Auftrag überbringen. Das sieht würdiger aus.»

«Ausgezeichnet», sagte ich. «Und ich gehe auf die Bank. Vielen Dank, Onkel!»

«Vergiß nicht, Louise zu begrüßen, bevor du gehst», sagte er. «Sie dürfte irgendwo im Hause sein.»

In meiner Ungeduld war es mir gar nicht so wichtig, Louise aufzusuchen, aber das konnte ich nicht laut sagen. Sie war zufällig im Wohnzimmer, und ich mußte ohnehin an der offenen Tür vorbeigehen.

«Ich glaubte, deine Stimme zu hören», sagte sie. «Bleibst du den Tag über bei uns? Komm, ich gebe dir ein Stück Kuchen und etwas Obst. Du mußt ja hungrig sein.»

«Vielen Dank, Louise», erwiderte ich, «aber ich muß gleich wieder fort. Ich bin nur einer geschäftlichen Angelegenheit wegen herübergekommen.»

«Ach», sagte sie. «Ich verstehe.» Als sie mich erblickt hatte, war sie heiter und freundlich gewesen wie immer, jetzt aber wurde sie so steif wie am letzten Sonntag. «Und wie geht es Mrs. Ashley?» fragte sie.

«Meiner Cousine Rachel geht es gut; sie hat schrecklich viel zu tun», berichtete ich. «All die Pflanzen, die sie aus Italien mitgebracht hat, sind heute früh gekommen, und nun ist sie mit Tamlyn daran, sie bei uns einzusetzen.»

«Da hättest du doch daheim bleiben müssen, um ihr zu helfen», meinte Louise.

Ich weiß nicht, was mit dem Mädchen war, aber dieser neue Ton in ihrer Stimme war seltsam aufreizend. Plötzlich erinnerte ich mich daran, wie wir früher im Garten Wettläufe veranstaltet hatten; dann hatte sie oft plötzlich ganz grundlos die Locken geschüttelt und erklärt: ‹Ich habe eigentlich gar keine Lust mehr zu spielen!› Und damals hatte sie mich mit dem gleichen verstockten Gesicht angeschaut.

«Du weißt ganz genau, daß ich zu Gartenarbeiten nicht tauge», sagte ich, und dann setzte ich boshaft hinzu: «Bist du deine schlechte Laune noch immer nicht losgeworden?»

Sie straffte sich und wurde rot. «Schlechte Laune? Ich weiß wirklich nicht, was du meinst!»

«O ja, das weißt du sehr gut! Den ganzen Sonntag bist du schlechter Laune gewesen. Das war sehr deutlich zu merken. Die Pascoe-Mädchen haben bestimmt ihre Bemerkungen darüber gemacht.»

«Die Pascoe-Mädchen», erwiderte sie, «waren wahrscheinlich wie alle anderen Leute damit beschäftigt, über ganz andere Dinge ihre Bemerkungen zu machen.»

«Und worüber denn?» fragte ich.

«Wie einfach es doch für eine Dame von Welt wie Mrs. Ashley sein muß, einen jungen Mann wie dich um den Finger zu wickeln», sagte Louise.

Ich drehte mich auf dem Absatz um und verließ das Zimmer. Am liebsten hätte ich sie geohrfeigt!

XIII

Als ich über die Landstraße von Pelyn quer durch das Land in die Stadt und von dort wieder heimgeritten war, mußte ich wohl an zwanzig Meilen zurückgelegt haben. Im Gasthaus an der Schiffslände hatte ich haltgemacht, um ein Glas Apfelwein zu trinken, doch nahm ich mir nicht die Zeit, etwas zu essen, und so kam ich um vier Uhr mit einem Bärenhunger zurück.

Die Glocke schlug von der Turmuhr. Ich ritt zum Stall, wo ich das Pech hatte, Wellington zu treffen anstatt des Stallburschen.

Als er Gipsy erblickte, schnalzte er mit der Zunge.

«Das ist nicht recht, Mr. Philip», sagte er, während ich von dem dampfenden Tier absaß, und ich fühlte mich genauso schuldbewußt wie einst als Schüler in den Ferien. «Sie wissen doch, daß der Gaul sich erkältet, wenn er so schwitzt, und da bringen Sie ihn mir in so einem Zustand zurück. Das ist kein Pferd für die Fuchsjagd, wenn es etwa das ist, was Sie heute getan haben.»

«Wenn ich gejagt hätte, wäre ich auf dem Moor von Bodmin gewesen», sagte ich. «Seien Sie kein Esel, Wellington. Ich bin in Geschäften drüben bei Mr. Kendall gewesen, und dann mußte ich noch in die Stadt. Gipsy tut mir leid, aber da war nichts zu machen. Es wird ihr schon nichts zustoßen.»

«Hoffentlich nicht, Sir», sagte Wellington, und er ließ die Hände über Gipsys Flanken gleiten, als hätte ich sie bei einem Hindernisrennen geritten.

Ich wandte mich dem Haus zu und ging in die Bibliothek. Das Feuer brannte hell, aber von meiner Cousine Rachel war nichts zu sehen. Ich zog die Glocke.

«Wo ist Mrs. Ashley?» fragte ich, als Seecombe eintrat.

«Madam ist kurz nach drei ins Haus gekommen, Sir», sagte er. «Sie hat, seit Sie weggeritten sind, mit dem Gärtner gearbeitet. Tamlyn ist jetzt mit mir im Verwalterzimmer. Er sagt, daß er so etwas noch nie gesehen hat. Wie Mrs. Ashley sich auskennt und wie sie arbeitet! Ein reines Wunder, sagt er.»

«Da muß sie ja ganz erschöpft sein!»

«Das fürchte ich auch, Sir. Ich habe ihr geraten, zu Bett zu gehen, aber davon wollte sie nichts wissen. ‹Sagen Sie den Burschen, daß sie mir heißes Wasser bringen sollen. Ich will ein Bad nehmen, Seecombe›, hat sie zu mir gesagt. ‹Und dann will ich mir auch die Haare waschen.› Ich wollte schon meine Nichte holen lassen, weil es doch für eine Dame eine schwere Arbeit ist, sich die Haare zu waschen, aber das gestattete sie nicht.»

«Die Burschen könnten mir auch heißes Wasser bringen», sagte ich. «Auch ich habe einen schweren Tag hinter mir. Ich bin verdammt hungrig. Das Abendessen möchte ich sehr früh haben!»

«Sehr wohl, Sir. Um dreiviertel fünf?»

«Wenn möglich!»

Pfeifend ging ich hinauf, um die Kleider abzuwerfen und mich vor dem Feuer in meinem Schlafzimmer in das dampfende Bad zu setzen. Die Hunde kamen aus dem Zimmer meiner Cousine Rachel durch den Korridor. Sie hatten sich vollkommen an sie gewöhnt und folgten ihr überallhin. Der alte Don wedelte mit dem Schwanz, als er mich auf der Treppe erblickte.

«Hallo, Alter», sagte ich, «du bist eine treulose Kreatur, weißt du das? Du hast mich wegen einer Frau verlassen.» Mit seiner langen, pelzigen Zunge leckte er mir die Hand und sah mich aus großen Augen an.

Der Bursche kam mit der Kanne und machte mir das Bad zurecht, und es war vergnüglich, mit gekreuzten Beinen in der Wanne zu sitzen, sich abzureiben und durch den Dampf hindurch eine Melodie zu pfeifen. Als ich mich abtrocknete, sah ich auf dem Tisch neben meinem Bett eine Schale mit Blumen. Zweige aus dem Wald, Orchideen und Zyklamen darunter. Noch nie hatte jemand mir Blumen in das Zimmer gestellt. Seecombe hätte nicht daran gedacht, und die Burschen noch weniger. Es mußte meine Cousine Rachel gewesen sein. Der Anblick der Blumen steigerte meine gute Stimmung erheblich. Da hatte Rachel den ganzen Tag im Garten gearbeitet und dennoch die Zeit gefunden, die Schale mit Blumen zu füllen! Ich band meine Krawatte, zog meinen guten Rock an, ging, noch immer vor mich hinsummend, durch den Korridor und klopfte an die Tür ihres Boudoirs.

«Wer ist da?» tönte ihre Stimme.

«Ich bin's, Philip», erwiderte ich. «Ich wollte Ihnen nur sagen, daß wir heute sehr früh zu Abend essen. Ich bin halb verhungert, und Sie, wenn alles stimmt, was man mir erzählt hat, wahrscheinlich auch. Was, um Himmels willen, haben Sie und Tamlyn angestellt, daß Sie ein Bad brauchen und sich den Kopf waschen müssen?»

Ihr perlendes Lachen wirkte ansteckend.

«Wir haben im Boden gewühlt wie Maulwürfe!»

«Haben Sie Erde bis hinauf zu den Augenbrauen?»

«Erde überall! Ich habe bereits gebadet, und jetzt trockne ich mein Haar. Ich bin hoch zugeknöpft und durchaus präsentabel. So ungefähr muß Tante Phoebe ausgesehen haben. Sie können ruhig eintreten.»

Ich öffnete die Tür und trat in das Boudoir. Sie saß auf dem Stuhl am Feuer, und zunächst hätte ich sie kaum erkannt, so völlig anders sah sie aus, wenn sie keine Trauerkleider trug. Sie hatte einen weißen Schlafrock angezogen, der am Hals und an den Handgelenken mit Bändern geschlossen war, und das Haar trug sie hochaufgesteckt und nicht, wie sonst, in der Mitte geteilt.

Ich hatte noch nie jemanden gesehen, der Tante Phoebe oder irgendeiner anderen Tante so wenig ähnlich gewesen wäre. Blinzelnd blieb ich auf der Schwelle stehen.

«Nur herein, und setzen Sie sich! Schauen Sie nicht so verdutzt drein!»

Ich schloß die Türe hinter mir, trat näher und setzte mich auf einen Stuhl.

«Verzeihen Sie», sagte ich, «aber Sie müssen wissen, daß ich noch nie eine Frau im Nachtgewand gesehen habe.»

«Das ist kein Nachtgewand», sagte sie. «Das trage ich beim Frühstück. Ambrose pflegte es meine Nonnentracht zu nennen.»

Sie hob die Arme und begann, Nadeln in ihr Haar zu stecken.

«Mit vierundzwanzig», meinte sie, «ist es höchste Zeit, daß Sie den häuslichen Anblick einer Tante Phoebe genießen, die sich die Haare aufsteckt. Es ist Ihnen doch nicht peinlich?»

Ich verschränkte die Arme und kreuzte die Beine; ich konnte den Blick nicht von ihr abwenden. «Nicht im geringsten», sagte ich. «Ich bin nur ein wenig verblüfft.»

Sie lachte; die Nadeln hatte sie im Mund, und jetzt nahm sie eine nach der anderen und steckte sie in das Haar, das sie in eine Rolle geschlungen hatte, um es als Knoten im Nacken zu befestigen. Die ganze Prozedur dauerte nur wenige Sekunden, oder so schien es mir jedenfalls.

«Geht das jeden Tag so schnell?» fragte ich erstaunt.

«Ach, Philip, wieviel haben Sie noch zu lernen! Haben Sie denn nie zugesehen, wenn Ihre Louise sich das Haar aufgesteckt hat?»

«Nein, und ich lege auch gar keinen Wert darauf», erwiderte ich hastig, denn mir fiel Louises Bemerkung ein, als ich Pelyn verlassen hatte. Meine Cousine Rachel lachte und ließ eine Haarnadel auf mein Knie fallen.

«Ein Andenken», sagte sie. «Legen Sie es unter ihr Kissen, und beobachten Sie Seecombes Gesicht morgen beim Frühstück!»

Sie ging vom Boudoir ins Schlafzimmer und ließ die Tür weit offen.

«Sie können hier sitzen bleiben und zu mir herüberrufen, während ich mich anziehe», sagte sie.

Ich warf einen raschen Blick auf den kleinen Schreibtisch, um festzustellen, ob der Brief meines Paten schon angekommen war, aber ich konnte nichts sehen. Was mochte wohl geschehen sein? Vielleicht hatte sie ihn ins Schlafzimmer mitgenommen. Vielleicht wollte sie auch nicht mit mir darüber sprechen, sondern die Sache als eine Privatangelegenheit zwischen ihr und meinem Paten behandeln. Das wäre mir nur recht gewesen.

«Wo sind Sie denn den ganzen Tag gewesen?» rief sie.

«Ich hatte in der Stadt zu tun», erwiderte ich. «Verschiedene Leute, die ich sprechen mußte.» Von der Bank sagte ich kein Wort.

«Es war so schön, die Arbeit mit Tamlyn und den Gärtnern! Wir mußten nur sehr wenige Pflanzen wegwerfen. Aber es wäre noch so viel zu tun, Philip; das Gestrüpp um die Wiese herum sollte verschwinden, man sollte einen Weg anlegen und die ganze Fläche mit Kamelien bepflanzen; dann wäre in zwanzig Jahren dort der schönste Frühlingsgarten von Cornwall!»

«Das hatte auch Ambrose vor», sagte ich.

«Der Plan muß sehr sorgsam angelegt werden», erwiderte sie, «und darf nicht bloß Tamlyn und dem Zufall überlassen bleiben. Er ist riesig nett, aber seine Kenntnisse sind doch recht begrenzt. Warum interessieren Sie sich nicht selber dafür?»

«Ich verstehe nicht genug», sagte ich. «Das war nie mein Bereich. Ambrose wußte das.»

«Es gibt doch Leute, die Ihnen helfen könnten», meinte sie. «Sie könnten einen Sachverständigen aus London kommen lassen, der eine Skizze anfertigt.»

Darauf gab ich keine Antwort. Ich wollte keinen Sachverständigen aus London. Ich war fest davon überzeugt, daß sie mehr verstand als sämtliche Londoner Sachverständigen.

In diesem Augenblick erschien Seecombe.

«Was gibt's, Seecombe?» fragte ich. «Ist das Abendessen fertig?»

«Nein, Sir. Aber Mr. Kendalls Diener Dobson ist da; er bringt einen Brief für Madam.»

Mein Mut sank. Da hatte der verfluchte Kerl bestimmt irgendwo unterwegs ein Glas getrunken, sonst wäre er nicht so spät gekommen. Jetzt würde ich dabei sein, wenn sie den Brief las. Das war ein unglückseliges Zusammentreffen. Ich hörte Seecombe an der offenen Tür klopfen und sah, wie er ihr den Brief reichte.

«Ich werde Sie in der Bibliothek erwarten», sagte ich.

«Nein, nein, bleiben Sie nur! Ich bin schon fertig. Wir können gleich miteinander gehen. Mr. Kendall hat mir geschrieben. Vielleicht lädt er uns beide nach Pelyn ein.»

Seecombe verschwand auf dem Korridor. Ich stand auf; wenn ich doch mit ihm gehen könnte! Plötzlich fühlte ich mich unbehaglich, wurde nervös. Aus dem blauen Schlafzimmer kam kein Laut. Jetzt mußte sie den Brief lesen. Jahre schienen zu vergehen. Endlich kam sie aus dem Schlafzimmer und blieb, den Brief offen in der Hand, auf der Schwelle stehen. Sie hatte sich zum Abendessen angezogen. Vielleicht lag es an dem Kontrast zwischen ihrer Haut und dem Trauerkleid, daß sie so leichenfahl wirkte.

«Was haben Sie getan?» fragte sie.

Ihre Stimme klang völlig verändert; eigentümlich verhalten.

«Getan? Nichts. Warum?»

«Lügen Sie nicht, Philip! Sie können es ja gar nicht!»

Ich stand sehr unglücklich vor dem Feuer und schaute überall hin, nur nicht in diese forschenden, anklagenden Augen.

«Sie sind in Pelyn gewesen», sagte sie. «Sie sind heute hinübergeritten, um mit Ihrem Vormund zu sprechen.»

Sie hatte recht. Ich war ein hoffnungslos schlechter Lügner. Zumindest ihr gegenüber.

«Vielleicht war ich drüben», gab ich zu. «Und wenn?»

«Sie haben ihn veranlaßt, diesen Brief zu schreiben!»

«Nein», sagte ich und schluckte. «Das habe ich nicht getan. Er hat ihn aus eigenem Antrieb geschrieben. Ich hatte verschiedene geschäftliche Angelegenheiten mit ihm zu besprechen, und da kamen wir auch auf diese Frage ...»

«Und Sie haben ihm erzählt, daß Ihre Cousine Rachel beabsichtigt, Italienischstunden zu geben; ist das wahr oder nicht?»

Mir wurde abwechselnd heiß und kalt, und ich fühlte mich sehr jämmerlich.

«Nicht genau.»

«Sie müssen doch gemerkt haben, daß das nur ein Scherz war», sagte sie. Aber wenn es nur ein Scherz gewesen war, warum war sie jetzt so wütend?

95

«Sie begreifen nicht, was Sie getan haben», fuhr sie fort. «Sie haben mich tief erniedrigt.» Sie trat ans Fenster und wandte mir den Rücken zu. «Wenn Sie die Absicht hatten, mich zu demütigen, dann haben Sie, weiß Gott, den richtigen Weg gewählt!»

«Ich verstehe nicht», sagte ich, «warum Sie gar so stolz sein müssen!»

«Stolz?» Sie drehte sich um; ihre Augen waren ganz dunkel und groß und musterten mich zornig. «Wie können Sie es wagen, mich stolz zu nennen?» sagte sie. Sie sah mich an, und ich erwiderte ihren Blick. Ich war sicher verblüfft, daß jemand, der eben noch mit mir gelacht und gescherzt hatte, jetzt mit einem Male so wütend sein konnte. Und dann, zu meiner größten Überraschung, legte sich meine Nervosität. Ich ging auf sie zu und blieb vor ihr stehen.

«Ich nenne Sie stolz», sagte ich, «ja, ich nenne Sie verdammt stolz! Nicht Sie sind es, die gedemütigt wird, sondern ich bin es. Es war kein Scherz, als Sie davon sprachen, Italienischstunden zu geben. Sie haben mir viel zu schnell geantwortet, als daß es ein Scherz hätte sein können. Sie sagten es, weil Sie es im vollen Ernst gemeint haben.»

«Und wenn ich es ernst gemeint habe? Ist etwas Schlimmes daran, wenn man Italienischstunden gibt?»

«Im allgemeinen nicht», erwiderte ich. «In Ihrem Fall aber gewiß. Für Mrs. Ambrose Ashley ist es schlimm, Italienischstunden zu geben. Es wirft einen Schatten auf das Andenken ihres Mannes, der versäumt hat, in seinem Testament für Sie zu sorgen. Und ich, Philip Ashley, sein Erbe, darf das nicht erlauben. Sie werden jedes Vierteljahr die Rente annehmen, Cousine Rachel, und wenn Sie das Geld von der Bank holen, so denken Sie bitte daran, daß es weder vom Gut noch von dem Erben des Gutes stammt, sondern von Ihrem Gatten Ambrose Ashley.»

Eine Welle von Ärger stieg in mir auf, während ich sprach. Verdammt noch mal! Ich würde mir den Vorwurf nicht gefallen lassen, daß ich die Absicht hätte, dieses schmächtige Geschöpf zu demütigen. Und ebensowenig würde ich mir gefallen lassen, daß sie dieses Geld zurückwies, das ihr von Rechts wegen zukam.

«Also? Verstehen Sie, was ich gesagt habe?» schrie ich sie an.

Einen Augenblick lang glaubte ich, sie würde mich schlagen. Sie stand ganz still und starrte mich an. Dann füllten ihre Augen sich mit Tränen, sie eilte an mir vorbei ins Schlafzimmer und schlug die Tür zu. Ich ging hinunter in das Eßzimmer, läutete und sagte Seecombe, Mrs. Ashley werde wahrscheinlich nicht zum Essen herunterkommen. Ich goß mir ein Glas Rotwein ein, und dann setzte ich mich allein an den langen Tisch. Herrgott, dachte ich, so also sind die Frauen! Ich war noch nie so wütend, noch nie so zerschlagen gewesen. Lange Tage im Freien, die Feldarbeit mit den andern Männern, Diskussionen mit den Pächtern, die mit ihrem Zins im Rückstand waren oder Streitigkeiten mit einem Nachbarn hatten, die ich beilegen mußte – all das ließ sich nicht mit diesen fünf Minuten vergleichen, in denen die Stimmung einer Frau sich aus reinster Fröhlichkeit in einen Abgrund von Feindseligkeit verwandelt hatte. Und waren Tränen immer die letzte Waffe? Wahrscheinlich wußten sie ganz genau, welche Wirkung sie damit auf den andern erzielten! Ich trank noch ein Glas Rotwein. Und

Seecombe, der hinter mir zögerte, wünschte ich über alle Berge und Meere.

«Glauben Sie, Sir, daß Madam sich nicht wohl fühlt?» fragte er.

Ich hätte ihm sagen können, daß Madam sich durchaus wohl fühlte, aber in einer höllischen Wut war, und daß sie wahrscheinlich gleich läuten und verlangen werde, Wellington solle anspannen und sie nach Plymouth zurückfahren.

«Nein», sagte ich. «Ihr Haar ist noch nicht trocken. John soll ihr das Essen hinauf ins Zimmer bringen.»

Damit mußten Männer sich wohl abfinden, wenn sie verheiratet waren, dachte ich. Zugeschlagene Türen und Totenstille. Allein essen. Und was tat sie? Lag sie auf ihrem Bett? Hatte sie die Kerzen ausgelöscht, die Vorhänge zugezogen? War es dunkel in ihrem Zimmer? Oder war ihr Zorn unterdessen verraucht? Saß sie in aller Gemütsruhe im Boudoir, hatte die Tränen getrocknet und das Tablett mit dem Abendessen vor sich? Ich wußte es nicht. Es war mir auch gleichgültig. Ambrose hatte doch recht gehabt, wenn er zu sagen pflegte, die Frauen seien eine besondere Rasse. Eines war mir jetzt gewiß. Ich würde nie heiraten ...

Nach dem Abendessen setzte ich mich in die Bibliothek. Ich zündete meine Pfeife an, legte die Füße auf die Feuerstelle und leitete damit jene Stunde des Dösens ein, die nach dem Essen gelegentlich sehr angenehm und entspannend sein kann, heute aber jeden Reizes ermangelte. Ich hatte mich daran gewöhnt, sie im Stuhl gegenüber sitzen zu sehen; das Licht fiel auf ihre Handarbeit, und zu ihren Füßen kauerte Don; jetzt wirkte der Stuhl seltsam leer. Eine verdammte Geschichte, daß eine Frau einem das Ende des Tages derart verderben konnte! Ich stand auf, nahm ein Buch vom Regal und blätterte darin. Dann aber muß ich doch eingeschlafen sein, denn als ich wieder nach der Uhr schaute, war es beinahe neun. Ins Bett also und schlafen! Es hatte keinen Zweck, sitzen zu bleiben, wenn das Feuer ohnehin ausgegangen war. Ich führte die Hunde in ihre Hütten — das Wetter war umgeschlagen, es war windig, und der Regen peitschte mir ins Gesicht —, und dann ging ich in mein Zimmer. Eben wollte ich meinen Rock auf einen Stuhl werfen, da erblickte ich ein Blatt Papier, das auf meinem Nachttisch neben der Blumenschale lag. Ich trat näher, nahm das Blatt und las. Es war von meiner Cousine Rachel.

‹Lieber Philip›, schrieb sie, ‹wenn Sie es über sich bringen können, so vergeben Sie mir, daß ich heute abend so heftig gewesen bin. Es war unverzeihlich, mich in Ihrem Haus so zu benehmen. Ich habe keine Entschuldigung, es wäre denn, daß ich in diesen Tagen nicht ganz ich selber bin; zu nahe an der Oberfläche liegen meine Gefühle. Ich habe an Ihren Vormund geschrieben, um ihm für seinen Brief zu danken und ihm mitzuteilen, daß ich die Rente annehme. Es war ungemein freundlich und großzügig von Ihnen beiden, an mich zu denken.

Gute Nacht
Rachel.›

Ich las den Brief zweimal und steckte ihn dann in die Tasche. War nun also ihr Stolz gewichen? Und ihr Zorn auch? Lösten solche Empfindungen sich in Tränen auf? Mir fiel ein Stein vom Herzen — sie hatte die Rente angenommen. Ich hatte schon einen zweiten Besuch auf der Bank vor mir gesehen, neue Auseinandersetzungen, Widerruf des ersten Auftrags! Und dann Besprechungen mit meinem Paten, Diskussionen, und das alles hätte höchst unglücklich damit geendet, daß meine Cousine Rachel das Haus verlassen hätte und nach London gefahren wäre, um dort Italienischstunden zu geben.

War es ihr schwergefallen, diesen Brief zu schreiben? Der rasche Wechsel von Stolz zu Demut? Mir war es sehr zuwider, daß sie dazu gezwungen war. Zum erstenmal seit seinem Tode machte ich Ambrose Vorwürfe. Er hätte doch bestimmt an die Zukunft denken müssen. Krankheit und plötzlicher Tod sind alltagliche Ereignisse. Er hätte doch wissen müssen, daß er durch diese Unterlassung seine Frau unserer Barmherzigkeit, unserer Mildtätigkeit überließ! Ein Brief an meinen Paten hätte das alles erledigt. Ich sah sie vor mir, wie sie in Tante Phoebes Boudoir saß und mir diesen Brief schrieb. War sie noch immer im Boudoir oder hatte sie sich mittlerweile schlafen gelegt? Sekundenlang zauderte ich, und dann ging ich durch den Korridor zu ihren Zimmern.

Die Tür des Boudoirs stand offen, die Tür des Schlafzimmers war geschlossen. Ich klopfte. Zunächst kam keine Antwort; dann sagte sie: «Wer ist da?»

Ich antwortete nicht. Ich öffnete die Tür und trat ein. Das Zimmer war dunkel, und im Licht meiner Kerze sah ich, daß die Bettvorhänge nur zum Teil zugezogen waren. Ich konnte unter der Decke die Form ihres Körpers ahnen.

«Eben habe ich Ihre Botschaft gelesen», sagte ich. «Und ich wollte Ihnen dafür danken und Ihnen gute Nacht sagen.»

Ich dachte, sie würde sich aufsetzen und ihre Kerze anzünden, doch sie tat nichts dergleichen. Sie blieb ganz still liegen.

«Sie sollten auch wissen», fuhr ich fort, «daß ich nicht einen Augenblick lang im Sinn hatte, Sie zu begönnern. Bitte, glauben Sie mir das!»

Die Stimme, die hinter den Vorhängen hervortönte, war seltsam ruhig und unterwürfig.

«Daran hatte ich nie gedacht», sagte sie.

Sekundenlang schwiegen wir beide, und dann sagte sie: «Es würde mich gar nicht stören, Italienischstunden zu geben. In diesen Dingen kenne ich keinen Stolz. Was ich nicht ertragen konnte, war, daß Sie sagten, es würde einen Schatten auf Ambroses Andenken werfen.»

«So ist es auch», sagte ich. «Aber denken Sie nicht mehr daran. Wir brauchen nicht mehr daran zu denken.»

«Es war sehr lieb von Ihnen und sieht Ihnen ganz ähnlich, daß Sie nach Pelyn geritten sind, um mit Ihrem Paten zu sprechen. Wie unfreundlich, wie undankbar muß ich in Ihren Augen dagestanden haben! Das kann ich mir nie verzeihen.» Die Stimme, der die Tränen wieder so nahe waren, übte eine merkwürdige Wirkung auf mich aus. Ich hatte einen Klumpen in der Kehle und im Magen.

«Mir wäre es lieber, Sie würden mich prügeln», sagte ich, «als zu weinen!»

Ich hörte, wie sie sich im Bett bewegte, ein Taschentuch nahm und sich schneuzte. Die Geste und das Geräusch, beides so alltäglich und simpel, bewirkten hier in der Dunkelheit, hinter den Vorhängen, daß mir in Kehle und Magen noch kläglicher zumute war.

Dann sagte sie: «Ich will die Rente annehmen, Philip, aber ich darf Ihre Gastfreundschaft nicht mißbrauchen. Nicht über diese Woche hinaus. Wenn es Ihnen recht ist, werde ich am nächsten Montag das Haus verlassen und weiterziehen; vielleicht nach London.»

Bei diesen Worten überkam mich wahres Entsetzen.

«Nach London?» rief ich. «Warum denn? Wozu?»

«Ich bin ja nur für wenige Tage hergekommen», erwiderte sie, «und ich bin schon länger geblieben, als ich vorhatte.»

«Aber Sie haben doch noch lange nicht alle Leute kennengelernt», sagte ich. «Sie haben nicht annähernd alles getan, was man von Ihnen erwartet!»

«Kommt es so sehr darauf an? Schließlich – das alles ist doch so zwecklos!»

Wie wenig ähnlich sah ihr das! Diese Entmutigung in ihrer Stimme!

«Ich glaubte, Ihnen gefalle es, auf dem Gut umherzuwandern und die Pächter zu besuchen», sagte ich. «Jeden Tag, wenn wir miteinander gingen, schienen Sie doch geradezu glücklich zu sein. Und heute, als Sie mit Tamlyn die Blumen und Sträucher einpflanzten! War das alles nur eine Komödie? Nichts als bloße Höflichkeit?»

Sie antwortete nicht gleich, und dann sagte sie: «Manchmal, Philip, habe ich den Eindruck, daß es Ihnen an Verständnis fehlt.»

Das stimmte wahrscheinlich: Ich war verdrossen und verletzt und machte kein Hehl daraus.

«Schön», erklärte ich, «wenn Sie gehen wollen, so gehen Sie. Es wird eine Menge Gerede geben, aber das macht nichts.»

«Ich möchte meinen, daß es noch mehr Gerede geben wird, wenn ich bleibe», sagte sie.

«Gerede, wenn Sie bleiben?» rief ich. «Was meinen Sie damit? Verstehen Sie denn nicht, daß Sie von Rechts wegen hierher gehören? Daß dies Ihr Heim gewesen wäre, wenn Ambrose getan hätte, was er tun mußte?»

«Ach Gott», fuhr sie mich in neu aufflammendem Zorn an, «weswegen wäre ich denn sonst hierher gekommen?»

Abermals hatte ich eine Dummheit gemacht; war töricht und taktlos gewesen. Ich hatte just die unrichtigen Worte gesprochen; nein, ich war ein hoffnungsloser Fall und dieser Situation durchaus nicht gewachsen. Ich trat an das Bett, zog die Vorhänge zur Seite und schaute auf meine Cousine Rachel hinunter. Sie lag auf den Kissen, die Hände vor der Brust gefaltet. Sie trug etwas Weißes, das am Hals eine Krause hatte wie das Hemd der Chorknaben, und ihr Haar war gelöst und nur mit einem Band zusammengehalten, wie Louise es als Kind getragen hatte. Es überraschte, ja, es erschütterte mich, daß sie so jung aussah.

«Hören Sie», sagte ich, «ich weiß nicht, warum Sie gekommen sind, noch aus welchen Beweggründen Sie alles tun, was Sie getan haben. Ich weiß nichts von Ihnen, wie ich auch nichts von anderen Frauen weiß. Nur eines weiß ich – es ist mir lieb, daß Sie hier sind. Und ich will nicht, daß Sie gehen. Ist das kompliziert?»

Sie hatte die Hände, fast wie zur Verteidigung, vor das Gesicht gehoben, als fürchtete sie, ich könnte ihr etwas antun.

«Ja», sagte sie. «Sehr!»

«Dann liegt es an Ihnen», erklärte ich. «Nicht an mir!»

Ich verschränkte die Arme, sah meine Cousine Rachel an und heuchelte eine Unbefangenheit, von der ich sehr weit entfernt war. Und doch, dadurch, daß ich hier stand, während sie im Bett lag, war sie im Nachteil. Ich konnte mir nicht vorstellen, daß eine Frau mit gelöstem Haar, die gewissermaßen wieder zum Mädchen geworden war, wütend sein durfte.

Ich sah den schwankenden Ausdruck in ihren Augen. Sie suchte offenbar nach einem neuen Vorwand, nach einem anderen Grund, weshalb sie fort müßte, und in einer jähen Erleuchtung gelang mir ein strategisches Meisterstück.

«Sie haben mir heute abend gesagt, ich sollte mir einen Fachmann aus London kommen lassen, um die Planung der Gärten zu entwerfen. Ich weiß, daß Ambrose das immer beabsichtigt hatte. Nur steht es so, daß ich keinen solchen Sachverständigen kenne und jedenfalls krank vor Nervosität würde, wenn ich so einen Burschen ständig um mich haben sollte. Wenn Ihnen auch nur das Geringste an diesem Haus liegt, da Sie doch wissen, was es für Ambrose bedeutet hat, würden Sie einige Monate hierbleiben und das selber in die Hand nehmen.»

Diesmal hatte ich's getroffen. Sie schaute vor sich hin und spielte mit ihrem Ring. Das tat sie immer, wenn etwas sie beschäftigte. Ich ließ nicht locker.

«Ich könnte die Pläne, die Ambrose entworfen hat, niemals ausführen», sagte ich, «und Tamlyn auch nicht. Er kann Wunder verrichten, aber nur unter der richtigen Leitung. Hin und wieder ist er zu mir gekommen und wollte Weisungen haben, die ich ihm nicht geben konnte. Wenn Sie hierbleiben würden — gerade nur für den Herbst, da so viel zu tun ist —, wäre das für uns alle eine große Hilfe.»

Sie drehte den Ring an ihrem Finger hin und her. «Ich glaube, ich sollte doch vorher mit Ihrem Paten darüber reden», sagte sie.

«Das geht meinen Paten gar nichts an», erklärte ich. «Wofür halten Sie mich denn? Bin ich ein Schuljunge? Nur an eines ist jetzt zu denken: ob Sie selber hier bleiben wollen. Wenn Sie wirklich vorziehen zu gehen, kann ich Sie nicht halten.»

Mit überraschend sanfter, leiser Stimme erwiderte sie: «Warum sagen Sie mir das? Sie wissen doch, daß ich bleiben möchte!»

Großer Gott, woher hätte ich das wissen sollen? Sie hatte mich doch genau das Gegenteil glauben machen!

«Dann bleiben Sie also noch eine Weile und kümmern sich um die Gärten? Sind wir darüber jetzt einig? Werden Sie zu Ihrem Wort stehen?»

«Ich bleibe», sagte sie. «Eine Weile.»

Es fiel mir schwer, nicht zu lächeln. Ihre Augen waren ernst, und ich hatte das Gefühl, daß sie ihren Entschluß ändern würde, hätte ich jetzt gelächelt. Innerlich triumphierte ich.

«Gut», sagte ich, «dann sage ich Ihnen gute Nacht und ziehe mich zurück. Und wie steht's mit Ihrer Botschaft an meinen Paten? Soll ich sie in den Postsack tun?»

«Seecombe hat sie schon übernommen.»

«Dann werden Sie jetzt ruhig schlafen und mir nicht länger böse sein?»
«Ich war Ihnen nicht böse, Philip.»
«Doch, doch! Ich war darauf gefaßt, daß Sie mich schlagen würden.»
Sie sah zu mir auf. «Manchmal sind Sie so töricht, daß ich es wirklich tun
könnte. Kommen Sie her!»
Ich trat näher, meine Knie berührten die Bettdecke.
«Bücken Sie sich!» sagte sie.
Sie nahm mein Gesicht zwischen ihre Hände und küßte mich.
«Und jetzt gehen Sie zu Bett! Seien Sie ein braver Junge und schlafen
Sie wohl!» Sie schob mich fort und zog die Vorhänge zu.

Den Kerzenhalter in der Hand, stolperte ich aus dem blauen Schlafzimmer; in meinem Kopf war es hell, und gleichzeitig schwindelte mir. Es
war, als hätte ich Brandy getrunken, und der Vorteil, den ich gehabt zu
haben glaubte, weil ich stand, während sie in den Kissen lag, war nun
vollständig verlorengegangen. Ihr hatte das letzte Wort, die letzte Geste
gehört. Das mädchenhafte Aussehen, die Chorknabenkrause am Hemd
hatten mich irregeführt. Sie war eine Frau, nichts als eine Frau. Und bei
all dem war ich glücklich. Das Mißverständnis hatte sich gelöst, und sie
hatte versprochen zu bleiben. Keine Träne war mehr geflossen.

Anstatt sogleich zu Bett zu gehen, stieg ich noch einmal in die Bibliothek
hinunter, um meinem Paten einen Brief zu schreiben und ihm mitzuteilen,
daß alles gut abgelaufen war. Er sollte nie etwas von dem ereignisreichen
Abend erfahren. Rasch schrieb ich meinen Brief und brachte ihn dann zu
dem Postsack, der schon für den nächsten Morgen bereit lag.

Seecombe hatte ihn wie üblich auf den Tisch in der Halle gelegt und den
Schlüssel daneben. Als ich den Sack öffnete, fielen mir zwei andere Briefe
in die Hand, beide von meiner Cousine Rachel geschrieben. Der eine war an
Nick Kendall gerichtet, wie sie es mir gesagt hatte. Der zweite aber an
Signor Rainaldi in Florenz. Ich besah den Brief sekundenlang und legte ihn
dann wieder in den Postsack. Es war töricht von mir, gewiß, es war sinnlos
und ungerechtfertigt; der Mann war ihr Freund, warum sollte sie ihm nicht
schreiben. Und doch, als ich die Treppe hinaufging, war mir, als hätte meine
Cousine Rachel mir einen Schlag versetzt.

XIV

Als sie am nächsten Tag herunterkam und ich mich im Garten zu ihr
gesellte, war meine Cousine Rachel so glücklich und unbefangen, als hätte
es nie einen Zank zwischen uns gegeben. Der einzige Unterschied in ihrem
Benehmen war, daß sie mir gegenüber sanfter, zärtlicher zu sein schien;
sie neckte mich weniger, lachte mit mir und nicht über mich und wollte
meine Ansicht darüber hören, wie sie die Pflanzung anlegen sollte; nicht
so sehr, weil ich etwas davon verstand, sondern weil es mir in Zukunft doch
Freude machen sollte, die Anlage zu betrachten.

«Machen Sie es ganz, wie Sie wollen», sagte ich. «Lassen Sie von den
Leuten die Hecken stutzen, die Bäume fällen, die Hänge mit Sträuchern

bepflanzen. Alles, was Ihnen gefällt, ist mir recht; ich habe keinen Blick für diese Dinge.»

«Aber ich möchte doch, daß das Ergebnis Ihnen Freude machen soll, Philip», sagte sie. «All das gehört ja Ihnen und wird eines Tages Ihren Kindern gehören. Was, wenn ich hier allerlei Änderungen vornehme, und nachher gefällt es Ihnen nicht?»

«Es wird mir schon gefallen», erklärte ich, «und hören Sie auf, von meinen Kindern zu reden. Ich bin fest entschlossen, Junggeselle zu bleiben.»

«Das ist reinster Egoismus», sagte sie, «und sehr töricht von Ihnen!»

«Ich glaube nicht. Dadurch, daß ich Junggeselle bleibe, erspare ich mir viel Sorgen und Unglück.»

«Haben Sie aber auch daran gedacht, was Ihnen entgeht?»

«Ich habe eine dunkle Ahnung», meinte ich, «daß die Segnungen des Ehestands nicht ganz so groß sind, wie man behauptet. Wenn ein Mann Wärme und Behaglichkeit und eine angenehme Umgebung haben will, kann er das alles durch sein eigenes Haus haben.»

Zu meiner Überraschung lachte sie so herzlich über meine Worte, daß Tamlyn und die Gärtner, die am andern Ende der Pflanzung arbeiteten, die Köpfe hoben und zu uns herüberschauten.

«Eines Tages», sagte sie, «wenn Sie sich verlieben, werde ich Sie an diese Worte erinnern. Wärme und Behaglichkeit von Steinmauern! Und das mit vierundzwanzig Jahren. Ach, Philip!» Und abermals lachte sie laut und herzlich. Ich konnte mit dem besten Willen nichts Komisches daran finden.

«Ich weiß sehr wohl, was Sie meinen», sagte ich. «Aber es ist nun einmal so, daß mir das noch nie zugestoßen ist.»

«Das merkt man», erwiderte sie. «Der ganzen Nachbarschaft muß ja darum das Herz brechen. Die arme Louise!»

Aber in ein Gespräch über Louise wollte ich mich nicht wieder verlocken lassen und ebensowenig in eine Erörterung über Liebe und Ehe. Mich interessierte es viel mehr, ihre Tätigkeit im Garten zu beobachten.

Der Oktober hatte mit schönem, mildem Wetter eingesetzt, und während der ersten drei Wochen gab es überhaupt keinen Regen. So konnten Tamlyn und seine Leute unter der Aufsicht meiner Cousine Rachel ohne Unterbrechung im Garten arbeiten. Es gelang uns, sämtliche Pächter des Gutes zu besuchen, und das machte allgemein einen sehr günstigen Eindruck. Ich kannte jeden von ihnen seit meiner Knabenzeit und war oft bei ihnen gewesen, denn das gehörte zu meinen Pflichten. Für meine Cousine Rachel aber, die in Italien unter ganz andern Umständen aufgewachsen war, bedeutete das eine neue Erfahrung. Sie wußte mit den Leuten außerordentlich gut umzugehen, und es war für mich geradezu ein Erlebnis, wenn ich sie dabei beobachtete. Die Mischung von Leutseligkeit und Kameradschaftlichkeit bewirkte, daß die Leute zu ihr aufsahen und sich doch gleichzeitig in ihrer Gesellschaft behaglich fühlten. Sie stellte die richtigen Fragen und gab die richtigen Antworten. Auch schien sie Verständnis für alle ihre Beschwerden zu haben und die rechten Heilmittel zu kennen. «Zu meiner Vorliebe für die Gärtnerei gesellt sich eine sehr genaue Kenntnis der Pflanzen», sagte sie. «In Italien haben wir geradezu eine Wissenschaft daraus gemacht.» Und sie brachte einen Balsam zum Vorschein, den sie aus einer Pflanze gewonnen hatte und mit dem man eine schmerzende Brust einreiben konnte; oder Öl von einer andern Pflanze, das Verbrennungen heilte. Und sie unterwies die Leute, wie sie sich Kräutertee als Medizin gegen Verdauungsstörungen oder Schlaflosigkeit zubereiten könnten – der beste Nachttrunk der Welt, sagte sie. Und sie wußte auch, daß der Saft bestimmter Früchte fast jedes Leiden vom Halsweh bis zum Gerstenkorn zu heilen vermochte.

«Wissen Sie, wozu es kommen wird?» sagte ich zu ihr. «Eines Tages werden Sie die Stelle der Hebamme im Distrikt einnehmen. Man wird Sie bei Nacht zu Entbindungen holen lassen, und wenn das einmal anfängt, dann gibt es keine Ruhe mehr für Sie.»

«Auch dafür weiß ich einen Trank», sagte sie, «aus den Blättern von Himbeeren und Nesseln. Wenn eine Frau ihn sechs Monate vor der Geburt zu trinken beginnt, dann wird sie völlig schmerzlos gebären.»

«Das ist ja Hexerei», rief ich. «Das würde man hier bestimmt für unrecht halten!»

«Was für ein Unsinn! Warum sollen denn die Frauen leiden?»

Manchmal war sie nachmittags in der Nachbarschaft eingeladen, wie ich es vorausgesagt hatte. Und sie hatte bei der ‹Gentry›, wie Seecombe diese Kreise nannte, ebenso großen Erfolg wie bei den einfachen Leuten. Seecombe, das merkte ich sehr bald, lebte wie im siebten Himmel. Wenn an einem Dienstag oder einem Freitag gegen drei Uhr die Wagen vorfuhren, dann wartete er bereits in der Halle. Er trug wohl noch immer Trauer, aber er hatte einen neuen Rock an, den er nur für diese Gelegenheiten aufgespart hatte. Der arme John mußte den Gästen die Haustür öffnen, und dann trat sein Vorgesetzter in Funktion und führte die Angekommenen mit langsamem, feierlichem Schritt – das berichtete John mir nachher – durch die Halle zum Salon. Er öffnete mit großer Geste die Tür – das erfuhr ich von meiner Cousine Rachel – und nannte die Namen, wie der Toastmeister bei einem Bankett es tut. Vorher hatte er mit ihr bereits darüber gesprochen, auf welchen Besuch man gefaßt sein müsse, und ihr einen kurzen Abriß der Familiengeschichte jedes einzelnen Nachbarn gegeben. Im allgemeinen hatte er mit seinen Prophezeiungen recht, und wir fragten uns schon, ob er durch einen Geheimdienst von Haus zu Haus rechtzeitig erfuhr, wenn ein Besuch bei uns geplant wurde – ähnlich wie die Eingeborenen in Afrika sich mit Trommeln verständigen. So teilte Seecombe meiner Cousine Rachel zum Beispiel mit, er sei überzeugt, daß für Donnerstag nachmittag Mrs. Tremayne ihren Wagen bestellt habe und daß sie ihre verheiratete Tochter, Mrs. Gough, und die unverheiratete Tochter, Miss Isobel, mitbringen werde; und meine Cousine Rachel müsse vorsichtig sein, wenn sie zu Miss Isobel rede, denn die junge Dame leide an einer Sprachstörung. Oder aber, daß die alte Lady Penryn höchstwahrscheinlich Dienstag erscheinen werde, weil sie an diesem Tag stets ihre Enkelin besuchte, die nur zehn Meilen von uns entfernt wohnte; und meine Cousine Rachel müsse sich wohl davor hüten, in Gegenwart der Lady von Füchsen zu sprechen, denn die alte Dame war vor einem Fuchs erschrocken, bevor ihr ältester Sohn geboren worden war, und nun trug er von diesem Ereignis her ein Muttermal auf der linken Schulter.

«Und die ganze Zeit», erzählte mir meine Cousine Rachel nachher, «mußte ich darauf achten, daß die Konversation sich nicht der Jagd zuwandte. Aber es war vergebens; sie kam immer wieder darauf zurück – wie eine Maus, die Käse wittert. Und schließlich, um sie abzulenken, mußte ich die Geschichte von einer Jagd auf Wildkatzen in den Alpen erfinden, was ganz unmöglich ist und was noch kein Mensch unternommen hat.»

Sie hatte mir immer amüsante Geschichten von den Gästen zu erzählen, wenn ich durch die Hintertür ins Haus trat – natürlich immer erst, nachdem der letzte Wagen durch das Tor gerollt war. Und dann konnten wir uns miteinander amüsieren, und sie glättete ihr Haar vor dem Spiegel, strich über die Kissen, während ich die letzten Kuchen verzehrte, die für die Gäste aufgetragen worden waren. Das alles war wie ein Spiel, wie eine Verschwörung; und doch glaube ich, daß sie sich sehr wohl dabei fühlte, wenn sie hier im Salon saß und die Konversation beherrschte. Menschen und ihre Schicksale interessierten sie; sie hörte gern, was sie dachten und was sie taten, und sie sagte oft zu mir: «Sie können nicht begreifen, Philip, wie neu das alles für mich ist. Ich bin doch die ganz anders geartete Florentiner Gesellschaft gewöhnt. Ich war immer neugierig auf das Leben in England, und vor allem auf dem Land. Jetzt fange ich an, es kennen zu lernen. Und mir ist jede Minute dieses Lebens teuer.»

Ich nahm ein Stück Zucker aus der Büchse und schnitt mir ein Stück Mohnkuchen ab.

«Nur weiter», sagte ich, «erzählen Sie mir den neuesten Skandal!»

«Aber es interessiert Sie ja doch nicht», erwiderte sie dann. «Warum sollte ich Ihnen etwas erzählen?»

«Weil ich Sie gern sprechen höre.»

Und so bescherte sie mir, bevor wir hinaufgingen und uns zum Abendessen umzogen, die neuesten Klatschgeschichten des Distrikts, die neuesten Verlobungen, Heiraten, Todesfälle, bevorstehenden Geburten; in einer Unterhaltung von zwanzig Minuten mit einem Fremden wußte sie anscheinend mehr zu erfahren als ich nach einer lebenslangen Bekanntschaft.

«Ganz wie ich vermutet hatte», sagte sie. «Sie sind der Gram jeder Mutter im Umkreis von fünfzig Meilen.»

«Warum das?»

«Weil Sie sich nicht entschließen können, unter den Töchtern des Landes zu wählen. So ein gutaussehender, prächtiger, in jeder Beziehung wünschenswerter junger Mann! Ach, Mrs. Ashley, reden Sie Ihrem Cousin doch zu, daß er mehr ausgehen soll!»

«Und was antworten Sie darauf?»

«Daß Sie alle Wärme, alle Behaglichkeit, die Sie suchen, innerhalb dieser vier Wände fänden. Übrigens», setzte sie hinzu, «wenn ich es recht bedenke, könnte das mißdeutet werden. Ich muß mehr darauf achten, was ich sage.»

«Mir ist's gleich, was Sie sagen, solange Sie mir Einladungen vom Leib halten. Ich habe überhaupt kein Verlangen, irgendeiner Mutter Tochter zu besichtigen.»

«Im allgemeinen tippt man auf Louise», erzählte sie weiter. «Sehr viele Damen sagen, daß sie Sie am Ende doch kriegen wird. Und die dritte Miss Pascoe hätte auch eine kleine Chance.»

«Ach Gott!» rief ich. «Belinda Pascoe? Ebenso gern würde ich Katie Searle heiraten, die Wäscherin. Wahrhaftig, Cousine Rachel, Sie müssen mich beschützen. Warum sagen Sie all diesen Klatschmäulern nicht, ich sei ein Einsiedler und schriebe in meiner freien Zeit lateinische Verse? Das würde sie auf andere Gedanken bringen.»

«Nichts kann sie auf andere Gedanken bringen», erwiderte sie. «Die Vorstellung, daß ein in Betracht kommender Junggeselle die Einsamkeit liebt und Verse macht, würde die Romantik der Geschichte nur erhöhen. Solche Dinge regen den Appetit an.»

«Dann sollen sie ihn anderswo stillen», sagte ich. «Was mich verblüfft, ist, daß die Gedanken der Frauen in dieser Gegend — doch vielleicht ist es überall so — sich mit nichts anderem beschäftigen als mit der Heirat.»

«Sie haben nun einmal keinen andern Gesprächsstoff», meinte Rachel. «Die Auswahl ist gering. Auch ich entrinne diesen Erörterungen nicht. Man hat mir schon eine ganze Liste von sehr annehmbaren Witwern genannt. Da gibt es einen Adligen im westlichen Cornwall, der ganz besonders für mich geeignet wäre. Fünfzig Jahre, ein Sohn, zwei verheiratete Töchter.»

«Doch nicht der alte St. Ives!» rief ich gereizt.

«Ja, ja, ich glaube, so hieß er. Er soll reizend sein.»

«Reizend? Um Mittag ist er immer schon betrunken, und dann steigt er allen Mädchen nach. Billy Rowe, der Pächter von Barton, hat eine Nichte, die bei ihm in Dienst war. Sie mußte das Haus verlassen, so sehr hat er sie geplagt.»

«Wer klatscht jetzt?» fragte meine Cousine Rachel. «Der arme Lord St. Ives! Wenn er eine Frau hätte, würde er vielleicht den Mädchen nicht mehr nachsteigen. Natürlich hinge das von der Frau ab.»

«Also, Sie werden ihn bestimmt nicht heiraten», erklärte ich energisch.

«Immerhin könnten Sie ihn einmal zum Abendessen einladen», schlug sie vor, und ich wußte bereits, daß sich hinter diesen ernsten Blicken der Spott verbarg. «Wir könnten eine Gesellschaft geben, Philip. Die hübschesten jungen Mädchen für Sie, und die angesehensten Witwer für mich. Aber ich glaube, daß ich meine Wahl schon getroffen habe. Wenn ich mich überhaupt dazu entschließe, dann würde ich wohl Ihren Paten, Mr. Kendall, heiraten. Er hat eine unmittelbare Art, die mir besonders gefällt.»

Vielleicht war das ihre Absicht gewesen — jedenfalls biß ich an und geriet völlig außer Fassung.

«Das können Sie doch nicht im Ernst meinen!» rief ich. «Sie wollen meinen Paten heiraten? Aber, zum Teufel, Rachel, er ist ja beinahe sechzig, und immer erkältet.»

«Das bedeutet, daß er nicht in seinem Hause allein Wärme und Behaglichkeit findet wie Sie», erwiderte sie.

Da merkte ich, daß sie sich nur über mich lustig machte, und ich lachte mit ihr; nachher aber stieg doch ein gewisses Mißtrauen in mir auf. Wenn mein Pate sonntags zum Essen kam, war er die Höflichkeit in Person, und sie vertrugen sich ausgezeichnet. Ein- oder zweimal hatten wir in Pelyn gespeist, und mein Pate war so heiter und gesprächig gewesen, wie ich ihn nie gekannt hatte. Aber er war doch nun seit zehn Jahren verwitwet. Unmöglich konnte ihm der Gedanke kommen, bei meiner Cousine Rachel

105

sein Glück zu versuchen! Und ganz bestimmt würde sie ihn abweisen! Bei
der bloßen Vorstellung, daß es auch anders kommen könnte, überlief es
mich heiß. Meine Cousine Rachel in Pelyn! Meine Cousine Rachel,
Mrs. Ashley, die Mrs. Kendall würde! Ungeheuerlich! Wenn dem alten
Mann eine so tolle Idee ins Hirn steigen sollte, würde ich ihn nicht mehr am
Sonntag zum Essen einladen! Und doch hieße das, mit einer langjährigen
Gewohnheit brechen. Es war unmöglich. Ich mußte es halten, wie es
immer gehalten worden war, aber als er am nächsten Sonntag zur Rechten
meiner Cousine Rachel saß, sich zu ihr beugte, sich dann in seinem Stuhl
zurücklehnte, lachte und rief: «Großartig! Großartig!», da hätte ich doch
gern gewußt, worüber die beiden sich so amüsierten. Ich war verdrossen.
Das war wieder einmal echt weiblich − einen Scherz zu machen, der einen
Stachel hinterließ.

Da saß sie nun beim Sonntagsessen, sah ungewöhnlich gut aus, war in
bester Stimmung, zu ihrer Rechten mein Pate, zu ihrer Linken der Pfarrer,
und keinem von beiden schien der Gesprächsstoff auszugehen, während ich
ohne rechten Grund stumm und verdrossen blieb, genau wie Louise an jenem
ersten Sonntag, und an unserem Tischende ging es zu wie bei einer
Quäkerversammlung. Louise schaute auf ihren Teller hinunter und ich auf
den meinen, und plötzlich hob ich den Kopf und sah, wie Belinda Pascoe
mich mit runden Augen anstarrte; da erinnerte ich mich an den Klatsch
in der Nachbarschaft und wurde noch verdrossener als vorher. Unser
Schweigen spornte meine Cousine Rachel dazu an, sich noch größere Mühe
zu geben, wahrscheinlich, um es weniger merkbar werden zu lassen. Und
sie, mein Pate und der Pfarrer überboten einander, plauderten, lachten,
zitierten Verse, während ich immer mehr in finsteres Schweigen versank
und nur froh war, daß Mrs. Pascoe eines Unwohlseins halber daheim-
geblieben war. Auf Louise kam es nicht an; ich fühlte mich nicht verpflichtet, Louise zu unterhalten.

Doch als alle fort waren, stellte meine Cousine Rachel mich zur Rede.
«Wenn ich mir alle Mühe gebe, Ihre Freunde zu unterhalten, dann darf ich
doch wohl eine Unterstützung von Ihnen erwarten. Was war denn los,
Philip? Sie haben sauertöpfisch dagesessen, mit einem Gesicht wie ein Maul-
esel, und haben an Ihre Nachbarinnen kein einziges Wort gerichtet. Die
armen Mädchen . . .» Und sie schüttelte mißbilligend den Kopf.

«An Ihrem Tischende ist es so hoch hergegangen», erwiderte ich, «daß
ich es für zwecklos hielt, mich auch zu bemühen. All der Unsinn über die
griechischen Formen von ‹Ich liebe dich›! Und der Pfarrer, der Ihnen
erklärt, wie bezaubernd ‹Entzücken meines Herzens› in hebräischer Sprache
klingt.»

«Ich weiß gar nicht, was über Sie gekommen ist», sagte sie. «Sie haben ja
Ihren Sinn für Humor vollkommen eingebüßt.» Und sie klopfte mir auf die
Schulter und ging hinauf. Das war das Erbitternde an den Frauen. Immer
hatten sie das letzte Wort. Ließen den Mann sich mit seiner schlechten
Laune abfinden, und sie selber blieben überlegen und unberührt. Eine Frau
war anscheinend nie im Unrecht. Oder wenn sie im Unrecht war, wußte sie
die Sache so zu drehen, daß es doch zu ihrem Vorteil herauskam.

Nachher, in der Bibliothek, wo es keinen Zuschauer gab, wurde sie

106

sanfter; noch immer blieb sie gelassen, aber eine Art Zärtlichkeit schien in ihr wachzuwerden. Sie verspottete mich nicht mehr wegen meines mangelnden Sinns für Humor, noch schalt sie mich wegen meiner Verdrossenheit. Sie bat mich, die Seidensträhnen zu halten, damit sie die Farben aussuchen könne, die mir am besten gefielen, denn sie wollte ein Deckchen für den Stuhl in meinem Büro sticken. Und in aller Ruhe, ohne mich zu necken, erkundigte sie sich danach, wie mein Tag verlaufen sei, wen ich gesprochen, was ich getan hätte, und so wich meine schlechte Stimmung; ich fühlte mich froh und wohlgemut und fragte mich nur, wenn ich ihre Hände damit beschäftigt sah, die Strähnen zu sondern und zu glätten, warum es nicht von Anfang an so sein konnte; warum mußten erst Nadelstiche und Spott die Atmosphäre vergiften, so daß meine Cousine Rachel dann alle Mühe hatte, die Stimmung wiederherzustellen. Es war, als ob der Umstand, daß meine Laune umschlug, ihr eine besondere Freude bereitete; warum es aber so sein sollte, davon hatte ich nicht die leiseste Ahnung. Ich wußte nur, daß es mir mißfiel und mich verärgerte, wenn sie mich neckte. Und wenn sie zärtlich war, dann fühlte ich mich wohl und glücklich.

Gegen Ende des Monats schlug das Wetter um. Es regnete drei Tage ohne Unterlaß, man konnte nicht im Garten arbeiten, auch auf dem Gut gab es nichts zu tun; es hatte keinen Zweck, hin und her zu reiten, um bis auf die Haut naß zu werden, und die Besucher, die sonst häufig kamen, mußten auch in ihren vier Wänden bleiben. Seecombe war es, der anregte, daß wir uns mit etwas beschäftigen sollten, wovor wir uns beide bisher gedrückt hatten; es wäre die richtige Zeit, meinte er, Ambroses Effekten durchzusehen. Er brachte das eines Morgens vor, als meine Cousine Rachel und ich am Fenster der Bibliothek standen und in den Regen hinausschauten.

«Ich werde im Büro arbeiten», sagte ich gerade, «und Sie können den Tag in Ihrem Boudoir verbringen. Was ist denn in all den Kisten und Schachteln, die aus London gekommen sind? Kleider und Morgenröcke, die Sie probieren und wieder zurückschicken werden?»

«Keine Kleider», erwiderte sie, «aber Stoffe. Tante Phoebe hatte nicht viel Sinn für Farben, glaube ich. Das blaue Schlafzimmer sollte doch irgendwie seinem Namen entsprechen. Derzeit ist es grau und gar nicht blau. Und die Steppdecke auf dem Bett ist von den Motten benagt; aber sagen Sie Seecombe nichts davon. Es sind die Motten von vielen Jahren. Und ich habe jetzt für neue Vorhänge und eine neue Decke gesorgt.»

Gerade da trat Seecombe ein, sah uns unbeschäftigt und meinte: «Da das Wetter so ungünstig ist, Sir, meinte ich, die Diener könnten mit einem Großreinemachen beschäftigt werden. Ihr Zimmer müßte man gründlich putzen. Aber man kann nichts anfangen, weil Mr. Ashleys Koffer und Kisten noch auf dem Boden stehen.»

Ich warf meiner Cousine Rachel einen Blick zu, denn ich fürchtete, diese Taktlosigkeit könnte sie verstimmen, aber zu meiner Überraschung nahm sie es sehr ruhig auf.

«Sie haben ganz recht, Seecombe», sagte sie. «Die Burschen können das Zimmer nicht gründlich putzen, solange die Koffer nicht ausgepackt sind. Wir haben das viel zu lange hinausgeschoben. Nun, Philip, wie wäre es damit?»

Ich glaube, daß wir unsere Gefühle voreinander zu verbergen suchten. Wir zwangen uns, in unseren Gesprächen eine gewisse Heiterkeit zu bewahren. Um meinetwillen war sie entschlossen, ihre Trauer nicht merken zu lassen. Und ich, der ich ihr gegenüber ebenso handeln wollte, schlug einen fröhlichen Ton an, der meinem Wesen im Grunde fremd war. Der Regen peitschte an die Fenster meines früheren Zimmers, und an der Decke war ein Feuchtigkeitsfleck sichtbar geworden. Das Feuer, das seit dem letzten Winter nicht mehr angezündet worden war, knisterte und prasselte. Die Koffer und Kisten standen aneinandergereiht auf dem Fußboden und warteten darauf, geöffnet zu werden; und auf dem einen Koffer lag obendrauf die vertraute dunkelblaue Reisetasche mit dem Monogramm A. A. in gelben Buchstaben. Plötzlich erinnerte ich mich daran, daß ich sie am letzten Tag, als er fortfuhr, auf den Knien gehabt hatte.

Meine Cousine Rachel brach das Schweigen. «Kommen Sie», sagte sie. «Sollen wir den Kleiderkoffer zuerst öffnen?» Ihre Stimme klang bewußt hart. Ich reichte ihr dann die Schlüssel, die sie bei ihrer Ankunft Seecombe zur Aufbewahrung übergeben hatte.

«Wie Sie wollen», erwiderte ich.

Sie steckte den Schlüssel ins Schloß, drehte ihn und hob den Deckel an. Obenauf lag sein alter Schlafrock; ich kannte ihn gut; er war aus schwerer, dunkelroter Seide. Auch die Hausschuhe waren da; sie waren lang und flach. Ich betrachtete sie, und es war wie ein Ausflug in die Vergangenheit. Ich erinnerte mich, wie er morgens während des Rasierens, Seifenschaum auf dem Gesicht, in mein Zimmer kam. «Hör, Junge, da ist mir gerade eingefallen ...» Dieses Zimmer war es gewesen, in dem wir eben jetzt standen! Diesen Schlafrock, diese Hausschuhe hatte er angehabt.

«Was sollen wir damit anfangen?» fragte meine Cousine Rachel, und jetzt klang ihre Stimme nicht mehr so hart, sondern weicher, leiser.

«Ich weiß es nicht; Sie haben zu entscheiden.»

«Würden Sie sie tragen, wenn ich sie Ihnen gäbe?»

Es war seltsam. Ich hatte seinen Hut genommen. Ich hatte seinen Stock genommen. Seinen alten Jagdrock mit den Lederflecken an den Ellbogen, den er daheimgelassen hatte, als er seine letzte Reise antrat, trug ich jetzt ständig. Und doch, diese Dinge hier, der Schlafrock, die Hausschuhe – es war beinahe, als hätten wir seinen Sarg geöffnet und sähen seine Leiche.

«Nein», sagte ich. «Ich glaube nicht.»

Sie sagte nichts. Sie legte die Hausschuhe auf das Bett. Nun kam sie an einen leichten Anzug, den er bei großer Hitze getragen haben mußte. Mir war er nicht in Erinnerung, aber sie mußte ihn gut gekannt haben. Vom langen Liegen im Koffer war er zerdrückt. Sie nahm ihn heraus und legte ihn samt dem Schlafrock auf das Bett. «Er sollte geplättet werden», meinte sie. Plötzlich begann sie alles übrige sehr rasch aus dem Koffer zu nehmen und legte es achtlos in einem Haufen auf das Bett.

«Wenn Sie nichts haben wollen, Philip, so würden sich doch die Leute auf dem Gut, die ihm so ergeben waren, darüber freuen. Sie werden am besten beurteilen können, was man weggeben soll, und wem.»

Sie sah kaum, was sie tat. Wie gehetzt nahm sie die Kleidungsstücke aus dem Koffer. Ich stand dabei und beobachtete sie.

«Der Koffer?» sagte sie. «Ein Koffer ist immer nützlich. Sie könnten ihn wohl verwenden, nicht?» Sie schaute zu mir auf, und ihre Stimme versagte.

Plötzlich lag sie in meinen Armen, den Kopf an meiner Brust.

«O Philip», flüsterte sie. «Verzeihen Sie mir. Ich hätte es Ihnen und Seecombe überlassen sollen. Es war dumm von mir, daß ich damit angefangen habe!»

Es war eigentümlich. Als ob man ein Kind halten würde; ein verwundetes Tier. Ich berührte ihr Haar und legte meine Wange auf ihren Kopf.

«Schon gut, schon gut. Weinen Sie nicht. Gehen Sie in die Bibliothek. Ich kann das schon allein machen.»

«Nein! Ich darf nicht so schwach, so töricht sein! Für Sie ist es genauso schlimm wie für mich. Sie haben ihn so lieb gehabt ...»

Meine Lippen glitten über ihr Haar. Es war ein seltsames Gefühl. Und sie war so klein, als sie sich jetzt an mich lehnte.

«Das tut nichts», sagte ich. «Ein Mann kann das leichter ertragen. Für eine Frau ist es schwer. Überlassen Sie es mir, Rachel. Gehen Sie nur hinunter!»

Sie trat einen Schritt zurück und wischte sich die Augen mit dem Taschentuch.

«Nein. Jetzt ist es schon besser. Es wird nicht wieder vorkommen. Ich habe die Kleider ja schon ausgepackt. Aber Sie werden sie den Leuten auf dem Gut schenken, nicht wahr? Dafür wäre ich Ihnen sehr dankbar. Und was Sie für sich behalten wollen, das suchen Sie sich nur aus. Haben Sie keine Angst; ich werde es Ihnen nicht übelnehmen, im Gegenteil, ich werde froh sein.»

Die Bücherkisten standen näher am Fenster. Ich zog einen Stuhl heran, so daß sie sich an den Kamin setzen konnte, dann kniete ich nieder und öffnete die Kisten, eine nach der andern.

Hoffentlich hatte sie nicht bemerkt, daß ich sie zum erstenmal nicht Cousine Rachel, sondern nur Rachel genannt hatte – mir selber war es im Augenblick nicht aufgefallen. Ich weiß nicht, wie es dazu kam. Wahrscheinlich, weil sie in meinen Armen so klein, so hilflos gewesen war.

An den Büchern haftete nicht so sehr der Eindruck des Persönlichen wie an den Kleidern. Es waren alte Lieblinge von ihm, die ich gut kannte, die er immer auf Reisen mitnahm, und sie gab sie mir – ich sollte sie neben meinem Bett aufstellen. Hier waren seine Manschettenknöpfe, seine Hemdknöpfe, seine Schreibfeder – all das mußte ich nehmen, und ich freute mich darüber. Einige der Bücher waren mir unbekannt. Sie griff nach einem Band, dann nach einem andern und erklärte sie mir, und jetzt war unsere Aufgabe nicht mehr so traurig; dieses Buch, sagte sie, habe er in Rom erstanden, es sei ein Gelegenheitskauf gewesen, der ihm große Freude gemacht habe, und dieses hier mit dem schönen alten Einband und das andere stammten aus Florenz. Sie schilderte den Laden, wo er sie gekauft hatte, und den alten Händler, und während des Plauderns schien aller Zwang gewichen zu sein; er war mit den Tränen weggewischt worden. Wir legten die Bücher auf den Fußboden, ich holte ein Staubtuch, und sie staubte sie ab. Manchmal las sie mir eine Stelle vor und erzählte, wie just dieser Absatz Ambrose gefallen hatte; oder sie zeigte mir ein Bild, einen Stich, und ich sah, wie sie zu einer wohlbekannten Seite lächelte.

Dann kam sie zu einem Band mit Skizzen von Gartenanlagen. «Das wird uns sehr von Nutzen sein», sagte sie, stand auf und trat ans Fenster, um das Buch besser betrachten zu können.

Ich griff aufs Geratewohl nach einem andern Buch. Ein Blatt Papier fiel heraus. Es trug Ambroses Schriftzüge. Es war wie der Mittelteil eines Briefes, aus dem Zusammenhang gerissen und vergessen. ‹Es ist natürlich ein Leiden; ich habe oft davon gehört. Wie Kleptomanie oder eine andere Krankheit, und sie hat es zweifellos von ihrem verschwenderischen Vater Alexander Coryn geerbt. Wie lange sie schon Opfer dieses Leidens ist, das kann ich nicht sagen, vielleicht von jeher; bestimmt erklärte es viel von dem, was mich in dieser ganzen Angelegenheit so sehr beunruhigt hat. Soviel, mein lieber Junge, weiß ich allerdings – daß ich ihr nicht länger die Verfügung über meine Börse anvertrauen kann noch darf, sonst werde ich ruiniert, und das Gut wird darunter zu leiden haben. Es ist unerläßlich, daß du Kendall warnst, wenn durch irgendein Zusammentreffen...› Hier brach der Brief ab. Ein Ende gab es nicht. Das Papier war undatiert. Die Schrift war ganz normal. Eben jetzt kam sie vom Fenster zurück, und ich zerknüllte das Papier in meiner Hand.

«Was haben Sie da?» fragte sie.

«Nichts.»

Ich warf das Blatt ins Feuer. Sie sah es brennen. Sie sah, wie die Handschrift sich kräuselte und flackerte.

«Das ist doch Ambroses Schrift!» rief sie. «Was war das? Ein Brief?»

«Nur Notizen, die er sich gemacht hatte; ein altes Stück Papier.» Ich spürte, wie mein Gesicht sich im Feuerschein rötete.

Dann griff ich nach einem andern Band, und sie tat dasselbe. Nebeneinander sitzend, ordneten wir die Bücher, aber über uns hatte sich ein Schweigen gesenkt.

XV

Gegen Mittag waren wir mit dem Ordnen der Bücher fertig. Seecombe schickte John und Arthur zu uns herauf, um sich zu erkundigen, ob etwas hinuntergetragen werden sollte, bevor sie zum Essen gingen.

«Laß die Kleider nur auf dem Bett, John», sagte ich, «und leg eine Decke darüber. Seecombe wird mir helfen, sie nach und nach zu verpacken. Aber diesen Stoß Bücher kannst du in die Bibliothek tragen.»

«Und diese hier, bitte, ins Boudoir, Arthur», sagte meine Cousine Rachel.

Es war das erste Wort, das sie sprach, seit ich das Papier verbrannt hatte.

«Es ist Ihnen doch recht, Philip, wenn ich die Bücher über Gartenbau in mein Zimmer nehme?» fragte sie.

«Ja, natürlich! Alle Bücher gehören Ihnen; das wissen Sie doch!» sagte ich.

«Nein, nein! Ambrose hätte bestimmt gewollt, daß die andern Bücher in die Bibliothek kommen.» Sie stand auf, strich ihr Kleid glatt und gab John das Staubtuch.

«Das Essen steht auf dem Tisch, Madam», sagte er.

«Danke, John. Ich bin nicht hungrig.»

Nachdem die beiden Burschen mit den Büchern verschwunden waren, blieb ich zaudernd in der offenen Tür stehen.

«Wollen Sie nicht in die Bibliothek hinunterkommen?» fragte ich, «und mir beim Einordnen der Bücher helfen?»

«Lieber nicht», sagte sie und hielt inne, als hätte sie noch etwas hinzuzufügen, aber dazu kam es nicht. Sie ging durch den Korridor in ihr Zimmer.

Ich aß mein Mittagessen allein und starrte aus den Fenstern des Eßzimmers. Noch immer regnete es. Es hatte keinen Zweck hinauszugehen, man konnte doch nichts unternehmen. Besser war es, die Kleidungsstücke zu ordnen; Seecombe konnte mir dabei helfen. Ihm würde es Freude machen, wenn ich ihn um Rat fragte. Was nach Barton gehen sollte, was nach Trenant, was zum East Lodge; alles mußte sorgfältig eingeteilt werden, damit keiner gekränkt wäre. Das wäre für uns beide eine Beschäftigung für den ganzen Nachmittag. Ich versuchte, völlig in dieser Beschäftigung aufzugehen; doch nagend wie ein Zahnschmerz, der plötzlich aufflammt und dann abstirbt, wurden meine Gedanken immer wieder zu dem Fetzen Papier gelenkt. Was hatte er zwischen den Blättern jenes Buchs zu tun? Seit wann lag er vergessen dort? Sechs Monate? Ein Jahr? Länger? Hatte Ambrose einen Brief an mich begonnen, der nie sein Ziel erreichte? Oder gab es noch andere Blätter, Teile dieses Briefes, die aus einem unbekannten Grund zwischen den Seiten eines Buches lagen? Der Brief mußte vor seiner Erkrankung geschrieben worden sein. Die Schrift war fest und klar. Daher wohl im vergangenen Winter, im Herbst vielleicht... Eine gewisse Beschämung überkam mich. War es wirklich meine Sache, über einen Brief nachzugrübeln, der mich nie erreicht hatte? Ich wünschte nur, ich hätte dieses Blatt nie gefunden.

Den ganzen Nachmittag sortierten Seecombe und ich die Kleidungsstücke und machten Pakete, während ich zu jedem ein paar erklärende Worte schrieb. Er schlug vor, die Pakete zur Weihnachtszeit zu verteilen, und das hielt auch ich für eine gute Idee; es würde den Pächtern gewiß gefallen. Als wir fertig waren, ging ich wieder in die Bibliothek und stellte die Bücher zu den andern. Ich merkte plötzlich, daß ich, ohne es zu wissen, jedes Buch durchblätterte, bevor ich es einordnete; und da kam ich mir vor wie einer, der bei einer kleinlichen Missetat ertappt wird.

‹... natürlich ein Leiden ... wie Kleptomanie oder eine andere Krankheit ...› Warum waren mir gerade diese Worte im Gedächtnis geblieben? Was meinte Ambrose damit?

Ich griff nach einem Wörterbuch und suchte bei Kleptomanie. ‹Eine unwiderstehliche Neigung zum Diebstahl bei Personen, die nicht durch eine Notlage dazu getrieben werden.› Das war es nicht, was er meinte. Seine Beschuldigung bezog sich auf ihre Verschwendungssucht. Wie aber konnte Verschwendungssucht eine Krankheit sein? Es sah Ambrose, dem großzügigsten aller Menschen, durchaus nicht ähnlich, einen andern deswegen anzuklagen, weil er mit dem Geld leichtherzig umging. Als ich das Wörterbuch wegräumte, öffnete sich die Tür, und meine Cousine Rachel trat ein.

Ich fühlte mich so schuldbewußt, als hätte sie mich beim Mogeln erwischt. «Ich bin gerade mit dem Einordnen der Bücher fertiggeworden», sagte ich. Klang meine Stimme auch in ihren Ohren so falsch wie in den meinen? «Ich sehe», erwiderte sie und setzte sich an das Feuer. Sie hatte sich zum Abendessen umgezogen. Ich hatte gar nicht gemerkt, daß es schon so spät geworden war.

«Wir haben die Kleidungsstücke sortiert», erzählte ich. «Seecombe hat mir sehr geholfen. Wir halten es für richtig, wenn Sie damit einverstanden sind, die Sachen Weihnachten zu verschenken.»

«Ja, das hat Seecombe mir eben gesagt. Ich halte es auch für sehr passend.»

Lag es an mir oder an ihr? Jedenfalls war eine gewisse Spannung zwischen uns.

«Es hat den ganzen Tag nicht aufgehört zu regnen», sagte ich.

«Nein», erwiderte sie.

Ich besah meine Hände, die ganz staubig geworden waren.

«Wollen Sie mich einen Augenblick entschuldigen», sagte ich. «Ich möchte mir nur die Hände waschen und mich umziehen.» Ich ging hinauf und zog mich um, und als ich wiederkam, stand das Essen bereits auf dem Tisch. Schweigend nahmen wir unsere Plätze ein. Es hatte sich in langer Gewohnheit eingebürgert, daß Seecombe sich in unser Gespräch mischte, wenn er etwas zu sagen hatte, und heute abend, als wir beinahe fertig waren, sagte er zu meiner Cousine Rachel: «Haben Sie Mr. Philip die neuen Stoffe gezeigt, Madam?»

«Nein, Seecombe. Wir hatten noch keine Zeit dazu. Aber wenn er sie sehen will, werde ich sie ihm nach Tisch zeigen. Vielleicht könnte John sie in die Bibliothek bringen.»

«Stoffe?» fragte ich verwirrt. «Was für Stoffe?»

«Erinnern Sie sich denn nicht?» sagte sie. «Ich habe Ihnen doch erzählt, daß ich für das blaue Schlafzimmer neue Stoffe bestellt habe. Seecombe hat sie gesehen, und sie gefallen ihm sehr.»

«Ach ja; jetzt kommt es mir in den Sinn.»

«So etwas habe ich in meinem ganzen Leben noch nicht gesehen, Sir», sagte Seecombe. «Bestimmt gibt es kein Herrenhaus in der ganzen Gegend, das Möbel besitzt, die dazu passen würden.»

«Ja, diese Stoffe werden von Italien hierher exportiert, Seecombe», erklärte meine Cousine Rachel. «Es gibt nur ein einziges Geschäft in London, wo man sie haben kann; davon habe ich in Florenz gehört. Wollen Sie die Überzüge sehen, Philip, oder interessiert es Sie nicht?»

Halb hoffnungsvoll, halb furchtsam stellte sie die Frage, als wollte sie meine Meinung hören und hätte doch Angst, mich zu langweilen.

Ich weiß nicht, warum, aber ich spürte, daß ich wieder rot wurde. «Ja, ja», sagte ich. «Ich werde sie sehr gern ansehen.»

Wir standen auf und gingen in die Bibliothek. Seecombe folgte uns, und bald darauf hatten er und John die Überzüge heruntergeschafft und breiteten sie vor uns aus.

Seecombe hatte recht. Es gab in Cornwall keine Möbel, die dieser Stoffe würdig waren. Ich hatte dergleichen auch noch nie gesehen, weder in Oxford

112

noch in London. Und wie viele es waren! Reicher Brokat und schwere seidene Wandbehänge. Stoffe, wie man sie in Museen zeigt.

«Das ist etwas Feines», sagte Seecombe mit gedämpfter Stimme, als ob er in einer Kirche wäre.

«Dieses Blau habe ich für die Bettvorhänge ausgesucht», sagte meine Cousine Rachel. «Und das dunklere Blau mit der Goldstickerei für die Fenster, und diesen Stoff für die Bettdecke. Was meinen Sie dazu, Philip?»

Unruhig sah sie zu mir auf. Ich wußte nicht, was antworten.

«Gefallen sie Ihnen nicht?»

«Doch, doch, sie gefallen mir sehr», sagte ich, «aber –», ich wurde wieder rot, «sind sie nicht sehr teuer?»

«O ja, sie sind sehr teuer», erwiderte sie, «solche Dinge sind immer teuer, aber dafür dauern sie Jahre. Ihr Enkel und Ihr Urenkel werden im blauen Zimmer schlafen können mit diesen Bettvorhängen. Ist es nicht so, Seecombe?»

«Ja, Madam.»

«Nur auf eines kommt es an – ob die Stoffe Ihnen gefallen!»

«Natürlich, natürlich. Wie sollten sie einem nicht gefallen!»

«Dann gehören sie Ihnen», sagte sie. «Es ist ein Geschenk, das ich Ihnen mache. Nehmen Sie sie weg, Seecombe. Ich werde morgen früh an die Firma in London schreiben, daß wir sie behalten.»

Seecombe und John falteten die Stoffe zusammen und trugen sie aus dem Zimmer. Ich hatte das Gefühl, daß die Blicke meiner Cousine Rachel an mir hafteten, und um ihnen nicht standhalten zu müssen, zog ich die Pfeife aus der Tasche und zündete sie an. Das dauerte diesmal viel länger als sonst.

«Irgend etwas ist nicht in Ordnung», sagte sie. «Was ist es denn?»

Ich wußte nicht recht, wie ich ihr antworten sollte. Ich wollte sie doch nicht kränken.

«Sie sollten mir keine solchen Geschenke machen», sagte ich unbeholfen. «Das kostet Sie viel zuviel!»

«Aber es macht mir doch Freude! Sie haben so viel für mich getan! Und das ist im Verhältnis eine so kleine Gabe!»

Ihre Stimme klang weich und bittend, und als ich sie ansah, hatte sie einen Blick wie ein verwundetes Tier.

«Es ist sehr liebevoll von Ihnen», sagte ich, «aber ich glaube dennoch nicht, daß Sie es tun sollten.»

«Darüber lassen Sie mich urteilen! Und ich weiß, wenn das Zimmer erst einmal fertig ist, wird es Ihnen schon gefallen.»

Mir war unbehaglich zumute; nicht weil sie mir ein Geschenk machen wollte, was immerhin großzügig und ein schöner Gedanke von ihr war, ein Geschenk, das ich gestern noch ohne Zaudern angenommen hätte. Heute abend aber, seit ich den verwünschten Brief gelesen hatte, plagte mich die Vorstellung, daß das, was sie für mich tun wollte, irgendwie zu ihren eigenen Ungunsten ausschlagen würde; und wenn ich ihr nachgab, so gab ich in einer Sache nach, die ich nicht völlig durchschaute.

Eben sagte sie zu mir: «Dieses Gartenbuch wird uns hier bei unseren Plänen sehr nützlich sein. Ich hatte ganz vergessen, daß ich es Ambrose geschenkt hatte. Sie müssen die Stiche ansehen. Natürlich paßt nicht alles

113

für Cornwall, aber manches wird sich auch hier sehr gut durchführen lassen. Zum Beispiel ein terrassierter Weg, von dem aus man über die Felder auf das Meer schauen kann, und auf der andern Seite einen Teich mit Wasserpflanzen – wie ich ihn in einer Villa in Rom gesehen habe. Es ist ein Bild davon im Buch. Ich weiß genau, wo man ihn anlegen kann; dort, wo die alte Mauer gestanden hat.»

Ich wußte kaum, wie ich dazu kam, aber plötzlich fragte ich sie mit einer Unbefangenheit, hinter der sich ein gewisses Zielbewußtsein verbarg: «Haben Sie immer, seit Ihrer Geburt, in Italien gelebt?»

«Ja», sagte sie. «Hat Ambrose Ihnen das nie erzählt? Die Familie meiner Mutter stammt aus Rom, und mein Vater, Alexander Coryn, gehörte zu den Menschen, die sich nirgendwo seßhaft machen können. In England hat er es nicht ausgehalten; ich glaube, daß er sich mit seiner Familie hier in Cornwall nicht vertragen hat. Ihm sagte das Leben in Rom zu, und er und meine Mutter paßten gut zusammen. Aber sie hatten es schwer; immer ohne Geld, wissen Sie? Als Kind war ich daran gewöhnt, aber als ich größer war, wurde es sehr unbehaglich.»

«Sind Ihre Eltern tot?» fragte ich.

«Ja, längst! Mein Vater starb, als ich sechzehn war. Mutter und ich lebten fünf Jahre allein. Bis ich Cosimo Sangalletti heiratete. Fünf schreckliche Jahre waren es, immer unterwegs von Stadt zu Stadt, nicht immer gewiß, womit wir unsere nächste Mahlzeit bezahlen sollten. Nein, ich habe keine wohlbehütete Mädchenzeit gekannt, Philip. Erst letzten Sonntag dachte ich daran, wie anders doch Louise aufwächst!»

Sie war also einundzwanzig Jahre alt gewesen, als sie zum ersten Mal heiratete. Im gleichen Alter wie Louise. Wie mochten sie gelebt haben, sie und ihre Mutter, bevor sie Sangalletti kennenlernten? Vielleicht hatte sie Stunden gegeben, wie sie es ja auch hier im Sinn gehabt hatte. Vielleicht war sie dadurch auf diesen Gedanken gekommen.

«Meine Mutter war sehr schön», erzählte sie, «ganz anders als ich – bis auf den Teint. Groß, beinahe massig. Und wie viele Frauen dieses Typs ist sie plötzlich aus der Form gegangen, verlor ihre Schönheit, wurde unförmig dick und nachlässig. Ich war froh, daß mein Vater sie nicht mehr in dieser Verfassung sehen mußte. Ich war froh, daß er nicht mehr am Leben war und miterleben mußte, was sie oder auch ich alles zu tun gezwungen waren.»

Ihre Stimme klang sehr sachlich und einfach, sie sprach ohne jede Bitterkeit; aber als ich sie hier am Kamin in meiner Bibliothek sitzen sah, fiel mir ein, wie wenig ich im Grunde von ihr wußte und wie wenig ich von ihrer Vergangenheit je wissen würde. Sie nannte Louise wohlbehütet, und das war auch wahr. Und plötzlich kam mir in den Sinn, wie sehr das auch für mich selber galt. Da saß ich, vierundzwanzig Jahre alt, und von den herkömmlichen Schul- und Studienjahren in Harrow und Oxford abgesehen, kannte ich nichts von der Welt als meine eigenen fünfhundert Morgen Land. Wenn ein Mensch wie meine Cousine Rachel von Ort zu Ort wanderte, das eine Heim verließ, in ein anderes einzog und dann in ein drittes, wenn sie einmal, zweimal verheiratet war, wie mußte ihr da zumute sein? Schloß sie die Vergangenheit hinter sich zu wie eine Tür? Dachte sie nie mehr daran? Oder verfolgten ihre Erinnerungen sie von Tag zu Tag?

«War er viel älter als Sie?» fragte ich.

«Cosimo? Ach nein, ein Jahr ungefähr. Meine Mutter lernte ihn in Florenz kennen, sie hatte sich immer gewünscht, mit den Sangallettis bekannt zu werden. Beinahe ein Jahr dauerte es, bevor er zwischen meiner Mutter und mir gewählt hatte. Dann hat sie ihre Schönheit eingebüßt, die Arme, und ihn hat sie damit auch verloren. Der Handel, den ich einging, erwies sich als schwere Verpflichtung. Doch das alles muß Ambrose Ihnen wohl geschrieben haben. Es ist keine sehr erfreuliche Geschichte.»

Ich wollte gerade sagen: ‹Nein, Ambrose war viel zurückhaltender, als Sie je gewußt haben. Wenn ihn etwas kränkte, so tat er, als wäre es nicht vorhanden, als hätte es sich nie ereignet. Er hat mir nie etwas über Ihr Vorleben erzählt, nur daß Sangalletti im Duell gefallen ist.› Doch ich sagte nichts davon. Plötzlich wußte ich, daß ich auch gar nichts wissen wollte. Nichts von Sangalletti, noch von ihrer Mutter, noch von ihrem Leben in Florenz. Ich wollte diese Tür verschlossen halten und verriegelt.

«Ja», sagte ich, «ja, Ambrose hat mir das alles geschrieben.»

Sie seufzte und strich über das Kissen hinter ihrem Kopf.

«Ach ja – es scheint Ewigkeiten her zu sein. Das Mädchen dieser Jahre war ein ganz anderer Mensch. Beinahe zehn Jahre war ich mit Cosimo Sangalletti verheiratet. Ich möchte nicht wieder jung sein, und wenn man mir auch die ganze Welt dafür böte! Aber wahrscheinlich bin ich sehr voreingenommen.»

«Sie reden, als ob Sie neunundneunzig Jahre alt wären», sagte ich.

«Für eine Frau bin ich es auch beinahe«, erwiderte sie. «Ich bin fünfunddreißig.»

«Ach? Und ich hielt Sie für älter.»

«Für die meisten Frauen wäre das eine Kränkung, aber ich fasse es als Kompliment auf», sagte sie. «Vielen Dank, Philip.» Und dann, bevor ich Zeit hatte, eine Antwort zu finden, fuhr sie bereits fort: «Was war es denn für ein Stück Papier, das Sie heute früh ins Feuer geworfen haben?»

Die Plötzlichkeit des Angriffs traf mich unvorbereitet. Ich sah sie an und schluckte.

«Das Papier?» stotterte ich. «Was für ein Papier?»

«Sie wissen es ganz genau. Das Blatt Papier mit Ambroses Schrift, das Sie verbrannt haben, weil ich es nicht zu Gesicht bekommen sollte!»

Da kam ich zu der Erkenntnis, daß eine halbe Wahrheit besser war als eine Lüge. Obgleich ich die Röte in meine Wangen steigen spürte, hielt ich ihrem Blick stand.

«Es war ein Stück von einem Brief», sagte ich, «von einem Brief, den er mir schreiben wollte. Er war offenbar besorgt darüber, daß er allzu viel Geld ausgab. Es waren nur zwei oder drei Zeilen, ich erinnere mich nicht einmal genau, wie sie lauteten. Ich warf es ins Feuer, weil es Sie in diesem Augenblick sicher traurig gestimmt hätte.»

Zu meiner Überraschung, aber auch zu meiner Beruhigung lockerte sich die Spannung des Blicks, der sich so eindringlich auf mich geheftet hatte. Die Hände, die die Ringe umklammert hatten, sanken in den Schoß.

«War das alles?» fragte sie. «Ich hatte mir Gedanken darüber gemacht ... ich konnte nicht begreifen ...»

Dem Himmel sei Dank, sie gab sich mit meiner Erklärung zufrieden.

«Der arme Ambrose!» fuhr sie fort. «Was er als meine Verschwendungssucht bezeichnete, war eine Quelle ständiger Besorgnis für ihn; ich staune nur, daß Sie nicht mehr davon zu hören bekamen. Das Leben dort unten war so völlig anders als das Leben, das er hier gekannt hatte. Nie vermochte er sich damit abzufinden. Und dann − mein Gott, ich kann ihm keinen Vorwurf daraus machen − weiß ich, daß er im Grunde seines Herzens einen Abscheu gegen das Leben hatte, das ich führen mußte, bevor ich ihn kennenlernte. Diese schrecklichen Schulden hat er alle bezahlt.»

Ich schwieg, aber während ich sie beobachtete und meine Pfeife rauchte, wurde mir wohler zumute, und die Angst wich. Die halbe Wahrheit hatte sich als erfolgreich erwiesen, und meine Cousine Rachel sprach jetzt ganz zwanglos mit mir.

«Er war in jenen ersten Monaten so großherzig», sagte sie. «Sie können sich gar nicht vorstellen, Philip, was das für mich bedeutete; endlich ein Mensch, dem ich vertrauen durfte, und, was noch wunderbarer war, ein Mensch, den ich lieben konnte. Was ich auch auf Erden von ihm verlangt hätte, er hätte es mir gegeben. Und darum, als er krank wurde...» Sie brach ab, und ihre Augen trübten sich. «Darum war es so schwer zu begreifen, daß er sich derart verändern konnte.»

«Sie wollen damit sagen, daß er nicht mehr großzügig gewesen ist?»

«Doch, er war großzügig», erwiderte sie, «aber nicht auf die gleiche Art. Er kaufte mir alles mögliche, fast als wollte er mich irgendwie auf die Probe stellen; ich kann es nicht recht erklären. Aber wenn ich für den Haushalt Geld brauchte, für das oder jenes, was wir haben mußten, dann verweigerte er es mir. Dann sah er mich mit seltsam argwöhnischen Blicken an; er fragte mich, wozu ich das Geld brauchte, wie ich es verwenden, wem ich es geben wolle. Am Ende mußte ich zu Rainaldi gehen, ja, Philip, ich mußte Rainaldi um Geld bitten, wenn ich den Dienstleuten ihre Löhne auszuzahlen hatte!»

Sie brach ab und sah mich an.

«Hat Ambrose gemerkt, daß Sie das getan haben?»

«Ja. Er hatte nie viel für Rainaldi übrig, das habe ich Ihnen wohl schon erzählt. Aber als er erfuhr, daß ich mir bei Rainaldi Geld borgte... das war das Ende, er duldete nicht mehr, daß Rainaldi in die Villa kam. Sie werden es kaum glauben, Philip, aber ich mußte heimlich ausgehen, wenn Ambrose seine Siesta hielt, und mich mit Rainaldi treffen, um das Geld für den Haushalt zu beschaffen.» Plötzlich hob sie die Hände und stand auf.

«Ach Gott! Ich hatte wirklich nicht vorgehabt, Ihnen all das zu erzählen!»

Sie trat ans Fenster, zog den Vorhang zur Seite und blickte in den Regen hinaus.

«Warum nicht?» fragte ich.

«Weil Sie ihn in Erinnerung behalten sollen, wie Sie ihn gekannt haben. Sie haben sein Bild, wie er hier im Haus gewesen ist. Dabei möge es bleiben! Damals war er Ihr Ambrose. Die letzten Monate waren mein, und niemand soll sie mit mir teilen. Sie zuletzt!»

Ich wollte sie auch gar nicht mit ihr teilen. Ich wollte, daß sie alle Türen schloß, die zur Vergangenheit führten, eine nach der andern.

116

«Sie wissen, was geschehen ist?» fragte sie, wandte sich um und sah mich an. «Wir hatten unrecht, als wir die Koffer dort oben öffneten. Hätten wir sie lieber stehen lassen! Es war unrecht, an diese Dinge zu rühren. Das spürte ich im Augenblick, als ich den Koffer öffnete und seinen Schlafrock und seine Pantoffeln sah. Wir haben etwas entfesselt, was früher nicht zwischen uns war. Bitterkeit.» Sie war sehr blaß geworden. Sie rang die Hände. «Ich habe die Briefe nicht vergessen, die Sie ins Feuer geworfen und verbrannt haben. Ich habe den Gedanken an sie wohl verdrängt; doch heute, als wir den Koffer öffneten, war es so, als läse ich sie abermals.»

Ich stand auf und trat an den Kamin. Ich wußte nicht, was ich ihr sagen sollte, während sie im Zimmer auf und ab ging.

«In seinem Brief sagte er, ich überwachte ihn. Ja, gewiß habe ich ihn überwacht, aber um ihn vor Schaden zu bewahren. Rainaldi wollte, ich solle die Nonnen aus dem Kloster rufen, damit sie mir bei der Pflege behilflich wären, aber das wollte ich nicht; hätte ich das getan, so hätte Ambrose gesagt, sie seien Spitzel, die ich bestellt hätte, um ihn auszuspionieren. Er hatte zu keinem Menschen Vertrauen. Die Ärzte waren brave, geduldige Leute, aber meistens wollte er sie gar nicht vorlassen. Auf seinen Wunsch mußte ich alle Dienstleute entlassen. Am Ende blieb nur noch Giuseppe im Haus. Zu ihm allein hatte er wirklich Vertrauen. Von ihm sagte er, Giuseppe habe treue Hundeaugen . . .»

Wieder unterbrach sie sich und wandte sich ab. Ich dachte an den Diener im Pförtnerhaus am Tor der Villa, der mir einen Schmerz ersparen wollte. Seltsam, daß auch Ambrose an diese redlichen, treuen Augen geglaubt hatte. Und ich hatte den Mann doch nur ein einziges Mal gesehen!

«Es ist überflüssig, von all dem jetzt zu sprechen», sagte ich. «Ambrose nützt es nichts, und Sie kann es nur quälen. Und was mich betrifft – die Vorgänge zwischen Ihnen und ihm gehen mich nichts an. Das alles ist vorüber und vergessen. Die Villa war nicht sein Heim. Und nachdem Sie Ambrose geheiratet hatten, war sie auch nicht mehr Ihr Heim! Ihr Heim ist hier!»

Sie drehte sich um und sah mich lange an. «Manchmal», sagte sie langsam, «gleichen Sie ihm so sehr, daß ich Angst habe. Ich sehe, wie Ihre Augen sich mit dem gleichen Ausdruck auf mich richten; und es ist, als ob er überhaupt nicht gestorben wäre, und alles, was einmal erduldet wurde, müsse noch ein zweites Mal erduldet werden. Aber ich könnte es nicht noch einmal ertragen, nicht diesen Argwohn, nicht diese Bitterkeit, die kein Ende nehmen wollten, Tag um Tag, Nacht um Nacht.»

Während sie sprach, sah ich die Villa Sangalletti klar vor mir. Ich sah den kleinen Hof, den Goldregen, wie er im Frühling ausgesehen hatte mit seinen gelben Blüten. Ich sah den Stuhl, auf dem Ambrose zu sitzen pflegte, und daneben seinen Stock. Ich spürte das ganze düstere Schweigen des Ortes, ich roch die Moderluft, ich beobachtete den Springbrunnen. Und zum erstenmal war die Frau, die vom Balkon herunterschaute, kein Spiel meiner Phantasie, sondern Rachel selber. Sie sah Ambrose mit dem gleichen bittenden Blick an, dem leidenden, flehenden Blick. Und plötzlich fühlte ich mich sehr alt und sehr klug und von einer neuen Kraft erfüllt, die ich nicht begriff. Ich streckte ihr meine Hände entgegen.

«Rachel», sagte ich. «Kommen Sie her!»

117

Sie ging durch das Zimmer und legte ihre Hände in meine Hände.
«In diesem Hause gibt es kein Gefühl der Bitterkeit», erklärte ich.
«Dieses Haus ist mein. Alle Bitterkeit verschwindet mit den Menschen, wenn
sie sterben. Die Kleidungsstücke sind nun verpackt und weggelegt. Mit
uns beiden haben sie nichts mehr zu tun. Von jetzt an sollen Sie sich an
Ambrose nur so erinnern, wie ich mich an ihn erinnere. Wir wollen seinen
alten Hut hier an dem Haken in der Halle hängenlassen. Und den Stock
zu den andern Stöcken in den Ständer stellen. Sie gehören jetzt hierher, wie
er hierher gehört hat, wie ich hierher gehöre. Wir drei sind sozusagen
Bestandteile dieses Hauses. Verstehen Sie?»
Sie sah zu mir auf. Sie entzog mir ihre Hände nicht.
«Ja», sagte sie.
Ich fühlte mich seltsam bewegt, als ob alles, was ich tat und sagte, für
mich geplant und festgelegt worden wäre, während gleichzeitig eine leise
Stimme in einer dunklen Zelle in mir flüsterte: ‹Dieser Augenblick wird nie
zurückkehren... nie... nie...› Noch immer hielten wir uns bei den
Händen, und dann sagte sie: «Warum sind Sie so gut zu mir, Philip?»
Ich dachte daran, wie sie an jenem Morgen, als sie weinte, ihren Kopf
an meine Brust gelegt hatte. Ich hatte sekundenlang meine Arme um sie
geschlungen und mein Gesicht an ihr Haar gepreßt. Wie sehnte ich mich
danach, das alles jetzt noch einmal zu erleben. Nie hatte ich mich so sehr
nach etwas gesehnt. Doch heute abend weinte sie nicht. Heute abend legte
sie ihren Kopf nicht an mein Herz. Sie stand nur vor mir und hielt meine
Hände.
«Ich bin nicht gut zu Ihnen», sagte ich. «Ich möchte nur, daß Sie glücklich
sind.»
Sie löste sich von mir, griff nach ihrem Kerzenhalter, und bevor sie das
Zimmer verließ, sagte sie zu mir: «Gute Nacht, Philip, und Gott segne Sie.
Mögen Sie eines Tages etwas von dem Glück kennenlernen, das ich einst
gekannt habe.»
Ich hörte sie die Treppe hinaufgehen, setzte mich und starrte in das
Kaminfeuer. Wenn noch irgendeine Bitterkeit im Hause übrig war, so kam
sie, wie mir schien, nicht von ihr noch von Ambrose, sondern war ein Same,
der tief in meinem eigenen Herzen saß; doch davon wollte ich ihr nie etwas
sagen, und sie sollte es nie erfahren. Die alte Sünde der Eifersucht, dachte
ich, begraben und vergessen, war jetzt wieder in mir erwacht. Doch
diesmal war ich nicht auf Rachel eifersüchtig, sondern auf Ambrose, der
mir bisher der teuerste Mensch auf der ganzen Welt gewesen war.

XVI

November und Dezember vergingen sehr rasch; so wenigstens schien es mir.
Sonst, wenn die Tage kürzer wurden und das Wetter schlechter, wenn draußen wenig zu tun war und es um halb fünf dunkelte, hatte ich die langen
Abende im Haus eintönig gefunden. Ich war kein großer Leser, ich war ungesellig und machte mir nichts daraus, mit den Nachbarn auf die Jagd zu
gehen oder bei ihnen zu speisen; ich sehnte mich nur nach dem Jahres-

wechsel, wenn um Weihnachten der kürzeste Tag vorbei war und ich mich wieder auf den Frühling freuen konnte. Und im Westen kommt der Frühling sehr bald. Noch vor dem Neujahrstag sind die ersten Kätzchen an den Sträuchern zu sehen. Doch diesmal verging der Winter durchaus nicht eintönig. Die Blätter fielen, die Bäume waren kahl, die Felder lagen braun und vom Regen durchtränkt da, während ein frostiger Wind über das Meer strich und es grau färbte. Aber ich konnte das alles ohne jede Verzagtheit betrachten.

Wir richteten unser Leben nach einer Zeiteinteilung ein, meine Cousine Rachel und ich, und daran hielten wir im allgemeinen fest, weil es uns so behagte. Wenn das Wetter es erlaubte, war sie draußen und leitete die Arbeiten der Gärtner oder beobachtete die Fortschritte an dem terrassierten Weg, zu dem wir uns entschlossen hatten und der es notwendig machte, zusätzliche Arbeitskräfte einzustellen. Ich wiederum besorgte die Gutsgeschäfte wie gewöhnlich, ritt zu den Farmen oder in den Nachbardistrikt, wo ich auch Ländereien besaß. Um halb eins trafen wir uns zu einer kurzen Mahlzeit, meist nur kalte Gerichte, Schinken, Pastete und Kuchen. Es war die Stunde, da die Dienstleute aßen, und so bedienten wir uns selber. Vorher bekam ich sie nicht zu Gesicht, denn sie frühstückte immer oben in ihrem Zimmer.

Wenn ich draußen auf dem Gut war oder in meinem Büro und die Glocke vom Turm zwölf schlagen hörte, der in kurzem Abstand die Glocke im Haus folgte, die unsere Dienstleute zum Essen rief, dann wurde ich mir einer wachsenden Erregung bewußt; es war mir, als ob mein Herz sich höbe.

Mit einem Mal verlor das, womit ich gerade beschäftigt war, jedes Interesse für mich. Wenn ich durch den Park oder in den Wäldern oder über die Äcker ritt und der Klang der Turmuhr und der Glocke im Haus an mein Ohr drang — denn ihr Ton reichte weit, und bei günstigem Wind hatte ich ihn schon auf drei Meilen Entfernung gehört —, dann wandte ich Gipsys Kopf ungeduldig heimwärts, als fürchtete ich, jeder weitere Verzug werde mich eine Minute von der Mittagsstunde kosten. Und in meinem Büro war es nicht anders. Ich starrte die Papiere auf dem Schreibtisch vor mir an, biß in den Federkiel und schob den Stuhl zurück; und was ich geschrieben hatte, verlor im Nu jede Wichtigkeit. Der Brief konnte warten, die Zahlen brauchten nicht addiert zu werden, über die Angelegenheit, deretwegen man mir aus Bodmin schrieb, konnte ich später einen Entschluß fassen; alles konnte liegenbleiben, ich schloß die Türe hinter mir, ging über den Hof, ins Haus und in das Eßzimmer.

Im allgemeinen war sie schon vor mir da, um mich zu begrüßen und mir guten Morgen zu wünschen. Häufig hatte sie ein Zweiglein neben meinen Teller gelegt, gewissermaßen eine kleine Opfergabe, die ich dann in mein Knopfloch steckte; oder ich mußte einen neuen Likör kosten, eines jener Getränke, die sie aus Pflanzen zu brauen wußte; sie schien hundert Rezepte zu haben, und alle mußte der Koch ausprobieren. Sie war bereits mehrere Wochen im Haus, bevor Seecombe mir unter dem Siegel der tiefsten Verschwiegenheit mitteilte, daß der Koch sich jeden Morgen bei ihr die Weisungen holen mußte; und darum sei auch das Essen derzeit so gut.

«Die Herrin», sagte Seecombe, «wünscht nicht, daß Mr. Ashley etwas davon weiß; er könnte es für eine unbefugte Einmischung halten.»

Ich lachte und sagte ihr nicht, daß ich etwas wußte; aber manchmal, zum

Scherz, machte ich bei Tisch eine Bemerkung über diese oder jene Speise und rief: «Ich weiß gar nicht, was in der Küche los ist! Unsere Burschen entwickeln sich ja zu französischen Küchenchefs!» Und dann erwiderte sie in aller Unschuld: «Schmeckt es Ihnen? Ist es besser als früher?»

Jetzt nannten alle sie ‹die Herrin›, und ich hatte nichts dagegen. Ich glaube sogar, daß es mir gefiel und in mir einen gewissen Stolz weckte.

Nach dem Mittagessen ging sie hinauf, um sich ein wenig auszuruhen, oder an Dienstagen oder Donnerstagen ließ ich auch den Wagen anspannen, und Wellington fuhr sie zu den Nachbarn, denn sie mußte doch die Besuche erwidern, die man ihr machte. Manchmal, wenn ich in derselben Gegend zu tun hatte, fuhr ich eine Meile mit ihr, stieg dann aus und ließ sie allein weiterfahren. Wenn sie Besuche machte, zog sie sich mit besonderer Sorgfalt an. Den besten Mantel, das neue Häubchen, den neuen Schleier. Ich saß mit dem Rücken zu den Pferden, ihr gegenüber, um sie ansehen zu können; und wahrscheinlich um mich zu necken, hob sie den Schleier nicht.

«Und nun geht's zum Klatsch», sagte ich, «zu Ihren kleinen Skandälchen. Ich gäbe viel darum, wenn ich eine Fliege an der Wand sein könnte.»

«Kommen Sie doch mit», sagte sie, «das täte Ihnen sehr gut!»

«Um keinen Preis der Welt! Sie können mir das alles ja beim Abendessen erzählen.»

Und ich blieb noch auf der Straße stehen, sah den Wagen weiterrollen, während aus dem Fenster der Zipfel eines Taschentuchs mir zuwinkte. Dann sah ich sie erst um fünf Uhr beim Abendessen wieder, und die Stunden dazwischen mußten eben, des Abends wegen, irgendwie überstanden werden. Ob ich nun in Geschäften draußen war oder auf dem Gut oder mit Leuten sprach, ich hatte beständig mit einer Ungeduld zu kämpfen, einer Hast. Wie spät war es denn? Ich schaute auf Ambroses Uhr. Erst halb fünf? Wie die Stunden sich schleppten! Und wenn ich an den Ställen vorbei heimkam, wußte ich sogleich, ob sie schon da war, denn dann sah ich den Wagen im Schuppen, und die Pferde wurden gefüttert und getränkt. Ich trat ins Haus, ging in die Bibliothek, in den Salon, fand beide leer und wußte, daß sie oben war und sich ausruhte. Vor dem Abendessen ruhte sie sich immer aus. Dann nahm ich ein Bad oder wusch mich, wechselte die Kleidung, ging wieder in die Bibliothek und wartete auf sie. Meine Ungeduld wuchs, wenn die Zeiger sich der fünften Stunde näherten.

Zuerst hörte ich die Hunde über die Stufen stapfen – mich vernachlässigten sie völlig, ihr dagegen folgten sie wie Schatten – und dann das Rascheln ihres Kleides. Das war mir der liebste Augenblick des Tages. In diesem Geräusch war etwas, das so viel Erwartung, so viel Vorfreude in mir weckte, daß ich kaum wußte, was ich tun, was ich sagen sollte, wenn sie in das Zimmer trat. Lag es an dem Stoff, aus dem ihre Kleider gemacht waren, an der steifen Seide, am Satin, am Brokat: sie schienen über den Boden zu schweben; und ob es die Kleider waren oder sie, die sie trug und sich mit solcher Anmut bewegte, jedenfalls war die Bibliothek, die bis dahin dunkel und nüchtern gewirkt hatte, auf einmal von Licht durchflutet.

Das Kerzenlicht verlieh ihrer Persönlichkeit eine besondere Weichheit, die tagsüber nicht vorhanden war. Es war, als ob die Helligkeit des Morgens und die stumpfen Schatten des Nachmittags der Arbeit gehörten, der Tätigkeit, und damit allen Gesten eine gewisse kühle Bestimmtheit verliehen; und jetzt, wenn es dämmerte, die Läden geschlossen wurden, das Wetter aus unserem Bewußtsein verdrängt wurde und das Haus in sich abgeschlossen dalag, da war sie wie von einem Kranz von Strahlen umflossen, die bis zu dieser Stunde in ihr verborgen gewesen waren. Ihre Wangen, ihr Haar hatten stärkere Farben, ihre Augen waren tiefer, und ob sie nun den Kopf wandte, um zu sprechen, oder an ein Regal trat, um ein Buch zu nehmen, oder sich bückte, um Don zu streicheln, immer war eine lässige Anmut in allem, was sie tat, und so hatte jede ihrer Gesten einen eigentümlichen Zauber. In solchen Augenblicken fragte ich mich, wie ich sie je als unscheinbar hatte bezeichnen können.

Seecombe meldete, daß das Essen bereit war, und wir gingen ins Eßzimmer und setzten uns zu Tisch. Ich am oberen Ende und sie zu meiner Rechten, und ich hatte den Eindruck, als ob es immer so gewesen sei, nichts Neues, nichts Befremdendes, und als ob ich nie allein in meiner alten Jacke am Tisch gesessen hätte, ein Buch vor mir aufgestellt, damit ich mich nicht mit Seecombe unterhalten mußte. Doch wäre es immer so gewesen, dann hätte diese Stunde nicht jenen belebenden Reiz auf mich ausgeübt, als ob das alltägliche Geschäft des Essens und Trinkens in gewissem Sinn zu einem Abenteuer geworden wäre.

Diese Erregung wich auch im Verlauf der Wochen nicht, im Gegenteil, sie wuchs, so daß ich manchmal einen Vorwand suchte, den Mittags- und Abendstunden noch verstohlen fünf Minuten hinzuzufügen.

Sie war vielleicht gerade in der Bibliothek oder ging durch die Halle oder wartete im Salon auf Besuche, und dann lächelte sie mir zu und sagte erstaunt: «Philip, was bringt Sie denn zu dieser Stunde hierher?» Und ich mußte eine Ausflucht ersinnen. Und die Gärten! Früher hatte ich gegähnt, wenn Ambrose versuchte, mich für sie zu interessieren; jetzt aber machte ich es mir zur Regel, anwesend zu sein, wenn irgendein Beschluß über die Anpflanzungen oder über den neuen Weg gefaßt wurde, und abends, nach dem Essen, besahen wir miteinander ihre italienischen Bücher, verglichen die Illustrationen und erörterten mit großem Eifer, was sich hier bei uns nachmachen ließe. Wenn sie vorgeschlagen hätte, auf den Feldern von Barton das Forum Romanum zu errichten, so wäre ich vollkommen ihrer Meinung gewesen. Ich sagte ‹ja› und ‹nein› und ‹sehr schön› und schüttelte den Kopf, aber ich hörte nie wirklich zu. Mir machte es vor allem Vergnügen, ihr Interesse an den Dingen zu beobachten, ihr zuzusehen, wie sie nachdenklich zwischen zwei Plänen schwankte, die Brauen zusammenzog, die Seite notierte, wie ihre Hände von einem Band zum andern griffen.

Nicht immer saßen wir unten in der Bibliothek. Manchmal forderte sie mich auf, mit ihr hinaufzugehen, in Tante Phoebes Boudoir, und dann breiteten wir Bücher und Gartenpläne auf dem Boden aus. In der Bibliothek unten war ich der Hausherr, aber hier, in ihrem Boudoir, war sie die Hausfrau, und ich weiß nicht, ob mir das nicht besser zusagte. Die Förmlichkeit wich. Seecombe behelligte uns nicht – mit einem hohen Maß an Takt hatte sie ihn dazu gebracht, auf die Feierlichkeit des silberbeladenen Teetabletts zu verzichten –, und statt dessen braute sie uns einen Kräutertee; das, sagte sie, sei eine kontinentale Sitte und viel besser für Augen und Teint.

Diese Stunden nach dem Abendessen vergingen nur allzu schnell, und ich hoffte immer, sie würde vergessen, nach der Zeit zu fragen, aber die unselige Uhr auf dem Turm, die viel zu nahe über unseren Köpfen war, als daß wir überhören konnten, wenn sie die zehnte Stunde schlug, erschütterte allabendlich unseren Frieden.

«Ich ahnte gar nicht, daß es schon so spät ist», sagte meine Cousine Rachel dann, stand auf und klappte die Bücher zu. Ich wußte, daß ich nun entlassen war. Selbst der Versuch, sich noch einige Zeit im Gespräch bei der Tür aufzuhalten, wollte bei ihr nicht verfangen. Es hatte zehn geschlagen, ich mußte gehen. Manchmal reichte sie mir die Hand zum Kuß. Manchmal durfte ich auch ihre Wange küssen. Manchmal klopfte sie mir auf die Schulter, wie sie es auch einem kleinen Hund tun mochte. Nie wieder trat sie ganz nahe an mich heran oder nahm mein Gesicht zwischen ihre Hände, wie sie es an jenem Abend getan hatte, als sie im Bett lag. Ich wartete nicht darauf, ich erhoffte es auch nicht; aber wenn ich ihr gute Nacht gesagt hatte, durch den Korridor in mein Zimmer ging, die Läden öffnete, in den stillen Garten hinunterblickte und das ferne Murmeln des Meeres hörte, das sich in der kleinen Bucht hinter den Wäldern an den Klippen brach, da fühlte ich mich so merkwürdig einsam wie ein Kind, wenn der Sonntag vorüber ist.

Und so schwankte ich wie ein Wetterglas von Hochgefühl und Überschwang in tiefste Abgestumpftheit und Bedrückung, wenn ich mich, im Gedanken daran, daß sie nur kurze Zeit zu bleiben gemeint hatte, fragte, wie lange sie nun noch bleiben werde. Ob sie nach Weihnachten vor mich treten und sagen würde: ‹Nun, Philip, nächste Woche fahre ich nach London.› Unter dem Zwang des schlechten Wetters hatten alle Gartenarbeiten eingestellt werden müssen, und vor dem Frühjahr konnte kaum noch etwas getan werden. Die Terrasse konnte man wohl vollenden, denn dafür war das trockene Wetter geeignet, aber da ein genauer Plan vorlag, vermochten die Arbeiter das sehr wohl auch ohne ihre Aufsicht auszuführen. Jeden Tag mußte ich darauf gefaßt sein, daß sie sich entschloß abzureisen, und ich hatte keinen Vorwand, sie zurückzuhalten.

In früheren Zeiten, wenn Ambrose daheim war, veranstaltete er am Weihnachtsabend ein Festessen für die Pächter. Ich hatte das in den letzten Wintern seiner Abwesenheit versäumt, denn er pflegte es nach seiner Rückkehr nachzuholen, und zwar am Johannistag. Jetzt aber beschloß ich, die alte Sitte wieder einzuführen, und wenn auch nur aus dem Grund, weil Rachel da war.

Als ich ein Kind war, bildete das den Höhepunkt meiner Weihnachtsfreuden. Die Leute brachten immer eine Woche vor dem Weihnachtsabend einen hohen Tannenbaum und stellten ihn in den langen Raum über dem Wagenschuppen auf, wo wir das Fest feierten. Ich durfte natürlich nichts davon wissen; doch wenn niemand in der Nähe war, zumeist um Mittag, sobald die Dienstleute beim Essen waren, schlich ich um das Haus und stieg die Treppe zu dem langen Raum hinauf, wo ich den hohen Baum in einem Eimer stehen sah, und an den Wänden waren bereits die langen Tischplatten und die Gestelle bereit. Ich half nie beim Schmücken des Baums mit; erst bei meinen ersten Ferien in Harrow wurde ich zugelassen, und das war eine gewaltige Auszeichnung. Nie hatte ich mich so stolz gefühlt. Als kleiner Junge hatte ich neben

122

Ambrose am Mitteltisch gesessen, doch von nun an saß ich selber am Kopfende eines Tisches.

Jetzt erteilte ich den Holzfällern meine Aufträge und ritt auch selber in den Wald, um den Baum auszusuchen. Rachel war ganz entzückt. Keine Festlichkeit hätte ihr mehr Freude machen können. Sie hielt lange Beratungen mit Seecombe und dem Koch ab, sie inspizierte die Speisekammer, die Vorratsräume und die Kammer, wo das Wildbret aufbewahrt wurde; sie setzte sogar bei meiner männlichen Dienerschaft durch, daß sie zwei Mädchen von der Barton-Farm kommen lassen konnte, die unter ihrer Aufsicht französisches Backwerk herstellen sollten. Es herrschte größte Aufregung und auch ein gewisses Mysterium; denn ich wollte, daß sie den Baum nicht vor dem Abend zu Gesicht bekam, und sie wiederum bestand darauf, daß ich nicht wissen dürfe, was sie uns am Abend vorsetzen werde.

Pakete kamen für sie an und wurden sofort in ihre Zimmer gebracht. Wenn ich an die Tür ihres Boudoirs klopfte, so hörte ich Papier knistern, und dann, wie mich dünkte, eine Ewigkeit später, antwortete ihre Stimme: «Herein!» Und sie kniete auf dem Boden, ihre Augen leuchteten, ihre Wangen waren gerötet, eine Decke war über verschiedene Gegenstände gebreitet, die auf dem Teppich lagen, und ich durfte nichts sehen.

Ich fühlte mich in meine Kinderzeit zurückversetzt, da ich im Nachthemd auf den Stufen stand und das Stimmengemurmel von unten hörte, und dann kam Ambrose plötzlich aus der Bibliothek, lachte und rief: «Marsch ins Bett, du Lump! Sonst zieh ich dir die Haut vom Leibe!»

Eines machte mir Sorgen. Was konnte ich Rachel schenken? Ich ritt eines Tages nach Truro und stöberte in den Buchhandlungen, um ein Buch über den Gartenbau zu finden, doch umsonst. Und überdies waren die Bücher, die sie aus Italien mitgebracht hatte, viel schöner als alle, die ich hier kaufen konnte. Ich hatte keine Ahnung, welches Geschenk einer Frau Freude bereiten würde. Mein Pate pflegte, wenn er Louise etwas schenken wollte, Stoff für ein Kleid zu kaufen, aber Rachel trug noch Trauer. Und Trauerstoffe konnte ich ihr doch nicht geben. Einmal, daran erinnerte ich mich, hatte Louise sich sehr über ein Medaillon gefreut, das er ihr aus London mitbrachte. Sie trug es immer, wenn sie sonntags zum Abendessen zu uns kam. Und da kam mir der rettende Gedanke.

Es mußte doch unter dem Familienschmuck etwas geben, das ich Rachel schenken könnte. Die Schmuckstücke wurden nicht im Haus aufbewahrt, wo die Dokumente der Familie Ashley lagen, sondern sie waren bei der Bank in Verwahrung. Ambrose hatte das wegen einer möglichen Feuersbrunst so angeordnet. Ich wußte nicht, woraus der Familienschmuck eigentlich bestand. Ich hatte nur eine dunkle Erinnerung an einen Tag in meiner frühesten Jugend, als Ambrose in die Bank gegangen war. Er hatte mir ein Halsband gezeigt und lächelnd erzählt, es habe unserer Großmutter gehört, und meine Mutter habe es an ihrem Hochzeitstag getragen, doch nur an diesem Tag, denn da mein Vater kein unmittelbarer Erbe war, hatte man es ihm nur geliehen; aber eines Tages, wenn ich brav wäre, sagte Ambrose, dürfte ich es meiner Frau schenken. Jetzt kam mir zu Bewußtsein, daß alles, was in der Bank lag, mir gehörte. Oder doch in drei Monaten mir gehören würde; aber das war ja nur eine Formalität!

Mein Pate wußte bestimmt, was an Schmuck vorhanden war, aber er war geschäftlich nach Exeter gefahren und kam nicht vor Weihnachten zurück. Er und Louise waren ja bei uns zum Abendessen eingeladen. So beschloß ich denn, selber auf die Bank zu gehen und mir den Schmuck zeigen zu lassen.

Mr. Couch empfing mich mit seiner gewohnten Höflichkeit, führte mich in sein Privatzimmer, und ich brachte mein Anliegen vor.

«Ich darf wohl annehmen, daß Mr. Kendall keinen Einwand erheben würde?» fragte er.

«Natürlich nicht», sagte ich. «Er ist damit einverstanden.»

Das entsprach zwar nicht der Wahrheit, aber es war doch lächerlich, daß ich mit vierundzwanzig Jahren, wenige Monate vor meinem Geburtstag, wegen jeder Nichtigkeit meinen Paten um Erlaubnis fragen sollte. Und es reizte mich auch.

Mr. Couch ließ die Schmuckstücke aus dem Tresorraum holen. Da gab es Ringe, Armbänder, Ohrringe, Broschen; und viele Stücke gehörten zusammen, wie zum Beispiel ein Diadem aus Rubinen, zu dem Ohrringe mit Rubinen paßten; ebenso gab es ein Armband mit Saphiren und dazu passend Anhänger und Ring. Zu meiner Enttäuschung fiel mir ein, daß Rachel in Trauer war und keine farbigen Steine trug.

Dann aber öffnete Mr. Couch die letzte Schachtel und zog ein Perlencollier hervor. Es waren vier Reihen Perlen, die mit einer einzigen Diamantschließe verbunden waren und sich wie ein Band um den Hals legten. Ich erkannte sie auf der Stelle. Es war das Collier, das Ambrose mir gezeigt hatte, als ich noch ein Kind war.

«Das gefällt mir», sagte ich. «Es ist das schönste Stück von allen. Ich erinnere mich, daß mein Cousin Ambrose es mir gezeigt hat.»

«Da kann man verschiedener Ansicht sein», meinte Mr. Couch. «Ich persönlich würde die Rubine höher schätzen. Aber an das Perlencollier heften sich Familienerinnerungen. Ihre Großmutter, Mrs. Ambrose Ashley, trug es, als sie bei Hof vorgestellt wurde. Dann bekam es Ihre Tante, Mrs. Philip, als das Gut auf Ihren Onkel überging. Verschiedene Damen der Familie haben es an ihrem Hochzeitstag getragen. Auch Ihre Mutter war darunter; sie dürfte die letzte gewesen sein, die es getragen hat. Ihr Cousin würde nie erlaubt haben, daß es anderswo als hier bei Hochzeiten getragen wird.» Er hielt das Collier in der Hand, und durch das Fenster fiel das Licht auf die glatten, runden Perlen.

«Ja», sagte er, «es ist ein schönes Stück. Und seit fünfundzwanzig Jahren hat es keine Frau mehr getragen. Ich war bei der Hochzeit Ihrer Mutter. Sie war eine schöne Frau; es kleidete sie gut.»

Ich streckte die Hand aus und nahm das Collier.

«Schön», sagte ich, «und nun möchte ich es haben.» Ich legte das Collier samt seiner Schutzhülle in die Schachtel. Mr. Couch war sichtlich bestürzt.

«Ich weiß nicht, ob das klug ist, Mr. Ashley», sagte er. «Wenn es verlorengeht, wäre das eine böse Geschichte.»

«Es wird nicht verlorengehen», sagte ich kurz.

Er sah nicht sehr beruhigt drein, und ich beeilte mich, weiteren Auseinandersetzungen zu entgehen, bevor er stärkere Argumente vorbrachte.

«Wenn Sie darum besorgt sind, was mein Vormund sagen könnte»,

124

beruhigte ich ihn, «so ist das ganz überflüssig. Sobald er aus Exeter zurückkommt, werde ich die Sache mit ihm ins reine bringen.»

«Das hoffe ich; aber es wäre mir dennoch lieber gewesen, wenn er seine
Zustimmung selber gegeben hätte. Im April natürlich, sobald Sie in den recht-
mäßigen Besitz Ihres Erbes gelangen, wäre es für mich ganz in Ordnung,
wenn Sie auch den gesamten Familienschmuck nehmen und damit nach
Belieben verfahren würden. Ich würde Ihnen solch einen Schritt wohl nicht
empfehlen, aber gesetzlich ließe sich nichts dagegen einwenden.»

Ich streckte ihm meine Hand entgegen, wünschte ihm fröhliche Weihnachten und ritt in bester Stimmung heim. Wenn ich das ganze Land durch-
forscht hätte, wäre es mir nicht möglich gewesen, ein passenderes Geschenk
für sie zu finden. Ein Glück, daß Perlen weiß sind. Und es stellte ein Band
dar, daß die letzte Frau, die das Collier getragen hatte, meine Mutter gewesen
war. Das würde ich ihr auch sagen. Jetzt konnte ich dem Weihnachtsabend
mit leichterem Herzen entgegensehen.

Zwei Tage warten... Das Wetter war gut, die Kälte erträglich, und man
durfte auf einen klaren, trockenen Abend hoffen. Die Dienstleute waren sehr
aufgeregt, und am Morgen des letzten Tags, nachdem Tische und Bänke aufgestellt worden waren, Teller, Messer und Gabeln an ihren Plätzen lagen und
immergrüne Zweige von den Deckbalken hingen, bat ich Seecombe und die
Burschen, mir beim Schmücken des Weihnachtsbaums zu helfen. Seecombe
übernahm das Amt des Zeremonienmeisters. Er trat ein wenig beiseite, um
einen besseren Überblick zu haben, und während wir den Baum dahin und
dorthin wendeten und drehten und einen Zweig nach dem anderen hoben,
um Tannenzapfen und Stechpalmenbeeren anzuhängen, schwenkte er seine
Arme wie ein Kapellmeister.

«Dieser Winkel dort gefällt mir nicht sehr, Mr. Philip», sagte er. «Der
Baum würde sich vorteilhafter machen, wenn er ein wenig nach links geschoben würde. Halt... zu weit... so, jetzt ist's besser. John, der vierte Zweig
rechts senkt sich zu stark. Heb ihn ein wenig. Achtung... du packst ihn ja,
wie wenn er aus Eisen wäre! Arthur... die Zweige besser ausbreiten...
der Baum muß aussehen, als ob er von der Natur hierhergestellt worden
wäre. Zertritt die Beeren nicht, Jim. So, Mr. Philip, lassen Sie ihn jetzt, wie
er ist. Noch die kleinste Verschiebung, und die ganze Wirkung ist verdorben!»

Ich hätte nie geglaubt, daß er so viel künstlerischen Sinn besäße.

Er trat zurück, die Hände unter den Schößen seines Rocks, die Augen bis auf
einen Spalt geschlossen. «Mr. Philip», sagte er zu mir, «jetzt haben wir die
wahre Vollendung erreicht!» Ich sah, wie John seinem Kameraden Arthur
einen Stoß in die Rippen versetzte und sich abwandte.

Das Abendessen sollte um fünf beginnen. Kendalls und Pascoes waren die
einzigen ‹Wagengäste›, wie der landesübliche Ausdruck lautete. Die übrigen
würden mit den verschiedensten Fahrzeugen ankommen, manche auch zu
Fuß, wenn sie nicht allzu weit wohnten. Ich hatte alle Namen auf kleine
Karten geschrieben, die ich auf die Teller legte. Wer gar nicht oder nur mühsam lesen konnte, war eben auf seinen Nachbarn angewiesen. Es gab drei
Tische. An dem einen präsidierte ich, und mir gegenüber saß Rachel. Am
zweiten saß Billy Rowe von der Barton-Farm obenan und am dritten Peter
Johns von Coombe.

Es war Brauch, daß die ganze Gesellschaft sich kurz nach fünf Uhr in dem langen Raum versammelte; und wenn alle da waren, setzte man sich. Nach Tisch hatten Ambrose und ich den Leuten ihre Geschenke vom Baum gepflückt, für die Männer gab es Geld, für die Frauen einen neuen Schal und überdies Körbe mit Eßwaren. Daran wurde nie etwas geändert. Jede Abweichung von dem alten Brauch hätte die Leute verletzt. Doch diesmal hatte ich Rachel gebeten, mir beim Verteilen der Geschenke zu helfen.

Bevor ich mich zum Abendessen umzog, schickte ich das Perlencollier in Rachels Zimmer. Ich hatte es in seiner Hülle gelassen, aber in das Etui ein Blatt Papier gelegt; und darauf hatte ich geschrieben: ‹Zuletzt hat es meine Mutter getragen. Jetzt gehört es Ihnen. Ich wünsche, daß Sie es heute abend und immer tragen.   Philip.›

Kendalls und Pascoes würden uns nicht erst im Haus aufsuchen; es war üblich, daß sie geradewegs in den langen Raum gingen, wo sie sich mit den · Pächtern unterhalten und das Eis brechen konnten. Ambrose hatte das immer für die vernünftigste Lösung gehalten. Die Dienstleute würden auch im langen Raum sein, und Ambrose und ich waren immer durch den fliesenbelegten Gang zur Hintertür gegangen, dann quer über den Hof und die Treppe hinauf in den langen Raum über dem Wagenschuppen. Heute würden Rachel und ich diesen Weg gehen.

Ich wartete im Salon. Ich zitterte innerlich ein wenig, denn in meinem ganzen Leben hatte ich noch keiner Frau ein Geschenk gemacht. Vielleicht war es ein Verstoß gegen die Etikette, vielleicht wären nur Blumen schicklich gewesen oder Bücher oder Bilder. Wenn sie nun böse war wie damals, als es sich um ihre Rente handelte? Wenn sie sich aus irgendeinem seltsamen Grund einbildete, ich hätte das getan, um sie zu kränken? Das brachte mich fast zur Verzweiflung. Die Minuten schlichen quälend langsam vorüber. Endlich hörte ich ihre Schritte auf der Treppe. Diesmal wurde sie nicht von den Hunden begleitet; man hatte sie vorsichtshalber schon früh in die Hütten gesperrt.

Langsam kam sie herunter; das vertraute Rascheln des Kleides näherte sich. Die Tür war offen, und nun betrat meine Cousine Rachel das Zimmer und stand vor mir. Sie war in tiefem Schwarz, wie ich es erwartet hatte, doch dieses Kleid hatte ich bisher noch nicht gesehen. Es fiel bauschig von der Taille herab und schmiegte sich eng an den Oberkörper. Der Stoff schimmerte, als ob ein Licht ihn bestrahlte. Ihre Schultern waren entblößt. Sie hatte das Haar höher aufgesteckt als sonst und so gekämmt, daß die Ohren sichtbar waren. Um den Hals schlang sich das Perlencollier. Es glänzte sanft und weiß an ihrer Haut. So strahlend, so glücklich hatte ich sie noch nie gesehen. Louise und die Pascoes hatten doch recht – Rachel war schön.

Sie blieb sekundenlang stehen und sah mich an, und dann streckte sie die Hände aus und sagte: «Philip!» Ich ging auf sie zu, ich stand jetzt vor ihr. Sie legte die Arme um mich und zog mich an sich. In ihren Augen waren Tränen, doch heute abend schmerzten sie mich nicht. Sie nahm die Arme von meinen Schultern, hob sie zu meinem Kopf und strich über mein Haar.

Und dann küßte sie mich. Nicht wie sie es vorher getan hatte. Und als ich hier stand und sie hielt, dachte ich: ‹Nicht vor Heimweh, noch an einer Blutkrankheit oder an einem Hirnfieber – das war es, woran Ambrose gestorben ist.›

Ich erwiderte ihren Kuß. Die Uhr auf dem Turm schlug fünf. Rachel sagte
kein Wort zu mir, noch ich zu ihr. Sie reichte mir die Hand. Wir gingen miteinander durch die dunklen Gänge, über den Hof und zu dem langen Raum
oberhalb des Wagenschuppens, wo die Fenster festlich erhellt waren. Zu den
lachenden Stimmen gingen wir und zu den strahlend erwartungsvollen
Gesichtern.

XVII

Die ganze Gesellschaft erhob sich, als wir eintraten. Die Tische wurden
gerückt, ein Scharren von Stiefeln wurde vernehmbar, aber die Stimmen
verstummten; alle Köpfe wandten sich, um uns entgegenzuschauen. Rachel
blieb auf der Schwelle stehen; solch ein Meer von Gesichtern hatte sie wahrscheinlich nicht erwartet. Dann sah sie den Weihnachtsbaum am Ende des
Raumes und stieß einen leisen Schrei des Entzückens aus. Das Schweigen
war gebrochen, und ihre Überraschung weckte ein allgemeines Raunen von
Sympathie und Freude.

Wir nahmen unsere Plätze an den Enden des Tisches ein, Rachel setzte
sich, alle anderen folgten ihrem Beispiel, und nun ging das Schwatzen los,
begleitet vom Klirren von Messern und Gabeln, vom Klappern der Teller,
und jeder bemühte sich, seinen Nachbarn an guter Laune zu übertreffen.
Meine Nachbarin zur Rechten war Mrs. Bill Rowe von der Barton-Farm,
die in ihrem Musselinkleid alle andern Frauen auszustechen suchte, und ich
bemerkte, daß Mrs. Johns von Coombe zu meiner Linken sie mit mißfälligen
Blicken musterte. Trotz meinem Wunsch, alles recht zu machen, hatte ich
vergessen, daß die beiden Damen nicht miteinander redeten. Ein Zwist, der
auf ein Mißverständnis über den Eierpreis an einem Markttag zurückging,
dauerte nun schon fünfzehn Jahre. Doch ich wollte mich beiden gegenüber
galant zeigen, um über die peinliche Situation hinwegzukommen. Etliche
Flaschen Apfelwein halfen mir dabei; ich schenkte ihnen und mir reichlich
ein und wandte mich dann der Speisekarte zu. Die Köche hatten sich selbst
übertroffen. Nie in meiner langen Erinnerung an Weihnachtsessen waren
uns die Speisen in solcher Fülle aufgetischt worden. Gebratene Gänse,
gebratene Truthühner, Rindslenden, Hammelrücken, große geräucherte
Schinken, mit Papierkrausen geschmückt, Pasteten und Backwerk in allen
Formen und Größen, Puddings mit gedörrtem Obst gefüllt; und zwischen
den gewichtigeren Gängen wurden immer jene zarten, luftigen Süßigkeiten
gereicht, die Rachel mit Hilfe der Mädchen von der Barton-Farm zubereitet
hatte.

Ein Lächeln von Appetit und Vorfreude zog über die Gesichter der
hungrigen Gäste, schon tönte lautes Gelächter von den andern Tischen her,
wo, nicht durch die Anwesenheit des ‹Herrn› gestört, die Redseligeren unter
meinen Pächtern Gürtel und Kragen lockerten. Ich hörte, wie Jack Libby
unüberhörbar zu seinem Nachbarn sagte: «Weiß der Teufel, nach so einem
Fressen könnten sie uns sogar den Raben zur Speise vorsetzen, und wir
würden's nicht merken!» Die kleine, dünnlippige Mrs. John zu meiner

Linken stocherte mit einer Gabel, die sie wie einen Federkiel hielt, an einem Gänseflügel herum, und ihr Nachbar flüsterte ihr mit einem Blick auf mich zu: «Nur los, Frau, nehmen Sie Daumen und Zeigefinger! Reißen Sie's auseinander!»

In diesem Augenblick bemerkte ich, daß neben jedem Teller ein Päckchen lag, auf dem in Rachels Handschrift der Name stand. Alle schienen es zur gleichen Zeit zu bemerken, und minutenlang dachte man nicht ans Essen, sondern riß aufgeregt die Hülle auf. Ich wartete und sah zu, bevor ich mein eigenes Päckchen öffnete. Und da begriff ich, was sie getan hatte. Sie hatte für jeden Mann und für jede Frau, die hier anwesend waren, eine Gabe vorbereitet. Sie hatte die Päckchen selber gemacht und ein Wort dazu geschrieben. Nichts Großes oder Prunkvolles, aber nette Kleinigkeiten, die allen gefallen mußten. Das also war der Grund für die geheimnisvolle Tätigkeit hinter der Boudoirtür. Jetzt verstand ich alles.

Nachdem meine Nachbarn sich wieder ihren Tellern zugewandt hatten, öffnete auch ich mein Päckchen. Ich riß das Papier auf meinen Knien auf, denn ich wollte keinen andern sehen lassen, was sie mir beschert hatte. Es war eine goldene Kette für meine Schlüssel mit einer kleinen Scheibe, die unsere Initialen P.A.R.A. und das Datum trug Sekundenlang hielt ich die Kette in den Händen und steckte sie dann in aller Heimlichkeit in meine Rocktasche. Ich sah zu ihr hinüber und lächelte. Sie hatte mich beobachtet. Ich hob ihr mein Glas zu, und sie tat das gleiche. Ach Gott, wie glücklich war ich!

Es war ein fröhliches Fest! Hochgehäufte Schüsseln wurden im Nu geleert, Gläser wurden gefüllt und abermals gefüllt. Irgendwer weiter unten am Tisch stimmte ein Lied an, die andern sangen mit, und auch die Gäste an den übrigen Tischen beteiligten sich. Stiefel klopften den Takt auf den Fußboden, Messer und Gabeln schlugen den Takt auf dem Teller, die Körper wiegten sich rhythmisch hin und her; und die dünnlippige Mrs. Johns von Coombe sagte mir, für einen Mann hätte ich viel zu lange Wimpern. Worauf ich ihr ein frisches Glas einschenkte.

Endlich, in Erinnerung daran, wie Ambrose die richtige Steigerung gefunden hatte, klopfte ich laut und lange auf den Tisch. Es wurde still. «Wer den Wunsch hat, hinauszugehen, mag es jetzt tun und dann zurückkehren. In fünf Minuten werden Mrs. Ashley und ich die Geschenke vom Baum verteilen. Vielen Dank, meine Damen und Herren.»

Das Gedränge an den Türen war genauso, wie ich es erwartet hatte. Und mit einem Lächeln auf den Lippen beobachtete ich Seecombe, der steif und aufrecht, aber behutsam, als könnte der Boden unter seinen Füßen nachgeben, die Nachhut bildete. Die im Saal Verbliebenen schoben Tische und Bänke an die Wände. Sobald die Geschenke vom Baum verteilt worden waren und wir uns verzogen hatten, pflegten jene, die sich noch auf den Beinen halten konnten, ihre Partnerinnen zum Tanz aufzufordern. Das Fest würde wohl bis Mitternacht dauern. Als Knabe hatte ich vom Fenster des Kinderzimmers zugehört. Heute trat ich zu der kleinen Gruppe, die vor dem Baum stand. Der Pfarrer war da, auch Mrs. Pascoe mit ihren drei Töchtern und noch ein Geistlicher. Ferner mein Pate und Louise. Louise sah gut aus, war aber ein wenig blaß. Ich schüttelte allen die Hände. Mrs. Pascoe fletschte

128

die Zähne und sagte zu mir: «Sie haben sich selbst übertroffen. Noch nie haben wir uns so gut unterhalten. Die Mädchen sind ganz begeistert.»

Das sah man ihnen an, obgleich sie sich in den einen Geistlichen teilen mußten.

«Ich freue mich, daß es Ihnen gefallen hat», sagte ich und wandte mich an Rachel: «Sind Sie glücklich gewesen?»

Unsere Blicke trafen sich, und sie lächelte: «Was glauben Sie?» sagte sie. «So glücklich, daß ich weinen könnte!»

Ich begrüßte meinen Paten. «Guten Abend und fröhliche Weihnachten», sagte ich. «Wie war es in Exeter?»

«Kalt», sagte er kurz. «Kalt und trist.»

Sein Benehmen war auffallend brüsk. Er hielt eine Hand hinter dem Rücken, mit der andern zerrte er an seinem weißen Schnurrbart. Ich fragte mich, ob irgend etwas an dem Fest ihn verstimmt haben mochte. War der Apfelwein vielleicht zu reichlich geflossen? Dann sah ich, wie er Rachel beobachtete. Seine Blicke hafteten an dem Perlencollier. Er merkte, daß ich es sah, und wandte sich ab. Einen Augenblick lang war mir zumute, als säße ich noch in der vierten Klasse in Harrow und der Lehrer hätte eben die unter dem Lateinbuch versteckte Übersetzung gefunden. Dann zuckte ich die Achseln. Ich war Philip Ashley, vierundzwanzig Jahre alt. Und kein Mensch auf der Welt, ganz gewiß nicht mein Pate, hatte mir zu befehlen, wem ich ein Weihnachtsgeschenk machen durfte oder nicht. Sollte Mrs. Pascoe schon eine Bemerkung gemacht haben? Vielleicht würde ihre gute Kinderstube sie daran hindern. Und sie konnte das Collier ja keinesfalls kennen. Meine Mutter war gestorben, bevor Mr. Pascoe hierher versetzt worden war. Louise hatte es bemerkt. Das war klar. Ich sah, wie ihre blauen Augen Rachel anschauten und sich dann wieder senkten.

Nun kamen die Leute wieder zurück. Lachend, murmelnd, drängend traten sie an den Baum heran, wo Rachel und ich standen. Dann nahm ich die Geschenke, las die Namen, reichte jedes Päckchen Rachel, und einer nach dem andern trat heran und nahm es in Empfang. Sie stand vor dem Baum, heiter, lächelnd, die Wangen gerötet. Es fiel mir nicht leicht, die Namen zu verlesen, statt Rachel anzublicken. «Vielen Dank, Gott segne Sie, Sir», sagten die Beschenkten, und dann zu ihr: «Vielen Dank, Ma'am. Gott segne Sie auch!»

Mehr als eine halbe Stunde dauerte es, die Geschenke zu verteilen und an jeden ein Wort zu richten. Als alles vorüber und das letzte Geschenk mit dem letzten Knicks entgegengenommen worden war, trat eine plötzliche Stille ein. Die Gäste standen in einer großen Gruppe an der Wand und warteten. «Fröhliche Weihnachten für euch alle», sagte ich. Und laut erscholl die Antwort: «Fröhliche Weihnachten für Sie, Sir, und für Mrs. Ashley!»

Dann rief Billy Rowe, der seine einzige Locke zu dieser festlichen Gelegenheit über die Stirn gezogen hatte, mit seiner hohen, schnarrenden Stimme: «Dreimal hoch alle beide!» Und die Zurufe dröhnten, daß Dachbalken und Fußboden zitterten und wir beinahe auf die Wagen unter uns durchgebrochen wären. Ich sah Rachel an. Jetzt glänzten Tränen in ihren Augen. Ich nickte ihr zu. Sie lächelte und reichte mir die Hand. Ich bemerkte, wie mein Pate uns mit gefrorenen Zügen beobachtete. Höchst unerwachsen fiel mir ein, was ein Schuljunge zum andern zu sagen pflegte, um jede Kritik verstummen zu lassen: ‹Wenn's dir nicht gefällt, dann läßt du's eben bleiben!› Das wäre die entsprechende Antwort auf sein Benehmen gewesen. Statt dessen aber lächelte ich, zog Rachels Arm unter den meinen und ging mit ihr ins Haus zurück.

Irgendwer, wahrscheinlich der junge John, war während der Verteilung der Geschenke rasch hinübergelaufen und hatte im Salon Kuchen und Wein aufgetischt. Aber wir hatten schon zu viel gegessen und getrunken, und beides blieb unberührt, obgleich ich sah, wie der Geistliche ein Stück Korinthenkuchen zerkrümelte. Vielleicht aß er für drei. Dann aber wandte sich Mrs. Pascoe, die gewiß auf die Welt gekommen war, um mit ihrer unermüdlichen Zunge jede Eintracht zu zerstören, an Rachel und sagte: «Mrs. Ashley, verzeihen Sie, aber ich kann es wirklich nicht unterdrücken. Was für ein herrliches Perlencollier tragen Sie heute abend! Ich habe für nichts anderes Augen gehabt.»

Rachel lächelte und berührte die Perlen mit leichten Fingern. «Ja», sagte sie, «das ist wahrhaftig ein stolzer Besitz!»

«Allerdings», warf mein Pate trocken ein. «Es ist ein Vermögen wert.»

Ich glaube, daß nur Rachel und ich den Klang seiner Worte beachteten. Sie sah meinen Paten erstaunt an, blickte von ihm zu mir und wollte gerade etwas sagen, als ich vortrat: «Ich glaube, daß die Wagen vorgefahren sind.»

Ich trat an die Tür zum Salon. Sogar Mrs. Pascoe, die sonst eher schwerhörig war, wenn es ans Abschiednehmen ging, merkte an meinem Benehmen, daß das Fest nun ein Ende gefunden hatte. «Kommt, Kinder», sagte sie. «Ihr müßt ja alle todmüde sein, und wir haben noch einen schweren Tag vor uns. Für die Familie eines Geistlichen sind Weihnachten keine Ruhetage, Mrs. Ashley.» Ich geleitete die Familie Pascoe zur Tür. Zum Glück war meine Annahme richtig gewesen, die Wagen waren tatsächlich vorgefahren und warteten bereits. Pascoes nahmen auch den jungen Geistlichen mit. Wie ein kleiner Vogel kroch er zwischen zwei sehr flügge Töchter des Ehepaars Pascoe. Als ihr Wagen sich in Bewegung setzte, fuhr auch der Kendallsche Wagen vor. Ich kehrte in den Salon zurück, wo ich nur meinen Paten antraf.

«Wo sind denn die andern?» fragte ich.

«Louise und Mrs. Ashley sind oben», sagte er. «Sie werden gleich wieder da sein. Aber ich bin froh, daß ich auf diese Art ein Wort mit dir sprechen kann, Philip.»

Ich trat an den Kamin und kreuzte die Hände auf dem Rücken.

«Ja?» fragte ich. «Worum handelt es sich denn?»

Er antwortete nicht gleich. Er war sichtlich verlegen.

«Ich hatte keine Gelegenheit mehr, dich zu sehen, bevor ich nach Exeter fuhr», begann er. «Sonst hätte ich schon vorher davon geredet. Ich habe von der Bank eine Mitteilung erhalten, die ich ausgesprochen beunruhigend finde.»

Das Perlencollier, dachte ich. Nun, das war meine Angelegenheit!

«Von Mr. Couch vermutlich?» sagte ich.

«Ja», erwiderte er. «Er verständigte mich, wie es nur richtig und korrekt ist, daß Mrs. Ashley ihr Konto um mehrere hundert Pfund überzogen hat.»

Ich spürte, wie etwas in mir gefror. Ich starrte ihn an; dann wich die Spannung, und mein Gesicht rötete sich.

«Ach?» machte ich.

«Ich verstehe das nicht», fuhr er fort und ging auf und ab. «Sie kann doch hier keine Ausgaben haben. Sie lebt als dein Gast im Haus, und ihre Bedürfnisse können nicht groß sein. Ich kann es nur damit erklären, daß sie das Geld ins Ausland schickt.»

Ich stand noch immer am Feuer, und mein Herz pochte gegen die Rippen. «Sie ist sehr großzügig», sagte ich. «Das mußt du ja selber bemerkt haben. Ein Geschenk für jeden von uns. Dergleichen kann man nicht mit ein paar Shilling erledigen.»

«Mehrere hundert Pfund sind jedenfalls ein Vielfaches dieser Ausgaben», erwiderte er. «Ich ziehe ihre Großzügigkeit nicht in Zweifel, aber Geschenke allein können nicht die Erklärung dafür sein, daß sie ihr Konto derart überzogen hat.»

«Sie hat es übernommen, Ausgaben für das Haus zu machen», wandte ich ein. «Sie hat Stoffe für das blaue Schlafzimmer gekauft. Das alles muß man auch berücksichtigen.»

«Möglich», meinte mein Pate, «aber nichtsdestoweniger bleibt die Tatsache bestehen, daß sie die Summe, die wir ihr vierteljährlich ausgesetzt haben, zweimal, beinahe dreimal überzogen hat. Wie sollen wir es in Zukunft halten?»

«Den Betrag, den wir ihr ausgesetzt haben, verdoppeln, verdreifachen», sagte ich. «Wir haben ihr offenbar nicht genug zugebilligt.»

«Aber das ist ja wahnsinnig, Philip», rief er. «Keine Frau, die so lebt wie sie, kann derartige Summen ausgeben. Einer vornehmen Dame in London würde es schwerfallen, so viel Geld zu vergeuden.»

«Vielleicht sind Schulden vorhanden», sagte ich, «von denen wir nichts wissen. Vielleicht gibt es Gläubiger in Florenz, die sie drängen. Das geht uns nichts an. Ich bitte dich, ihre Rente zu erhöhen und den Betrag, um den sie überzogen hat, auf ihr Konto zu überweisen.»

Er stand vor mir, die Lippen vorgeschoben. Ich wollte die Sache damit erledigt wissen, denn schon hörte ich Schritte auf der Treppe.

«Noch eines», sagte er unbehaglich. «Du hattest kein Recht, Philip, das Collier von der Bank zu holen. Du begreifst doch wohl, daß auch der Schmuck zu dem Gesamtvermögen gehört und du somit vorderhand nichts davon nehmen darfst.»

«Er gehört mir», sagte ich. «Mit meinem Eigentum kann ich machen, was ich will.»

«Das Erbe steht erst in drei Monaten zu deiner freien Verfügung», erwiderte er.

«Na und? Drei Monate sind bald vergangen. Dem Collier kann nichts geschehen, wenn sie es aufbewahrt.»

Er warf mir einen Blick zu.

«Dessen bin ich nicht sicher.»

Die Andeutung, die in diesen Worten lag, brachte mich in Wut.

«Mein Gott!» rief ich. «Was willst du damit sagen? Daß sie das Collier nehmen und verkaufen könnte?»

Er antwortete nicht gleich. Er zog an seinem Schnurrbart.

«Seit ich in Exeter war», sagte er, «habe ich ein wenig mehr über deine Cousine Rachel erfahren.»

«Was, zum Teufel, soll das heißen?»

Seine Blicke wandten sich zur Tür und dann wieder zu mir.

«Zufällig bin ich einigen alten Freunden begegnet», sagte er, «Leuten, die du nicht kennst und die viel gereist sind. Sie haben viele Jahre hindurch den Winter in Italien und Frankreich verbracht. Es scheint, daß sie deine Cousine kennengelernt haben, als sie noch mit Sangalletti verheiratet war.»

«Und?»

«Beide waren verrufen. Wegen zügelloser Verschwendungssucht und, wie ich hinzufügen muß, auch wegen ihres lockeren Lebenswandels. Das Duell, in dem Sangalletti fiel, wurde eines andern Mannes wegen ausgefochten. Diese Freunde sagten mir, sie seien entsetzt gewesen, als sie die Nachricht erhielten, Ambrose Ashley habe die Contessa Sangalletti geheiratet. Sie prophezeiten, das ganze Vermögen sei binnen weniger Monate durchgebracht. Zum Glück war es nicht so. Ambrose starb, bevor sie es fertigbringen konnte. Ich bedaure das aufrichtig, Philip. Aber diese Nachrichten haben mich aufs höchste beunruhigt.» Und er ging im Zimmer auf und ab.

«Ich hätte nicht gedacht, daß du so tief sinken könntest, auf den Klatsch dieser Reisenden zu hören», sagte ich. «Wer sind denn diese Leute überhaupt? Wie können sie es wagen, ein bösartiges Gerede zu wiederholen, das sich auf eine Vergangenheit von zehn Jahren erstreckt? Sie würden das meiner Cousine Rachel bestimmt nicht ins Gesicht sagen.»

«Wie dem auch sei», erwiderte er. «Jetzt sind es die Perlen, um die es mir geht. Es tut mir leid, aber da ich noch drei Monate lang dein Vormund bin, muß ich von dir verlangen, daß du dir das Collier zurückgeben läßt. Ich werde es zu dem übrigen Familienschmuck in die Bank legen.»

Nun war es an mir, erregt im Zimmer auf und ab zu gehen. Ich wußte kaum, was ich tat.

«Das Collier zurückgeben? Wie soll ich das von ihr verlangen? Ich habe es ihr als Weihnachtsgeschenk gegeben. Unmöglich!»

«Dann muß ich es eben an deiner Stelle tun.»

Plötzlich haßte ich dieses steife, verstockte Gesicht, diese unbeugsame Art, diese verbohrte Gleichgültigkeit jedem Gefühl gegenüber.

«Der Teufel soll mich holen, wenn ich das erlaube!» sagte ich.

Ich wünschte ihn tausend Meilen weit. Ich wünschte, er wäre längst gestorben!

«Hör mal Philip», sagte er jetzt in verändertem Ton. «Du bist sehr jung, sehr leicht beeindruckbar, und ich begreife vollkommen, daß du deiner Cousine etwas schenken wolltest, das ihr deine Achtung beweisen soll. Aber ein Familienschmuck ist doch erheblich mehr als das!»

«Sie hat das Recht darauf», erklärte ich. «Wenn irgendwer das Recht darauf hat, dann, weiß Gott, ist sie es!»

«Wenn Ambrose noch am Leben wäre, ja», erwiderte er. «So aber nicht. Diese Schmuckstücke sind deiner Frau vorbehalten, wenn du einmal heiratest, Philip. Und noch etwas ist zu bedenken. Dieses Collier hat seine besondere Bedeutung, und schon beim Abendessen mag der eine oder andere ältere Farmer ein Wort darüber gesagt haben. Ein Ashley erlaubt nur seiner Braut, am Hochzeitstag diese Perlen als einzigen Schmuck zu tragen. Das ist ein alter Aberglaube in der Familie, und es dürfte noch genug Leute geben, die das wissen. Das trifft sich unglücklich, denn solche Dinge sind geeignet, den Klatsch zu nähren. Und ich bin überzeugt, daß Mrs. Ashley in ihrer Situation die letzte ist, die dergleichen wünschen kann.»

«Die Leute, die heute abend hier sind», sagte ich ungeduldig, «werden, wenn sie überhaupt noch denken können, der Meinung sein, daß diese Perlen meiner Cousine gehören. Solch dummes Zeug habe ich in meinem ganzen Leben noch nicht gehört! Daß sie die Perlen trägt, sollte den Klatsch nähren?»

«Dazu kann ich nichts weiter sagen. Aber ich werde nur allzubald wissen, ob geklatscht wird oder nicht. Doch auf einem Punkt muß ich bestehen, Philip. Das Collier wird wieder in die Bank gebracht. Du durftest es ihr nicht schenken, und du hattest kein Recht, ohne meine Bewilligung in die Bank zu gehen und es von dort zu holen, wo es in sicherem Gewahrsam ist. Ich wiederhole – wenn du Mrs. Ashley nicht darum bittest, werde ich es tun.»

Unser Wortwechsel war so heftig geworden, daß wir das Rascheln der Kleider auf der Treppe überhört hatten. Nun war es zu spät. Von Louise gefolgt, trat Rachel auf die Schwelle.

Sie blieb stehen und wandte sich meinem Paten zu, der in der Mitte des Zimmers mir gegenüberstand.

«Es tut mir leid», sagte sie, «aber ich mußte gegen meinen Willen hören, was hier gesprochen wurde. Ich will nicht, daß einer von Ihnen um meinetwillen Ungelegenheiten hat. Es war lieb von Ihnen, Philip, mich die Perlen heute abend tragen zu lassen, und Sie, Mr. Kendall, sind völlig im Recht, wenn Sie verlangen, daß ich sie zurückgebe. Hier sind sie.»

Sie hob die Hände und öffnete den Verschluß des Colliers.

«Nein!» rief ich. «Warum, zum Teufel, sollten Sie das tun?»

«Bitte, Philip!» sagte sie.

Sie nahm das Collier ab und reichte es meinem Paten. Er hatte wenigstens den Anstand, ein gewisses Unbehagen zu verraten; aber auch die Erleichterung sah man ihm an.

Ich merkte, daß Louise mir einen mitleidigen Blick zuwarf, und wandte mich ab.

«Vielen Dank, Mrs. Ashley», sagte mein Pate in seiner mürrischen Art. «Sie verstehen gewiß, daß dieses Collier mit dem ganzen Erbe meiner Obhut anvertraut ist und Philip es nicht aus der Bank nehmen durfte. Es war ein törichtes, gedankenloses Vorgehen. Aber junge Leute sind eben eigenwillig.»

«Ich verstehe das durchaus», sagte sie. «Wir wollen nicht mehr darüber reden. Brauchen Sie auch die Schutzhülle?»

«Nein, nein, danke», meinte er, «mein Taschentuch genügt schon.»

Er zog das Taschentuch aus seiner Brusttasche und schlug es mit großer Sorgfalt um die Perlen.

«Und nun werden Louise und ich wohl Abschied nehmen. Vielen Dank für das schöne, gelungene Fest, Philip, und ich wünsche euch beiden recht fröhliche Weihnachten.»

Ich antwortete nicht. Ich ging in die Halle hinaus, stand vor der Haustür und half Louise, ohne ein Wort zu sagen, in den Wagen. Sie drückte mir mitfühlend die Hand, aber ich war derart aufgewühlt, daß ich keine Antwort fand. Mein Pate kletterte auf den Sitz neben ihr, und fort waren sie.

Langsam ging ich in den Salon zurück. Rachel stand da und schaute ins Feuer. Ohne die Perlen wirkte ihr Hals nackt. Ich sah sie an, ohne zu sprechen; mir war jämmerlich zumute. Als sie mich erblickte, hob sie die Arme, und ich trat auf sie zu. Mein Herz war zu voll, als daß ich ein Wort hervorgebracht hätte. Ich kam mir vor wie ein Knabe von zehn Jahren, und es hätte nur wenig bedurft, um mich zum Weinen zu bringen.

«Nein», sagte sie, und in ihrer Stimme war jene zärtliche Wärme, die so sehr zu ihrem Wesen gehörte. «Sie müssen das nicht so schwernehmen. Bitte, Philip, bitte! Ich bin sehr stolz darauf, daß ich sie einmal tragen durfte.»

«Ich wollte, daß Sie sie tragen sollten», sagte ich. «Ich wollte, daß Sie sie behalten sollten! Der Teufel soll ihn holen und in der Hölle braten!»

«Psst! Sagen Sie doch nicht so schreckliche Dinge!»

Ich war so wütend und erbittert, ich hätte auf der Stelle zur Bank reiten, in das Gewölbe gehen und jedes einzelne Schmuckstück holen mögen, um es ihr zu geben, jeden Stein, jede Gemme und alles Gold und Silber der Bank dazu. Die ganze Welt hätte ich ihr geben mögen!

«Jetzt ist der ganze Abend verdorben, die ganze Weihnachtsfreude! Alles ist zerstört!»

Sie zog mich an sich und lachte: «Sie sind wie ein Kind, das mit leeren Händen zu mir kommt. Armer Philip!» Ich trat zurück und sah auf sie hinunter.

«Ich bin kein Kind. Ich bin fünfundzwanzig Jahre alt. Nur diese verfluchten drei Monate fehlen noch. Meine Mutter hat diese Perlen an ihrem Hochzeitstag getragen und vorher meine Tante und vor ihr meine Großmutter. Begreifen Sie nicht, warum ich wollte, daß auch Sie sie tragen sollten?»

Sie legte die Hände auf meine Schultern und küßte mich.

«Ja, ja», erwiderte sie. «Und darum war ich ja auch so glücklich, so stolz! Sie wollten, daß ich sie tragen sollte, denn Sie wußten, Ambrose hätte sie mir an unserem Hochzeitstag gegeben, wenn wir hier geheiratet hätten und nicht in Florenz.»

Ich sagte nichts. Vor wenigen Wochen hatte sie mir vorgeworfen, es mangle mir an Verständnis. Heute abend hätte ich ihr das gleiche sagen können. Wenige Minuten später klopfte sie mir auf die Schulter und ging.

Ich griff in meine Tasche, wo ich die goldene Kette hatte — ihr Weihnachtsgeschenk. Das wenigstens war wirklich mein Eigentum!

XVIII

Wir verbrachten einen sehr glücklichen Weihnachtstag. Darauf war sie bedacht. Wir fuhren zu den Bauern auf dem Gut, zu den Häuslern in Katen und Hütten und verteilten die Kleidungsstücke, die Ambrose gehört hatten. Unter jedem Dach mußten wir ein Stück Kuchen essen oder einen Pudding kosten. Wenn wir abends heimkamen, waren wir nicht mehr imstande, uns zu Tisch zu setzen, und überließen es den Dienstleuten, mit den Resten von Gänsen und Truthühnern des Vorabends aufzuräumen, während wir uns am Feuer im Salon Kastanien brieten.

Dann, als wäre ich plötzlich zwanzig Jahre jünger, befahl sie mir, die Augen zu schließen, verschwand lachend in ihrem Boudoir, kam gleich wieder herunter und gab mir einen kleinen Baum in die Hand. Sie hatte ihn heiter und phantastisch ausgeschmückt, die Geschenke waren in buntes Papier gewickelt, und jedes Geschenk war ein reizender Scherz; und ich wußte, daß sie alles tat, um mir über das Drama des Weihnachtsabends hinwegzuhelfen. Aber ich konnte meine Niederlage nicht vergessen. Noch konnte ich sie vergeben. Und von Weihnachten an ließ sich eine Abkühlung in den Beziehungen zwischen meinem Paten und mir feststellen. Daß er auf erbärmliches, verlogenes Geschwätz gehört hatte, war schon schlimm genug, aber noch mehr verübelte ich ihm, daß er so eigensinnig auf der ausgeklügelten Klausel des Testaments beharrte, die mich noch drei Monate lang unter seine Oberhoheit stellte. Und wenn Rachel mehr ausgegeben hatte, als ihr ausgesetzt worden war? Wir hatten keine Ahnung von ihren Bedürfnissen gehabt. Weder Ambrose noch mein Pate hatten die Lebensformen von Florenz verstanden. Mochte sie auch das Geld mit vollen Händen verschwenden – war das wirklich ein Verbrechen? Das konnten wir nach unseren hiesigen Lebensgewohnheiten nicht beurteilen. Mein Pate war sein Leben lang ein Knauser gewesen, und weil Ambrose nie viel für sich selber ausgegeben hatte, war mein Pate der Überzeugung, so werde das auch weitergehen, wenn ich einmal das Gut übernahm. Meine Bedürfnisse waren gering, und ich trug gar kein Verlangen, mehr für mich auszugeben, als Ambrose für sich ausgegeben hatte, aber die Knausrigkeit meines Paten erregte mich derart, daß ich beschloß, meinen Willen durchzusetzen und das Geld, das mir gehörte, auch wirklich zu verwenden.

Er hatte Rachel beschuldigt, sie habe ihre gesamte Rente vergeudet. Nun, er sollte auch mir vorwerfen können, daß ich das Geld verschleudere. Ich beschloß, nach Neujahr umfassende Verbesserungen durchführen zu lassen. Und zwar nicht bloß an den Gärten. Das Terrassieren des Weges oberhalb der Barton-Felder nahm seinen Fortgang, auch an der Anlage des Teichs wurde gearbeitet, der völlig dem Modell in Rachels Buch gleichen sollte.

Aber ich war entschlossen, auch im Haus Reparaturen vornehmen zu lassen. Allzulang, meinte ich, hatten wir uns mit den allmonatlichen Inspektionen von Nat Dunn, unserem Maurermeister, begnügt, der von Leiter zu Leiter auf das Dach hinaufstieg und Schindeln ersetzte, die der Sturm weggefegt hatte. Jetzt war es an der Zeit, das ganze Dach in Ordnung zu bringen, neue Ziegel zu legen, neue Rinnen anzubringen und auch die Mauern zu erneuern, die unter langen Jahren von Wind und Regen gelitten hatten. Und wenn mein Pate ein Gesicht zog und Beträge auf seinen Block notierte, dann mochte er zum Teufel gehen!

So machte ich mich denn ans Werk, und noch bevor der Januar um war, arbeiteten fünfzehn oder zwanzig Mann auf dem Dach oder am Haus, aber auch im Innern des Hauses, wo sie Decken und Wände nach meinen Ideen ausschmückten. Es war für mich die größte Genugtuung, wenn ich mir die Miene meines Paten vorstellte, dem man die Rechnungen vorlegen würde.

135

Die Reparaturen im Haus waren für mich ein Vorwand, keine Gäste zu empfangen, und damit fanden vorderhand auch die Sonntagsessen ein Ende. So blieben mir die Besuche der Pascoes und der Kendalls erspart, und ich brauchte meinen Paten nicht zu sehen, was durchaus in meine Pläne paßte. Ich ließ von Seecombe, auf seine geheimnisvolle Art, die Nachricht aussprengen, Mrs. Ashley finde es allzu peinlich, Gäste zu empfangen, solange die Arbeiter im Salon zu tun hatten. Und so lebten wir im Winter und im Vorfrühling wie Eremiten, und das war ganz nach meinem Geschmack. Tante Phoebes Boudoir, wie Rachel das Zimmer noch immer nannte, wurde unser liebster Aufenthaltsort. Hier saß Rachel, wenn der Tag sich seinem Ende zuneigte, hier nähte sie oder las, und ich beobachtete sie. Seit dem Zwischenfall am Weihnachtsabend war in ihrem Wesen eine neue Milde, die über alle Maßen wärmend wirkte, dennoch aber kaum zu ertragen war.

Ich glaube nicht, daß sie wußte, wie sie auf mich wirkte. Diese Hände, die sekundenlang auf meinen Schultern ruhten oder meinen Kopf liebkosend streichelten, wenn sie an meinem Stuhl vorüberging und dabei vom Garten oder sonst einer alltäglichen Angelegenheit sprach, erregten mein Herz derart, daß sein Pochen sich nicht besänftigen lassen wollte. Ihre Bewegungen zu beobachten, war reinstes Entzücken, und manchmal fragte ich mich, wenn sie aufstand, ans Fenster trat, nach dem Vorhang griff, auf den Rasen hinunterblickte, ob sie das tat, weil sie wußte, daß ich sie beobachtete. Sie hatte eine ganz besondere Art, meinen Namen auszusprechen. Für andere war es immer ein kurzes, abgehacktes Wort gewesen, sie aber verweilte auf dem ‹I›, tat das durchdacht und wohlüberlegt und verlieh dem Namen dadurch einen neuen Klang, der mir sehr gefiel. Als Knabe hatte ich mir immer gewünscht, Ambrose zu heißen, und dieser Wunsch war mir bis zu jener Zeit geblieben. Doch jetzt war ich froh, daß mein Name noch weiter in die Vergangenheit zurückreichte als der Name Ambrose. Wenn die Arbeiter die neuen Röhren heranschafften, die an der Mauer angebracht werden sollten, um das Regenwasser vom Dach aufzunehmen, und die Wasserspeier befestigt wurden, dann überkam mich ein seltsames Gefühl des Stolzes, wenn ich die kleine Tafel darunter betrachtete, die meine Initialen und das Datum trug, ferner auch den Löwen, der das Wappentier meiner Mutter war. Es war, als pflanzte ich etwas von mir in die Zukunft. Und Rachel, die neben mir stand, nahm meinen Arm und sagte: «Ich habe nie geglaubt, daß Sie stolz seien, Philip; bis jetzt! Und ich habe Sie darum nur noch lieber.»

Ja, ich war stolz... doch eine gewisse Leere blieb trotzdem vorhanden.

Die Arbeit im Hause und draußen nahm ihren Gang; und die ersten Frühlingstage brachen an, die eine Mischung von Qual und Entzücken in sich bargen. Drossel und Buchfink sangen unter unseren Fenstern und weckten Rachel und mich aus dem Schlaf. Mittags, wenn wir uns trafen, sprachen wir davon. Die Sonne kam zuerst zu ihr und warf einen schrägen Strahl durch die weit offenen Fenster auf das Kissen. Ich hatte die Sonne erst später, wenn ich mich anzog. Ich beugte mich aus dem Fenster, schaute über die Wiesen bis zum Meer, sah die Pferde und den Pflug den fernen Hügel hinansteigen, sah die Möwen, die sie umkreisten, und auf den Wiesen, näher beim Haus, drängten die Lämmer sich an die Mutterschafe. Die Luft hatte unter der Sonne einen erregenden Salzgeschmack.

An solch einem Morgen war es, als Seecombe zu mir kam und berichtete, Sam Bate in East Lodge sei krank und wünsche dringend, ich möge ihn doch aufsuchen; er habe mir etwas Wichtiges zu geben. Etwas, das zu kostbar sei, um es seinem Sohn oder seiner Tochter anzuvertrauen. Ich nahm das nicht gar so ernst. Dem Landvolk bereitete es immer Vergnügen, Nichtigkeiten mit einem Mysterium zu umgeben. Dennoch machte ich mich nachmittags auf den Weg, ging durch die Allee zum Kreuzweg und trat in Sam Bates Häuschen. Er saß im Bett auf, und vor ihm auf der Decke lag einer von Ambroses Röcken, die wir zu Weihnachten verschenkt hatten. Ich erkannte, daß es der helle Rock war, den ich vorher nicht gesehen hatte und den Ambrose sich auf dem Kontinent für große Hitze gekauft haben mochte.

«Tja, Sam», sagte ich. «Mir tut's leid, daß Sie im Bett liegen müssen. Was ist denn los?»

«Ach, immer derselbe dumme Husten, Mr. Philip, der mich jedes Frühjahr erwischt. Mein Vater hatte ihn auch schon, und eines Tages wird er mich ins Grab bringen, wie er meinen Vater ins Grab gebracht hat.»

«Unsinn, Sam», sagte ich, «das sind Altweibermärchen! Was der Vater gehabt hat, muß darum nicht auch den Sohn umbringen.»

Sam Bate schüttelte den Kopf. «Es steckt was Wahres drin, Sir, und Sie wissen es auch. Wie ist es mit Mr. Ambrose und seinem Vater, dem alten Herrn, Ihrem Onkel, gewesen? Beide sind am Hirnfieber gestorben. Gegen die Natur kann man nichts machen. Das sieht man auch am Vieh.»

Ich sagte nichts; woher aber wußte Sam, woran Ambrose gestorben war? Ich hatte es keinem Menschen erzählt. Es war unglaublich, wie Gerüchte sich auf dem Land verbreiteten!

«Sie müssen Ihre Tochter zu Mrs. Ashley schicken; sie soll Ihnen ein Mittel gegen den Husten geben», sagte ich. «Sie kennt sich gut in diesen Dingen aus. Eukalyptusöl ist eines ihrer Heilmittel.»

«Ja, das will ich, Mr. Philip», erwiderte er, «aber vorher meinte ich doch, daß Sie zu mir kommen müßten; wegen des Briefs.»

Er senkte die Stimme und sah, der Wichtigkeit seiner Mitteilung entsprechend, ernst und feierlich drein.

«Was für ein Brief?»

«Mr. Philip», begann er, «am Weihnachtsabend waren Sie und Mrs. Ambrose so gütig, uns einige Kleidungsstücke des seligen Herrn zu schenken. Und wir alle waren sehr stolz darauf. Sehen Sie, diesen Rock, den Sie da auf dem Bett sehen, habe ich bekommen.» Er hielt inne und berührte den Rock; in seiner Geste war noch etwas von der Ehrfurcht, mit der er den Rock am Weihnachtsabend in Empfang genommen hatte. «Den Rock habe ich noch am selben Abend mitgenommen», fuhr Sam fort, «und ich sagte zu meiner Tochter, wenn wir einen Glaskasten hätten, müßten wir ihn hinein tun; aber sie meinte, ich solle keinen solchen Unsinn reden; der Rock sei dazu da, getragen zu werden; aber ich konnte ihn doch nicht tragen, Mr. Philip. Das hielte ich für anmaßend, Sir, wenn Sie mich recht verstehen. Und so habe ich den Rock in den Schrank gehängt und nur von Zeit zu Zeit herausgenommen und betrachtet. Dann, als der Husten mich wieder erwischte, da, ich weiß nicht wie, da hatte ich plötzlich Lust, den Rock anzuziehen. Im Bett zu sitzen, wie Sie mich da sehen, und den Rock zu tragen, weil er so leicht und angenehm ist. Und das habe ich gestern auch getan. Und da habe ich den Brief gefunden, Mr. Philip.»

Wieder machte er eine Pause, tastete unter sein Kissen und zog ein Päckchen hervor. «Wie es sich zugetragen haben mag, das kann ich mir vorstellen», sagte er. «Der Brief muß zwischen Stoff und Futter gerutscht sein. Beim Zusammenlegen und beim Einpacken konnte man es nicht bemerken. Nur wenn jemand wie ich den Rock mit den Händen streichelte, weil ich mich gar nicht darüber fassen konnte, daß ich ihn tragen durfte. Da spürte ich das Knistern und war so kühn, das Futter mit meinem Messer aufzuschneiden. Und da kam's heraus, Sir. Ein Brief; nichts anderes. Gesiegelt und an Sie adressiert von Mr. Ambroses eigener Hand. Ich kenne seine Schrift seit jeher. Mich hat's richtig gepackt, als ich den Brief in der Hand hielt. Mir war's, wenn Sie mich recht verstehen, als wäre ich auf eine Botschaft des toten Herrn gestoßen.»

Er reichte mir den Brief. Ja, es war richtig. Der Brief war an mich adressiert, und zwar von Ambrose selber. Ich betrachtete die vertraute Handschrift, und plötzlich wurde mir weh ums Herz.

«Es war klug von Ihnen, Sam, daß Sie so gehandelt haben», sagte ich. «Und auch sehr richtig, daß Sie nach mir geschickt haben. Ich bin Ihnen sehr dankbar.»

«Keinen Dank, Mr. Philip, keinen Dank!» erwiderte er, «aber ich dachte nur, wie der Brief jetzt all diese Monate da drin gesteckt hat und doch längst in Ihren Händen hätte sein sollen. Aber weil der arme Herr doch tot ist, war es mir besonders wichtig, daß ich daraufgestoßen bin. Und Ihnen würde es beim Lesen vielleicht auch so gehen, meinte ich. Und so hielt ich's für das Beste, es Ihnen selber zu erzählen, statt meine Tochter zu Ihnen hinaufzuschicken.»

Ich dankte ihm nochmals, steckte den Brief ein, plauderte noch einige Minuten mit Sam, und dann nahm ich Abschied. Eine Eingebung, oder was es sonst sein mochte, veranlaßte mich, ihn zu bitten, er solle doch zu keinem Menschen von seinem Fund reden, nicht einmal zu seiner Tochter. Ich gab ihm den gleichen Grund an, den er mir angegeben hatte – den Respekt vor dem Toten. Er versprach es, und ich verließ das Häuschen.

Ich kehrte nicht gleich nach Hause zurück. Ich klomm durch die Wälder bis zu einem Pfad hinauf, der oberhalb dieses Teils des Gutes am Rande der Äcker von Trenant verlief. Ambrose hatte diesen Pfad besonders geliebt. Er war die höchste Stelle unseres Besitzes, vom Leuchtturm im Süden abgesehen, und man hatte von hier aus einen prächtigen Blick über die Wälder und das Tal, das zum offenen Meer reichte. Die Bäume, die den Pfad säumten, hatten Ambrose und sein Vater gepflanzt, und sie boten Schutz, waren aber nicht so hoch, daß sie die Aussicht versperrt hätten, und im Mai bedeckten Maiglöckchen den Boden. Am Ende des Pfades, hoch über den Wäldern, bevor man hinunterstieg, wo der Wildhüter wohnte, hatte Ambrose einen Granitblock aufstellen lassen. «Der kann mir als Grabstein dienen», hatte er halb im Ernst, halb im Scherz gesagt. «Ich würde lieber hier liegen als in der Gruft bei den andern Ashleys.»

Als er den Stein setzen ließ, hatte er kaum geahnt, daß er nie in der Familiengruft liegen sollte, sondern auf dem protestantischen Friedhof in

138

Florenz. Auf dem Stein hatte er die Namen der Länder eingekratzt, die er bereist hatte, und am Ende, zu unserem größten Spaß, ein paar Knittelverse. Doch hinter all diesen Possen hatte er wohl tatsächlich gewünscht, hier begraben zu liegen, und im letzten Winter, als er in der Ferne war, kam ich häufig durch die Wälder hier herauf, stand neben dem Stein und genoß den Ausblick, den er so sehr geliebt hatte.

Als ich heute hier heraufkam, blieb ich eine Weile, die Hände auf dem Granit, stehen und konnte zu keinem Entschluß gelangen. Die Schönheit des Tages war verblichen, es war kälter geworden, Wolken waren aufgezogen. In der Ferne konnte ich sehen, wie die Rinder von den Lankellyhügeln zu dem Marschland unterhalb der Wälder zogen, und jenseits des Marschlands, in der Bucht, hatte das Meer den Sonnenglanz verloren und lag schiefergrau da. Eine leichte Brise wehte landeinwärts und ließ die Bäume unter mir leise rauschen.

Ich setzte mich neben den Granitblock, zog Ambroses Brief hervor und legte ihn auf die Knie. Das rote Siegel starrte mich an, das sein Ring mit dem Krähenkopf aufgedrückt hatte. Das Päckchen war nicht dick, es enthielt nichts. Nichts als einen Brief, den ich lieber nicht geöffnet hätte. Ich kann nicht erklären, welche Ahnungen mich zurückhielten, welcher feige Trieb mich veranlaßte, den Kopf in den Sand zu stecken wie ein Strauß. Ambrose war tot, und die Vergangenheit verschwand mit ihm, als er starb. Ich mußte mein eigenes Leben leben und meinem eigenen Willen folgen.

Doch den Brief nicht zu lesen... Was hätte er dazu gesagt? Wenn ich das Papier jetzt zerriß, die Fetzen verstreute und den Inhalt des Briefes nie kennenlernte, würde Ambrose mich darum verdammen? Ich wog den Brief in der Hand. Lesen oder nicht lesen... ich wünschte von Herzen, ich müßte nicht vor dieser Wahl stehen. Unten im Haus gehörte all meine Treue ihr allein. In ihrem Boudoir, die Blicke auf ihr Gesicht geheftet, diese Hände, dieses Lächeln vor den Augen, hätte kein Brief mich gequält. Hier aber, in den Wäldern, neben dem Granitblock, wo wir so oft nebeneinander gestanden hatten, er und ich, wo Ambrose den Stock in der Hand gehalten hatte, den heute ich in der Hand hielt, wo ich seinen Rock trug — hier war seine Macht stärker. Wie ein kleiner Junge, der betet, das Wetter an seinem Geburtstag möge doch schön sein, so betete ich jetzt zu Gott, der Brief möge doch nichts enthalten, was mich beunruhigen könnte, und so öffnete ich ihn. Er war im April des Vorjahrs geschrieben, somit drei Monate vor Ambroses Tod.

‹Mein liebster Junge,

wenn Du nur selten Briefe von mir erhalten hast, so liegt es nicht daran, daß ich nicht an Dich gedacht hätte. In diesen letzten Monaten waren meine Gedanken vielleicht mehr bei Dir als je. Aber ein Brief kann verlorengehen oder von fremden Augen gelesen werden, und beides wollte ich vermeiden; darum habe ich Dir nicht geschrieben, oder wenn ich es tat, so war meinen Worten nur wenig zu entnehmen, das weiß ich. Ich bin krank gewesen, habe an Fieber und argen Kopfschmerzen gelitten. Jetzt geht es besser. Aber für wie lange, das weiß ich nicht. Das Fieber kann wiederkommen und die Kopfschmerzen auch, und wenn sie mich packen, dann bin ich für das, was ich sage oder tue, nicht verantwortlich. Soviel ist gewiß.

Aber ich bin mir über die Ursache nicht klar. Philip, mein lieber Junge, ich bin tief beunruhigt. Doch das ist ein zu sanfter Ausdruck. Ich leide seelische Qualen. Ich schrieb Dir, soviel ich weiß, im Winter, aber kurz darauf war ich krank, und so kann ich mich nicht daran erinnern, was mit dem Brief geschehen ist. In der Stimmung, die mich gepackt hatte, kann ich ihn sehr wohl vernichtet haben. Darin hatte ich Dir auch von jener Schwäche geschrieben, die mir an ihr so große Sorgen bereitet. Ob es erblich ist, das vermag ich nicht zu sagen, glaube es aber und bin auch davon überzeugt, daß der Verlust des Kindes, das wir erwarteten, eine nie wieder gutzumachende Schädigung für sie bedeutet hat.

Dies habe ich Dir übrigens in meinen Briefen verschwiegen; es war für uns beide damals ein sehr schmerzliches Ereignis. Ich habe immerhin Dich und kann mich trösten, aber bei einer Frau gehen solche Dinge tiefer. Sie hatte, wie Du Dir vorstellen kannst, allerlei Pläne und Projekte gemacht, und als das alles nach viereinhalb Monaten zunichte wurde und der Arzt ihr erklären mußte, daß sie keine Kinder haben könne, da war sie ganz fassungslos vor Schmerz; weit mehr als ich. Und ich könnte darauf schwören, daß von dieser Stunde an ihr Wesen sich veränderte. Ihre Art, mit dem Geld um sich zu werfen, wurde immer hemmungsloser, und ich bemerkte an ihr auch eine Neigung zu Ausflüchten, zu Lügen, zu einer Abkehr von mir, die in vollkommenem Gegensatz zu ihrer Herzenswärme während der ersten Monate unserer Ehe stand. Im Laufe der Zeit stellte ich fest, daß sie sich immer mehr jenem Mann zuwandte, den ich schon in meinen Briefen erwähnt habe, dem Signor Rainaldi, Freund und, wie ich hörte, Rechtsanwalt der Sangallettis, und sich bei ihm Rat holte statt bei mir. Ich glaube, daß dieser Mann einen höchst verderblichen Einfluß auf sie besitzt. Ich vermute, daß er sie seit Jahren, und zwar schon zu Sangallettis Lebzeiten, geliebt hat, und obwohl ich keine Sekunde zu glauben vermag, daß sie bis vor kurzem je in dieser Form an ihn gedacht hat, kann ich dessen doch jetzt, seit sich ihr Verhalten mir gegenüber geändert hat, nicht mehr gewiß sein. Wenn sein Name genannt wird, ist ein Schatten in ihren Augen, ein Ton in ihrer Stimme, und in mir erwacht der furchtbarste Verdacht.

Von unwürdigen Eltern erzogen, hat sie vor und sogar während ihrer ersten Ehe ein Leben geführt, über das wir beide möglichst wenig gesprochen haben. Aber es wurde mir häufig bewußt, daß ihre Begriffe von Anstand und Schicklichkeit von den unseren sehr verschieden sind. Das Band der Ehe mag ihr weniger heilig sein. Ich vermute, ja, ich habe Beweise dafür, daß er ihr Geld gibt. Geld, Gott verzeihe mir, daß ich das ausspreche, ist derzeit der einzige Weg zu ihrem Herzen. Wenn das Kind zur Welt gekommen wäre, dann hätte sich alles anders entwickelt, davon bin ich überzeugt; und ich wünschte von ganzem Herzen, ich hätte nicht auf den Arzt gehört, der ihr damals von der Reise abriet, und hätte sie nach Hause gebracht. Wir wären jetzt mit Dir beisammen, glücklich und zufrieden.

Manchmal wird ihr wahres Selbst wieder spürbar, und alles geht gut, so gut, daß ich den Eindruck habe, es sei ein Alptraum gewesen und ich erwache wieder zu dem Glück der ersten Monate unserer Ehe. Dann aber ein Wort, eine Handlung, und alles ist wieder verloren. Ich komme auf die Terrasse und finde dort Rainaldi. Wenn die beiden mich sehen, verstummen sie plötzlich. Und ich kann mich nur fragen, worüber sie gesprochen haben. Einmal, als sie in die Villa gegangen war und Rainaldi und ich allein blieben, stellte er mir brüsk eine Frage wegen meines Testaments; zufällig hatte er es gesehen, als ich Rachel heiratete. Wenn ich jetzt stürbe, sagte er, bliebe meine Frau unversorgt zurück. Das wußte ich und hatte schon selber einen Entwurf aufgesetzt, der diesem Versäumnis abhelfen sollte; ich hätte dieses neue Testament auch vor Zeugen unterschrieben und gültig gemacht, wäre ich nur sicher gewesen, daß ihre Verschwendungssucht vorübergehend war, nicht tief eingewurzelt.

Dieses neue Testament hätte ihr Haus und Gut, doch nur auf Lebenszeit, zugesprochen; nachher sollte alles an Dich fallen. Überdies hatte ich in einer Klausel verfügt, daß die Verwaltung des Besitzes auch weiter, ohne jede Einschränkung, Dir überlassen sein sollte.

Doch es ist noch immer nicht unterzeichnet, und das aus dem Grund, den ich eben genannt habe.

Wohl ist es Rainaldi, der mir die Frage gestellt, der meine Aufmerksamkeit auf die Unterlassung gelenkt hat. Sie selber sagt kein Wort darüber. Wie aber ist es, wenn sie miteinander reden? Was sagen sie darüber, wenn ich nicht dabei bin?

Der Zwischenfall mit dem Testament hat sich im März ereignet. Zugegeben – ich war unwohl und von Kopfschmerzen fast geblendet, und Rainaldi hat die Frage vielleicht in seiner kalten, berechnenden Art zur Sprache gebracht, weil er glaubte, ich könnte sterben. Vielleicht ist es so. Vielleicht haben sie auch nie darüber gesprochen. Das festzustellen, habe ich keine Möglichkeit. Allzuoft spüre ich jetzt ihre Blicke wachsam und eigenartig auf mich gerichtet. Und wenn ich sie anrühre, so ist es, als hätte sie Angst. Angst! Vor was? Vor wem?

Vor zwei Tagen – und so komme ich zu dem Anlaß für diesen Brief – hatte ich abermals einen Anfall jenes Fiebers, das mich im März gepackt hatte. Diese Anfälle kommen plötzlich. Unbehagen und Schmerzen stellen sich ein, gehen rasch in heftige Erregungszustände über, und dann wird mir derart schwindlig, daß ich mich kaum noch auf den Beinen halten kann. Auch das vergeht, und ein unbezwingliches Schlafbedürfnis überkommt mich, ich sinke auf den Boden oder auf meinem Bett zusammen, unfähig, auch nur ein Glied zu rühren. Ich kann mich nicht entsinnen, daß es bei meinem Vater ebenso verlaufen wäre. Die Kopfschmerzen, ja, und auch die Gereiztheit, die wechselnden Stimmungen, nicht aber die andern Symptome.

Philip, mein Junge, der einzige Mensch auf Erden, dem ich vertrauen kann: sag mir, was das bedeutet, und wenn Du kannst, komm zu mir. Kein Wort zu Nick Kendall. Kein Wort zu irgendeiner lebenden Seele! Vor allem aber, antworte mir nicht schriftlich, sondern komm!

Ein Gedanke vor allem hält mich im Bann. Versuchen sie, mich zu vergiften? Ambrose.›

Ich faltete den Brief zusammen. Von den Bäumen auf dem Hügel gegenüber stiegen die Dohlen auf, kreisten krächzend und flogen in schwärzlicher Wolke nach den Gipfeln anderer Bäume neben dem Marschland.

Ich zerriß den Brief nicht. Ich grub neben dem Granitblock ein Loch dafür.

141

Ich legte ihn in meine Brieftasche und vergrub sie tief in der dunklen Erde. Dann glättete ich die Stelle mit meinen Händen. Ich ging den Hügel hinunter und durch den Wald zu der Allee. Als ich den Rückweg nach Hause antrat, hörte ich das Lachen und Schwatzen der Männer, die von der Arbeit kamen. Ich blieb eine Weile stehen und sah sie durch den Park gehen. Die Gerüste an den Mauern, wo sie den ganzen Tag gearbeitet hatten, wirkten jetzt kahl und nackt.

Durch die Hintertür trat ich auf den Hof, und da meine Schritte auf den Steinen widerhallten, kam Seecombe aus dem Verwaltungszimmer; er war sichtlich bestürzt.

«Ich bin froh, daß Sie da sind, Sir», sagte er. «Die Herrin hat schon seit langer Zeit nach Ihnen gefragt. Der arme Don hat einen Unfall erlitten, und sie ist sehr besorgt um ihn.»

«Einen Unfall? Was ist denn geschehen?»

«Ein großer Ziegel ist auf ihn gefallen, Sir», erwiderte er. «Sie wissen, wie taub er in der letzten Zeit geworden ist und wie schwer er sich von seinem Platz in der Sonne trennt. Der Ziegel muß ihm auf den Rücken gefallen sein. Er kann sich nicht rühren.»

Ich ging in die Bibliothek. Rachel kniete auf dem Boden und hatte Dons Kopf in ihren Schoß gebettet. Sie hob den Blick, als ich eintrat. «Er ist erschlagen worden», sagte sie. «Er stirbt. Warum sind Sie so lange fortgeblieben? Wenn Sie hier gewesen wären, hätte sich das Unglück nicht ereignet.»

Ihre Worte klangen wie das Echo von etwas längst Vergessenem. Doch was es war, daran konnte ich mich nicht erinnern. Seecombe ließ uns allein. Die Tränen, die ihre Augen gefüllt hatten, rollten jetzt über ihre Wangen. «Don hat Ihnen gehört; er war ganz Ihr Eigentum. Sie sind mit ihm aufgewachsen. Ich kann es nicht ertragen, ihn sterben zu sehen!»

Ich kniete neben ihr auf dem Boden nieder, und ich merkte, daß ich nicht an den Brief dachte, der neben dem Granitblock begraben war, nicht an den armen Don, der schlaff zwischen uns auf dem Boden lag und nun sterben mußte. Nein, ich dachte nur an eines. Es war das erstemal, seit sie in mein Haus gekommen war, daß ihre Trauer nicht Ambrose galt, sondern mir.

XIX

Den ganzen langen Abend saßen wir bei Don. Ich aß mein Nachtessen, aber Rachel wollte mir dabei nicht Gesellschaft leisten. Kurz vor Mitternacht starb er. Ich trug ihn weg und deckte ihn zu, und morgen wollten wir ihn im Garten begraben. Als ich wieder in die Bibliothek kam, war Rachel bereits fort. Ich ging durch den Korridor zu ihrem Boudoir, und da saß sie und starrte mit nassen Augen ins Feuer.

Ich setzte mich neben sie und ergriff ihre Hände. «Ich glaube nicht, daß er gelitten hat», sagte ich. «Es scheint ganz schmerzlos gewesen zu sein.»

«Fünfzehn lange Jahre! Der kleine, zehnjährige Knabe, der ihn in seinem Geburtstagskuchen gefunden hat! An diese Geschichte mußte ich denken, als er dalag, den Kopf in meinem Schoß.

«In drei Wochen ist der Geburtstag wieder da», sagte ich. «Dann bin ich fünfundzwanzig. Wissen Sie, was dann geschieht?»

«Alle Wünsche sollen in Erfüllung gehen», erwiderte sie. «So pflegte meine Mutter zu sagen, als ich noch jung war. Was wünschen Sie sich, Philip?»

Ich antwortete nicht gleich; ich starrte auch in die Flammen.

«Das werde ich erst wissen, wenn der Tag da ist.»

Ihre Hand mit den Ringen lag weiß und still auf meiner.

«Wenn ich fünfundzwanzig bin, dann hat mein Pate sein Aufsichtsrecht über meinen Besitz verloren. Alles gehört mir, und ich kann damit machen, was ich will. Das Perlencollier, die andern Juwelen in der Bank, ich kann Ihnen alles geben.»

«Nein! Ich würde sie nicht annehmen, Philip. Sie sollen für Ihre Frau aufbewahrt bleiben, wenn Sie einmal heiraten. Ich weiß, daß Sie nichts vom Heiraten hören wollen, aber eines Tages werden Sie vielleicht anderer Ansicht sein.»

Ich wußte wohl, was ich darauf am liebsten erwidert hätte, aber ich wagte es nicht. Statt dessen bückte ich mich und küßte ihre Hand.

«Nur durch ein Versehen», sagte ich, «gehören diese Schmuckstücke nicht schon heute Ihnen. Und nicht nur der Schmuck, sondern alles. Das Haus, das Geld, das Gut. Das wissen Sie sehr wohl.»

Sie sah unglücklich drein. Sie wandte sich vom Feuer ab und lehnte sich in ihrem Stuhl zurück. Die Hände begannen mit den Ringen zu spielen.

«Es hat keinen Zweck, jetzt darüber zu reden», sagte sie. «Wenn ein Versehen geschehen ist, so habe ich mich daran gewöhnt.»

«Sie vielleicht, nicht aber ich.»

Ich stand auf, stellte mich mit dem Rücken zum Feuer und sah auf sie hinunter. Jetzt wußte ich, was ich tun konnte, und kein Mensch sollte mich daran hindern.

«Was meinen Sie denn?» fragte sie, und noch war der unglückliche Ausdruck in ihren Augen.

«Jetzt ist das unwichtig», sagte ich. «In drei Wochen werden Sie es erfahren.»

«In drei Wochen, nach Ihrem Geburtstag, muß ich Sie verlassen, Philip!»

Nun hatte sie die Worte ausgesprochen, die ich erwartet hatte. Da sich aber unterdessen ein Plan in meinem Geist geformt hatte, waren sie vielleicht nicht mehr entscheidend.

«Warum?» fragte ich.

«Ich bin zu lange geblieben.»

«Sagen Sie», begann ich, «wenn Ambrose ein Testament gemacht hätte, in dem er Ihnen den Besitz auf Lebenszeit zugesichert hätte, mit dem einzigen Vorbehalt, daß ich das Gut verwalten sollte, was hätten Sie getan?»

In ihren Augen zuckte es, und sie wandte sich wieder dem Feuer zu.

«Wie meinen Sie das?»

«Würden Sie hier leben?» fragte ich. «Würden Sie mich vor die Tür setzen?»

«Sie vor die Tür setzen? Aus Ihrem eigenen Heim vertreiben?» rief sie. «Wie können Sie nur so fragen!»

«Sie wären also hier geblieben? Sie hätten hier in diesem Haus gewohnt und mich gewissermaßen als Ihren Verwalter behalten? Wir hätten nebeneinander gelebt, genau wie wir es jetzt tun?»

«Ja», sagte sie. «Wahrscheinlich. Ich habe nie daran gedacht. Es wäre alles ganz anders. Das läßt sich nicht vergleichen.»

«Inwiefern anders?»

Sie hob die Hände. «Wie soll ich Ihnen das erklären? Begreifen Sie nicht, daß meine Stellung hier derzeit unhaltbar ist, einfach weil ich eine Frau bin? Ihr Pate wäre der erste, der einer Meinung mit mir ist. Er hat nichts gesagt, aber er hat bestimmt den Eindruck, daß meine Zeit um ist. Ganz anders wäre es gewesen, wenn ich das Haus besäße und Sie, nach Ihren Worten, mein Angestellter wären. Ich wäre dann Mrs. Ashley und Sie mein Erbe. Jetzt aber, wie die Dinge sich entwickelt haben, sind Sie Philip Ashley und ich eine Verwandte, die von Ihrer Mildherzigkeit lebt. Es sind Abgründe dazwischen, mein Lieber!»

«Richtig!»

«Nun, dann wollen wir nicht weiter davon sprechen.»

«Doch, das wollen wir», erklärte ich, «denn die Sache ist von höchster Wichtigkeit. Was ist mit jenem Testament geschehen?»

«Welchem Testament?»

«Dem Testament, das Ambrose aufgesetzt und niemals unterzeichnet hat? Womit er Ihnen das Gut verschrieben hatte?»

Ich sah, wie die Angst in ihren Augen sich vertiefte.

«Woher wissen Sie von solch einem Testament? Ich habe Ihnen nie ein Wort davon gesagt.»

Eine Lüge konnte als Vorwand dienen, und so log ich denn.

«Ich habe immer gewußt, daß solch ein Testament vorhanden sein mußte. Doch möglicherweise war es nicht unterzeichnet und darum gesetzlich ungültig. Ich möchte noch weitergehen und behaupten, daß Sie es hier bei Ihren Sachen haben.»

Das war ein Versuch, aber er gelang; ihre Augen wandten sich instinktiv dem kleinen Schreibtisch an der Wand zu, und dann haftete ihr Blick wieder an mir.

«Was wollen Sie von mir hören?» fragte sie.

«Nur die Bestätigung, daß dieses Testament vorhanden ist.»

Sie zauderte, dann zuckte sie die Achseln.

«Gut denn», erwiderte sie. «Aber das ändert nichts. Das Testament ist nie unterschrieben worden.»

«Kann ich es sehen?»

«Wozu, Philip?»

«Ich habe einen bestimmten Grund. Sie dürfen mir wohl vertrauen.»

Lange sah sie mich an. Sie war sichtlich bestürzt und verängstigt. Sie stand auf, trat an den Schreibtisch, und dann warf sie mir einen Blick zu und zauderte.

«Was soll das alles so plötzlich? Warum können wir die Vergangenheit nicht ruhen lassen? Sie haben mir doch versprochen, daß Sie es tun würden!»

144

«Sie haben mir versprochen zu bleiben», erwiderte ich.

Ich dachte daran, wie ich nachmittags neben dem Granitblock gewählt hatte. Ich hatte mich dafür entschieden, den Brief zu lesen, was auch daraus entstehen mochte. Und jetzt mußte auch sie einen Entschluß fassen. Sie stand am Schreibtisch, zog einen kleinen Schlüssel hervor und öffnete eine Lade. Aus der Lade nahm sie ein Blatt Papier und reichte es mir.

«Lesen Sie es, wenn Sie wollen!»

Ich trat mit dem Blatt zur Kerze. Die Schrift war die von Ambrose, klar und deutlich, eine festere Hand als in dem Brief, den ich am Nachmittag gelesen hatte. Datiert war das Schriftstück vom November vorigen Jahres, als er und Rachel sieben Monate verheiratet gewesen waren. Obenauf stand ‹Letzter Wille und Testament von Ambrose Ashley›. Der Inhalt entsprach völlig dem, was er mir geschrieben hatte. Der Besitz wurde Rachel auf Lebenszeit zur Nutznießung überlassen und sollte nach ihrem Tode auf das älteste Kind übergehen, das etwa ihrer Ehe entsproß. Blieb die Ehe kinderlos, so fiel der Besitz mir zu, mit der Klausel, daß ich ihn auch zu Rachels Lebzeiten zu verwalten hätte.

«Darf ich eine Abschrift davon machen?» fragte ich.

«Tun Sie, was Sie wollen.» Sie war blaß und schien mich kaum zu hören. «Jetzt ist die Sache ohnehin erledigt, Philip! Es hat keinen Zweck, darüber ein Wort zu verlieren.»

Ich setzte mich an den Schreibtisch und schrieb das Testament ab, während sie im Lehnstuhl ruhte, die Wange auf eine Hand gestützt.

Ich wußte, daß ich eine Bestätigung für jedes Wort haben mußte, das Ambrose mir in seinem Brief geschrieben hatte, und obgleich es mir sehr zuwider war, zwang ich mich doch, weitere Fragen zu stellen. Meine Feder kratzte über das Papier; diese Abschrift war kaum mehr als ein Vorwand, aber er ermöglichte mir, Rachel nicht anzusehen, während ich sie ausfragte.

«Ich sehe, daß Ambrose sein Testament im November niedergeschrieben hat», sagte ich. «Haben Sie eine Ahnung, warum er gerade zu dieser Zeit seinen Letzten Willen aufsetzen wollte? Sie hatten doch schon im April geheiratet.»

Sie zauderte, und mir war zumute wie einem Arzt, der die Narbe einer kaum verheilten Wunde untersuchen muß.

«Ich weiß nicht, warum er dieses Testament gerade im November abfaßte», sagte sie. «Gerade damals haben wir beide nicht an den Tod gedacht, wahrhaftig nicht. Es war die glücklichste Zeit in all den achtzehn Monaten, die wir miteinander verleben durften.»

«Ja», sagte ich und griff nach einem frischen Blatt Papier, «das hat er mir geschrieben.» Ich hörte, wie sie im Stuhl rückte und sich zu mir wandte. Aber ich schrieb weiter.

«Ambrose hat es Ihnen geschrieben? Aber ich hatte ihn doch gebeten, Ihnen nicht zu schreiben! Ich fürchtete, Sie könnten es mißverstehen und sich gewissermaßen beeinträchtigt fühlen. Und er versprach mir auch, es geheimzuhalten. Und nachher war es ja ohnehin gleichgültig geworden!»

Die Stimme klang ausdruckslos. Vielleicht würde auch ein Leidender, dessen Narbe der Arzt mit seiner Sonde untersucht, abgestumpft sagen, er habe keine Schmerzen. In dem Brief, der neben dem Granitblock vergraben

145

lag, hatte Ambrose geschrieben: ‹Bei einer Frau gehen solche Dinge tiefer.›
Ich warf einen Blick auf das Papier und merkte, daß ich hingeschrieben
hatte: ‹... ohnehin gleichgültig geworden... ohnehin gleichgültig geworden...› Ich zerriß das Blatt und nahm ein anderes.

«Und so ist das Testament schließlich nie unterschrieben worden», sagte
ich.

«Nein. Ambrose hat es so gelassen, wie Sie es jetzt sehen.»

Ich war mit der Abschrift fertig. Ich faltete das Testament und meine
Kopie zusammen und steckte beide Schriftstücke in meine Brusttasche, wo
ich noch heute nachmittag den Brief gehabt hatte. Dann kniete ich neben
ihrem Stuhl nieder, legte meine Arme um sie, aber nicht wie man eine
Frau, sondern weit mehr wie man ein Kind hält.

«Rachel», fragte ich, «warum hat Ambrose sein Testament nicht unterschrieben?»

Sie lehnte ganz still im Stuhl. Nur die Hand, die auf meiner Schulter
lag, straffte sich plötzlich.

«Sagen Sie es mir, Rachel! Sagen Sie es mir!»

Die Stimme, die mir antwortete, war schwach und wie aus der Ferne, war
kaum mehr als ein Wispern.

«Das habe ich nie gewußt», sagte sie. «Wir haben nicht mehr davon
gesprochen. Aber als er wußte, daß ich keine Kinder haben konnte, da hat
er seinen Glauben an mich verloren. So wenigstens stelle ich es mir vor.
Das Vertrauen schwand, obgleich er sich dessen nie bewußt wurde.»

Während ich hier kniete und die Arme um sie gelegt hatte, dachte ich an
den Brief, der tief in der Erde lag; die gleiche Anklage war darin enthalten,
nur in andern Worten. Und ich fragte mich, wie es zugehen konnte, daß zwei
Menschen, die einander geliebt hatten, zu solch einem Mißverständnis
gelangen konnten. Wie sie sich, in einem gemeinsamen Schmerz verbunden,
derart auseinander zu entwickeln vermochten. In der Liebe von Mann und
Frau mußte etwas verborgen sein, das zu Qual und Argwohn trieb. «Waren
Sie damals unglücklich?» fragte ich.

«Unglücklich? Was denken Sie? Ich war fast von Sinnen!»

Und ich konnte sie auf der Terrasse der Villa sitzen sehen, den Schatten
zwischen ihnen, ein Gebilde, aus ihren eigenen Zweifeln und Ängsten aufgebaut, und mein Eindruck war, daß dieser Schatten über alles Verstehen
weit zurückreichte, wo keine Spur hinführte. Vielleicht hatte ihr
Ambrose, seines Grolls kaum bewußt, ihre Vergangenheit mit Sangalletti und
die Zeit vorher nachgetragen und machte ihr einen Vorwurf aus dem Leben,
das er nicht geteilt hatte; und sie wiederum, ebenfalls in dumpfem Groll,
fürchtete, daß mit dem Verlust des Kindes auch die Liebe verloren war.
Wie wenig hatte sie doch meinen Vetter Ambrose verstanden! Und wie wenig
hatte er von ihr gewußt! Ich hätte ihr den Inhalt des Briefs erzählen können,
aber das hätte keinen Zweck gehabt. Zu tief reichte das Mißverständnis.

«So war also nur ein Irrtum daran schuld, daß er den Letzten Willen nicht
unterzeichnete?» fragte ich.

«Nennen Sie es Irrtum, wenn Sie wollen. Heute kommt es nicht darauf
an. Doch bald darauf veränderte sich sein Wesen; er war ein anderer
Mensch. Damals begannen die Kopfschmerzen, die ihn beinahe blendeten.

Ein- oder zweimal hatte er richtige Wutanfälle. Ich fragte mich, in welchem Ausmaß ich selber daran Schuld tragen könnte, und hatte Angst.»

«Und Sie hatten keinen Freund?»

«Nur Rainaldi. Und er hat nie erfahren, was ich Ihnen heute abend erzählt habe.»

Das kalte, harte Gesicht, diese schmalen, forschenden Augen! Ich konnte Ambrose keinen Vorwurf daraus machen, daß er Rainaldi mißtraute. Und doch, wie konnte Ambrose, der ihr Gatte war, seiner selbst so unsicher sein? Ein Mann mußte am Ende doch wissen, ob eine Frau ihn liebte. Aber möglicherweise war man nicht immer ganz sicher.

«Und als Ambrose krank wurde», sagte ich, «haben Sie Rainaldi nicht mehr ins Haus kommen lassen?»

«Das durfte ich nicht wagen. Sie werden nie begreifen, wie Ambrose sich verändert hatte, und ich möchte es Ihnen nicht näher schildern. Bitte, Philip, stellen Sie mir keine Fragen mehr!»

«Ambrose hat Sie verdächtigt – wessen hat er Sie verdächtigt?»

«Ach, alles mögliche – Untreue und noch Schlimmeres glaubte er festzustellen.»

«Was kann noch schlimmer sein als Untreue?»

Plötzlich schob sie mich fort, stand auf, ging zur Tür und öffnete sie. «Nichts», sagte sie. «Nichts auf der ganzen Welt! Und jetzt gehen Sie und überlassen Sie mich mir selbst!»

Langsam stand ich auf und ging zur Tür.

«Es tut mir leid», sagte ich. «Ich wollte Sie nicht erzürnen.»

«Ich bin gar nicht zornig.»

«Nie mehr werde ich Ihnen Fragen stellen. Dies waren die letzten. Das verspreche ich Ihnen feierlich.»

«Ich danke Ihnen.»

Ihr Gesicht war weiß und verzogen, ihre Stimme kalt.

«Ich hatte einen Grund für meine Fragen», sagte ich. «Das werden Sie in drei Wochen erfahren.»

«Ich frage nicht nach dem Grund, Philip. Nur um eines bitte ich Sie jetzt – gehen Sie!»

Sie küßte mich nicht, noch reichte sie mir die Hand. Ich verbeugte mich und ging. Eben noch hatte sie mir erlaubt, neben ihr zu knien und meine Arme um sie zu legen. Was hatte sie so jäh verändert? Wenn Ambrose nur wenig von den Frauen wußte, so wußte ich gar nichts. Diese unerwartete Wärme, die einen Mann überraschte und in den siebenten Himmel hob, und dann plötzlich eine völlig umgeschlagene Stimmung, die ihn dorthin zurückwies, wo er vorher gewesen war. Welche wirren, vielverschlungenen Gedanken irrten durch diese Hirne und umwölkten ihr Urteil? Welche Triebe wogten durch ihr Wesen, reizten sie zu Zorn und Abkehr oder zu plötzlichem Überschwang? Wir waren gewiß anders geartet mit unserer stumpferen Auffassungsgabe und gingen langsam auf unser Ziel zu, während sie, schweifend und wandelbar, vom Wind ihrer Launen aus ihrer Bahn geweht wurden.

Als sie am nächsten Morgen herunterkam, war sie wie immer, sanft und freundlich; mit keinem Wort wurde unser Gespräch vom Vorabend erwähnt.

Wir begruben den armen Don dort, wo die Kamelien gepflanzt waren, und um sein Grab legte ich einen kleinen Kreis von Steinen. Wir sprachen nicht von jenem zehnten Geburtstag, als Ambrose mir den Hund geschenkt hatte, noch von dem fünfundzwanzigsten, der nahe bevorstand. Doch am nächsten Tag stand ich früh auf, ließ Gipsy satteln und ritt nach Bodmin. Dort suchte ich einen Anwalt auf, einen gewissen Wilfred Tewin, einen vielbeschäftigten Mann, der aber bisher nie mit den Angelegenheiten der Familie Ashley zu tun gehabt hatte, denn mein Pate hatte seinen eigenen Rechtsberater in St. Austell. Ich erklärte ihm, ich käme in einer sehr dringenden Privatangelegenheit, und ersuchte ihn, in legaler Form ein Dokument aufzusetzen, das es mir ermöglichte, am ersten April, sobald ich das unbeschränkte Verfügungsrecht erlangt hätte, meinen ganzen Besitz Mrs. Rachel Ashley zu verschreiben.

Ich zeigte ihm das Testament, das Ambrose nicht unterschrieben hatte. Doch nur durch seine plötzliche Erkrankung und seinen Tod sei er daran gehindert worden, erklärte ich. Und nun wünschte ich, das neue Dokument solle sich im wesentlichen nach Ambroses Aufzeichnungen richten, daß nach Rachels Tod der Besitz an mich fallen und daß ich ihn zu ihren Lebzeiten verwalten solle. Würde ich vor Rachel sterben, so wären meine Cousins zweiten Grades in Kent erbberechtigt, doch auch erst nach Rachels Tod. Tewin begriff sehr rasch, was ich vorhatte, und da er mit meinem Paten nicht besonders gut stand – und nicht zuletzt darum war ich ja auch zu ihm gegangen –, war er ganz entzückt darüber, daß eine so wichtige Angelegenheit ihm anvertraut wurde.

«Wollen Sie nicht eine Klausel in das Dokument aufnehmen, durch die der Grundbesitz geschützt wird?» fragte er. «Nach dem vorliegenden Entwurf könnte Mrs. Ashley Äcker und Wiesen verkaufen, ganz wie es ihr beliebt, und das schiene mir doch unklug, da Sie ja den Besitz in seiner Gesamtheit den Erben erhalten wollen.»

«Ja», sagte ich langsam, «es sollte wohl eine Klausel darin enthalten sein, die den Verkauf von Grund und Boden verbietet. Und das bezieht sich natürlich auch auf das Haus.»

«Es gibt auch Familienschmuck, nicht wahr? Und andere persönliche Effekten? Wie wollen Sie es damit halten?»

«Der Schmuck gehört ihr. Sie kann darüber verfügen, wie sie will.»

Er las mir den Entwurf vor, und ich hatte nichts daran auszusetzen.

«Noch eines», sagte er. «Wir haben keine Bestimmung für den Fall getroffen, daß Mrs. Ashley eine neue Ehe eingeht.»

«Das ist höchst unwahrscheinlich», meinte ich.

«Vielleicht; aber man sollte doch Vorsorge treffen.»

Er sah mich forschend an, die Feder schwebte in der Luft.

«Ihre Cousine ist eine verhältnismäßig junge Frau», sagte er. «Man müßte doch daran denken.»

Plötzlich kam mir der alte St. Ives in den Sinn, der am andern Ende der Gegend wohnte, und die Bemerkung, die Rachel im Scherz mir gegenüber gemacht hatte.

«Im Falle einer Wiederverheiratung», sagte ich schnell, «fällt der ganze Besitz an mich zurück. Das ist völlig eindeutig.»

Er machte sich eine Notiz und las mir den Entwurf nochmals vor. «Und Sie wünschen das bis zum ersten April in legaler Form aufgesetzt zu haben, Mr. Ashley?»

«Ich bitte darum. Es ist mein Geburtstag. Am ersten April verfüge ich ohne jede Einschränkung über den Besitz. Es kann von keiner Seite mehr ein Einwand erhoben werden.»

Er legte das Blatt zusammen und lächelte.

«Was Sie da tun, ist sehr großherzig. Am Tage, da alles Ihnen gehört, geben Sie es weg!»

«Es hätte nie mir gehört», erwiderte ich, «wenn mein Cousin Ambrose Ashley seinen Namen unter dieses Dokument gesetzt hätte.»

«Dennoch glaube ich nicht, daß dergleichen jemals geschehen ist», meinte er. «Ich jedenfalls kenne keinen solchen Fall und habe die Erfahrung eines ganzen Lebens hinter mir. Ich nehme an, daß die Sache bis zum ersten April geheim bleiben soll.»

«Unbedingt! Das alles ist zunächst noch strengstes Geheimnis.»

«Sehr wohl, Mr. Ashley. Und ich danke Ihnen, daß Sie mir Ihr Vertrauen geschenkt haben. In Zukunft stehe ich jederzeit zu Ihrer Verfügung, wann und in welcher Sache auch immer Sie mir die Ehre Ihres Besuchs schenken werden.»

Er begleitete mich bis zur Haustür und versprach, daß ich das Dokument am einunddreißigsten März erhalten würde.

Keinerlei Bedenken drückte mich, als ich jetzt heimritt. Ob meinen Paten wohl der Schlag treffen würde, wenn er die Neuigkeit erfuhr? Mir war es gleichgültig. Sobald ich einmal seine Vormundschaft los war, wünschte ich ihm gewiß nichts Böses, da ich ja nun endlich das Spiel zu meinen Gunsten wenden konnte. Und Rachel? Jetzt war es nichts mehr mit ihrer Übersiedlung nach London. Sie durfte ihren Besitz nicht im Stich lassen. Ihre Argumente vom Vorabend waren nicht mehr stichhaltig. Wenn sie mich nicht länger im Haus haben wollte, so konnte ich ins Gartenhaus übersiedeln und jeden Tag meine Weisungen entgegennehmen. Ich würde mit Wellington und Tamlyn und den andern leben und, Mütze in der Hand, auf ihre Befehle warten. Wäre ich ein kleiner Junge gewesen, so hätte ich jetzt aus lauter Lebensfreude einen Luftsprung gemacht. So ließ ich wenigstens Gipsy über einen Graben setzen und wäre beinahe gestürzt, als wir mit dumpfem Laut auf der andern Seite ankamen. Die Märzwinde machten mich übermütig, ich hätte am liebsten laut gesungen. Die Hecken waren grün, die Weidenkätzchen schimmerten silbern, und die ganze honiggoldene Masse von Ginster stand in Blüte. Es war ein Tag, wie geschaffen zu jeder Tollheit.

Als ich gegen Mitte des Nachmittags heimkehrte und über die Fahrstraße auf das Haus zuritt, sah ich einen Postwagen vor dem Tor stehen. Das war ein ungewöhnlicher Anblick, denn wenn Gäste zu Rachel kamen, fuhren sie stets im eigenen Wagen vor. Die Räder der Postkutsche waren staubig wie von langer Fahrt auf der Straße, und ich kannte weder den Wagen noch den Kutscher. Als ich sie erblickte, machte ich eine Wendung und ritt zu den Stallungen, doch der Reitknecht, der mir Gipsy abnahm, wußte von den Besuchern nicht mehr als ich, und Wellington war nicht zu sehen.

In der Halle sah ich keinen Menschen, doch als ich leise auf den Salon zuging, hörte ich hinter der geschlossenen Tür Stimmen. Ich beschloß, nicht über die Haupttreppe in mein Zimmer hinaufzugehen, sondern über die Dienerschaftstreppe. Doch gerade als ich mich umwandte, wurde die Salontür geöffnet, und Rachel kam in heiterster Stimmung in die Halle. Sie sah froh und glücklich aus und hatte jenes Strahlen an sich, das so sehr zu ihr gehörte, wenn sie in guter Laune war.

«Ach, Sie sind da, Philip», sagte sie. «Kommen Sie doch in den Salon – Sie sollen meinem Gast nicht entrinnen. Er hat eine weite Reise gemacht, um uns beide zu besuchen.» Lächelnd ergriff sie meinen Arm und zog mich, trotz meines Widerstrebens, in das Zimmer. Dort saß ein Mann, der, als er mich erblickte, aufstand und mir mit ausgestreckter Hand entgegenging.

«Sie haben mich nicht erwartet», sagte er, «und ich muß um Entschuldigung bitten. Doch als ich Sie zum erstenmal sah, hatte ich Sie auch nicht erwartet.»

Es war Rainaldi.

XX

Ich weiß nicht, ob ich die Gefühle, die ich empfand, offen zeigte, aber es muß wohl so gewesen sein, denn Rachel griff rasch ein und erzählte Rainaldi, ich sei immer draußen, reite oder wandere durch die Wälder, sie wisse nie, wo ich stecke, noch hätte ich feste Stunden für meine Rückkehr. «Philip arbeitet härter als seine Leute», sagte sie, «und kennt jeden Zoll von seinem Besitz weit besser als sie.»

Noch hatte sie die Hand auf meinem Arm, als wollte sie mich ihrem Gast in bestem Licht zeigen, etwa wie ein Lehrer ein verdrossenes Kind.

«Ich gratuliere Ihnen zu Ihrem prächtigen Besitz», sagte Rainaldi. «Es wundert mich gar nicht, daß Ihre Cousine Rachel sich hier so heimisch fühlt. Sie hat nie so wohl ausgesehen.»

Seine Augen, diese schwerlidrigen, ausdruckslosen Augen, derer ich mich so gut entsann, blickten sekundenlang auf Rachel und wandten sich dann mir zu.

«Die Luft hier», fuhr er fort, «muß für die Ruhe von Leib und Seele zuträglicher sein als unsere schärfere Luft in Florenz.»

«Meine Cousine», erwiderte ich, «stammt aus diesem Land. Sie ist nur dorthin zurückgekehrt, wohin sie gehört.»

Er lächelte, wenn man das Zucken seiner Züge so bezeichnen wollte, und wandte sich dann wieder zu Rachel. «Das hängt davon ab, welche Blutsbindung die stärkere ist, nicht? Ihr junger Verwandter übersieht, daß Ihre Mutter aus Rom stammt. Und Sie gleichen ihr, wie ich feststellen darf, mit jedem Tag mehr.»

«Hoffentlich nur in den Gesichtszügen», sagte Rachel. «Weder in der Gestalt noch im Charakter. Philip, Rainaldi erklärt, daß er in irgendeinem Gasthaus absteigen will; er ist nicht sehr wählerisch; aber ich habe ihm gesagt, daß das Unsinn ist. Wir können ihm doch gewiß auch hier ein Zimmer zur Verfügung stellen?»

Dieser Vorschlag paßte mir gar nicht, aber ich konnte dennoch unmöglich nein sagen.

«Natürlich! Ich werde sogleich das Nötige veranlassen. Auch die Postkutsche kann man ja wegschicken, wenn Sie sie nicht mehr brauchen.» «Ich bin mit dem Postwagen aus Exeter gekommen», sagte Rainaldi. «Ich werde den Mann bezahlen, und er kann mich abholen, wenn ich wieder nach London fahre.»

«Darüber können wir auch später reden», sagte Rachel. «Jetzt, da Sie einmal hier sind, müssen Sie doch wenigstens ein paar Tage bleiben, damit man Ihnen alles zeigen kann. Überdies haben wir so viel zu besprechen!»

Ich verließ den Salon, um anzuordnen, daß ein Zimmer für Rainaldi bereitgestellt werden solle – es gab einen großen, ziemlich kahlen Raum im Westflügel; dort war er leidlich untergebracht. Und dann ging ich langsam die Treppe hinauf, um zu baden und mich zum Abendessen umzuziehen. Von meinem Fenster sah ich, wie Rainaldi aus dem Haus trat und den Kutscher bezahlte; nachher blieb er eine Weile im Tor stehen und sah sich um. Ich hatte das Gefühl, als wollte er mit diesem einen Blick den Wert des Holzes, der Bäume, der Sträucher abschätzen; ich sah, wie er die geschnitzte Haustür begutachtete und seine Hände über das schön polierte Holz glitten. Rachel mußte sich jetzt zu ihm gesellt haben, denn ich hörte sie lachen, und dann begannen die beiden sich in italienischer Sprache zu unterhalten. Die Haustür wurde geschlossen, sie traten ins Haus.

Halb und halb hatte ich nicht übel Lust, in meinem Zimmer zu bleiben; John konnte mir mein Abendessen heraufbringen. Da sie doch so viel miteinander zu besprechen hatten, konnten sie das ja viel besser tun, wenn ich nicht dabei war. Doch andererseits war ich der Hausherr und durfte nicht unhöflich sein. Langsam nahm ich mein Bad, zog mich widerwillig an, ging die Treppe hinunter und sah, wie Seecombe und John mit großer Geschäftigkeit im Eßzimmer tätig waren, das nicht mehr benützt worden war, seit die Arbeiter die Täfelung gereinigt und den Plafond repariert hatten. Das beste Silber lag auf dem Tisch, und alles, was das Haus erlesenen Gästen zu bieten hatte, war vorhanden.

«Ganz überflüssig», sagte ich zu Seecombe. «Wir hätten sehr gut auch in der Bibliothek essen können.»

«Die Herrin hat es so angeordnet», sagte Seecombe würdig, und ich hörte, wie er John beauftragte, die spitzenbesetzten Deckchen zu holen, die wir nicht einmal bei den Sonntagabendessen auflegten.

Ich zündete die Pfeife an und ging in den Park hinaus. Der Frühlingsabend war noch hell, und erst in einer Stunde oder später würde die Dämmerung einsetzen. Dennoch waren im Salon die Kerzen angezündet und die Vorhänge nicht zugezogen. Auch im blauen Schlafzimmer brannten die Kerzen, und ich sah Rachel an den Fenstern vorübergehen, während sie Toilette machte. Es wäre ein Abend gewesen, um allein mit ihr in ihrem Boudoir zu sitzen, ich im stolzen Bewußtsein dessen, was ich in Bodmin ausgerichtet hatte, und sie, sanft und freundlich, hätte mir von ihrem Tag erzählt. Jetzt aber war das alles zunichte geworden. Ein hell beleuchteter Salon, ein belebtes Eßzimmer, ein Gespräch zwischen den beiden über Dinge, die mich nichts angingen. Und vor allem das instinktive Gefühl des Widerwillens gegen diesen Mann, der unverdrängbare Eindruck, daß er nicht bloß eine Vergnügungsreise unternommen hatte, um einen Tag hier zu verbringen, sondern ganz andere Ziele verfolgte. Hatte Rachel gewußt, daß er nach England kommen und sie besuchen werde? Die ganze Freude über meinen Ritt nach Bodmin war verschwunden. Die Fröhlichkeit des Schuljungen war nicht mehr vorhanden. Mißgestimmt, voll von bösen Ahnungen trat ich ins Haus. Rainaldi war allein im Salon und stand am Feuer. Er hatte seine Reisekleider mit einem Abendanzug vertauscht und betrachtete das Bild meiner Großmutter, das an der Wand hing.

«Ein reizendes Gesicht», sagte er, «schöne Augen, ein prachtvoller Teint! Sie entstammen einer Familie schöner Menschen. Der Kunstwert des Porträts allerdings ist nicht sehr hoch.»

«Wahrscheinlich nicht», gab ich zu. «Die Lelys und Knellers hängen im Treppenhaus, wenn Sie sich die Mühe machen wollen, sie zu besichtigen.»

«Ich habe sie schon bemerkt, als ich herunterkam», sagte er. «Der Lely hängt gut, der Kneller nicht. Der Kneller ist übrigens, wie ich bemerken möchte, nicht gerade in seinem besten Stil gemalt; das Bild stammt aus einer Zeit, da er eine Vorliebe für das Überladene hatte. Möglicherweise hat einer seiner Schüler es vollendet.» Ich erwiderte nichts; ich hörte Rachels Schritt auf der Treppe. «In Florenz», fuhr er fort, «konnte ich noch vor meiner Abreise einen Furini für Ihre Cousine verkaufen, der zu der seither leider in alle Winde verstreuten Sammlung der Familie Sangalletti gehörte. Ein prachtvolles Stück. Es hing im Treppenhaus der Villa, wo es das günstigste Licht hatte. Als Sie in der Villa waren, haben Sie es wahrscheinlich nicht beachtet.»

«Wahrscheinlich nicht.»

Rachel trat in das Zimmer. Sie trug das Kleid, das sie am Weihnachtsabend getragen hatte, aber um die Schultern hatte sie einen Schal gelegt, und das war mir lieb. Sie schaute von einem zum andern, als wollte sie unseren Mienen entnehmen, worüber wir gesprochen hatten.

«Ich habe Ihrem Cousin Philip eben erzählt, daß es mir gelungen ist, die Madonna von Furini zu verkaufen. Aber es ist wahrhaft tragisch, daß sie verkauft werden mußte.»

«Daran sind wir nun einmal gewöhnt, nicht?» erwiderte sie. «Es gab so viele Schätze, die wir nicht retten konnten.» Ich spürte, daß das Wort ‹wir› in diesem Zusammenhang mich reizte.

«Ist es Ihnen auch gelungen, die Villa zu verkaufen?» fragte ich geradeheraus.

«Bisher noch nicht», sagte Rainaldi. «Ja — das ist einer der Gründe, weshalb ich hierher kam, um mit Ihrer Cousine Rachel zu sprechen. Wir sind ziemlich fest entschlossen, sie statt dessen für drei oder vier Jahre zu vermieten. Das wäre vorteilhafter, und eine Vermietung ist immerhin keine so endgültige Maßnahme wie ein Verkauf. Vielleicht hat Ihre Cousine den Wunsch, eines Tages nach Florenz zurückzukehren. Die Villa war schließlich viele Jahre lang ihr Heim.»

«Ich habe derzeit nicht vor, zurückzukehren», sagte Rachel.

«Nein, vielleicht nicht», erwiderte er. «Aber das kann sich auch ändern.»

152

Seine Blicke folgten ihr, während sie durch den Raum ging, und ich hätte viel dafür gegeben, wenn sie sich gesetzt hätte, um ihm diese Möglichkeit zu nehmen. Der Stuhl, auf dem sie zu sitzen pflegte, stand in einiger Entfernung von den Kerzen, und ihr Gesicht blieb ein wenig beschattet. Sie hatte gar keinen Grund, im Zimmer umherzugehen, es sei denn, sie wollte ihr Kleid zeigen. Ich schob einen Stuhl heran, aber sie setzte sich nicht.

«Stellen Sie sich nur vor, Rainaldi ist mehr als eine Woche in London gewesen, ohne mich zu verständigen! In meinem ganzen Leben war ich noch nie so überrascht wie vorhin, als Seecombe mir meldete, Rainaldi sei angekommen. Wie konnte er nur so faul sein und mich nicht rechtzeitig verständigen?!» Sie lächelte ihm über die Schulter zu, und er zuckte die Achseln.

«Ich hoffte, meine plötzliche Ankunft würde Ihnen mehr Freude machen», sagte er. «Das Unerwartete kann angenehm sein oder auch das Gegenteil davon; das hängt von den Umständen ab. Erinnern Sie sich, wie Sie in Rom waren, und Cosimo und ich tauchten eben in dem Augenblick auf, als Sie sich für den Ball bei Casteluccis angezogen hatten? Da kamen wir beide Ihnen sehr ungelegen.»

«Ja, aber ich hatte auch meinen Grund», sagte sie lachend. «Wenn Sie es vergessen haben, werde ich Sie nicht daran erinnern.»

«Ich habe es nicht vergessen. Ich erinnere mich sogar an die Farbe Ihres Kleides. Es war wie Bernstein. Und Benito Castelucci hatte Ihnen Blumen geschickt; ich sah seine Karte sehr gut, aber Cosimo hat sie nicht gesehen.»

Seecombe meldete, daß das Abendessen bereit sei, und Rachel führte uns durch die Halle in das Eßzimmer; noch immer war sie in heiterster Laune und erinnerte Rainaldi an die Ereignisse in Rom. Nie hatte ich mich überflüssiger gefühlt, nie war ich so mißgestimmt gewesen. Sie fuhren fort, über Menschen und Orte zu reden, und dann und wann streckte Rachel mir über den Tisch die Hand zu, wie sie es mit einem Kind getan hätte, und sagte: «Sie müssen mir verzeihen, Philip, mein Lieber; aber es ist so lange her, seit ich Rainaldi zum letztenmal gesehen habe!» Und er beobachtete mich aus seinen dunklen, verschleierten Augen und lächelte ein langsames Lächeln.

Ein- oder zweimal sprachen sie auch italienisch. Er erzählte ihr etwas, und plötzlich suchte er nach einem Wort, das sich nicht einstellen wollte; dann neigte er, um Entschuldigung bittend, den Kopf und sprach in seiner Muttersprache weiter. Sie antwortete ihm, und ich hörte, wie die unvertrauten Worte viel rascher von ihren Lippen glitten, als wenn wir miteinander englisch sprachen; es war, als hätte ihr ganzes Wesen sich verwandelt; sie wurde lebhafter, angeregter und doch in gewissem Sinn auch härter, und ein neuer Glanz strahlte von ihr aus, der mir aber nicht recht gefallen wollte.

Es war mir, als seien die beiden an meinem Tisch, in diesem getäfelten Eßzimmer fehl am Ort; sie hätten anderswohin besser gepaßt, nach Florenz oder Rom, wo geschmeidige dunkle Diener ihnen aufwarteten, in all den Glanz einer mir völlig fremden Gesellschaft, wo man lachte und Worte plapperte, die ich nicht verstand. Hier hatten sie nichts zu suchen, wo Seecombe auf seinen Filzsohlen hin und her stapfte und einer der jungen Hunde unter dem Tisch scharrte. Ich saß in meinen Stuhl gekauert, mürrisch, ungesellig, ein Gespenst an meinem eigenen Tisch, griff nach den Walnüssen

153

und knackte sie mit den Händen, um mir Erleichterung zu schaffen. Rachel blieb bei uns, als wir zu Portwein und Brandy übergingen, oder vielmehr er, denn ich trank keinen Tropfen, während er beidem zusprach.

Er zündete eine Zigarre an, die er aus dem Etui nahm, das er bei sich trug, und sah mir mit einer gewissen Duldsamkeit zu, als ich meine Pfeife hervorholte.

«Anscheinend rauchen alle jungen Engländer Pfeife», bemerkte er. «Es soll angeblich für die Verdauung gut sein, aber man sagt mir, daß es auch einen ungünstigen Einfluß auf den Atem hat.»

«Nicht viel anders als Brandy», entgegnete ich, «der auch einen ungünstigen Einfluß auf die Urteilsfähigkeit haben kann.»

Plötzlich erinnerte ich mich an den armen Don, der im Park begraben lag; wenn er in seinen jüngeren Tagen auf einen Hund stieß, der sein Mißfallen erregte, hatten seine Haare sich gesträubt, er war auf ihn losgefahren und hatte ihn bei der Gurgel gepackt. Jetzt wußte ich, wie ihm zumute gewesen sein mußte!

«Wenn Sie uns entschuldigen wollen, Philip», sagte Rachel und stand auf. «Rainaldi und ich haben viel zu besprechen, und er hat auch verschiedene Papiere mitgebracht, die ich unterzeichnen muß. Es wäre wohl am besten, wenn wir jetzt ins Boudoir hinaufgingen. Wollen Sie nachher auch kommen?»

«Ich glaube nicht», sagte ich. «Ich bin den ganzen Tag fortgewesen und habe noch verschiedenes zu erledigen. Ich wünsche Ihnen beiden gute Nacht.»

Sie verließ das Eßzimmer, und er folgte ihr. Ich hörte sie die Treppe hinaufgehen. Ich saß noch da, als John kam, um den Tisch abzuräumen.

Dann ging ich ins Freie; ich sah das Licht im Boudoir, dessen Vorhänge jetzt aber zugezogen waren. Nun waren sie beisammen und sprachen ganz bestimmt italienisch miteinander. Sie saß wohl auf dem niedrigen Stuhl am Feuer und er neben ihr. Berichtete sie ihm, worüber wir am Vorabend gesprochen hatten? Daß ich das Testament an mich genommen und eine Abschrift gemacht hatte? Welchen Rat würde er ihr geben, was für Papiere hatte er mitgebracht, die sie unterzeichnen sollte? Und wenn sie mit den Geschäften fertig waren, würden sie wieder von Menschen und Orten reden, die ihnen vertraut waren? Und würde sie ihm einen Kräutertee brauen, wie sie es für mich getan hatte, und durch den Raum gehen, damit er ihre Bewegungen beobachten konnte? Wann würde er sich von ihr verabschieden und in sein Zimmer gehen? Würde sie ihm dabei ihre Hand überlassen? Würde er noch eine Weile an der Tür verweilen und unter irgendeinem Vorwand das Beisammensein verlängern, wie ich das immer versuchte? Oder würde sie ihm, den sie doch so gut kannte, erlauben, länger zu bleiben?

Ich ging auf und ab, über den neuen terrassierten Weg und dann den Pfad hinunter beinahe bis zum Strand und zurück, dann den Weg, wo die jungen Zedern gepflanzt worden waren, und so immer weiter und weiter, bis die Uhr auf dem Turm zehn schlug. Das war die Stunde, da ich immer entlassen wurde. Und Rainaldi? Würde sie auch ihn jetzt fortschicken? Ich blieb am Rand des Rasens stehen und beobachtete ihr Fenster. Noch immer brannte das Licht in ihrem Boudoir. Ich wartete. Das Licht brannte weiter. Vom Gehen war mir warm geworden, aber jetzt, unter den Bäumen, war die Luft kühl. Die Nacht war dunkel und kein Laut zu vernehmen. Kein kalter Mond stieg über die Gipfel der Bäume auf. Um elf Uhr, gleich nach dem Glockenschlag, wurde das Licht im Boudoir ausgelöscht, und statt dessen wurde es im blauen Schlafzimmer hell. Ich blieb noch eine Weile stehen, und dann faßte ich einen brüsken Entschluß; ich ging um das Haus, an der Küche vorbei, bis ich zur Westfront kam und zum Fenster von Rainaldis Zimmer aufblicken konnte. Ich spürte eine Erleichterung. Auch hier brannte Licht. Ich konnte es durch die geschlossenen Läden blitzen sehen. Auch das Fenster war geschlossen, und mit einem gewissen Gefühl englischer Überlegenheit sagte ich mir, daß der Südländer sicher weder Fenster noch Laden in der Nacht öffnen werde.

Ich ging ins Haus und über die Haupttreppe in mein Zimmer. Eben hatte ich Rock und Krawatte abgelegt und auf einen Stuhl geworfen, als ich das Rascheln ihres Kleides auf dem Korridor hörte, und dann klopfte sie leise an meine Tür. Ich öffnete; meine Cousine Rachel stand, noch völlig angekleidet, vor mir; auch den Schal hatte sie noch um die Schultern.

«Ich wollte Ihnen gute Nacht sagen.»

«Danke», erwiderte ich. «Ich wünsche auch Ihnen gute Nacht.»

Sie sah an mir herunter und bemerkte den Schlamm an meinen Schuhen.

«Wo sind Sie denn den ganzen Abend gewesen?»

«Draußen.»

«Und warum sind Sie nicht zu mir ins Boudoir gekommen und haben Ihren Kräutertee getrunken?»

«Ich hatte kein Verlangen danach.»

«Das ist lächerlich», sagte sie. «Bei Tisch haben Sie sich benommen wie ein ungezogener Schuljunge, der Prügel verdient.»

«Tut mir leid.»

«Rainaldi ist ein alter Freund von mir, das wissen Sie doch», sagte sie. «Wir hatten sehr viel miteinander zu besprechen; verstehen Sie das denn nicht?»

«Weil er ein so viel älterer Freund ist als ich, haben Sie ihm wohl auch erlaubt, bis elf Uhr in Ihrem Boudoir zu sitzen.»

«War es elf? Das hatte ich tatsächlich nicht bemerkt.»

«Wie lange will er bleiben?»

«Das hängt von Ihnen ab. Wenn Sie höflich sind und ihn einladen, wird er vielleicht drei Tage bleiben. Länger geht es nicht. Er muß nach London zurück.»

«Wenn Sie es von mir verlangen, werde ich ihn wohl einladen müssen.»

«Ich danke Ihnen, Philip.» Plötzlich schaute sie zu mir auf, ihr Blick wurde sanfter, und in den Mundwinkeln sah ich den Anflug eines Lächelns. «Was ist denn los? Warum sind Sie denn so dumm? Was haben Sie denn im Kopf gehabt, als Sie da unten auf und ab marschiert sind?»

Ich hätte ihr hundert Dinge erwidern können. Wie ich Rainaldi mißtraute, wie verhaßt mir seine Anwesenheit in diesem Hause war, wie ich wünschte, es möchte doch alles sein wie zuvor und sie allein mit mir. Statt dessen und nur, weil mir jedes Wort zuwider war, das an diesem

155

Abend gesprochen worden war, fragte ich: «Wer war denn dieser Benito Castelucci, der Ihnen Blumen geschickt hat?»

Sie lachte laut auf und legte die Arme um mich. «Er war alt und dick und roch nach Zigarrenrauch – und ich habe Sie viel zu lieb», sagte sie und verschwand.

Ohne Zweifel war sie zwanzig Minuten später eingeschlafen, während ich die Uhr auf dem Turm bis vier schlagen hörte. Und dann fiel ich in jenen unbehaglichen Morgenschlummer, der gegen sieben Uhr am tiefsten ist, wurde aber von John rücksichtslos zur gewohnten Stunde aufgerüttelt.

Rainaldi blieb nicht drei Tage, sondern sieben, und im Verlauf dieser sieben Tage hatte ich keine Veranlassung, meine Ansicht über ihn zu ändern. Was mir an ihm am meisten mißfiel, war jene Duldsamkeit, die er mir gegenüber zur Schau trug. Ein halbes Lächeln umspielte seine Lippen, wenn er mich anschaute, als wäre ich ein Kind, das bei guter Laune gehalten werden müßte, und nach den Geschäften, denen ich tagsüber nachging, erkundigte er sich und behandelte sie wie Schulbubenstreiche. Ich machte es mir zur Regel, nicht zum Mittagessen heimzukommen, und wenn ich dann nachmittags, kurz nach vier, in den Salon trat, fand ich die beiden beisammen, in lebhafter italienischer Unterhaltung, die bei meinem Kommen im Nu abgebrochen wurde.

«Aha, der Schwerarbeiter kehrt heim», sagte dann Rainaldi etwa; und dabei saß er, der Teufel hole ihn, in dem Stuhl, den ich zu benützen pflegte, wenn wir allein waren. «Und während er über seine Felder gestapft ist und ohne Zweifel darauf geachtet hat, daß seine Pflüge auch die richtigen Furchen durch den Boden ziehen, waren wir zwei, Rachel und ich, in Gedanken und Phantasie viele hundert Meilen entfernt. Wir haben uns den ganzen Tag nicht gerührt – bis auf einen kleinen Spaziergang auf der neuen Terrasse. Ja, die mittleren Jahre haben auch manche Reize.»

«Sie sind eine schlechte Gesellschaft für mich, Rainaldi», erwiderte sie. «Seit Sie hier sind, habe ich alle meine Pflichten vernachlässigt. Keine Besuche gemacht, mich nicht um die Pflanzungen gekümmert. Philip wird mich schelten, weil ich so träge bin.»

«Sie sind auf geistigem Gebiet nicht träge gewesen», erklärte er. «Wenn es darauf ankommt, haben wir auf unsere Art nicht weniger Meilen zurückgelegt als Ihr junger Cousin auf seinen Füßen. Oder sind Sie heute im Sattel gesessen? Junge Engländer legen ja großen Wert darauf, sich durch Sportübungen zu ermüden.»

Ich spürte seinen Spott, und die Art, wie Rachel mir zu Hilfe kam, trug nur dazu bei, meine schlechte Laune zu steigern. Abermals war es der Ton einer Lehrerin gegenüber ihrem Schüler.

«Heute ist Mittwoch», sagte sie, «und am Mittwoch kann Philip weder reiten noch marschieren, sondern er hat mit seinen Rechnungen zu tun. Er hat einen guten Kopf für Zahlen und weiß ganz genau, wieviel er ausgibt, nicht wahr, Philip?»

«Nicht immer», entgegnete ich. «Und übrigens habe ich heute für einen Nachbarn Gerichtstag halten müssen. Ein Bursche war wegen Diebstahls angeklagt. Wir haben ihn mit einer Geldbuße laufenlassen und nicht ins Gefängnis gesteckt.»

Rainaldi musterte mich mit seinem duldsamen Blick.

«Nicht nur ein junger Gutsbesitzer, sondern auch ein junger Salomo! Ich erfahre ja dauernd von neuen Talenten! Rachel, erinnert Ihr Cousin Sie nicht frappant an Andrea del Sartos Bild des Täufers? Er hat die gleiche reizvolle Mischung von Hochmut und Unschuld an sich.»

«Vielleicht», meinte Rachel. «Ich habe bisher nicht daran gedacht. Soweit ich es beurteilen kann, gleicht er nur einem einzigen Menschen.»

«Ja, ja, das natürlich auch», sagte Rainaldi. «Aber er hat entschieden auch etwas von dem Bild Johannes des Täufers. Eines Tages werden Sie ihn von seinen Feldern hier losreißen und ihm unser Land zeigen müssen. Reisen erweitert den Gesichtskreis, und ich würde ihn gern durch Galerien und Kirchen wandern sehen.»

«Ambrose fand beides langweilig», sagte Rachel, «und es ist fraglich, ob Philip es amüsanter finden wird. Haben Sie beim Gerichtstag Ihren Paten gesehen, Philip? Ich würde gern einmal mit Rainaldi nach Pelyn fahren.»

«Ja, er war da und läßt sich Ihnen empfehlen.»

«Mr. Kendall hat eine reizende Tochter», sagte Rachel, «sie ist nur ein wenig jünger als Philip.»

«Eine Tochter? So, so», meinte Rainaldi. «Dann fehlt es Ihrem jungen Cousin ja nicht vollständig an Umgang mit jugendlicher Weiblichkeit.»

«Weit entfernt», lachte Rachel. «Sämtliche Mütter im Umkreis von vierzig Meilen haben ein Auge auf ihn geworfen.»

Ich erinnere mich, daß ich sie wütend anstarrte, und sie lachte nur um so mehr. Und als sie an mir vorüberging, um sich für das Abendessen umzuziehen, klopfte sie mir auf jene eigene, erbitternde Art auf die Schulter — Tante Phoebes Art hatte ich es schon vorher genannt, und das hatte sie so entzückt aufgenommen, als ob es ein Kompliment sei.

Bei dieser Gelegenheit sagte Rainaldi, als wir allein blieben, zu mir: «Es war sehr großherzig von Ihnen und Ihrem Vormund, Ihrer Cousine Rachel die Rente auszusetzen. Sie schrieb und erzählte mir davon. Sie war tief gerührt.»

«Es war das mindeste, was die Verwaltung des Erbes ihr schuldete», sagte ich und hoffte, der Ton meiner Stimme würde ihn von einer Fortsetzung dieser Konversation abhalten. Ich würde ihm nicht erzählen, was in drei Wochen geschehen sollte.

«Sie wissen vielleicht», fuhr er fort, «daß sie, von dieser Rente abgesehen, keinerlei persönliche Einkünfte besitzt. Höchstens noch, wenn ich von Zeit zu Zeit etwas für sie verkaufen kann. Der Luftwechsel hat wahre Wunder an ihr bewirkt, aber ich glaube, daß sie über kurz oder lang das Bedürfnis nach Geselligkeit empfinden wird, denn daran war sie in Florenz gewöhnt. Und das ist auch der wahre Grund, weshalb ich die Villa nicht verkauft habe. Die Bindungen sind sehr stark.»

Ich antwortete nicht. Wenn die Bindungen sehr stark waren, so nur darum, weil er sie so stark machte. Vor seiner Ankunft hatte sie kein Wort davon gesagt. Wie stand es denn um seine eigenen Vermögensverhältnisse? Gab er ihr von seinem Geld oder nur, wenn er etwas aus dem Besitz der Familie Sangalletti verkauft hatte? Wie recht hatte doch Ambrose gehabt, als er ihm mißtraute. Doch welche Schwäche war es, die

157

Rachel dazu bestimmte, ihn weiterhin als Freund und Ratgeber zu behalten?

«Natürlich», sagte Rainaldi, «wäre es vielleicht klüger, die Villa doch zu verkaufen und für Rachel eine kleine Wohnung in Florenz zu mieten oder ein kleineres Haus etwa in Fiesole zu bauen. Sie hat so viele Freunde, die sie nicht verlieren möchten. Auch ich gehöre dazu.»

«Als wir einander zum erstenmal begegneten», sagte ich, «erzählten Sie mir, meine Cousine Rachel sei eine sehr impulsive Frau. Das wird sie zweifellos bleiben; und darum wird sie leben, wo es ihr gerade paßt.»

«Zweifellos», gab Rainaldi zu. «Doch ihre Impulsivität hat sie nicht immer zu glücklichen Entschlüssen geführt.»

Damit wollte er vermutlich andeuten, daß ihre Eheschließung mit Ambrose solch ein Impuls gewesen war und dementsprechend kein Glück für sie; daß auch ihre Reise nach England solch einem Impuls entsprang und er auch in diesem Fall an dem Ergebnis zweifelte. Er besaß eine gewisse Macht über sie, weil er sich um ihre Angelegenheiten kümmerte, und diese Macht war es, mit der er sie vielleicht nach Florenz zurücklocken konnte. Ich glaubte, dies sei der wahre Zweck seines Besuchs; das wollte er ihr beibringen und ihr gleichzeitig auseinandersetzen, daß die Rente des Gutes nicht ausreichend sein würde, um sie auf alle Zeit hinaus zu erhalten. Ich hatte die Trumpfkarte in der Hand, und das wußte er nicht. In drei Wochen würde sie für den Rest ihres Lebens von Rainaldi unabhängig sein. Ich hätte lächeln können, doch er war mir so zuwider, daß mir in seiner Anwesenheit die Lust zu lächeln rasch verging.

«Es muß doch, bei den Lebensformen, an die Sie gewöhnt waren, sehr eigentümlich gewesen sein, plötzlich eine Frau bei sich im Haus aufzunehmen, und das für viele Monate», sagte Rainaldi, und seine verschleierten Augen richteten sich auf mich. «Hat es Sie nicht aus der Fassung gebracht?»

«Im Gegenteil! Ich finde es sehr angenehm.»

«Immerhin — es ist eine starke Medizin für einen unerfahrenen jungen Mann, wie Sie es sind. In so großen Dosen genommen, könnte es auch schädlich wirken.»

«Mit beinahe fünfundzwanzig Jahren glaube ich doch zu wissen, welche Medizin mir gut tut.»

«Ihr Cousin Ambrose meinte das mit dreiundvierzig Jahren auch», erwiderte Rainaldi, «aber wie sich herausstellte, hatte er sich geirrt.»

«Ist das eine Warnung oder ein Rat?»

«Beides, wenn Sie es richtig aufnehmen wollen. Und jetzt bitte ich Sie, mich zu entschuldigen. Ich möchte mich umziehen.»

Das sollte vermutlich seine Methode sein, einen Keil zwischen mich und Rachel zu treiben; ein Wort fallenzulassen, das an sich nicht eigentlich giftig war, dennoch aber die Luft verderben konnte. Wenn er meinte, ich solle mich vor ihr hüten, was sagte er dann von mir zu ihr? Erledigte er mich mit einem Achselzucken, wenn sie in meiner Abwesenheit im Salon beisammensaßen? Sagte er nur, die jungen Engländer hätten lange Knochen und wenig Hirn, oder war das allzu simpel? Er hatte bestimmt einen Vorrat an spitzen Bemerkungen und schreckte auch vor keiner Verleumdung zurück.

«Allzu große Männer», sagte er bei einer anderen Gelegenheit, «haben die fatale Neigung, sich vornüber zu beugen.» Ich stand gerade in der Tür, als er das sagte, und bückte mich, um Seecombe einen Auftrag zu erteilen. «Und die Muskulöseren unter ihnen werden leicht dick.»

«Ambrose ist niemals dick gewesen», unterbrach Rachel ihn schnell.

«Er hat sich nicht so sehr mit Leibesübungen abgegeben wie dieser junge Herr hier. Gerade dieses übertriebene Marschieren, Reiten und Schwimmen entwickelt die unrichtigen Stellen des Körpers. Das habe ich oft bemerkt und fast immer bei Engländern. Wir in Italien haben weniger grobe Knochen und führen ein seßhaftes Leben. Darum behalten wir auch unsere Figur. Ferner ist auch unsere Art zu essen besser für Leber und Blut. Nicht so viel schweres Rindfleisch und Hammelfleisch. Und Süßigkeiten...» Er machte eine abschätzige Geste. «Dieser junge Herr ißt viel zu viel Süßigkeiten. Gestern habe ich mit eigenen Augen gesehen, wie er fast einen ganzen Kuchen allein vertilgt hat.»

«Hören Sie das, Philip?» sagte Rachel. «Rainaldi findet, daß Sie zuviel essen. Seecombe, wir müssen Mr. Philips Portionen verkleinern.»

«Um keinen Preis, Madam», sagte Seecombe tief entrüstet. «Weniger zu essen wäre sehr schädlich für seine Gesundheit. Man muß doch daran denken, daß Mr. Philip aller Wahrscheinlichkeit nach noch im Wachsen ist.»

«Das verhüte der Himmel!» meinte Rainaldi. «Wenn er mit vierundzwanzig Jahren noch wächst, müßte man eine ernsthafte Störung der Drüsenfunktionen befürchten.»

Den Blick nachdenklich auf mich gerichtet, schlürfte er seinen Brandy, den ihm Rachel auch in den Salon mitzunehmen erlaubt hatte, und mir war zumute, als wäre ich sieben Fuß lang wie der arme schwachsinnige Jack Trevose, den seine Mutter beim Jahrmarkt in Bodmin sehen ließ, damit die Leute ihm ein paar Kupfermünzen gaben.

«Mit Ihrer Gesundheit steht es gut?» fragte Rainaldi. «Keine ernstlichen Kinderkrankheiten, die man vielleicht für das übertriebene Wachstum verantwortlich machen könnte?»

«Ich wüßte nicht, daß ich je in meinem Leben krank gewesen wäre», erwiderte ich.

«Das ist schon an und für sich ein schlechtes Zeichen», meinte er. «Leute, die keine Kinderkrankheiten durchgemacht haben, sind nur um so empfindlicher, wenn die Natur sie einmal angreift. Habe ich nicht recht, Seecombe?»

«Sehr gut möglich, Sir. Ich weiß es nicht», sagte Seecombe, aber als er den Raum verließ, streifte er mich mit einem Blick, als wäre ich bereits von den Pocken befallen.

«Dieser Brandy», fuhr Rainaldi fort, «hätte noch dreißig Jahre liegen müssen. Trinkbar wird er erst sein, wenn die Kinder des jungen Herrn Philip erwachsen sind. Erinnern Sie sich, Rachel, an jenen Abend in der Villa, als Sie und Cosimo ganz Florenz empfingen und er darauf bestand, daß wir alle Dominos und Masken anlegen mußten, um venezianischen Karneval zu spielen? Und Ihre arme Mutter hat sich damals dem Prinzen Dingsda gegenüber so schlecht benommen. War es nicht Lorenzo Ammanati?»

«Es könnte jeder beliebige gewesen sein», meinte Rachel, «aber Lorenzo war es nicht; der ist damals hinter mir her gewesen.»

«Ach, was waren das für tolle Nächte!» Rainaldi wurde wehmütig. «Wir alle waren damals so unwahrscheinlich jung und völlig verantwortungslos. Es ist viel besser, gesetzt und friedlich zu sein, wie wir es heute sind. Solche Feste gibt es in England wohl überhaupt nicht, was? Natürlich, das Klima eignet sich nicht dafür. Sonst würde der junge Herr Philip es gewiß erheiternd finden, Maske und Domino anzulegen und in den Büschen zu suchen, ob er Miß Kendall findet.»

«Und Louise wünscht sich gewiß nichts Besseres», sagte Rachel, und ich merkte, daß sie mich dabei ansah und es um ihre Lippen zuckte.

Ich verließ das Zimmer, und noch in der Türe hörte ich, wie sie ihre Unterhaltung sogleich in italienischer Sprache fortsetzten, er sie etwas fragte, sie lachend antwortete, und ich wußte, daß sie über mich und wahrscheinlich auch über Louise redeten und über all die verdammten Gerüchte, die in der Nachbarschaft umgingen und von einer bevorstehenden Verlobung wissen wollten. Herrgott, wie lange wollte er denn noch bleiben?! Wie viele solcher Tage und Nächte mußte ich noch erdulden?!

Schließlich, am letzten Abend seiner Anwesenheit, kam mein Pate mit Louise. Das Beisammensein verlief erträglich, oder so schien es mir doch. Ich sah, wie Rainaldi sich unendliche Mühe gab, meinem Paten mit größter Höflichkeit zu begegnen, und die drei, Nick Kendall, Rainaldi und Rachel, formten irgendwie eine Gruppe und überließen es mir, Louise zu unterhalten. Hin und wieder sah ich, wie Rainaldi uns beobachtete und mit freundlicher Duldsamkeit lächelte, und einmal hörte ich ihn sogar *sotto voce* sagen: «Meine Komplimente zu Ihrer Tochter und Ihrem Mündel! Die beiden bilden ein ganz reizendes Paar!» Auch Louise hatte es gehört. Das arme Mädchen wurde feuerrot. Und sogleich fragte ich sie, wann sie denn wieder nach London fahren werde; dadurch wollte ich ihr über die Verlegenheit hinweghelfen, aber anscheinend machte ich die Sache nur noch schlimmer. Nach Tisch war abermals die Rede von London, und Rachel sagte: «Auch ich möchte demnächst nach London. Und wenn wir zu gleicher Zeit dort sind —» damit wandte sie sich an Louise «— dann müssen Sie mir alle Sehenswürdigkeiten zeigen, denn ich bin noch nie dort gewesen.»

Mein Pate spitzte die Ohren.

«Denken Sie also daran, unsere Gegend zu verlassen?» fragte er. «Nun, Sie haben ja alle Härten eines Winteraufenthalts bei uns in Cornwall gut überstanden. Sie werden London jedenfalls amüsanter finden.» Und zu Rainaldi sagte er: «Sie werden auch noch dort sein?»

«Ich habe ungefähr drei Wochen in London geschäftlich zu tun», erwiderte Rainaldi. «Sollte Rachel sich aber entschließen hinzukommen, so würde ich mich ihr selbstverständlich zur Verfügung stellen. Ich bin in Ihrer Hauptstadt kein Fremder, ich kenne sie sehr gut. Hoffentlich werden Sie und Ihre Tochter uns das Vergnügen machen, mit uns zu speisen, wenn Sie dort sind.»

«Mit größtem Vergnügen», sagte mein Pate. «Im Frühling kann London wunderschön sein.»

160

Ich hätte die drei Köpfe aneinanderschlagen mögen, als dieser Plan einer Begegnung in London mit solcher Ruhe erörtert wurde, aber am meisten reizte mich das Wort ‹uns›, das Rainaldi gebraucht hatte. Ich durchschaute seinen Plan. Sie nach London zu locken, dort festzuhalten, bis er seine Geschäfte erledigt hatte, und sie dann zur Rückkehr nach Italien zu überreden. Und mein Pate hatte seine eigenen Gründe dafür, einen solchen Plan zu fördern.

Sie ahnten nicht, daß auch ich meinen Plan hatte und sie alle hinters Licht führen wollte. Und so endete der Abend in allgemeinem Wohlgefallen, und in den letzten zwanzig Minuten gelang es Rainaldi sogar, sich mit meinem Paten allein zu unterhalten und ihm, wie ich leicht erraten konnte, noch mehr Gift einzuträufeln.

Nachdem Kendalls sich verabschiedet hatten, kehrte ich nicht mehr in den Salon zurück. Ich ging zu Bett, ließ aber die Tür angelehnt, um Rachel und Rainaldi zu hören, wenn sie heraufkamen. Sie ließen sich lange Zeit. Es schlug Mitternacht, und noch immer waren sie unten. Ich trat auf den Treppenabsatz hinaus und lauschte. Die Salontür war nicht ganz geschlossen, und ich konnte ihre Stimmen hören. Die Hand aufs Geländer gestützt, stieg ich barfuß einige Stufen hinunter. Meine Gedanken schweiften in die Kinderzeit zurück. Das hatte ich als Knabe getan, wenn ich wußte, daß Ambrose unten Gäste zum Abendessen hatte. Jetzt empfand ich das gleiche Schuldgefühl. Immer noch hörte ich die Stimmen. Doch es hatte keinen Zweck zu lauschen, denn Rachel und Rainaldi sprachen italienisch miteinander. Dann und wann hörte ich meinen Namen und mehrmals auch den Namen Kendall. Sie sprachen also von mir und ihm oder auch von uns beiden im Zusammenhang. In Rachels Stimme war ein seltsames Drängen zu spüren, während Rainaldi Fragen zu stellen schien. Plötzlich kam mir in den Sinn, ob mein Pate Rainaldi am Ende etwas von seinen Freunden erzählt hatte, die so viel vom Ehepaar Sangalletti zu wissen behaupteten, und ob nun Rainaldi seinerseits mit Rachel darüber sprach. Wie unnütz war meine Ausbildung in Harrow gewesen, wie nutzlos das Studium des Lateinischen und Griechischen! Da waren zwei Menschen, sprachen italienisch, redeten vielleicht von Dingen, die für mich von größter Wichtigkeit waren, und ich konnte nichts von allem verstehen, nur daß sie häufig meinen Namen nannten.

Nun wurde es plötzlich still. Keiner der beiden sprach. Ich hörte keine Bewegung. Was, wenn er jetzt auf sie zugegangen war, die Arme um sie gelegt hatte und sie ihn küßte, wie sie mich am Weihnachtsabend geküßt hatte? Eine Welle von Haß stieg in mir hoch, so daß ich beinahe alle Vorsicht vergaß, hinuntereilen und die Tür aufreißen wollte. Dann aber hörte ich Rachels Stimme wieder, und das Rascheln ihres Kleides näherte sich der Tür. Ich sah eine Kerze flackern. Endlich war das lange Beisammensein vorüber. Sie gingen schlafen. Wie einst in meiner Kinderzeit schlich ich lautlos in mein Zimmer zurück.

Ich hörte, wie Rachel durch den Korridor ging, und er wandte sich in die andere Richtung. Wahrscheinlich würde ich nie erfahren, was sie in all diesen Stunden besprochen hatten; doch wenigstens war dies seine letzte Nacht unter meinem Dach, und morgen konnte ich mit leichterem Herzen schlafen. Kaum konnte ich am nächsten Morgen mein Frühstück hinunterwürgen, so eilig hatte ich es, ihn abreisen zu sehen. Die Räder des Postwagens, der ihn nach London bringen sollte, blieben knirschend vor dem Hause stehen. Ich hatte angenommen, daß Rachel sich gestern abend von ihm verabschiedet hatte, doch sie kam herunter, zur Gartenarbeit gekleidet, um ihm noch einmal Lebewohl zu sagen.

Er beugte sich über ihre Hand und küßte sie. Von mir verabschiedete er sich aus Höflichkeit in englischer Sprache. «Sie werden mir also Ihre Pläne mitteilen», sagte er zu Rachel. «Wenn Sie Lust haben sollten, zu kommen, werde ich Sie in London erwarten.»

«Ich werde vor dem ersten April keine Pläne machen», sagte sie. Und über seine Schulter hinweg lächelte sie mir zu.

«Ist das nicht der Geburtstag Ihres Cousins?» fragte Rainaldi, während er in den Postwagen stieg. «Hoffentlich wird er ihn angenehm verbringen und nicht zuviel Kuchen essen.» Und dann schaute er aus dem Wagenfenster und verschoß noch einen letzten Pfeil. «Es muß doch merkwürdig sein, am ersten April Geburtstag zu haben – an einem Tag, an dem man die Leute zum Narren hält! Aber mit fünfundzwanzig Jahren werden Sie sich für solche Scherze wohl schon zu alt fühlen.» Und damit war er fort, der Postwagen rollte zum Tor hinunter. Ich sah Rachel an.

«Vielleicht», sagte sie, «hätte ich ihn auffordern sollen, zur Feier Ihres Geburtstags wiederzukommen?» Dann aber, mit dem plötzlichen Lächeln, das immer wieder mein Herz berührte, nahm sie die Primel, die sie an ihrem Kleid trug, und steckte sie mir ins Knopfloch. «Sie sind sieben Tage lang sehr lieb gewesen», flüsterte sie. «Und ich habe meine Pflichten vernachlässigt! Freuen Sie sich darüber, daß wir wieder allein sind?» Ohne meine Antwort abzuwarten, ging sie an ihre Arbeit, denn Tamlyn erwartete sie bereits.

XXI

Die letzten Märzwochen vergingen sehr schnell. Mit jedem Tag wuchs mein Vertrauen in die Zukunft, wurde mir leichter ums Herz. Rachel schien meine Stimmung zu spüren und teilte sie.

«Ich habe noch nie einen Menschen gesehen, der so ein Wesen um seinen Geburtstag macht», sagte sie. «Sie sind wie ein Kind, das beim Erwachen die ganze Welt verzaubert findet. Bedeutet es Ihnen denn so viel, von der Überwachung des armen Mr. Kendall erlöst zu werden? Man könnte sich doch keinen gütigeren Vormund vorstellen! Was haben Sie denn für diesen Tag so Besonderes geplant?»

«Ich habe nichts Besonderes geplant», sagte ich, «nur, daß Sie sich daran erinnern mögen, was Sie mir unlängst gesagt haben. Dem Geburtstagskind soll jeder Wunsch in Erfüllung gehen.»

«Nur bis zum Alter von zehn Jahren», sagte sie, «nachher nicht mehr.»

«Das ist nicht gerecht! Sie haben keine Bedingung gestellt.»

«Wenn es sich um ein Picknick am Strand oder eine Segelfahrt handeln sollte, so tue ich nicht mit, das sage ich gleich. Um sich an den Strand

162

zu setzen, ist es noch zu früh, und mit Segelschiffen kenne ich mich noch weniger aus als mit Pferden. Da müssen Sie schon Louise an meiner Stelle mitnehmen.»

«Nein, ich nehme Louise nicht mit», erklärte ich, «und wir werden nichts planen, was sich nicht mit Ihrer Würde verträgt.» Tatsächlich hatte ich überhaupt nicht an die Ereignisse des Tages selbst gedacht. Ich hatte nur vor, daß sie das Dokument auf ihrem Frühstückstablett finden sollte, und alles andere wollte ich mehr oder weniger dem Zufall überlassen. Am letzten Märztag allerdings fiel mir ein, daß ich noch etwas erledigen wollte. Ich erinnerte mich an den Familienschmuck in der Bank; wie dumm, ihn nicht schon vorher geholt zu haben! Und so standen mir zwei Begegnungen an diesem Tag bevor, eine mit Mr. Couch und eine mit meinem Paten.

Zunächst wollte ich mit Mr. Couch ins reine kommen. Ich überlegte, daß die Schmuckkästchen wohl zu groß sein würden, um sie auf Gipsy mitzunehmen, und den Wagen wollte ich nicht anspannen lassen, weil Rachel vielleicht auch etwas in der Stadt zu besorgen hatte. Überdies wäre es zu auffallend gewesen, wenn ich für mich allein den Wagen benützt hätte. So ging ich denn unter einem beiläufigen Vorwand in die Stadt und gab den Auftrag, daß der Reitknecht mich mit dem leichten Wagen holen sollte.

Das Unglück wollte, daß just an diesem Morgen anscheinend die ganze Nachbarschaft ihre Einkäufe in der Stadt erledigte, und da ein Mensch, der in unserer Hafenstadt seinen Mitmenschen ausweichen will, entweder in Haustore treten oder ins Wasser springen muß, drückte ich mich beständig hinter Straßenecken, um Mrs. Pascoe und ihrer Brut nicht ins Gehege zu kommen. Endlich war ich hinter den Mauern der Bank in Sicherheit. Mr. Couch empfing mich ebenso höflich wie immer.

«Diesmal bin ich gekommen, um alles abzuholen», erklärte ich. Er sah mich mit schmerzlicher Überraschung an.

«Sie haben doch nicht im Sinn, Ihr Konto auf eine andere Bank zu übertragen!»

«Nein», sagte ich, «ich spreche nur vom Familienschmuck. Morgen werde ich fünfundzwanzig, und dann habe ich die freie Verfügung darüber. Wenn ich an meinem Geburtstag erwache, möchte ich die Juwelen selber in Gewahrsam haben.»

Er muß mich für überspannt oder doch wenigstens für ein wenig seltsam gehalten haben.

«Sie meinen, daß Sie nur für diesen Tag eine kleine Laune befriedigen wollen?» fragte er. «Etwas Ähnliches haben Sie ja auch am Weihnachtstag getan. Mr. Kendall hat mir die Perlenkette gleich nach Weihnachten zurückgebracht.»

«Es ist keine Laune, Mr. Couch. Ich will den Schmuck bei mir im Haus haben; ich weiß nicht, wie ich das noch klarer ausdrücken soll.»

«Ich verstehe. Sie haben doch gewiß einen Ort im Haus, wo die Juwelen vor Feuer und Diebstahl sicher sind.»

«Das, Mr. Couch, können Sie mir überlassen. Ich wäre Ihnen sehr verbunden, wenn Sie den Schmuck jetzt gleich holen lassen wollten. Und nicht bloß das Perlenkollier. Alles!»

Es war, als wollte ich ihm seine eigenen Schätze rauben.

163

«Schön, schön», sagte er widerstrebend, «es wird etwas Zeit in Anspruch nehmen, bis ich die Schmuckstücke aus unseren Kellern holen lassen kann. Auch müssen sie diesmal mit größerer Sorgfalt verpackt werden. Wenn Sie noch andere Geschäfte in der Stadt zu erledigen hätten ...»

«Nichts mehr!» unterbrach ich ihn. «Ich werde hier warten und den Schmuck mit mir nehmen.»

Er merkte, daß es keinen Zweck hatte, mich hinzuhalten, gab einem Angestellten die nötigen Weisungen und ließ den Schmuck holen. Ich hatte den Wagen draußen, der glücklicherweise groß genug war für den ganzen Schatz – es stand ein Korb darin, den wir daheim benützten, um unsere Kohlköpfe zu transportieren, und Mr. Couch machte ein bedenkliches Gesicht, als er die kostbaren Kästchen darin verstaute.

«Es wäre besser gewesen, Mr. Ashley, weit besser, wenn ich Ihnen den Schmuck in entsprechender Form zugeschickt hätte. Wir haben, wie Sie wissen, einen Wagen für solche Zwecke.»

Jawohl, und was die Leute dann zu klatschen hätten! Der Wagen der Bank, womöglich mit dem Direktor, würde vor Mr. Ashleys Haus vorfahren! Da war mir der Gemüsekorb weit lieber!

«Schon gut, Mr. Couch», sagte ich. «Es geht auch so.»

Triumphierend trat ich aus der Bank, den Korb auf meiner Schulter, und sah mich Mrs. Pascoe gegenüber, die von zwei Töchtern flankiert war.

«Ach, du guter Gott, Mr. Ashley», rief sie aus. «Sie sind ja schwer beladen!»

Den Korb mit der einen Hand haltend, schwenkte ich mit der andern den Hut.

«Sie sehen, wie tief ich gesunken bin», sagte ich. «Jetzt muß ich bereits Mr. Couch und seinen Angestellten Gemüse verkaufen. Die Reparaturen an unserem Dach haben mich beinahe zugrunde gerichtet, und da bleibt mir nichts übrig, als die Früchte unseres Gartens hier in der Stadt feilzubieten.»

Mit offenem Mund starrte sie mich an, und die beiden Töchter rissen die Augen weit auf. «Leider ist dieser Korb bereits für einen andern Kunden bestimmt, sonst hätte ich Ihnen mit Vergnügen einige Karotten verkauft. Aber in Zukunft, wenn Sie im Pfarrhaus Wert auf frisches Gemüse legen, denken Sie bitte an mich.»

Ich ging auf den Wagen zu, verstaute den Korb, stieg ein und ergriff die Zügel, während der Reitknecht sich neben mich setzte. Ich sah die Damen Pascoe noch immer an der Straßenecke stehen und mir völlig verblüfft nachschauen. Nun würde es allgemein heißen, Philip Ashley sei nicht bloß überspannt, betrunken und toll, sondern überdies auf den Hund gekommen.

Wir bogen beim Kreuzweg in die lange Allee ein, und während der Reitknecht den Wagen versorgte, trat ich durch die Hintertür ins Haus – die Dienstleute waren bei Tisch –, stieg ganz leise über die Haupttreppe hinauf und ging in mein Zimmer. Ich verschloß den Gemüsekorb in meinem Kleiderschrank, und dann ging ich hinunter, um zu Mittag zu essen.

Rainaldi hätte schaudernd die Augen geschlossen. Ich stürzte mich auf eine Taubenpastete und spülte sie mit einem mächtigen Humpen Bier hinunter.

Rachel hatte mich erwartet – das entnahm ich einer Botschaft, die sie

164

hinterlassen hatte –, war dann aber in ihr Zimmer hinaufgegangen. Ausnahmsweise störte es mich nicht, daß sie nicht da war. Meine Vorfreude hätte sich wohl gar zu deutlich auf meinen Zügen gemalt.

Kaum hatte ich den letzten Bissen verzehrt, als ich mich auf meinen zweiten Weg machte; diesmal zu Pferd nach Pelyn. In der Tasche trug ich das Dokument, das mir Anwalt Trewin verabredungsgemäß mit einem Sonderboten geschickt hatte. Auch das Testament hatte ich bei mir. Die Aussicht auf diese Auseinandersetzung war nicht gerade erfreulich. Die Begegnung mit dem Bankdirektor hatte mir jedenfalls mehr Spaß gemacht, als hier zu erwarten war. Nichtsdestoweniger war ich in bester Stimmung und nicht bereit, mich einschüchtern zu lassen.

Mein Pate war in seinem Arbeitszimmer.

«Ja, Philip», sagte er. «Wenn ich um einige Stunden verfrüht bin, wirst du es mir wohl nicht übelnehmen. Laß mich dir alles Gute zum Geburtstag wünschen!»

«Vielen Dank! Und ich möchte dir auch für alle Güte und Freundlichkeit danken, die du mir und Ambrose erwiesen hast. Und für die väterliche Fürsorge, mit der du in dieser letzten Zeit über mich gewacht hast.»

«Und die morgen ihr Ende findet», ergänzte er lächelnd.

«Ja. Oder, genauer gesagt, heute um Mitternacht. Und da ich dich nicht zu dieser Stunde aus dem Schlaf wecken will, möchte ich, daß du meine Unterschrift unter einem Dokument beglaubigst, das dann in Kraft treten soll.»

«Hm, hm... ein Dokument?» Er griff nach seiner Brille. «Was für ein Dokument?»

Ich zog das Testament aus meiner Brusttasche.

«Zunächst bitte ich dich, dies hier zu lesen. Es wurde mir nicht freiwillig gegeben, sondern erst nach langen Diskussionen. Aber ich hatte schon lange das Gefühl, daß solch ein Aktenstück vorhanden sein mußte, und hier ist es also.»

Ich reichte es ihm. Er setzte die Brille auf und las. «Es ist datiert, Philip», sagte er dann, «aber es ist nicht unterzeichnet.»

«Richtig. Aber es ist Ambroses Schrift, nicht wahr?»

«Das steht außer jedem Zweifel. Ich begreife nur nicht, warum er es nie vor Zeugen unterschrieben und mir geschickt hat. Ich hatte ein derartiges Testament erwartet, als mich die Nachricht von seiner Eheschließung erreichte. Das habe ich dir ja auch gesagt.»

«Es wäre unterzeichnet worden», erwiderte ich, «und nur seine Krankheit und der Gedanke, daß er jeden Monat heimzukehren und es dir selber zu übergeben hoffte, haben ihn daran gehindert. Das weiß ich bestimmt.»

Er legte das Papier auf seinen Schreibtisch.

«Ja, das wäre es also», sagte er. «Solche Dinge haben sich auch in anderen Familien ereignet. Für seine Witwe ist das gewiß peinlich, aber wir können nicht mehr für sie tun, als wir bereits getan haben. Ein Testament ohne Unterschrift ist ungültig.»

«Ich weiß; und sie erwartet auch nichts anderes. Ich habe dieses Schriftstück nur mit großer Mühe von ihr erhalten, und ich muß es ihr zurückgeben. Aber hier ist eine Kopie.»

Ich steckte das Testament ein und gab ihm die Kopie, die ich selber angefertigt hatte.

«Und was jetzt?» fragte er. «Sind neue Tatsachen ans Licht gekommen?»

«Nein, nur daß mein Gewissen mir sagt, daß ich im Genuß von etwas bin, was mir rechtmäßig nicht gehört. Ambrose hatte vor, dieses Testament zu unterzeichnen, und der Tod oder vielmehr vor allem seine Krankheit hat ihn daran gehindert. Ich bitte dich, das Dokument zu lesen, das ich hier vorbereitet habe.»

Und ich reichte ihm das Schriftstück, das Trewin in Bodmin aufgesetzt hatte.

Er las es langsam, sorgfältig, seine Züge wurden sehr ernst, und erst nach längerer Zeit nahm er die Brille ab und sah mich an.

«Weiß deine Cousine Rachel etwas von diesem Entschluß?»

«Nicht das geringste. Mit keinem Wort, mit keiner Silbe hat sie je etwas von dem angedeutet, was ich hier niedergelegt habe und was ich tun möchte. Sie ist an meinem Entschluß vollkommen unschuldig und unbeteiligt. Sie weiß nicht einmal, daß ich hier bin oder daß ich dir das Testament gezeigt habe. Du hast ja selber vor wenigen Wochen aus ihrem eigenen Mund gehört, daß sie nach London übersiedeln will.»

Er saß hinter seinem Schreibtisch, und seine Blicke hefteten sich auf mich.

«Du bist fest entschlossen, den Weg, den du eingeschlagen hast, zu Ende zu gehen?»

«Unbedingt.»

«Du bist dir darüber klar, daß diese Verfügung zu Mißbrauch führen kann, daß nur sehr geringe Vorsorge getroffen wurde und daß das ganze Vermögen, das schließlich dir und deinen Erben zufallen soll, vergeudet werden kann?»

«Ja, und ich bin bereit, diese Gefahr auf mich zu nehmen.»

Er schüttelte den Kopf und seufzte. Er stand auf, schaute aus dem Fenster und setzte sich wieder.

«Kennt ihr Ratgeber, Signor Rainaldi, dieses Dokument?» fragte er.

«Ganz bestimmt nicht.»

«Ich wollte, du hättest vorher davon gesprochen, Philip. Dann hätte ich es mit ihm erörtern können; er scheint ein vernünftiger Mensch zu sein. An jenem Abend habe ich auch mit ihm allein geredet. Ich habe ihm sogar davon erzählt, daß das Konto überzogen worden ist, und er hat zugegeben, daß Neigung zum Verschwenden ihr Fehler sei, und nicht erst seit heute. Daß daraus nicht nur mit Ambrose Schwierigkeiten entstanden seien, sondern schon mit ihrem ersten Mann, dem Conte Sangalletti. Er meinte, daß er der einzige Mensch sei, der mit ihr umzugehen wisse.»

«Ich gebe kein Jota auf das, was dieser Mann dir gesagt hat. Er ist mir verhaßt, und ich glaube, daß er dieses Argument für seine eigenen Zwecke vorbringt. Er hofft, sie nach Florenz zurückzulocken.»

Abermals sah mein Pate mich an.

«Philip, verzeih, wenn ich dir eine sehr persönliche Frage stelle, aber ich kenne dich doch nun seit deiner Geburt. Du bist bis über beide Ohren in deine Cousine verliebt, nicht wahr?»

Ich spürte, wie meine Wangen brannten, aber ich erwiderte seinen Blick.
«Ich weiß nicht, was du damit sagen willst», entgegnete ich. «Verliebtheit ist ein beiläufiger, sehr häßlicher Ausdruck. Ich achte und ehre meine Cousine Rachel mehr als irgendeinen Menschen auf der Welt.»

«Ich hatte es dir schon früher sagen wollen. Du mußt wissen, daß über ihren langen Aufenthalt in deinem Haus viel geklatscht wird. Ich muß hinzufügen, daß man in der ganzen Grafschaft kaum noch von etwas anderem spricht.»

«Soll man doch», sagte ich. «Von morgen an wird man noch über anderes zu reden haben. Die Übertragung von Gut und Vermögen läßt sich kaum geheimhalten.»

«Wenn deine Cousine Rachel vernünftig ist und ihre Selbstachtung bewahren will», sagte er, «dann wird sie entweder nach London übersiedeln oder dich bitten, woandershin zu ziehen. Die jetzige Lage ist für euch beide höchst nachteilig.»

Ich schwieg. Mir kam es nur darauf an, daß er das Schriftstück unterzeichnete.

«Natürlich gibt es auf lange Sicht nur einen einzigen Weg, allem Klatsch ein Ende zu machen. Und diesem Dokument entsprechend nur einen einzigen Weg, damit diese Übertragung ohne schädliche Folgen bleibt. Und der ist, daß deine Cousine sich wieder verheiratet.»

«Das halte ich für sehr unwahrscheinlich.»

«Du hast vermutlich nicht daran gedacht, sie selber um ihre Hand zu bitten?»

Abermals spürte ich, wie das Blut mir in die Wangen stieg.

«Das würde ich nicht wagen», sagte ich. «Sie würde mich nicht zum Mann nehmen.»

«All das macht mich nicht gerade glücklich, Philip», sagte mein Pate. «Jetzt wünschte ich, sie wäre nie nach England gekommen. Aber zum Bedauern ist es jetzt zu spät. Also gut, unterzeichne das Dokument. Und nimm die Folgen deiner Handlung auf dich.»

Ich ergriff die Feder und unterschrieb. Er beobachtete mich mit ernsten Blicken.

«Es gibt bestimmte Frauen, Philip», sagte er, «möglicherweise ganz unbescholtene Frauen, die ohne ihre eigene Schuld das Unglück heraufbeschwören. Was immer sie anrühren, wird zur Tragödie. Ich weiß nicht, warum ich dir das sage, aber ich habe das Gefühl, daß es meine Pflicht ist.»

Und dann setzte er seinen Namenszug unter meine Unterschrift.

«Du willst wohl nicht auf Louise warten?» fragte er.

«Ich glaube nicht», erwiderte ich, und dann setzte ich begütigend hinzu: «Wenn ihr morgen abend frei seid, dann kommt doch zu uns zu Tisch und feiert meinen Geburtstag mit uns!»

Er schwieg sekundenlang. «Ich weiß nicht, ob wir frei sind», sagte er schließlich. «Jedenfalls werde ich dir noch eine Botschaft zukommen lassen.»

Es war ganz deutlich, daß er kein Verlangen danach trug, mit uns zusammen zu sein, und es ihm anderseits peinlich war, meine Einladung rundweg auszuschlagen. Er hatte meinen Plan der Besitzübertragung besser aufgenommen, als ich erwartet hätte; es hatte keine heftigen Dis-

167

kussionen, keine endlosen Predigten gegeben; vielleicht kannte er mich doch schon zu gut, um nicht zu wissen, daß dergleichen bei mir wirkungslos blieb. Daß er zutiefst erschüttert und unglücklich war, war leicht zu merken. Ich war nur froh, daß kein Wort über den Familienschmuck gefallen war. Wenn er gewußt hätte, daß die Juwelen im Gemüsekorb in meinem Kleiderschrank versteckt lagen, hätte das vielleicht das Faß zum Überlaufen gebracht.

Ich ritt heim. Als ich das letztemal in überschwenglicher Stimmung heimgeritten war, hatte ich Rainaldi in meinem Haus vorgefunden. Heute mußte ich auf keinen Besucher gefaßt sein. In diesen drei Wochen war der Frühling ins Land gezogen, und es war warm wie sonst erst im Mai. Wie alle Wetterpropheten schüttelten meine Farmer die Köpfe und weissagten schlimme Dinge. Ein Nachtfrost würde sich einstellen, würde die Knospen erfrieren lassen und das keimende Korn unter der Oberfläche der Erde vernichten. An jenem letzten Tag im März wäre es mir ziemlich gleichgültig gewesen, wenn eine Hungersnot, eine Überschwemmung oder ein Erdbeben über das Land gekommen wären.

Die Sonne sank über der Bucht im Westen, setzte den stillen Himmel in Flammen, färbte das Wasser dunkel, und über den östlichen Hügeln erhob sich das runde Antlitz des Mondes, der beinahe voll war. So, meinte ich, müsse ein Mensch empfinden, wenn er völlig berauscht war und die verstreichenden Stunden nicht beachtete. Ich sah die Dinge nicht im Dunst, sondern mit der eigenartigen Klarheit des Betrunkenen. Als ich in den Park ritt, besaß er alle Anmut eines Märchens; selbst das Vieh, das zur Tränke stapfte; es waren lauter Zaubertiere, die zur Schönheit des ganzen Bildes gehörten.

Ich scherzte im Hof mit den Hausdienern, die eben die Hintertüren verriegelten und die Läden schlossen. Sie wußten, daß morgen mein Geburtstag war, und flüsterten mir zu, daß Seecombe sein Bild hatte malen lassen, aber das sei tiefstes Geheimnis, und er habe ihnen gesagt, nun müßte ich es in der Halle bei den Ahnenbildern aufhängen. Ich gab ihnen das feierliche Versprechen, daß ich das tun würde. Und dann nickten die drei einander zu, flüsterten aufgeregt in einer Ecke, verschwanden im Dienstbotenflügel und kehrten mit einem Paket zurück. John, als ihr Sprecher, reichte es mir und sagte: «Das ist von uns allen, Mr. Philip. Wir können nicht länger warten!»

Es war ein Pfeifenständer; dieses Geschenk mußte sie einen Monatslohn gekostet haben. Ich schüttelte ihnen die Hände, klopfte ihnen auf den Rücken und schwor, daß ich schon längst vorgehabt hätte, mir bei meinem nächsten Besuch in Bodmin oder Truro genau das gleiche zu kaufen, und sie sahen mich ganz entzückt an; ich war gerührt, als ich ihre Freude merkte. In Wahrheit hatte ich immer nur die eine Pfeife geraucht, die Ambrose mir gab, als ich siebzehn war, aber in Zukunft mußte ich nun auch die Pfeifen aus dem Ständer rauchen; die Enttäuschung wäre sonst allzugroß gewesen.

Ich badete und zog mich um; im Eßzimmer erwartete mich Rachel.

«Ich wittere Unheil», sagte sie sogleich. «Sie sind den ganzen Tag nicht daheim gewesen. Wo haben Sie sich denn herumgetrieben?»

«Das, Mrs. Ashley, geht Sie nichts an», erwiderte ich.

«Seit dem frühen Morgen hat kein Mensch Sie zu sehen bekommen. Ich habe mein Mittagessen allein und ohne Gesellschaft zu mir nehmen müssen.»

«Sie hätten bei Tamlyn essen sollen», meinte ich. «Seine Frau ist eine hervorragende Köchin; sie hätte sich die größte Mühe gegeben.»

«Waren Sie in der Stadt?»

«Ja, ich war in der Stadt.»

«Und haben Sie dort Bekannte getroffen?»

«Ja», erwiderte ich und mußte beinahe herausplatzen. «Ich habe Mrs. Pascoe und die Mädchen getroffen; sie waren sehr schockiert über mein Aussehen.»

«Warum denn?»

«Weil ich einen Gemüsekorb auf der Schulter trug und ihnen erzählte, ich hätte Kohl verkauft.»

«Haben Sie ihnen die Wahrheit gesagt, oder waren Sie in der ‹Rose und Krone› gewesen und hatten zuviel Apfelwein getrunken?»

«Ich habe ihnen nicht die Wahrheit gesagt, aber ich habe auch keinen Apfelwein in der ‹Rose und Krone› getrunken.»

«Was hatte die Komödie dann für einen Zweck?»

Darauf wollte ich ihr keine Antwort geben. Ich saß still auf meinem Stuhl und lächelte nur.

«Ich glaube», sagte ich schließlich, «wenn der Mond aufgegangen ist, werde ich nach dem Abendessen schwimmen gehen. Ich spüre alle Energie der Welt in mir; und allen Übermut!»

Sie sah mich über ihr Weinglas mit ernsten Blicken an.

«Wenn Sie Wert darauf legen, Ihren Geburtstag im Bett zu verbringen, mit einem Umschlag auf der Brust jede Stunde Tee aus schwarzen Johannisbeeren zu trinken und sich pflegen zu lassen – nicht von mir übrigens, sondern von Seecombe –, dann gehen Sie schwimmen, soviel Sie Lust haben.»

Ich streckte die Arme über den Kopf und seufzte vor Entzücken. Dann bat ich um die Erlaubnis, mir eine Pfeife anstecken zu dürfen. Sie hatte nichts dagegen einzuwenden.

Da zeigte ich ihr den Pfeifenständer. «Sehen Sie nur, was die Burschen mir geschenkt haben. Sie konnten nicht bis morgen warten.»

«Sie selber sind genauso kindisch wie die Burschen», sagte sie, und dann setzte sie flüsternd hinzu: «Sie wissen aber nicht, was Seecombe Ihnen für eine Überraschung vorbehalten hat.»

«Doch, ich weiß es!» erwiderte ich ganz leise. «Die Burschen haben es mir schon erzählt. Und ich fühle mich maßlos geschmeichelt. Haben Sie es gesehen?»

Sie nickte. «Es ist großartig! Sein bester Rock, der grüne, die Unterlippe vorgeschoben. Zum Verwechseln ähnlich! Sein Schwiegersohn in Bath hat es gemalt.»

Nach dem Essen gingen wir in die Bibliothek, aber ich hatte nicht gelogen, als ich sagte, ich spürte die ganze Energie der Welt in mir. Ich war derart aufgeregt, daß ich nicht auf meinem Stuhl sitzen bleiben konnte, mit solcher Ungeduld wartete ich darauf, daß die Nacht vergehen und der neue Tag anbrechen sollte.

169

«Philip», sagte sie schließlich, «um Himmels willen gehen Sie ins Freie und marschieren Sie, soviel Sie wollen. Laufen Sie bis zum Leuchtfeuer, wenn das Sie kurieren kann. Ich jedenfalls glaube, daß Sie verrückt geworden sind.»

«Wenn das Verrücktheit ist, dann soll sie mein Leben lang anhalten. Ich wußte gar nicht, daß sie dem Menschen so viel Vergnügen machen kann.»

Ich küßte ihr die Hand und ging. Es war eine Nacht wie geschaffen, um durch die Landschaft zu wandern, so still und klar. Ich lief nicht, wie sie mich geheißen hatte, aber ich ging trotzdem auf den Hügel zum Leucht- feuer. Der Mond war beinahe voll, hing mit seiner geschwollenen Backe über der Bucht und sah aus wie ein Zauberer, der mein Geheimnis teilte.

War es eine Nacht wie geschaffen zum Wandern, so war es auch eine Nacht wie geschaffen zum Schwimmen. Die Drohung mit Umschlägen und Heilgetränken konnte mich nicht abhalten. Ich kletterte zu meiner Lieblings- stelle hinunter, wo die Klippen vorsprangen, lachte beglückt über diese höchste Verrücktheit und sprang hinein. Gott, wie kalt es war! Ich schüttelte mich wie ein Hund, klapperte mit den Zähnen, schwamm in der Bucht und nach knapp vier Minuten wieder zurück zu den Felsen, um mich anzu- ziehen.

Ich trocknete mich, so gut ich konnte, mit meinem Hemd, und dann wanderte ich durch die Wälder zum Haus zurück. Das Mondlicht erhellte mir geisterhaft den Weg, und hinter den Bäumen lauerten phantastische Schatten. Wo mein Pfad sich gabelte und auf der einen Seite zu der Zedern- allee, auf der andern zu der neuen Terrasse führte, da hörte ich dort, wo die Bäume am dichtesten standen, ein Rascheln, und plötzlich witterte ich scharfen Fuchsgeruch; doch ich sah nichts, all die gelben Narzissen an den Böschungen zu beiden Seiten standen still, und kein Lufthauch bewegte sie.

Endlich kam ich zum Haus und schaute zu ihrem Fenster auf. Es war weit geöffnet, aber ich konnte nicht mit Sicherheit erkennen, ob ihre Kerze noch brannte. Ich sah auf meine Uhr. Fünf Minuten fehlten zur Mitter- nacht. Wenn die Diener es nicht erwarten konnten, bis mein Geburtstag da war, um mir ihr Geschenk zu bringen, konnte ich es auch nicht; das war mir plötzlich klar. Ich dachte an Mrs. Pascoe und das Gemüse, und alle Hemmungen wurden hinweggefegt. Ich trat unter das Fenster des blauen Schlafzimmers und rief ihren Namen. Dreimal mußte ich rufen, bevor ich eine Antwort erhielt. Sie kam ans offene Fenster, in das weiße Nonnen- gewand gehüllt, mit den gebauschten Ärmeln und dem Spitzenkragen.

«Was wollen Sie denn?» fragte sie. «Ich war schon zu drei Vierteln ein- geschlafen, und Sie haben mich geweckt.»

«Warten Sie doch», sagte ich. «Nur wenige Minuten. Ich möchte Ihnen etwas geben. Das Paket, das Mrs. Pascoe mich hat tragen sehen.»

«Ich bin nicht so neugierig wie Mrs. Pascoe. Lassen wir das bis morgen früh.»

«Ich kann nicht bis morgen früh warten; es muß jetzt sein!»

Ich schlüpfte durch die Seitentür ins Haus, ging rasch in mein Zimmer, und als ich wiederkam, schleppte ich den Gemüsekorb. Um die Griffe hatte ich ein langes Seil geschlungen. Auch das Dokument hatte ich bei mir. Sie wartete am Fenster.

«Was, um Himmels willen, haben Sie denn in dem Korb?» rief sie leise. «Wenn das einer Ihrer handfesten Scherze ist, will ich nichts damit zu tun haben. Sind vielleicht Krebse drin? Oder Hummer?»

«Mrs. Pascoe meint, daß es Kohlköpfe sind», sagte ich. «Jedenfalls kann ich Ihnen versprechen, daß es nichts ist, was Sie beißen wird. Und jetzt fangen Sie das Seil auf!»

Ich warf ihr das Ende durch das Fenster zu.

«Ziehen Sie! Mit beiden Händen! Der Korb ist nicht leicht.»

Sie zog, und der Korb schlug immer wieder an die Mauer und an den Draht, an dem sich die Schlingpflanzen rankten, und ich stand unten und schüttelte mich in lautlosem Lachen.

Jetzt zog sie den Korb über den Fenstersims, und dann folgte tiefe Stille. Sie sah wieder zum Fenster hinaus. «Ich traue Ihnen nicht, Philip», sagte sie. «Die Pakete haben so eigentümliche Formen. Ich weiß, daß sie mich beißen werden.»

Statt einer Antwort kletterte ich den Draht hinauf, bis ich das Fenster erreicht hatte.

In der nächsten Sekunde war ich im Zimmer, ein Bein auf dem Boden, das andere noch über dem Sims.

«Warum ist Ihr Haar so naß?» fragte sie. «Es regnet doch nicht!»

«Ich bin schwimmen gewesen. Das habe ich Ihnen ja vorher gesagt! Und jetzt machen Sie die Pakete auf, oder soll ich es für sie tun?»

Eine Kerze brannte im Zimmer. Rachel stand mit bloßen Füßen auf dem Boden und erschauerte.

«Um Himmels willen, ziehen Sie doch etwas über!»

Ich holte die Decke vom Bett, schlug sie um Rachel; und dann hob ich meine Cousine kurzentschlossen auf und legte sie ins Bett.

«Sie sind vollkommen verrückt geworden, glaube ich», sagte sie.

«Nicht verrückt! Aber in dieser Minute werde ich fünfundzwanzig Jahre alt. Hören Sie nur!» Ich hob die Hand. Die Turmuhr schlug Mitternacht. Ich steckte die Hand in die Tasche. «Das hier», sagte ich, und legte das Dokument neben ihre Kerze auf den Tisch, «können Sie lesen, wenn Sie Zeit haben. Aber das übrige möchte ich Ihnen jetzt geben.»

Ich leerte den Korb auf ihr Bett und warf ihn zu Boden. Ich riß das Papier ab, verstreute die Etuis, löste mit zitternden Händen die weichen Hüllen. Die Rubinagraffe und der Ring fielen heraus. Heraus fielen die Saphire und Smaragde. Da war das Perlencollier und die Armbänder, und alles rollte in wüstem Durcheinander auf die Bettdecke. «Das gehört Ihnen», rief ich, «und das... und das...» Und in ekstatischer Verzückung häufte ich den Schmuck über sie, über ihre Hände, ihre Arme, ihren Körper.

«Philip», rief sie, «Sie sind wahnsinnig! Was haben Sie getan!»

Ich antwortete nicht. Ich nahm das Perlencollier und legte es ihr um den Hals. «Ich bin fünfundzwanzig», sagte ich, «Sie haben die Uhr zwölf schlagen gehört. Jetzt kann nichts mehr mich hindern. All das gehört Ihnen. Und wenn ich die Welt besäße, sollten Sie sie auch haben!»

Niemals habe ich verblüfftere Blicke gesehen. Sie schaute mich an, und dann schaute sie auf die Colliers, die Armbänder, und dann wieder auf mich, und dann, wahrscheinlich weil ich lachte, legte sie plötzlich die Arme um mich und lachte auch. Wir hielten einander fest, und es war, als hätte ich sie angesteckt und als wäre mein wildes Entzücken jetzt über uns beide gekommen.

«Ist es das, was Sie all diese Wochen geplant hatten?» fragte sie.

«Ja. Eigentlich wollte ich Ihnen den Schmuck mit dem Frühstück schicken, aber es ging mir wie den Burschen mit ihrem Pfeifenständer; ich konnte nicht warten.»

«Und ich habe nichts für Sie», sagte sie, «als eine goldene Nadel für Ihre Krawatte! Ihr Geburtstag ist es, und Sie beschämen mich. Gibt es denn sonst gar nichts, was Sie sich wünschen? Sagen Sie es mir, und Sie sollen es haben. Was es auch sein mag!»

Ich sah auf sie hinunter, wie sie da zwischen all den Rubinen und Smaragden lag, das Perlencollier um den Hals, und plötzlich wurde ich ernst und erinnerte mich daran, was das Collier für eine Bedeutung besaß.

«Doch», sagte ich, «es gibt etwas, aber es hat keinen Zweck, darum zu bitten.»

«Warum nicht?»

«Weil Sie mich an den Ohren ziehen und zu Bett schicken würden!»

Sie sah mich an, strich mir mit der Hand über die Wange.

«Sagen Sie es nur!» Und ihre Stimme klang weich und süß.

Ich wußte nicht, wie ein Mann eine Frau bittet, ihn zu heiraten. Im allgemeinen gibt es wohl einen Verwandten, bei dem man um ihre Hand anhalten muß. Und wenn kein Verwandter vorhanden ist, so muß man doch um sie werben, muß sich lange um sie bemühen. All das paßte nicht auf sie und mich. Und es war Mitternacht, und noch nie hatten wir miteinander von Liebe oder Ehe gesprochen. Ich hätte ihr geradeheraus sagen können: ‹Rachel, ich liebe dich, willst du meine Frau werden?› Ich erinnerte mich an jenen Morgen im Garten, als wir über meine Abneigung gegen all das gescherzt und ich erklärt hatte, ich wünschte mir nichts Besseres als mein eigenes Haus. Jetzt fragte ich mich, ob sie mich verstehen und sich dessen auch erinnern würde.

«Einmal habe ich Ihnen gesagt», begann ich, «daß ich all die Wärme, all die Behaglichkeit, die ich brauche, zwischen meinen vier Wänden hätte. Haben Sie das vergessen?»

«Nein», sagte sie. «Ich habe es nicht vergessen.»

«Ich hatte mich geirrt. Jetzt weiß ich, was ich wirklich brauche.»

Sie strich mir über den Kopf, berührte meine Ohrläppchen, mein Kinn.

«Wissen Sie es? Sind Sie völlig sicher?»

«So sicher wie nie!»

Sie sah mich an. Im Kerzenlicht wirkten ihre Augen dunkler.

«An jenem Morgen waren Sie auch ganz sicher», sagte sie. «Und wie verstockt Sie waren. Die Wärme des Hauses . . .»

Sie hob die Hand, um die Kerze auszulöschen, und lachte leise.

Als ich bei Sonnenaufgang wieder auf dem Rasen stand, bevor die Dienstboten erwacht waren, die Läden geöffnet hatten und den Tag ins Haus ließen, da fragte ich mich, ob je zuvor die Werbung eines Mannes so rückhaltlos angenommen worden war. Wenn es sich immer so abspielen würde, bedürfte man keines langen Hofmachens. Die Liebe und all ihre Schlingen hatten mich bisher noch nicht berührt; Männer und Frauen mochten tun, was ihnen gefiel, mich ging es nichts an. Ich war blind und taub gewesen und hatte geschlafen. Aber jetzt war das alles vorbei.

Was in jenen ersten Stunden meines Geburtstags geschehen war, wird bleiben. Wenn es Leidenschaft war, so habe ich es vergessen. War es Zärtlichkeit, so ist sie noch immer in mir. Für immer wird in mir das Staunen darüber lebendig bleiben, daß eine Frau, wenn sie sich der Liebe ergibt, wehrlos ist. Vielleicht ist dies das Geheimnis, mit dem sie uns an sich binden. Und das enthalten sie uns vor; bis zum Äußersten.

Ich werde es nicht erfahren, da ich keinen Vergleich habe. Sie war meine erste und meine letzte.

XXII

Ich erinnere mich, wie das Haus im Sonnenlicht erwachte und ich den runden Ball über den Bäumen auftauchen sah, die den Rasen säumten. Es war viel Tau gefallen, und das Gras schimmerte silbern, als hätte sich der Rauhreif darübergelegt. Eine Amsel begann ihr Lied, ein Buchfink folgte, und bald ertönte ein ganzer Frühlingschor. Die Wetterfahne empfing den ersten Strahl und blinkte golden gegen den Himmel; hoch oben auf der Turmspitze wandte sie sich nach Nordwesten, und so blieb sie, während die grauen Mauern des Hauses, zunächst dunkel und düster, in den Strahlen des Morgenlichts zu schmelzen schienen.

Ich ging ins Haus und in mein Zimmer, zog einen Stuhl ans offene Fenster, setzte mich und schaute aufs Meer hinaus. Mein Geist war völlig leer und ohne Gedanken. Mein Körper war ruhig und still. Keinerlei Probleme schwammen an die Oberfläche, keine Besorgnisse nagten sich ihren Weg aus verborgenen Tiefen, um den gesegneten Frieden aufzurühren. Es war, als hätte alles im Leben sich jetzt gelöst, und der Weg lag klar vor mir. Die Jahre hinter mir zählten nicht mehr. Die Jahre vor mir waren nichts als eine Fortdauer von all dem, was ich jetzt wußte, hielt, besaß; so sollte es bleiben, für immer und ewig, wie das Amen in der Kirche. In der Zukunft gab es nur das eine: Rachel und mich. Einen Mann und eine Frau, die füreinander lebten, das Haus, das uns umschloß; die Welt draußen mochte unbeachtet ihren Weg gehen. Tag um Tag, Nacht um Nacht, solange wir beide lebten. Soviel wußte ich noch aus dem Gebetbuch.

Ich schloß die Augen, und wieder war sie bei mir; und dann muß ich wohl eingeschlafen sein, denn als ich erwachte, brach die Sonne mit vollem Leuchten durch das offene Fenster, und John war eingetreten, hatte meine Kleider auf den Stuhl gelegt, heißes Wasser gebracht und war wieder gegangen, ohne daß ich etwas davon gehört hätte. Ich rasierte mich, zog mich an und ging zu meinem Frühstück hinunter, das unterdessen auf dem Büfett kalt geworden war, denn Seecombe glaubte, ich sei längst aufgestanden; aber harte Eier und Schinken waren mir sehr willkommen. Ich hätte an diesem Tag alles gegessen, was man mir vorgesetzt hätte. Dann pfiff ich den Hunden und ging ins Freie. Ohne Rücksicht auf Tamlyn und seine sorgsam gehegten Pflanzen riß ich jede blühende Kamelie ab, die ich finden konnte,

173

und legte sie in den Korb, denselben, der tags zuvor eine andere Last getragen hatte; dann ging ich ins Haus zurück, die Treppe hinauf und durch den Korridor in ihr Zimmer.

Sie saß im Bett auf, aß ihr Frühstück, und bevor sie sich wehren und die Vorhänge zuziehen konnte, hatte ich die Kamelien über ihr Bett gestreut.

«Noch einmal guten Morgen», sagte ich, «und ich wollte dich daran erinnern, daß ich noch immer Geburtstag habe.»

«Geburtstag oder nicht», sagte sie. «Es schickt sich, anzuklopfen, bevor man eintritt. Fort mit dir!»

Es war schwer für sie, mit all den Kamelien im Haar, auf den Schultern, in der Teetasse, auf dem Butterbrot Würde zu bewahren; aber ich machte ein feierliches Gesicht und zog mich in den fernsten Winkel des Zimmers zurück.

«Verzeihung», sagte ich. «Aber seit ich durch das Fenster eingestiegen bin, habe ich keinen Respekt mehr vor Türen. Ja, meine guten Manieren sind tatsächlich in die Brüche gegangen.»

«Du solltest lieber verschwinden, bevor Seecombe das Tablett holt! Er wäre doch sehr entrüstet, wenn er dich hier fände. Trotz deinem Geburtstag!»

Ihre kühle Stimme war wie ein Dämpfer für meine Gefühle, aber vermutlich hatte sie mit ihrer Bemerkung recht. Es war vielleicht ein wenig frech, bei einer Frau hereinzuplatzen, wenn sie gerade beim Frühstück war, auch wenn sie bald meine Gattin sein sollte – was Seecombe ja noch nicht wußte.

«Ich gehe. Verzeih mir. Ich wollte nur eines sagen. Ich liebe dich!»

Dann wandte ich mich zur Tür und ging; und ich erinnere mich noch, daß sie das Perlencollier nicht mehr trug. Sie mußte es am frühen Morgen, nachdem ich sie verlassen hatte, abgenommen haben. Auch der übrige Schmuck lag nicht mehr auf dem Boden, sondern war anscheinend sorgsam weggeräumt worden. Doch auf dem Frühstückstablett lag das Dokument, das ich tags zuvor unterzeichnet hatte.

Unten erwartete mich Seecombe, ein Paket in der Hand, das in Papier gewickelt war.

«Mr. Philip», sagte er. «Heute ist ein großer Tag. Darf ich mir die Freiheit nehmen, Ihnen noch viele so glückliche Geburtstage zu wünschen?»

«Das dürfen Sie, Seecombe, und ich danke Ihnen dafür!»

«Dies, Sir», fuhr er fort, «ist nur eine Kleinigkeit. Eine geringfügige Erinnerung an die vielen Jahre hingebungsvollen Dienstes in Ihrer Familie. Hoffentlich werden Sie nicht verletzt sein und es nicht als Aufdringlichkeit ansehen, daß ich mir mit dem Gedanken geschmeichelt habe, mein Geschenk könnte Sie freuen.»

Ich löste die Verpackung und sah Seecombes Gesicht im Profil vor mir; nicht schmeichelhaft vielleicht, aber unverkennbar.

«Das ist ein sehr schönes Geschenk», sagte ich in tiefem Ernst. «So schön, daß es gleich seinen Ehrenplatz bei der Treppe haben soll. Bringen Sie mir einen Nagel und einen Hammer!» Er zog die Glocke, denn so geringfügige Dienstleistungen waren Johns Sache.

Wir hängten das Bild miteinander an die Täfelung vor dem Eßzimmer.

«Finden Sie, Sir», fragte Seecombe, «daß es mir auch wirklich ähnlich sieht? Oder hat der Maler den Zügen, insbesondere der Nase, nicht eine gewisse Härte verliehen? Ich bin nicht ganz befriedigt.»

«Die Vollendung bei einem Porträt ist fast nie zu erreichen, Seecombe», meinte ich. «Aber dieses Bild kommt ihr so nahe wie nur möglich. Ich für meinen Teil bin ehrlich begeistert.»

«Darauf allein kommt es an», sagte er.

Ich hätte ihm am liebsten sofort erzählt, daß Rachel und ich heiraten wollten, so sehr war ich von Seligkeit erfüllt, aber ich beherrschte mich dennoch; die Sache war zu ernst, zu heikel, als daß ich derart mit der Tür ins Haus fallen durfte, und vielleicht sollten wir beide es ihm gleichzeitig mitteilen.

Ich ging um das Haus in mein Büro, tat, als ob ich arbeiten würde, saß aber nur vor meinem Schreibtisch und starrte vor mich hin. Vor meinem geistigen Auge sah ich sie auf die Kissen gestützt, das Frühstück vor sich und mit Kamelienblüten überschüttet. Der Friede des frühen Morgens hatte mich verlassen, und die fiebrige Erregung des Abends war wieder in mir aufgeflammt. Wenn wir erst einmal verheiratet sind, dachte ich, schob meinen Stuhl zurück und kaute das Ende meiner Feder, durfte sie mich nicht so einfach entlassen. Ich würde das Frühstück mit ihr einnehmen und nicht allein im Eßzimmer sitzen. Jede Stunde des Tages sollte mit neuem Inhalt gefüllt werden.

Die Glocke schlug zehn, ich hörte die Leute im Hof, sah das Aktenbündel vor mir, schob es fort, begann einen Brief an einen Gerichtsbeisitzer zu schreiben, aber bald zerriß ich das Papier in Fetzen. Die Worte wollten nicht kommen, und nichts, was ich schrieb, wollte einen Sinn ergeben, und dennoch mußte ich noch zwei Stunden warten, bis Rachel um zwölf Uhr herunterkam. Nat Bray, der Farmer von Penhale, suchte mich auf und hatte eine lange Geschichte von Rindern zu erzählen, die sich nach Trenant verlaufen hätten, und wie sein Nachbar die Schuld trage, weil er seine Zäune nicht instand halte, und ich nickte und gab ihm recht, obgleich ich kaum ein Wort gehört hatte, denn unterdessen mochte Rachel bereits angekleidet sein und irgendwo draußen im Garten mit Tamlyn sprechen.

Ich unterbrach den unglückseligen braven Mann und verabschiedete ihn kurz; dann sah ich, daß er ganz gekränkt und bestürzt dreinschaute, und sagte, er solle doch in das Verwaltungszimmer gehen und mit Seecombe ein Glas Bier trinken. «Heute, Nat», erklärte ich, «nichts von Geschäften! Heute habe ich Geburtstag und bin der glücklichste Mensch von der Welt!» Damit klopfte ich ihm auf die Schulter, und er blieb mit offenem Mund stehen und mochte meine Worte auslegen, wie er wollte.

Ich steckte den Kopf zum Fenster hinaus, rief über den Hof nach der Küche und gab den Auftrag, alles für ein Picknick in einen Korb zu packen, denn plötzlich hatte ich das Verlangen, allein mit ihr zu sein, draußen in der Sonne, ohne all die Formalitäten eines Hauses oder eines Eßzimmers mit Silbergeschirr auf dem Tisch. Und dann ging ich zu den Ställen, um Wellington zu sagen, er möge Solomon für die Herrin satteln.

Er war nicht da. Der Wagenschuppen war leer und der Wagen fort. Der Stallbursche fegte die Steine im Hof. Als ich ihn fragte, sah er mich verdutzt an.

«Die Herrin hat kurz nach zehn den Wagen bestellt. Wohin sie gefahren ist, kann ich nicht sagen. Vielleicht in die Stadt.»

Ich ging ins Haus zurück und läutete, aber auch Seecombe konnte mir nichts Genaueres berichten, nur daß Wellington den Wagen kurz nach zehn angespannt und Rachel ihn bereits in der Halle erwartet hatte. Nie war sie so früh ausgefahren. Meine überschwengliche Stimmung wich plötzlich einer gewissen Bedrücktheit. Der Tag lag vor uns, und das war es nicht, was ich geplant hatte.

Ich setzte mich hin und wartete. Mittag kam, und die Glocke rief die Dienstboten zum Essen. Neben mir stand der Picknickkorb, Solomon war gesattelt. Aber der Wagen kam nicht. Endlich, um zwei Uhr, führte ich Solomon selber zum Stall und ließ den Sattel abnehmen. Ich ging durch den Wald zu der neuen Allee, und die Erregung des Morgens hatte sich in Niedergeschlagenheit verwandelt. Selbst wenn sie jetzt kam, war es für ein Picknick zu spät. Mit der Wärme der Aprilsonne war es um vier Uhr vorbei.

Ich war beinahe am Ende der Allee, beim Kreuzweg, als ich sah, wie der Reitknecht die Zauntür öffnete und der Wagen näher rollte. Ich stand wartend in der Mitte der Anfahrt, und als Wellington mich erblickte, zog er an den Zügeln, und der Wagen blieb stehen. Die Enttäuschung, die in diesen Stunden so schwer auf mir gelastet hatte, war im Nu verschwunden, als ich Rachel im Wagen sitzen sah. Ich kletterte hinein, setzte mich ihr gegenüber auf die harte, schmale Bank und hieß Wellington weiterfahren.

Sie hatte sich in ihren dunklen Mantel gehüllt, der Schleier war heruntergezogen, und ich konnte ihr Gesicht nicht sehen.

«Seit elf Uhr habe ich dich gesucht», sagte ich. «Wo, in aller Welt, bist du denn gewesen?»

«In Pelyn; bei deinem Paten.»

Alle meine Ängste und Sorgen, die so sicher in den Tiefen vergraben waren, drängten sich jetzt wieder an die Oberfläche, und mit bösen Ahnungen fragte ich mich, was sie dort getan haben konnte, um meine Pläne zu zerstören.

«Warum?» fragte ich. «War es wirklich nötig, in solcher Eile zu ihm zu fahren. Alles ist doch längst geregelt!»

«Ich weiß nicht genau, was du unter ‹alles› verstehst», sagte sie.

Der Wagen rutschte in eine Furche neben der Allee, und Rachel streckte die Hand im dunklen Handschuh aus, um sich festzuhalten. Wie fern war sie jetzt in ihrem Trauerkleid, den Schleier vor dem Gesicht, eine Welt von jener Rachel entfernt, die ich an mich gepreßt hatte.

«Das Dokument», sagte ich. «Du denkst an das Dokument! Du kannst nichts dagegen unternehmen. Ich habe das vorgeschriebene Alter erreicht. Auch mein Pate kann nichts dagegen tun. Es ist unterschrieben und besiegelt und beglaubigt. Alles gehört dir.»

«Ja, das verstehe ich jetzt», sagte sie. «Der Text war nur ein wenig dunkel, das war alles. Und darum wollte ich völlig im klaren darüber sein, was es bedeutete.»

Noch immer die ferne, kühle, unnahbare Stimme, während in meinen Ohren und in meinem Gedächtnis eine andere lebte, die mir um Mitternacht so vieles ins Ohr geflüstert hatte.

«Und jetzt bist du im klaren?»

«Vollkommen.»

«Dann ist kein Wort mehr über die Angelegenheit zu verlieren?»

«Kein Wort.»

Und doch spürte ich eine Art Nagen an meinem Herzen und ein seltsames Mißtrauen. Alle Unbefangenheit war fort, die Freude, das Lachen, all unsere Gemeinsamkeit, als ich ihr den Schmuck geschenkt hatte. Der Teufel sollte meinen Paten holen, wenn er auch nur ein Wort gesagt hatte, das sie kränken konnte!

«Schlag doch den Schleier auf!» bat ich.

Sekundenlang regte sie sich nicht. Dann warf sie einen Blick auf Wellingtons breiten Rücken und auf den Reitknecht, der neben ihm auf dem Bock saß. Wellington trieb die Pferde zu raschem Trab an, als die gewundene Allee jetzt in die gerade Straße einmündete.

Sie hob den Schleier, und die Augen, die mich anblickten, lächelten weder, wie ich gehofft, noch standen sie voll Tränen, wie ich gefürchtet hatte, sondern waren ruhig, gelassen und völlig ungerührt, die Augen eines Menschen, der seine Geschäfte zu seiner vollen Befriedigung erledigt hatte.

Ohne rechten Grund war ich verwirrt und fühlte mich in gewissem Sinn betrogen. Ich wollte, daß die Augen so blicken sollten wie bei Sonnenaufgang. Es war vielleicht eine Torheit, aber ich hatte mir vorgestellt, daß sie ihre Augen hinter dem Schleier verborgen hatte, weil es eben noch dieselben Augen waren. Doch nein. Sie hatte ja meinem Paten gegenübergesessen, zielbewußt, kühl, geschäftserfahren, selbstsicher, während ich sie in Qualen vor dem Haustor erwartet hatte.

«Ich wäre schon früher zurückgewesen», sagte sie, «aber in Pelyn drängte man mich, zum Mittagessen zu bleiben, und ich konnte nicht gut ablehnen. Hattest du denn etwas Besonderes vor?» Sie wandte den Kopf, um die Landschaft zu betrachten, und ich staunte darüber, daß sie hier so ruhig sitzen konnte, als ob wir flüchtige Bekannte wären, während ich mich nur mühsam beherrschen konnte, um sie nicht in die Arme zu nehmen. Seit gestern war doch alles anders geworden! Aber das ließ sie mit keinem Zeichen merken.

«Ich hatte allerdings einen Plan», sagte ich, «aber das ist jetzt unwichtig.»

«Die Kendalls essen heute in der Stadt», erzählte sie, «aber auf der Heimfahrt wollen sie ein wenig zu uns kommen. Mir scheint, daß ich einen kleinen Fortschritt bei Louise erzielt habe. Heute war sie entschieden weniger frostig.»

«Das freut mich. Mir wäre es lieb, wenn ihr euch anfreunden könntet.»

«Ja», meinte sie, «ich komme wieder auf meine erste Idee zurück. Sie würde sehr gut zu dir passen.»

Sie lachte, aber ich konnte nicht in ihr Lachen einstimmen. Es war herzlos, sich über die arme Louise lustig zu machen. Der Himmel wußte, daß ich der Tochter meines Paten nichts Böses wünschte und daß ich hoffte, sie werde bald einen guten Mann finden.

«Ich glaube, daß dein Pate gegen mich eingenommen ist, und das ist sein gutes Recht. Aber als wir mit dem Mittagessen fertig waren, verstanden wir einander sehr gut. Die Spannung wich, und wir haben uns ganz gemütlich unterhalten. Wir haben noch ausführlich darüber gesprochen, daß wir uns in London treffen wollen.»

«In London? Hast du denn noch immer die Absicht, nach London zu fahren?»

«Ja, natürlich! Warum denn nicht?»

Ich sagte nichts. Gewiß hatte sie das Recht, nach London zu fahren, wenn sie Lust hatte. Da gab es Geschäfte zu sehen, Einkäufe zu machen, zumal jetzt, da sie Geld hatte, und doch ... konnte sie nicht eine Weile warten, bis wir miteinander nach London fuhren? So viele Dinge hatten wir zu besprechen, aber es widerstrebte mir, davon zu beginnen. Jetzt kam es mir plötzlich und heftig zu Bewußtsein, was ich bisher nicht bedacht hatte. Ambrose war erst seit neun Monaten tot. Die Welt würde es für unrecht halten, wenn wir vor dem Sommer heirateten. Irgendwie gab es am Tag Probleme, die bei Mitternacht nicht vorhanden waren und vor denen ich mich gern gedrückt hätte.

«Gehen wir noch nicht nach Hause», bat ich. «Machen wir noch einen Spaziergang durch den Wald.»

«Gut», sagte sie.

Wir ließen den Wagen beim Waldhüterhaus im Tal halten, stiegen aus, und Wellington fuhr allein weiter. Wir schlugen einen der Pfade neben dem Bach ein, einen Pfad, der sich zu dem Hügel aufwärts wand; da und dort standen gelbe Schlüsselblumen dicht gedrängt unter den Bäumen. Rachel pflückte sie und kam dabei wieder auf Louise zu sprechen. Das Mädchen, sagte sie, habe einen guten Blick für den Garten und würde bei etwas Anleitung viel dazulernen können. Meinetwegen hätte Louise ans Ende der Welt gehen und dort Gärten pflegen können, soviel es ihr beliebte; ich hatte Rachel nicht in den Wald geführt, um über Louise zu reden.

Ich nahm ihr die Schlüsselblumen aus den Händen, legte sie auf den Boden, dann breitete ich meinen Rock unter einem Baum aus und lud Rachel ein, sich zu setzen.

«Ich bin nicht müde», sagte sie, «ich habe ja mehr als eine Stunde im Wagen gesessen.»

«Und ich erst! Vier Stunden habe ich vor dem Haustor auf dich gewartet.»

Ich zog ihr die Handschuhe aus und küßte ihre Hände, dann legte ich ihr Häubchen und den Schleier auf die Schlüsselblumen und küßte ihr Gesicht, wie ich es seit langen Stunden ersehnt hatte, und abermals war sie mir schutzlos ausgeliefert. «Das», sagte ich, «war mein Plan, den du mir dadurch verdorben hast, daß du zum Mittagessen bei Kendalls geblieben bist.»

«Das hatte ich mir gedacht», erwiderte sie, «und das war auch einer der Gründe, weshalb ich fortging.»

«Hast du mir nicht versprochen, mir an meinem Geburtstag nichts zu versagen, Rachel?»

«Es gibt doch gewisse Grenzen», meinte sie.

Ich sah keine Grenzen. Ich war glücklich, und alle meine Besorgnisse waren verschwunden.

«Wenn das ein Weg ist, den der Wildhüter benützt, dann werden wir uns seltsam ausnehmen», sagte sie.

«Und er sich noch seltsamer, wenn ich ihm Samstag seinen Lohn auszahle. Oder willst du auch das übernehmen? Ich bin jetzt bei dir angestellt, ein zweiter Seecombe, und habe deine Befehle auszuführen.»

Ich lag da, den Kopf in ihren Schoß gebettet, und sie strich mit den Fingern durch mein Haar. Ich schloß die Augen und wünschte, es könnte immer so bleiben. Bis ans Ende aller Zeiten.

178

«Du wunderst dich darüber, daß ich dir noch nicht gedankt habe», sagte sie. «Ich habe im Wagen deine verdutzten Blicke wohl bemerkt. Aber ich weiß nicht, was ich sagen soll. Ich dachte immer, ich sei impulsiv, aber du bist es viel mehr als ich. Ich werde einige Zeit brauchen, bis ich das volle Ausmaß deiner Großherzigkeit erfaßt habe.»

«Ich bin nicht großherzig gewesen; es war dir bestimmt. Laß mich dich noch einmal küssen! Ich muß doch die Stunden vor dem Tor nachholen.»

«Eines habe ich wenigstens gelernt, Philip», sagte sie dann. «Nie mehr mit dir in die Wälder zu gehen. Und jetzt möchte ich aufstehen.»

Ich half ihr und reichte ihr mit einer Verbeugung Handschuhe und Hut. Sie suchte ihren Geldbeutel und zog ein kleines Päckchen hervor, das sie öffnete. «Hier», sagte sie, «dein Geburtstagsgeschenk, das ich dir eigentlich schon früher hätte geben sollen. Hätte ich gewußt, daß ich zu Vermögen kommen werde, wäre die Perle größer gewesen.» Sie nahm die Nadel und steckte sie mir in die Krawatte.

«Erlaubst du mir jetzt heimzugehen?» fragte sie.

Sie gab mir die Hand, und jetzt merkte ich, daß ich ja noch nicht zu Mittag gegessen hatte und herzhaften Appetit verspürte. Wir setzten unseren Weg fort, meine Gedanken waren bei Hühnern und Schinken und bei der Nacht, die vor uns lag. Und plötzlich waren wir bei dem Granitblock oberhalb des Tals angelangt; es war mir ganz entfallen, daß er uns hier am Ende des Pfades erwartete. Rasch wollte ich einen Weg zwischen den Bäumen einschlagen, um nicht bis zum Block zu gehen, aber es war zu spät, schon hatte sie ihn dunkel und massig stehen sehen, löste ihre Hand aus der meinen, blieb stehen und sah ihn an.

«Was ist das, Philip?» fragte sie. «Dieser Stein, der sich so unvermittelt aus dem Boden erhebt! Es könnte ein Grabstein sein!»

«Ach, das ist nichts», sagte ich schnell. «Nichts als ein Granitblock. Eine Art Grenzstein. Hier, zwischen den Bäumen führt ein Weg, der weniger steil ist. Hier links. Nicht am Stein vorüber!»

«Einen Augenblick! Ich möchte ihn doch näher anschauen. Ich bin noch nie in dieser Gegend gewesen.»

Sie ging zu dem Stein und blieb davor stehen. Ich sah, wie ihre Lippen sich bewegten, als sie die Worte las, und ich beobachtete sie besorgt. Vielleicht war es nur eine Einbildung, aber mir schien, als ob ihr Körper sich straffte, und sie blieb länger stehen, als nötig gewesen wäre. Sie mußte die Worte zweimal gelesen haben. Dann kam sie zurück und ging neben mir weiter, doch diesmal griff sie nicht nach meiner Hand. Sie verlor kein Wort über den Stein, und ich auch nicht, und dennoch war es, als begleite der Granitblock uns auf unserem Weg. Ich sah die Knüttelverse vor mir, das Datum darunter, die Initialen A. A., die in den Stein gegraben waren, und ich sah auch etwas, das sie nicht sehen konnte – die Brieftasche mit dem Brief, tief vergraben in der feuchten Erde neben dem Stein. Und irgendwie empfand ich bedrückend, daß ich beide betrogen hatte. Ihr Schweigen bewies, daß sie beeindruckt war. Wenn ich jetzt nicht zu ihr sprach, meinte ich, so würde der Granitblock wie eine Schranke zwischen uns bleiben und immer größer werden.

«Ich wollte dich schon längst hierher führen», sagte ich, und nach der langen

Stille klang meine Stimme überlaut und unnatürlich. «Es war die Aussicht, die Ambrose am liebsten hatte. Und darum hat er den Stein dorthin bringen lassen.»

«Aber es gehörte doch nicht zu deinem Geburtstagsplan, ihn mir zu zeigen», erwiderte sie. Die Worte tönten scharf und hart; es waren die Worte einer Fremden.

«Nein», sagte ich ruhig. «Zu meinem Plan gehörte es nicht.» Und wir gingen, ohne ein Wort zu sprechen, über die Anfahrt auf das Haus zu, und sie verschwand sogleich in ihren Zimmern.

Ich badete, zog mich um. Mein Herz war nicht mehr leicht, sondern stumpf, verzagt. Welcher böse Geist hatte uns zu dem Granitblock geführt, welches Versagen meines Gedächtnisses? Sie wußte ja nicht, was ich wußte: wie oft Ambrose neben diesem Stein gestanden hatte, lächelnd, auf seinen Stock gestützt; aber die törichten Knüttelverse beschworen die Stimmung herauf, in der er sie verfaßt hatte, halb scherzend, halb wehmütig, Nachdenklichkeit hinter den spottenden Augen. Zumindest wußte sie nichts von dem Brief und würde auch nichts davon erfahren. Und während ich mich zum Abendessen anzog, fragte ich mich, welcher andere böse Geist mich veranlaßt hatte, den Brief dort zu vergraben, statt ihn zu verbrennen. Es war, als hätte ich den Instinkt eines Tieres, das eines Tages wieder an dieselbe Stelle zurückkehrt und längst Vergrabenes aus der Erde holt. Ich hatte vergessen, was der Brief enthielt. Seine Krankheit hatte Ambrose beeinflußt, als er ihn schrieb. Brütend, argwöhnisch, den Hauch des Todes spürend, hatte er seine Worte nicht mehr abgewogen. Und jählings, als tanzte der Satz an der Wand, sah ich die Worte vor mir: ‹Geld, Gott verzeihe mir, daß ich das ausspreche, ist derzeit der einzige Weg zu ihrem Herzen.›

Die Worte sprangen auf die Scheibe des Spiegels, vor dem ich mein Haar bürstete, sie waren da, als ich ihre Nadel in die Krawatte steckte. Sie folgten mir die Treppe hinunter, in den Salon, und sie blieben nicht mehr geschriebene Worte, sondern ich hörte sie mit seiner Stimme gesprochen. ‹Der einzige Weg zu ihrem Herzen —›

Als sie zu Tisch kam, trug sie das Perlencollier, gewissermaßen als Zeichen dafür, daß sie mir vergeben hatte, daß sie meinen Geburtstag feiern wollte; und doch bewirkte der Umstand, daß sie es trug, durchaus nicht, daß sie mir näher war, sondern im Gegenteil, es entrückte sie mir. Heute abend, und wenn auch nur heute abend, hätte ich ihren Hals lieber ungeschmückt und bloß gesehen.

Wir setzten uns zu Tisch, John und Seecombe bedienten uns, Silbergeschirr und Kerzen glänzten, auch die Spitzendeckchen waren zu Ehren meines Geburtstags aufgelegt worden; es gab nach altem Brauch, dessen ich mich aus meiner Schulzeit erinnerte, Schinken und Huhn. Mit großer Würde trug Seecombe die Speisen auf, und sein Blick wich nicht von mir. Wir lächelten und lachten, tranken den Dienern und einander zu, leerten unsere Gläser auf die fünfundzwanzig Jahre, die jetzt hinter mir lagen; doch keinen Augenblick lang verließ mich das Gefühl, daß wir uns nur um Seecombes und Johns willen zur Heiterkeit zwangen und, uns selber überlassen, kein Wort gesprochen hätten.

Eine Art Verzweiflung überkam mich, Verzweiflung darüber, daß gefeiert

180

und gelacht werden mußte, und da blieb nur übrig, mehr Wein zu trinken und auch ihr Glas immer wieder zu füllen, um den Schmerz unserer wundgerissenen Gefühle zu dämpfen und jenen Granitblock zu vergessen und all das, was er in unserem Innern symbolisierte. Gestern abend war ich in meinem Überschwang wie ein Nachtwandler bis zum Leuchtturm gegangen. Und war ich seither auch zu der Fülle einer ganzen Welt erwacht, so waren mir damit auch ihre Schatten nicht länger unbekannt.

Stumpf sah ich sie über den Tisch hinüber an; sie scherzte über die Schulter mit Seecombe, und ich hatte den Eindruck, als sei sie niemals lieblicher gewesen. Könnte ich die Stimmung vom frühen Morgen wiedererlangen, die Stille, den Frieden, könnte ich sie mit dem Rausch des Nachmittags zwischen den Schlüsselblumen unter den hohen Buchen mengen, so wäre ich wieder glücklich. Und auch sie wäre glücklich. Und diese Stimmung würden wir bewahren, sie wäre heilig und kostbar und sollte uns in alle Zukunft geleiten.

Seecombe füllte abermals mein Glas, und die Schatten entfernten sich, die Zweifel wogen weniger schwer. Wenn wir allein sind, dachte ich, dann wird alles gut sein, und noch heute abend, noch heute nacht will ich sie fragen, ob wir bald heiraten können, aber wirklich bald, in wenigen Wochen vielleicht, in einem Monat; denn ich wollte, daß jedermann, Seecombe, John, die Kendalls, wissen sollten, daß Rachel ihren Namen jetzt um meinetwillen trug.

Sie würde Mrs. Ashley sein, Philip Ashleys Frau.

Wir mußten ziemlich lange beim Abendessen gesessen haben, denn wir waren noch am Tisch, als wir Räder rollen hörten. Die Glocke tönte, und nun geleitete man meinen Paten und Louise in das Eßzimmer, wo wir noch vor verkrümelten Kuchen und halbgeleerten Weingläsern saßen. Ich stand, wie ich mich erinnere, ein wenig schwankend auf, zog zwei Stühle an den Tisch, obgleich mein Pate protestierte, sie hätten schon gegessen und seien nur für einen Augenblick gekommen, um mir alles Gute zum Geburtstag zu wünschen.

Seecombe brachte frische Gläser, und ich bemerkte, wie Louise, in einem blauen Kleid, mich anschaute, eine Frage in den Augen. Instinktiv spürte ich, daß sie meinte, ich hätte schon zuviel getrunken. Sie hatte recht, aber das ereignete sich nicht gerade häufig; es war mein Geburtstag, und ein für allemal sollte sie wissen, daß sie mich nicht zu kritisieren hatte. Sie war nichts als meine Jugendfreundin. Und mein Pate sollte das auch zur Kenntnis nehmen. Es würde all seinen Plänen ein Ende machen, auch allem Klatsch, und alle lieben Seelen, die sich etwa darum sorgten, hätten ihre Ruhe!

Wir setzten uns wieder an den Tisch; die Unterhaltung war recht lebhaft, denn mein Pate, Rachel und Louise hatten sich ja schon beim gemeinsamen Mittagessen angefreundet; ich saß still auf meinem Stuhl, sagte kaum etwas, sondern erwog nur im Geiste, mit welchen Worten ich das große Ereignis bekanntgeben sollte.

Schließlich beugte mein Pate sich vor, hob sein Glas, lächelte und sagte: «Auf deine fünfundzwanzig Jahre, Philip! Langes Leben und Gesundheit!»

Alle drei schauten mich an, und ob es der Wein war, dem ich reichlich zugesprochen hatte, oder mein eigenes volles Herz; jedenfalls fühlte ich, daß mein Pate und Louise doch liebe, treue Freunde waren, an denen ich hing und daß Rachel, meine Geliebte, mich, Tränen in den Augen, mit Nicken und Lächeln ermutigte.

Dies also war der richtige Augenblick. Die Diener waren nicht im Zimmer, so würde das Geheimnis bei uns in guter Hut sein.

Ich stand auf und dankte, und dann hob ich mein Glas und sagte: «Auch ich möchte, daß ihr heute abend mit mir anstoßt. Seit heute früh bin ich der glücklichste aller Männer. Ich möchte, daß ihr auf das Wohl Rachels trinkt, die meine Frau sein wird.»

Ich leerte mein Glas und schaute sie lächelnd an. Keiner antwortete, keiner regte sich, auf den Zügen meines Paten sah ich tiefste Bestürzung, und als ich mich an Rachel wandte, merkte ich, daß ihr Lächeln verschwunden war und ihr Gesicht mich anstarrte wie eine gefrorene Maske.

«Bist du völlig von Sinnen, Philip?» sagte sie.

Ich stellte mein Glas ab. Meine Hand war unsicher, ich hatte es zu nahe an den Tischrand gestellt, und so fiel es auf den Boden und zerschellte in hundert Splitter. Mein Herz pochte, ich konnte den Blick nicht von ihrem weißen Gesicht abwenden.

«Es tut mir leid», sagte ich, «wenn ich die Neuigkeit zu früh ausgeplaudert habe. Aber denk doch daran, daß heute mein Geburtstag ist, und sie sind meine ältesten Freunde!»

Ich hielt mich am Tisch fest, um nicht zu schwanken, und in meinen Ohren dröhnte es. Rachel schien mich nicht zu verstehen. Sie wandte sich von mir ab und sagte jetzt zu meinem Paten und Louise:

«Der Geburtstag und der Wein dürften Philip zu Kopf gestiegen sein. Verzeihen Sie ihm seinen Schuljungenstreich, und vergessen Sie diese Szene, wenn Sie können. Er wird sich bei Ihnen entschuldigen, sobald er wieder bei voller Besinnung ist. Wollen wir jetzt in den Salon gehen?»

Sie stand auf und ging voran. Ich blieb stehen, schaute auf die Speisereste, das zerkrümelte Brot, die Weinflecken auf dem Tischtuch, die zurückgeschobenen Stühle, und in mir war überhaupt kein Gefühl, nur eine gewisse Leere dort, wo mein Herz gepocht hatte. Ich wartete eine Weile, und dann taumelte ich, bevor Seecombe und John zum Abräumen kamen, in die Bibliothek und setzte mich im Dunkeln neben die leere Feuerstelle. Die Kerzen waren nicht angezündet worden, und die Scheite waren zu Asche zerfallen. Durch die halboffene Tür konnte ich die Stimmen aus dem Salon hören. Ich preßte die Hände an den Kopf, in dem es zu kreisen schien, der Nachgeschmack des Weins auf meiner Zunge war sauer. Wenn ich still hier im Dunkeln sitzen blieb, würde ich mein Gleichgewicht wiederfinden, und die stumpfe Leere würde verschwinden. Der Wein war daran schuld, daß ich eine Dummheit gemacht hatte. Und doch – warum sollte sie mir meine Worte derart verübeln? Wir hätten unsere Freunde um tiefste Verschwiegenheit bitten können. Das hätten sie verstanden. Noch immer saß ich da und wartete, bis sie fort waren. Jetzt – die Zeit schien mir endlos, aber es waren wohl kaum mehr als zehn Minuten gewesen – wurden die Stimmen lauter, sie waren in der Halle, ich hörte, wie Seecombe das Haustor öffnete, ihnen gute Nacht wünschte, die Räder rollten die Auffahrt hinunter, die Tür wurde geschlossen und verriegelt.

Jetzt war mein Geist klarer geworden. Ich lauschte. Ich hörte das Rascheln ihres Kleides. Es näherte sich der halboffenen Tür zur Bibliothek, verstummte, entfernte sich wieder, und jetzt hörte ich ihre Schritte auf der Treppe. Ich stand auf und folgte ihr. Bei der Biegung des Korridors, wo sie die Kerzen auslöschte, holte ich sie ein. Im flackernden Licht schauten wir einander an.

«Ich dachte, du wärst zu Bett gegangen», sagte sie. «Tu es lieber gleich, bevor du noch mehr Schaden anrichtest.»

«Jetzt, da sie fort sind», sagte ich, «wirst du mir doch verzeihen, nicht? Glaub mir, den Kendalls können wir vertrauen. Sie werden unser Geheimnis nicht ausplaudern.»

«Ja, bei Gott, das hoffe ich, da sie ja überhaupt nichts wissen!» sagte sie. «Mir war zumute wie einem Küchenmädchen, das mit dem Reitknecht in die Dachkammer schleicht! Ich habe schon Beschämung kennengelernt, doch das war das Schlimmste, was mir je zugestoßen ist.»

Noch immer dieses weiße, gefrorene Gesicht, das nicht ihres war!

«Gestern um Mitternacht hast du nichts von Beschämung gesagt», erwiderte ich. «Da hast du mir dein Versprechen gegeben und bist gar nicht böse gewesen. Wenn du es verlangt hättest, wäre ich auf der Stelle gegangen.»

«Mein Versprechen? Was für ein Versprechen?»

«Mich zu heiraten, Rachel!»

Sie hielt den Kerzenhalter in der Hand; sie hob ihn, so daß die nackte Flamme mein Gesicht beleuchtete. «Du wagst es, mir gegenüberzutreten, Philip, und zu behaupten, ich hätte dir gestern nacht versprochen, dich zu heiraten? Ich habe bei Tisch vor Kendalls gesagt, daß du von Sinnen bist, und das bist du wirklich. Du weißt sehr wohl, daß ich dir kein solches Versprechen gegeben habe.»

Ich sah sie an. Nicht ich war von Sinnen, sondern sie. Ich spürte, wie mir das Blut ins Gesicht stieg.

«Du hast mich gefragt, was ich mir als Geburtstagsgeschenk wünschte. Damals und jetzt war es das einzige auf der Welt, was ich verlangen konnte – daß du mich heiratest. Was hätte ich denn sonst meinen können?»

Sie antwortete nicht. Sie sah mich immer noch an, ungläubig, verblüfft, wie jemand, der Worte in einer fremden Sprache hört, die unübersetzbar, unverständlich sind, und mit einemmal begriff ich verzweifelt und entsetzt, daß es tatsächlich so mit uns beiden stand; alles, was sich ereignet hatte, war ein Irrtum gewesen. Sie hatte nicht erfaßt, was ich um Mitternacht von ihr erbeten, noch ich, in meiner blinden Verzückung, was sie mir gewährt hatte. Was ich für ein Pfand der Liebe gehalten hatte, war etwas ganz anderes gewesen, ohne tieferen Sinn, etwas, wofür sie ihre eigene Deutung hatte.

Wenn sie sich beschämt gefühlt hatte, so war ich es um so mehr, weil sie sich derart in mir getäuscht haben konnte.

«Wir wollen es in ganz klaren Worten ausdrücken», sagte ich. «Wann willst du mich heiraten?»

«Aber nie, Philip!» Ihre Geste hatte etwas Endgültiges. «Laß dir das ein für allemal gesagt sein. Wenn du anderes erhofft haben solltest, so tut es mir leid. Ich hatte nicht die Absicht, dich irrezuführen. Und nun – gute Nacht!»

Sie wandte sich zum Gehen, aber ich ergriff ihre Hand und hielt sie fest.

«Liebst du mich denn nicht?» fragte ich. «War das alles geheuchelt?

Warum, um Gottes willen, hast du mir nicht gestern nacht die Wahrheit gesagt und mich fortgeschickt?»

Abermals sah sie ganz verblüfft drein; sie verstand mich nicht. Wir waren einander fremd, kein Band gab es zwischen uns. Sie kam aus einem andern Land, von einer andern Rasse.

«Wagst du es, mir zum Vorwurf zu machen, was geschehen ist?» sagte sie. «Ich wollte dir danken, das war alles. Du hattest mir doch den Schmuck geschenkt.»

In diesem Augenblick wußte ich wahrscheinlich alles, was auch Ambrose gewußt hatte. Ich wußte, was er in ihr gesehen, wonach er sich gesehnt und was er nie erlangt hatte. Jetzt erlebte ich die Qualen, das Elend und den tiefen Abgrund zwischen ihnen, der sich immer mehr erweitern mußte. Ihre Augen, die so dunkel, so völlig anders als unsere Augen waren, starrten mich ohne jedes Verständnis an. Neben mir im Schatten, im flackernden Kerzenlicht stand Ambrose. Wir sahen sie gepeinigt, hoffnungslos an, während sie unseren Blick anklagend erwiderte. In diesem Zwielicht wirkte auch ihr Gesicht fremd. Schmal und klein, ein Kopf auf einem Geldstück. Die Hand, die ich hielt, war nicht mehr warm. Kalt und spröde wollten diese Finger sich befreien, und die Ringe zerkratzten meine Handfläche. Ich ließ sie los und hätte sie doch am liebsten gleich wieder gefaßt.

«Was schaust du mich so an?» flüsterte sie. «Was habe ich dir getan? Dein Gesicht ist ja ganz verändert!»

Ich versuchte nachzudenken, was ich ihr noch zu geben hatte. Sie hatte das Gut, das Geld, den Schmuck. Sie hatte meine Seele, meinen Leib, mein Herz. Nur mein Name war noch geblieben, und auch den trug sie bereits. Nichts blieb mehr. Nur die Angst ... Ich nahm ihr die Kerze aus der Hand, stellte sie auf den Sims über den Stufen. Ich legte meine Hände um ihren Hals; und nun konnte sie sich nicht rühren, sondern starrte mich mit weitaufgerissenen Augen an. Und es war, als hielte ich einen erschrockenen Vogel zwischen den Händen, der noch eine Weile unter dem Druck mit den Flügeln schlagen und dann sterben oder, wenn ich ihn losließ, hinaus ins Freie fliegen würde.

«Verlaß mich nicht», flüsterte ich. «Schwör es! Nie! Nie!»

Sie versuchte die Lippen zu bewegen, zu antworten, vermochte es aber nicht, weil meine Hände ihre Kehle zuschnürten. Ich lockerte meinen Griff. Sie wich vor mir zurück, hob ihre Finger an den Hals. Wo meine Hände sie gepackt hatten, waren rote Streifen, zu beiden Seiten des Perlencolliers.

«Wirst du mich jetzt heiraten?» flüsterte ich.

Sie gab keine Antwort, sondern wich immer weiter zurück, den Blick immer noch auf mich geheftet, die Finger immer noch am Hals. Ich sah meinen eigenen Schatten an der Wand, ein ungeheuerliches Ding ohne Form und Substanz. Ich sah sie unter dem Bogen verschwinden. Ich hörte, wie die Tür geschlossen, der Schlüssel umgedreht wurde. Ich ging in mein Zimmer, und als ich mich im Spiegel erblickte, blieb ich davor stehen. Bestimmt war es Ambrose, der hier stand, Schweiß auf der Stirn, das Gesicht totenfahl. Und dann bewegte ich mich und war wieder ich selbst; mit gebeugten Schultern, plumpen, allzu langen Gliedmaßen, zaudernd, unerfahren, jener Philip, der einen Schuljungenstreich begangen hatte.

Ich riß das Fenster auf, aber heute war kein Mond zu sehen, sondern es regnete stark. Der Wind wehte den Vorhang zur Seite, und der Kalender auf dem Kaminsims fiel zu Boden. Ich bückte mich, hob ihn auf, riß das Blatt ab und warf es ins Feuer. Das Ende meines Geburtstags. Der erste April. Der Tag, an dem man die Leute zum Narren hält!

XXIII

Morgens, als ich beim Frühstück saß und mit blicklosen Augen in den stürmischen Tag hinausschaute, trat Seecombe ein und brachte mir einen Brief. Mein Herz pochte heftig. Es hätte darin stehen können, ich solle in ihr Zimmer kommen. Doch der Brief war nicht von Rachel. Es war eine größere, rundere Schrift. Die Botschaft kam von Louise. «Mr. Kendalls Reitknecht hat eben diesen Brief gebracht, Sir», sagte Seecombe, «er wartet auf eine Antwort.» Ich las:

‹Lieber Philip, was gestern abend geschah, hat mich so unglücklich gemacht! Ich glaube zu verstehen, was Du empfunden hast – besser als mein Vater. Denk bitte daran, daß ich Deine Freundin bin und immer bleiben werde. Ich habe heute früh in der Stadt zu tun. Wenn du das Bedürfnis hast, mit jemandem zu sprechen, so könnten wir uns kurz vor Mittag bei der Kirche treffen.

Louise.›

Ich steckte den Brief in die Tasche und ließ mir von Seecombe Papier und Feder bringen. Mein erster Instinkt war, wie immer, wenn irgendeine Verabredung angeregt wurde, insbesondere aber heute früh, ein paar Worte des Dankes hinzuschreiben und abzusagen. Doch als Seecombe mir Papier und Feder brachte, hatte ich mich anders besonnen. Eine schlaflose Nacht, das Gefühl unerträglicher Einsamkeit hatten jäh die Sehnsucht nach einem Gefährten in mir geweckt. Louise stand mir immerhin näher als irgendein anderer Mensch. Darum schrieb ich ihr, ich würde in der Stadt sein und sie gern bei der Kirche treffen.

«Geben Sie das Mr. Kendalls Reitknecht und sagen Sie Wellington, daß er mir für elf Uhr Gipsy satteln soll.»

Nach dem Frühstück ging ich in mein Büro, erledigte meine geschäftlichen Angelegenheiten und schrieb den Brief, den ich gestern angefangen hatte. Irgendwie war das alles heute einfacher. Ein Teil meines Geistes war, wenn auch dumpf, zur Tätigkeit fähig, konnte Berichte und Ziffern zur Kenntnis nehmen und sie wie im Zwang der Gewohnheit verarbeiten. Sobald ich fertig war, ging ich zum Stall, denn eine innere Unruhe trieb mich vom Haus und von allem, was es für mich bedeutete, fort. Ich ritt nicht durch die Allee und den Wald, mit dem sich meine Erinnerungen an den gestrigen Tag verbanden, sondern geradewegs durch den Park über die Landstraße. Meine Stute war frisch und nervös wie ein Reh; ohne jeden Anlaß scheute sie, drängte sich in die Hecke zurück, und der heftige Wind spielte uns beiden übel mit.

Die Stürme, die der Februar und der März nicht gebracht hatten, setzten jetzt ein. Vorüber war die weiche Wärme der letzten Wochen, das spiegelglatte Meer, die Sonne. Schwere Wolken jagten schwarzgerändert und regensatt vom Westen her, und da und dort prasselte ihre Wut als Hagel hernieder. In der westlichen Bucht war das Meer in vollem Aufruhr. Auf den Feldern zu beiden Seiten der Straße kreischten die Möwen, stießen auf die frischgepflügte Erde herab und suchten nach den jungen Trieben, die der Vorfrühling hatte keimen lassen. Nat Bray, den ich gestern so rasch weggeschickt hatte, stand an seiner Gartentür, als ich vorüberritt, einen nassen Sack über den Schultern, der ihn vor dem Hagel schützen sollte. Er hob die Hand und schrie mir einen Morgengruß zu, aber der Klang seiner Stimme wurde vom Wind verweht.

Ich traf nur wenige Leute, als ich den Hügel hinab in die Stadt ritt, und diese wenigen gingen ihren Geschäften nach, und ihre Gesichter waren von der jähen Kälte gerötet. Ich ließ Gipsy in der ‹Rose und Krone› und schlug den Weg zur Kirche ein. Louise hatte unter dem Portal Schutz gesucht. Ich öffnete die schwere Tür, und wir gingen miteinander hinein. Nach dem Toben und Stürmen draußen wirkte das Innere dämmrig und friedlich, doch gleichzeitig waren jene unverkennbare, bedrückende, schwere Kühle zu spüren und der schwelende, typische Kirchengeruch. Wir setzten uns neben die liegende Marmorgestalt meines Ahnen und dämpften instinktiv unsere Stimmen.

«Seit langem mache ich mir große Sorgen um dich», sagte Louise. «Seit Weihnachten und schon vorher. Aber ich konnte nicht mit dir darüber sprechen. Du hättest mich nicht angehört.»

«Es war ganz überflüssig», erwiderte ich. «Alles ist gutgegangen. Bis gestern abend. Und ich war schuld, weil ich gesprochen habe.»

«Du hättest es nicht gesagt, wenn du es nicht für die Wahrheit gehalten hättest», sagte Louise. «Vom ersten Tag an war alles auf Täuschung angelegt, und bevor sie kam, warst du auch darauf vorbereitet.»

«Es gab keine Täuschung; erst in den letzten Stunden. Wenn ich mich geirrt hatte, so trifft mich allein der Vorwurf.»

Ein jäher Regenschauer peitschte gegen die Westfenster der Kirche, und das lange Gewölbe mit den hohen Pfeilern tauchte noch tiefer ins Dunkel.

«Warum ist sie im September hergekommen?» fragte Louise. «Warum hat sie die lange Reise unternommen, um dich aufzusuchen? Es war weder Gefühl, das sie hierhergeführt hat, noch bloße Neugier. Sie kam nach England mit einem festen Ziel, und das hat sie jetzt erreicht.»

Ich wandte mich zu ihr und sah sie an. Ihre grauen Augen waren mit einem klaren, unmittelbaren Blick auf mich gerichtet.

«Was meinst du damit?» fragte ich.

«Sie hat das Geld. Das war der Plan, den sie im Kopf hatte, bevor sie die Reise antrat.»

Mein Lehrer in Harrow sagte uns einmal beim Unterricht in der fünften Klasse, daß die Wahrheit etwas Unfaßbares, Unsichtbares sei, daß wir manchmal darüber stolperten, ohne sie zu erkennen; nur alte Leute, zwei Schritte vom Grab entfernt, fänden und begriffen sie, und manchmal auch sehr reine, sehr junge Menschen.

186

«Du irrst dich», sagte ich. «Du kennst sie nicht. Sie ist eine impulsive, empfindsame Frau, und ihre Stimmungen sind unberechenbar und eigenartig. Sie kann gar nicht anders sein. Ein Impuls hat sie dazu gebracht, Florenz zu verlassen, ein Impuls hat sie hierher geführt. Sie blieb, weil sie glücklich war und weil sie ein Recht hatte zu bleiben.»

Louise sah mich mitleidig an. Sie legte die Hand auf mein Knie.

«Wenn du weniger leicht verwundbar wärst, hätte Mrs. Ashley sich nicht so lange hier aufgehalten. Sie hätte meinen Vater aufgesucht, hätte sich mit ihm geschäftlich verständigt und wäre wieder abgereist. Du hast ihre Beweggründe vom ersten Tag an mißverstanden.»

Ich hätte es leichter ertragen können, meinte ich, als ich jetzt aufstand, wenn Louise die Hand gehoben und Rachel geschlagen, wenn sie ihr ins Gesicht gespuckt, wenn sie ihr das Kleid zerrissen hätte. Das wäre eine primitive, animalische Handlung gewesen. Und ein gerechter Kampf. Aber hier, in der Stille der Kirche, in Abwesenheit Rachels, war es Verleumdung, war es beinahe Tempelschändung.

«Ich kann nicht hier sitzen und dir zuhören», sagte ich. «Ich hätte Trost und Mitgefühl gebraucht. Wenn du es mir nicht geben kannst, so tut es auch nichts.»

Sie trat neben mich und ergriff meinen Arm.

«Begreifst du denn nicht, daß ich versuche, dir zu helfen? Aber du bist so verblendet, daß es zwecklos ist. Wenn es nicht in Mrs. Ashleys Wesen liegt, auf lange Sicht zu planen, warum hat sie dann ihr Jahresgeld Woche für Woche, Monat für Monat den ganzen Winter lang ins Ausland geschickt?»

«Woher weißt du das?»

«Mein Vater hat seine Möglichkeiten, so etwas zu erfahren. Da er dein Vormund war, konnten diese Dinge vor ihm nicht geheimgehalten werden.»

«Und wenn sie es getan hat? Es gab in Florenz Schulden. Das habe ich längst gewußt. Die Gläubiger haben sie gedrängt.»

«Von einem Land ins andere? Ist das möglich? Das hätte ich nicht geglaubt. Ist es nicht viel wahrscheinlicher, daß Mrs. Ashley sich schon auf ihre Rückkehr vorbereitet hat? Daß sie den Winter nur darum hier verbracht hat, weil sie wußte, daß du an deinem fünfundzwanzigsten Geburtstag in den Besitz von Gut und Vermögen kommen würdest? Und wenn mein Vater nicht mehr dein Vormund war, konnte sie dich ganz nach Belieben zur Ader lassen. Aber plötzlich war das überflüssig geworden. Du hast ihr alles, was du besaßt, zum Geschenk gemacht.»

Ich konnte nicht begreifen, daß ein Mädchen, das ich kannte, dem ich vertraute, so abscheuliche Gedanken haben konnte und sie — das war das Qualvollste daran — mit solcher Logik, so viel gesundem Menschenverstand vorbrachte, um den Charakter einer andern Frau zu zerpflücken.

«Ist es die juristische Kenntnis deines Vaters, die aus dir spricht, oder bist du es selber?»

«Mein Vater hat nichts damit zu tun. Du kennst seine Zurückhaltung. Er hat nur sehr wenig zu mir gesagt. Ich kann mir mein Urteil selber bilden.»

«Du warst vom ersten Tag an gegen sie eingenommen», sagte ich. «War es nicht ein Sonntag, in der Kirche? Du bist zum Abendessen gekommen und hast kein Wort gesprochen, sondern steif und hochmütig am Tisch gesessen. Du hattest schon damals beschlossen, sie unsympathisch zu finden.» «Und du?» fragte sie. «Erinnerst du dich, was du gesagt hast, bevor sie kam? Ich kann nicht vergessen, wie feindlich du gegen sie gestimmt warst. Und mit gutem Grund!»

Eine Seitentür knarrte und öffnete sich; eine kleine Frau mit Mäusegesicht, Alice Trabb, die Aufräumerin, trat ein, einen Besen in der Hand, um den Boden der Kirche zu fegen. Sie warf uns nur einen flüchtigen Blick zu und verschwand hinter der Kanzel, aber sie war nun einmal da, und die Einsamkeit war gebrochen.

«Es ist zwecklos, Louise. Du kannst mir nicht helfen. Ich habe dich gern, und du hast mich gern. Aber wenn wir weiter reden, dann werden wir einander schließlich hassen.»

Louise sah mich an und ließ die Hand sinken.

«Liebst du sie denn so sehr?»

Ich wandte mich ab. Sie war jünger als ich, ein Mädchen, und konnte es nicht begreifen. Keiner würde es je verstehen können außer Ambrose, und der war tot.

«Was birgt die Zukunft für euch beide?» fragte Louise.

Schritte hallten auf den Fliesen wider, der Regen, der an die Fenster geschlagen hatte, war vorübergegangen, ein Sonnenstrahl erhellte den Heiligenschein auf St. Peters Kopf im Südfenster. Dann wurde es wieder dunkel.

«Ich habe sie gebeten, meine Frau zu werden. Ich habe sie einmal, zweimal gebeten. Und ich werde sie immer wieder bitten. Das ist meine Zukunft.»

Wir kamen zur Kirchentür. Ich öffnete sie, und abermals standen wir unter dem Portal. Eine Amsel sang, ohne sich um den Regen zu kümmern, von einem nahen Baum, und ein Metzgerbursche, ein Brett mit Fleisch auf der Schulter, kam vorüber; er hatte die Schürze über den Kopf geschlagen und pfiff.

«Wann hast du sie zum erstenmal gebeten, deine Frau zu werden?»

Wieder glaubte ich die Wärme zu spüren, das Kerzenlicht zu sehen, das Lachen zu hören. Und plötzlich war das Licht erloschen, das Lachen verhallt. Nur Rachel und ich! Wie um mich höhnend an jene Mitternacht zu erinnern, schlug jetzt die Kirchenuhr die Mittagsstunde.

«Am Morgen meines Geburtstags», sagte ich.

Sie wartete, bis der letzte Schlag verklungen war.

«Und was hat sie geantwortet?»

«Wir redeten aneinander vorbei. Ich glaubte, sie habe ‹ja› gesagt, während sie ‹nein› meinte.»

«Hatte sie zu dieser Stunde schon das Dokument gelesen?»

«Nein. Sie las es später. Am selben Morgen.»

Vor der Tür zum Kirchgarten sah ich Kendalls Reitknecht mit dem leichten Wagen. Er hob die Peitsche, als er die Tochter seines Herrn erblickte, und kletterte vom Bock herunter. Louise knöpfte langsam ihren Mantel zu.

«Dann hat sie nur wenig Zeit zum Lesen gebraucht, bevor sie zu meinem Vater nach Pelyn kam.»

«Sie hat den Text nicht verstanden», sagte ich.

«Sie hatte ihn gut verstanden, als sie Pelyn verließ. Ich erinnere mich genau daran; als der Wagen vorfuhr und wir auf der Treppe standen, sagte mein Vater zu ihr: ‹Die Klausel wegen der Wiederheirat mag ein wenig hart lauten. Sie müssen Witwe bleiben, wenn Sie Ihr Vermögen behalten wollen.› Und Mrs. Ashley lächelte ihm zu und sagte: ‹Das paßt mir sehr gut.›»

Der Reitknecht kam jetzt auf uns zu, den großen Regenschirm in der Hand. Louise knöpfte ihre Handschuhe zu. Eine schwere, schwarze Wolke fegte über den Himmel.

«Die Klausel wurde aufgenommen, um das Gut sicherzustellen», sagte ich, «um eine Verschleuderung durch einen Fremden zu verhindern. Wenn sie meine Frau wäre, hätte das weiter nichts zu bedeuten.»

«Darin irrst du dich», sagte Louise. «Wenn sie dich heiratet, fällt der Besitz wieder an dich zurück. Daran hattest du nicht gedacht.»

«Und wenn auch? Ich würde jeden Penny mit ihr teilen. Die Klausel ist bestimmt nicht der Grund, daß sie mich nicht heiraten will. Ist es das, was du gemeint hast?»

Die Kapuze verbarg ihr Gesicht, nur die grauen Augen sahen mich an.

«Eine Frau», sagte sie, «kann das Geld ihres Mannes nicht ins Ausland schicken, noch dorthin zurückkehren, wohin sie gehört. Weiter wollte ich nichts sagen.»

Der Reitknecht griff an seinen Hut und hielt den Schirm über Louises Kopf. Ich folgte ihr bis zum Wagen und half ihr hinauf.

«Ich habe nichts Gutes für dich tun können», sagte sie, «und jetzt hältst du mich für unbarmherzig und hart. Manchmal sieht eine Frau klarer als ein Mann. Verzeih, wenn ich dich verletzt habe. Ich wollte nur, daß du wieder du selber wirst.» Sie wandte sich dem Reitknecht zu. «Los, Thomas, wir fahren nach Pelyn zurück.» Und der Wagen setzte sich in Bewegung und bog in die Hauptstraße ein.

Ich setzte mich in das kleine Gastzimmer in der ‹Rose und Krone›. Louise hatte die Wahrheit gesprochen, als sie sagte, daß sie nichts Gutes für mich tun konnte. Ich war gekommen, Trost und Hilfe zu suchen, und hatte nichts davon gefunden. Nur kalte, harte Tatsachen, die völlig verdreht waren. Alles, was sie gesagt hatte, würde einem Advokaten durchaus vernünftig erscheinen. Ich wußte, daß mein Pate die Dinge auf einer Waage wog, ohne das Menschenherz in Betracht zu ziehen. Louise konnte nichts dafür, wenn sie seine juristische, scharfsinnige Denkweise geerbt hatte und nun dementsprechend ihre Folgerungen zog.

Ich aber wußte besser als sie, was sich zwischen Rachel und mich stellte. Der Granitblock oberhalb des Tales in den Wäldern und all die Monate, an denen ich keinen Anteil hatte. «Ihre Cousine Rachel ist eine impulsive Frau.» Ein Impuls war es, der sie dazu gebracht hatte, sich von mir umarmen zu lassen. Ein anderer Impuls bewirkte, daß sie mich wieder gehen ließ. Ambrose hatte das alles gekannt. Ambrose hatte es verstanden. Und weder für ihn noch für mich konnte es eine andere Frau, eine andere Gattin geben.

Lange saß ich in der kühlen Schankstube. Der Wirt brachte mir eine

189

Portion kalten Lammbraten und ein Glas Bier, obgleich ich nicht hungrig war. Später ging ich ins Freie, blieb an der Schifflände stehen und sah, wie die Flut an die Stufen schlug. Die Fischerboote schaukelten an ihren Bojen, und ein alter Mann, rittlings auf einer Ruderbank sitzend, schöpfte das Wasser aus seinem Boot; er hatte den Schaumspritzern den Rücken gedreht, die mit jeder Welle, die sich brach, sein Boot wieder füllten.

Die Wolken hingen tiefer als vorher, wurden zu Nebel und verhüllten die Bäume an dem gegenüberliegenden Ufer. Wenn ich trocken heimkommen und Gipsy eine Erkältung ersparen wollte, so mußte ich mich jetzt auf den Weg machen, bevor das Wetter noch schlechter wurde. Kein Mensch war mehr vor der Tür. Ich saß auf, ritt den Hügel hinauf, und dann, um mir die längere Landstraße zu ersparen, wandte ich mich zu dem Kreuzweg und in die Allee. Dort waren wir besser geschützt; aber nach kaum hundert Yard lahmte Gipsy, und statt im Pförtnerhaus haltzumachen und den Stein zu entfernen, der sich in ihren Huf geklemmt haben mochte, beschloß ich, abzusitzen und sie heimzuführen. Der Sturm hatte Zweige abgebrochen, die auf dem Pfad lagen, und die Bäume, die gestern noch so still gewesen waren, schwankten, beugten sich und erschauerten in Nebel und Regen.

Aus dem sumpfigen Tal stieg der Dunst in weißer Wolke auf, und schaudernd spürte ich, wie es mich den ganzen Tag gefroren hatte, seit ich mit Louise in der Kirche und nachher in der ungeheizten Stube in der ‹Rose und Krone› gesessen hatte. Wie anders war die Welt doch seit gestern geworden!

Ich führte Gipsy über den Pfad, den auch Rachel und ich gegangen waren. Die Allee wollte kein Ende nehmen. Ich führte die lahme Gipsy am Zügel, und der ständig tropfende Regen hatte seinen Weg unter den Kragen meines Rocks gefunden.

Als ich endlich das Haus erreichte, war ich zu müde, um Wellington auch nur guten Tag zu sagen, sondern warf ihm lediglich die Zügel zu und wandte mich ab. Gott weiß, daß ich seit dem letzten Abend keine Lust hatte, etwas anderes zu trinken als Wasser, aber da ich durchfroren und durchnäßt war, meinte ich, ein Schluck Brandy könnte mich erwärmen. Ich ging ins Eßzimmer, wo John den Tisch für das Abendessen deckte. Er holte mir ein Glas aus dem Office, und während ich wartete, sah ich, daß er für drei Personen gedeckt hatte.

«Warum für drei?» fragte ich ihn, als er mir das Glas brachte.

«Miss Pascoe; sie ist schon seit ein Uhr hier. Die Herrin ist, bald nachdem Sie weggeritten waren, hingefahren und hat Miss Pascoe mitgebracht. Miss Pascoe soll hier bleiben.»

Ich starrte ihn verblüfft an. «Miss Pascoe soll hier bleiben?»

«Ja. Miss Mary Pascoe, die in der Sonntagsschule unterrichtet. Wir haben ihr das rosa Zimmer hergerichtet. Sie und die Herrin sind jetzt im Boudoir.»

Er war noch mit dem Tischdecken beschäftigt; ich ließ das Glas auf dem Büfett stehen, und ohne mir Brandy einzugießen ging ich in mein Zimmer hinauf. Auf meinem Tisch lag ein Brief von Rachels Hand. Ich riß ihn auf. Eine Überschrift gab es nicht, nur Tag und Datum.

‹Ich habe Mary Pascoe gebeten, mir Gesellschaft zu leisten. Nach dem, was gestern abend vorgefallen ist, kann ich nicht mit dir allein bleiben.

190

Du kannst, wenn du Lust hast, vor oder nach dem Essen zu uns ins Boudoir kommen. Aber ich muß dich bitten, höflich zu sein. Rachel.›

Das konnte nicht ihr Ernst sein. Das war unmöglich! Wie oft hatten wir uns über die Pascoe-Mädchen lustig gemacht, vor allem über die ewig plappernde Mary, die beständig Deckchen stickte und Arme besuchte, die gern darauf verzichtet hätten; Mary, eine stämmigere, noch häßlichere Ausgabe ihrer Mutter. Zum Scherz konnte Rachel sie eingeladen haben, ja, zum Scherz, bloß zum Abendessen, um sich an meinem düsteren Gesicht zu freuen – aber der Wortlaut des Briefes klang gar nicht nach einem Scherz.

Aus meinem Zimmer ging ich auf den Treppenabsatz und sah, daß die Tür des rosa Schlafzimmers offen stand. Nein, es war kein Irrtum möglich. Im Kamin brannte ein Feuer, auf einem Stuhl standen Schuhe, und ein Umschlagtuch, Bürsten und alle persönlichen Effekten eines Fremden lagen herum; und die Tür, die zu Rachels Zimmern führte, war weit geöffnet. Ich konnte sogar die Stimmen aus dem Boudoir dahinter hören. Das also war meine Strafe. Mary Pascoe war eingeladen worden, um eine Mauer zwischen Rachel und mir zu bilden, damit wir nicht länger miteinander allein waren, ganz wie sie es in ihrem Brief geschrieben hatte!

Mein erstes Gefühl war Ärger; so heftige Wut, daß ich mich kaum zurückhalten konnte. Ich wäre am liebsten ins Boudoir gegangen, hätte Mary Pascoe bei den Schultern gefaßt und ihr gesagt, sie solle ihre Koffer packen und verschwinden. Wellington konnte sie sofort heimfahren! Wie hatte Rachel es wagen können, sie unter einem so kläglichen, beleidigenden Vorwand in mein Haus einzuladen? Weil sie nicht länger mit mir allein sein könne! War ich also dazu verdammt, Mary Pascoe bei jeder Mahlzeit an meinem Tisch zu sehen? Mary Pascoe in der Bibliothek und im Salon. Mary Pascoe im Park, Mary Pascoe im Boudoir, ständig das endlose Geplapper zwischen Frauen, das ich nur durch die Macht der Gewohnheit an Sonntagabenden aushalten konnte?

Ich ging über den Korridor – ich zog mich nicht um, ich war noch in meinen nassen Kleidern, als ich die Boudoirtür öffnete. Rachel saß in ihrem Stuhl und Mary Pascoe auf dem Schemel neben ihr, und die beiden Frauen besichtigten das dicke Buch mit den Bildern von italienischen Gärten.

«Bist du zurückgekommen?» sagte Rachel. «Kein sehr geeigneter Tag für einen längeren Ritt. Der Wagen ist beinahe von der Straße fortgeblasen worden, als ich ins Pfarrhaus fuhr. Wie du siehst, haben wir das Vergnügen, Mary bei uns zu sehen. Sie fühlt sich hier schon ganz heimisch. Das freut mich sehr.»

Mary Pascoe ließ ein nervöses Lachen hören.

«War das eine Überraschung, Mr. Ashley», legte sie los, «als Ihre Cousine mich holen kam! Meine Schwestern waren grün vor Neid. Ich kann es noch kaum glauben, daß ich hier bin. Und wie gemütlich und angenehm ist es, hier im Boudoir zu sitzen! Viel netter als unten! Spielen Sie Cribbage? Ich bin eine begeisterte Spielerin. Wenn Sie es nicht können, werde ich es Sie lehren. Das würde mir große Freude machen.»

«Philip hat wenig für Glücksspiele übrig», sagte Rachel. «Ihm ist es lieber, still zu sitzen und zu rauchen. Aber Sie und ich, Mary, wir können miteinander spielen.»

Über Mary Pascoes Kopf hinweg sah sie mich an. Nein, es war kein Scherz. Ich konnte ihrem harten Blick anmerken, daß sie das mit voller Überlegung getan hatte.

«Kann ich mit dir allein sprechen?» sagte ich schroff.

«Ich sehe keinen rechten Anlaß dafür. Du kannst alles, was du zu sagen hast, auch vor Mary aussprechen.»

Die Tochter des Pfarrers stand schnell auf. «O bitte», rief sie, «ich möchte nicht als Eindringling angesehen werden. Ich kann sehr gut in mein Zimmer gehen.»

«Aber lassen Sie die Tür weit offen, Mary, damit Sie hören können, wenn ich Sie rufe.» Ihre Blicke blieben feindselig auf mich geheftet.

«Ja, ja, gewiß, Mrs. Ashley.» Sie hastete an mir vorbei und ließ alle Türen angelehnt.

«Warum hast du das getan?» fragte ich.

«Das weißt du sehr gut. Ich habe es dir doch geschrieben!»

«Und wie lange soll sie bleiben?»

«So lange es mir paßt.»

«Du wirst sie nicht länger als einen Tag ertragen. Sie wird dich zur Verzweiflung treiben und mich auch.»

«Da irrst du dich. Mary Pascoe ist ein braves, harmloses Mädchen. Wenn ich kein Bedürfnis nach Konversation habe, so werde ich eben nicht sprechen. Zumindest bedeutet es für mich eine gewisse Sicherheit, wenn sie im Haus ist. Und es war höchste Zeit; nach deinem Benehmen bei Tisch konnte es nicht mehr so weitergehen. Das hat dein Pate mir beim Abschied sehr deutlich zu verstehen gegeben.»

«Was sagte er?»

«Daß über meine Anwesenheit im Haus schon viel geklatscht wird, und dein Gerede von einer Heirat wird die Sache kaum besser gemacht haben. Ich weiß ja nicht, mit wem du sonst noch darüber gesprochen hast. Mary Pascoe wird allem Tratsch ein Ende machen. Dafür werde ich sorgen.»

War es möglich, daß mein Benehmen vom Abend zuvor solch eine Veränderung bewirkt haben sollte? Solch eine unverhüllte Gegnerschaft?

«Rachel», sagte ich, «das läßt sich nicht mit ein paar Worten erledigen; noch dazu wenn alle Türen offenstehen. Ich bitte dich, höre mich an, laß mich nach Tisch, wenn Mary Pascoe zu Bett ist, mit dir allein sprechen.»

«Du hast mich gestern abend bedroht», sagte sie. «Einmal genügt mir. Es gibt nichts zu besprechen. Du kannst jetzt gehen, wenn du willst, oder hier bleiben und mit Mary Pascoe Cribbage spielen.» Sie beugte sich wieder über das Buch mit den Bildern von italienischen Gärten.

Ich verließ das Zimmer. Mir blieb nichts anderes übrig. Das also war meine Strafe für den kurzen Augenblick, als ich die Hände um ihren Hals gelegt hatte! Diese Handlung, die ich sofort bereut hatte, war unverzeihlich. Und das war mein Lohn. So rasch, wie meine Wut aufgeflammt war, verzog sie sich, verwandelte sich in stumpfe Schwermut, in Verzweiflung. O Gott, was hatte ich getan?!

Als ich in der ungeheizten Gaststube der ‹Rose und Krone› saß, hatte ich mich noch in der Hoffnung gewiegt, daß ihr Widerstand sich vielleicht in wenigen Wochen überwinden lassen, daß sie meine Werbung annehmen werde. Wenn nicht jetzt, so später; und wenn nicht später, was lag daran, solange wir in Liebe beisammen bleiben konnten wie an dem Morgen meines Geburtstags? Sie hatte die freie Wahl, die freie Entscheidung, aber sie würde mir das doch bestimmt nicht verweigern. Diese Hoffnung war mir noch treu geblieben, als ich ins Haus trat. Und jetzt war eine Fremde da, ein dritter Mensch, und zwischen uns gab es nichts als Mißverständnisse! Als ich in meinem Zimmer war, hörte ich ihre Stimmen, die sich der Treppe näherten, und dann das Rascheln der Kleider über den Stufen. Es war später, als ich geglaubt hatte. Sie mußten sich zum Abendessen umgezogen haben. Ich wußte, daß es mir unmöglich wäre, mit ihnen am selben Tisch zu sitzen. Sie sollten nur allein speisen. Ich war ohnehin nicht hungrig; ich fror, meine Glieder waren steif, wahrscheinlich hatte ich mich erkältet und tat besser daran, in meinem Zimmer zu bleiben. Ich läutete und beauftragte John, mich bei den Damen zu entschuldigen, ich könne nicht zu Tisch kommen, ich müsse mich gleich ins Bett legen. Das gab natürlich eine große Aufregung, wie ich es befürchtet hatte, und Seecombe kam selber in mein Zimmer; er sah äußerst besorgt drein.

«Nicht wohl, Mr. Philip? Wie wäre es mit einem Senfbad und einem heißen Grog? Das kommt davon, wenn man bei so einem Wetter ausreitet!»

«Nichts, nichts, Seecombe! Vielen Dank. Ich bin einfach müde, das ist alles.»

«Und kein Abendessen, Mr. Philip? Wir haben Wildbret und Apfeltorte. Es kann sofort aufgetragen werden. Die Damen warten bereits im Salon.»

«Nein, Seecombe, ich habe vorige Nacht schlecht geschlafen. Morgen werde ich wieder wohl sein.»

«Ich werde es der Herrin melden», sagte er. «Das wird ihr sehr leid tun.»

Wenn ich in meinem Zimmer blieb, fand sich vielleicht doch eine Gelegenheit, Rachel allein zu sehen. Nach dem Abendessen würde sie wohl heraufkommen und sich nach meinem Befinden erkundigen.

Ich zog mich aus und ging zu Bett. Ja, ich mußte mich erkältet haben. Die Leintücher fühlten sich bitter kalt an. Ich schlug sie zurück und deckte mich nur mit der Decke zu. Ich war steif und unempfindlich, und in meinem Kopf pochte es – lauter Dinge, die mir völlig unbekannt waren. Ich lag da und wartete, bis sie mit dem Abendessen fertig waren. Ich hörte sie durch die Halle ins Eßzimmer gehen. Das endlose Geplapper wenigstens blieb mir erspart. Und dann, nach einer langen Pause, gingen sie wieder in den Salon.

Ungefähr nach acht Uhr hörte ich sie die Treppe heraufkommen. Ich setzte mich im Bett auf und zog die Jacke um meine Schultern. Das war vielleicht der Augenblick, um mich aufzusuchen. Trotz den dicken Decken fror ich noch immer, und die Schmerzen in Beinen und Hals begannen sich jetzt auch in meinem Kopf einzunisten, und er brannte wie Feuer.

Ich wartete, aber sie kam nicht. Jetzt saßen die beiden bestimmt im Boudoir. Ich hörte die Uhr neun schlagen, dann zehn, dann elf. Nach elf Uhr wußte ich, daß sie nicht vorhatte, zu mir zu kommen. Ich war für sie nicht vorhanden, das war die Fortsetzung meiner Strafe.

193

Ich stand auf und ging in den Korridor. Sie mußten sich schon in ihre Zimmer zurückgezogen haben, denn ich hörte, wie Mary Pascoe sich hinter ihrer Tür zu schaffen machte, und dann und wann wurde auch ihr aufreizendes Räuspern vernehmbar – eine Gewohnheit, die sie von ihrer Mutter geerbt hatte.

Ich ging bis zu Rachels Zimmer. Ich legte die Hand auf den Knauf, drehte ihn, aber die Tür war verriegelt. Ich klopfte ganz sachte. Sie gab keine Antwort. Langsam schlich ich in mein Zimmer zurück und lag fröstelnd auf meinem Bett.

Ich erinnere mich noch, daß ich mich am nächsten Morgen anzog, aber ich erinnere mich nicht mehr daran, daß John mich wecken kam, noch daß ich frühstückte, noch an sonst etwas, außer an die eigentümliche Steifheit in meinem Hals und die quälenden Schmerzen in meinem Kopf. Ich ging hinüber und setzte mich im Büro vor meinen Schreibtisch. Ich schrieb keine Briefe, ich empfing niemanden. Kurz nach zwölf erschien Seecombe und meldete, die Damen wollten zu Mittag essen. Ich sagte, ich hätte keine Lust. Er trat an mich heran und sah mir aufmerksam ins Gesicht.

«Mr. Philip», sagte er, «Sie sind krank. Was haben Sie denn?»

«Ich weiß nicht.» Er ergriff meine Hand, dann verließ er den Raum und eilte über den Hof.

Kurz darauf öffnete sich die Tür wieder. Rachel stand vor mir, hinter ihr Mary Pascoe und Seecombe. Sie kam auf mich zu.

«Seecombe meint, daß du krank bist. Was hast du denn?»

Ich starrte sie an. Alles, was sich begab, war unwirklich. Ich wußte kaum, daß ich hier in meinem Schreibtischstuhl saß, sondern mir war, als läge ich frierend oben in meinem Bett, wie ich diese Nacht gefroren hatte.

«Wann wirst du sie heimschicken?» sagte ich. «Ich werde dir nichts tun. Ich gebe dir mein Ehrenwort.»

Sie legte mir die Hand auf die Stirn und sah mir in die Augen. Dann wandte sie sich schnell zu Seecombe. «Rufen Sie John; ihr müßt Mr. Ashley sofort zu Bett bringen. Und Wellington soll den Reitknecht zum Doktor schicken. Schnell, schnell!»

Ich sah nichts als ihr weißes Gesicht und ihre Augen; und dann über ihrer Schulter, irgendwie grotesk, völlig unzusammenhängend und sinnlos, den entsetzten Blick Mary Pascoes. Und dann nichts mehr. Nur die Steifheit im Hals und die Schmerzen.

Als ich wieder im Bett lag, merkte ich, daß Seecombe am Fenster stand, die Läden schloß, die Vorhänge zuzog und so den Raum in das Dunkel tauchte, nach dem ich mich sehnte. Vielleicht konnte die Dunkelheit mich von meinen entsetzlichen Schmerzen erlösen. Ich konnte den Kopf auf dem Kissen nicht bewegen; es war mir, als ob alle meine Halsmuskeln steif und starr geworden wären. Ich fühlte Rachels Hand in der meinen. Wieder sagte ich: «Ich verspreche dir, daß ich dir nichts antun werde. Aber schick Mary Pascoe heim!»

«Sprich jetzt nicht», sagte sie. «Lieg nur still!»

Das Zimmer war von Geflüster erfüllt. Die Tür öffnete sich, schloß sich, öffnete sich wieder. Gedämpfte Schritte glitten kaum hörbar zu meinem Bett. Vom Treppenabsatz her drang durch die Spalten Licht herein, und

194

immer dauerte das Flüstern an, und in meinem heftigen Fieberwahn glaubte ich, das Haus sei mit Menschen gefüllt, in jedem Zimmer ein Gast, das Haus sei nicht groß genug, um alle zu beherbergen, sie standen Schulter an Schulter im Salon, in der Bibliothek, und Rachel mitten unter ihnen, lächelnd, plaudernd, die Hände ausstreckend. Immer wieder sagte ich: «Schick sie doch weg, schick sie weg!»

Da sah ich, wie Dr. Gilberts rundes, bebrilltes Gesicht auf mich herabschaute; auch er gehörte also zur Gesellschaft! Als ich ein Knabe war, hatte er mich wegen Windpocken behandelt; und seither hatte ich ihn kaum mehr gesehen.

«Sie sind also um Mitternacht ins Meer hinausgeschwommen?» sagte er zu mir. «Das war allerdings sehr töricht.» Er schüttelte den Kopf, als ob ich noch immer ein Kind wäre, und strich sich den Bart. Ich schloß die Augen wieder gegen das Licht und hörte Rachel zu ihm sagen: «Ich kenne diese Art Fieber viel zu genau, als daß ich mich täuschen könnte. In Florenz habe ich Kinder daran sterben sehen. Es greift die Wirbelsäule an und dann das Gehirn. Tun Sie irgend etwas, um Himmels willen, tun Sie etwas!»

Dann gingen sie. Und abermals begann das Wispern rund um mich her. Ihm folgte das Knirschen von Rädern unten vor dem Haus, wo ein Wagen wegfuhr. Später hörte ich jemanden vor meinen Bettvorhängen atmen. Und da wußte ich, was geschehen war. Rachel war fort. Sie war nach Bodmin gefahren, um dort den Postwagen nach London zu nehmen. Sie hatte Mary Pascoe zurückgelassen, die mich pflegen sollte. Die Dienstleute, Seecombe, John, sie alle waren fort, niemand war da, nur Mary Pascoe.

«Gehen Sie doch!» sagte ich. «Ich brauche niemanden!»

Eine Hand streckte sich aus, berührte meine Stirn. Mary Pascoes Hand. Ich schüttelte sie ab. Aber sie kam immer wieder, heimlich, kalt, und ich schrie laut, sie solle doch gehen, aber die Hand preßte sich auf mich, und sie wurde auf meiner Stirn, auf meinem Hals zu Eis, umklammerte mich, hielt mich gefangen. Und dann hörte ich Rachel an meinem Ohr flüstern: «Lieber, lieg still, das wird dir helfen. Nach und nach wird es besser werden.»

Ich versuchte den Kopf zu drehen, doch das konnte ich nicht. War sie also doch nicht nach London gefahren?

«Verlaß mich nicht», sagte ich. «Verlaß mich nicht!»

«Ich verspreche es dir», erwiderte sie. «Ich werde bei dir bleiben.»

Ich öffnete die Augen, konnte sie aber nicht sehen, denn das Zimmer lag in tiefem Dunkel. Seine Form war mir fremd, es war nicht das Zimmer, das ich kannte. Es war lang und schmal wie eine Zelle. Die Bettstelle hart wie Eisen. Irgendwo hinter einem Wandschirm brannte eine Kerze. In einer Nische an der Wand gegenüber kniete eine Madonna. Ich rief laut: «Rachel . . . Rachel . . .»

Ich hörte eilige Schritte, eine Tür öffnete sich, und dann war Rachels Hand in der meinen, und Rachel sagte: «Ich bin bei dir!» Und ich schloß die Augen wieder.

Ich stand neben einer Brücke über den Arno und tat den Schwur, eine Frau zu vernichten, die ich nie gesehen hatte. Das Wasser strömte bräunlich, gurgelnd unter der Brücke dahin, und Rachel kam mit leeren Händen auf

195

mich zu. Sie war nackt, nur um den Hals trug sie die Perlenschnur. Plötzlich deutete sie auf das Wasser, und Ambrose glitt unter der Brücke vorbei, die Hände auf der Brust gefaltet. Immer weiter glitt er, bis er meiner Sicht entschwand, und hinter ihm trieb langsam, majestätisch, die Pfoten steif gehoben, der Leib eines toten Hundes.

XXIV

Als erstes bemerkte ich, daß der Baum vor meinem Fenster Blätter trug. Ich betrachtete ihn verwirrt. Als ich mich zu Bett gelegt hatte, waren kaum die Knospen sichtbar gewesen. Das war doch seltsam. Gewiß, die Vorhänge waren zugezogen gewesen, aber ich erinnerte mich doch, wie fest die Knospen noch an meinem Geburtstagsmorgen gewesen waren, als ich mich aus dem Fenster gelehnt und über den Rasen geschaut hatte. Jetzt spürte ich keine Schmerzen im Kopf, und auch die Steifheit im Hals war vergangen. Ich mußte viele Stunden geschlafen haben, vielleicht sogar einen Tag oder noch länger. Wenn man krank ist, verliert man leicht das Gefühl für die Zeit.

Und doch, bestimmt hatte ich den alten Doktor Gilbert mit seinem Bart häufig gesehen, und noch einen anderen Mann, einen Fremden. Und das Zimmer war immer dunkel gewesen. Jetzt aber war es hell. Mein Gesicht war borstig – höchste Zeit, sich zu rasieren! Ich hob die Hand an mein Kinn. Aber das war doch vollkommen verrückt! Ich hatte ja einen Bart! Ich betrachtete meine Hände. Sie waren mir fremd. Sie waren weiß und schmal und die Nägel lang; allzuoft hatte ich sie mir beim Reiten abgebrochen. Ich wandte den Kopf und sah Rachel auf einem Stuhl neben meinem Bett sitzen – auf ihrem eigenen Stuhl aus dem Boudoir. Sie wußte nicht, daß ich sie sah. Sie arbeitete an einer Stickerei und trug ein Kleid, das ich nicht kannte. Es war dunkel wie alle ihre Kleider, aber die Ärmel waren kurz, ließen den Ellbogen frei, und der Stoff war leicht. War es denn so warm im Zimmer? Die Fenster standen weit offen. Im Kamin brannte kein Feuer.

Ich hob die Hand abermals zum Kinn und tastete nach meinem Bart. Er fühlte sich nicht unangenehm an. Plötzlich lachte ich, und bei diesem Geräusch hob sie den Kopf und sah mich an.

«Philip», sagte sie und lächelte; und plötzlich kniete sie an meinem Bett und legte die Arme um mich.

«Mir ist ein Bart gewachsen», sagte ich.

Ich konnte mich nicht beherrschen, ich mußte darüber lachen, so komisch kam mir das vor, und aus dem Lachen wurde ein Husten, und sogleich hatte sie ein Glas mit einem schlecht schmeckendes Getränk zur Hand, zwang mich, einen Schluck zu trinken, hielt es an meine Lippen, und dann mußte ich mich wieder in die Kissen legen.

Diese Geste weckte viele Erinnerungen in mir. Ja, immer wieder hatte es eine Hand gegeben, die ein Glas hielt, die mich trinken ließ, die in meine Träume hineingespielt hatte und dann wieder verschwunden war. Ich hatte geglaubt, es sei Mary Pascoes Hand, und hatte sie weggeschoben. Ich lag da, sah Rachel an und streckte meine Hand nach ihr aus. Sie nahm sie und hielt sie fest. Mein Daumen glitt über die blaßblauen Adern, die immer auf ihrem

196

Handrücken sichtbar waren, und über die Ringe. Das dauerte eine Weile, und ich sagte kein Wort.

Dann fragte ich: «Hast du sie weggeschickt?»

«Weggeschickt? Wen?»

«Mary Pascoe!»

Ich merkte, wie sie den Atem anhielt, ihr Lächeln war vergangen, und in ihre Augen trat ein Schatten.

«Sie ist schon seit fünf Wochen fort», sagte sie. «Aber das ist ja ganz unwichtig. Hast du Durst? Ich habe dir ein kühles Getränk gemacht; mit Zitronen, die von London gekommen sind.» Ich trank, und nach der bitteren Medizin schmeckte es mir sehr gut.

«Ich muß wohl krank gewesen sein», sagte ich.

«Du bist beinahe gestorben!»

Sie machte eine Bewegung, als wollte sie gehen, aber ich ließ es nicht zu.

«Erzähl mir davon!» Mich erfüllte die Neugier eines Menschen, der jahrelang geschlafen hat und plötzlich entdeckt, daß die Welt auch ohne ihn weitergegangen ist.

«Wenn du all diese Wochen voll Angst und Sorge wieder in mir auferstehen lassen willst, dann erzähle ich dir davon. Sonst nicht. Du bist sehr krank gewesen. Das mag dir vorläufig genügen.»

«Was war denn mit mir los?»

«Ich habe keinen großen Respekt vor euren englischen Ärzten», erwiderte sie. «Auf dem Kontinent nennen wir diese Krankheit Meningitis, aber hier hat niemand eine Ahnung davon. Daß du heute noch am Leben bist, ist ein halbes Wunder.»

«Wie habe ich es überstehen können?»

Sie lächelte und preßte meine Hand. «Dank deinen eigenen Kräften, glaube ich. Und dank bestimmten Kuren, die die Ärzte auf meine Bitten anwendeten. Einen Einstich in das Rückenmark zu machen, um die Flüssigkeit ablaufen zu lassen, war nur eine davon. Auch eine heilende Flüssigkeit aus dem Saft bestimmter Kräuter in dein Blut zu spritzen. Sie nannten es Gift. Aber du bist am Leben geblieben!»

Ich entsann mich der Tränke, die sie für einige der Pächter gebraut hatte, wenn sie im Winter krank gewesen waren, und wie ich sie damit geneckt, wie ich sie ‹Hebamme› und ‹Apothekerin› genannt hatte.

«Wieso kennst du dich in all den Dingen so gut aus?»

«Das habe ich von meiner Mutter gelernt. Wir sind ja sehr alt und weise, wir Florentiner.»

Auch diese Worte weckten etwas in meiner Erinnerung, aber ich war nicht imstande, es in klare Bilder zu fassen. Zu denken bedeutete noch eine Anstrengung. Und ich war zufrieden, daß ich im Bett liegen und ihre Hand in der meinen halten durfte.

«Wie kommt's, daß der Baum vor meinem Fenster Blätter hat?» fragte ich.

«In der zweiten Maiwoche muß er das wohl», sagte sie.

Daß ich so lange bewußtlos dagelegen hatte, konnte ich kaum begreifen. Noch konnte ich mich der Ereignisse entsinnen, die meiner Krankheit vorangegangen waren. Rachel war damals mir gegenüber sehr aufgebracht gewesen, warum, das wußte ich nicht, und hatte Mary Pascoe ins Haus genommen.

Daß wir am Tag vor meinem Geburtstag geheiratet hatten, war sicher, obgleich ich kein klares Bild von der Kirche oder von der Zeremonie vor mir sah; aber mir war, als wären mein Pate und Louise die einzigen Zeugen gewesen; ja, auch noch die kleine Alice Tabb, die den Boden der Kirche fegte. Ich erinnerte mich, daß ich sehr glücklich gewesen war. Und plötzlich, ganz ohne Grund, völlig verzweifelt. Und dann krank. Doch was lag daran, jetzt war alles wieder gut. Ich war nicht gestorben, und wir waren mitten im Mai.

«Ich bin wohl schon kräftig genug, um aufzustehen», sagte ich.

«Nicht daran zu denken», erwiderte sie. «In einer Woche vielleicht. Und dann wirst du in einem Stuhl hier am Fenster sitzen. Und später bis zum Boudoir gehen. Ende des Monats haben wir dich vielleicht so weit, daß du hinuntergehen und im Freien sitzen darfst. Aber das müssen wir noch abwarten.»

Tatsächlich vollzog meine Gesundung sich ungefähr so, wie sie es vorausgesagt hatte. Nie in meinem Leben hatte ich mich so kümmerlich gefühlt wie in der Stunde, als ich zum erstenmal am Bettrand saß und die Füße auf den Boden stellte. Das ganze Zimmer schaukelte. Seecombe und John hielten mich, und ich war schwach wie ein neugeborenes Kind.

«Ach, du guter Gott, Madam, er ist noch gewachsen», sagte Seecombe, und auf seinem Gesicht malte sich so viel Bestürzung, daß ich laut lachen mußte.

«Ihr könnt mich auf dem Jahrmarkt in Bodmin als Rarität zeigen», sagte ich, und dann sah ich mich im Spiegel hager und fahl, mit dem braunen Bart am Kinn; ich glich fast einem Apostel.

«Ich hätte Lust», sagte ich, «durch das Land zu ziehen und zu predigen. Tausende würden mir folgen. Was hältst du davon?» Ich wandte mich an Rachel.

«Mir wäre es lieber, wenn du rasiert wärst», sagte sie.

«Bring mir ein Rasiermesser, John», sagte ich. Doch als die Arbeit getan und mein Gesicht wieder nackt und bloß war, hatte ich den Eindruck, mir wäre eine gewisse Würde verlorengegangen und nun sähe ich wieder wie ein Schuljunge aus.

Diese Tage der Genesung waren sehr angenehm. Rachel war immer bei mir. Wir sprachen nicht viel, weil ich feststellte, daß das Sprechen mich mehr anstrengte als alles andere und manchmal sogar eine leise Mahnung an die Kopfschmerzen mit sich brachte. Am liebsten war es mir, am offenen Fenster zu sitzen. Um mich zu unterhalten, brachte Wellington die Pferde und ließ sie auf dem Kiesplatz unten wie im Zirkus im Kreis galoppieren. Dann, als meine Beine kräftiger wurden, ging ich bis zum Boudoir, und dort nahmen wir unsere Mahlzeiten ein; Rachel bediente mich und sorgte für mich wie eine Kinderfrau für ein Kind; ja, sagte ich einmal zu ihr, wenn sie verurteilt wäre, den Rest ihres Lebens mit einem kranken Gatten zu leben, so hätte sie sich das selber zuzuschreiben. Sie warf mir einen seltsamen Blick zu, als ich das sagte, wollte schon antworten, besann sich aber und lenkte das Gespräch auf ein anderes Gebiet.

Ich erinnerte mich daran, daß unsere Eheschließung aus irgendeinem Grund vor den Dienstleuten geheimgehalten worden war; vielleicht um die

198

zwölf Monate des Trauerjahrs verstreichen zu lassen. Vielleicht meinte sie, es sei Seecombes wegen richtiger, und so sagte ich kein Wort. Noch zwei Monate, und wir durften es aller Welt bekanntgeben. Bis dahin wollte ich mich gedulden. Ich liebte sie jeden Tag mehr, und sie war gütiger und zärtlicher als je in den vergangenen Wintermonaten.

Als ich zum erstenmal wieder hinunter kam, war ich ganz verblüfft. Was war da während meiner Krankheit geleistet worden! Der terrassierte Weg war jetzt fertig, und die Aushebungsarbeiten daneben waren auch sehr weit gediehen. Das Becken des künftigen Weihers war tief, und nun sollte der Boden mit Steinen gepflastert werden. Derzeit gähnte die Höhlung dunkel und verhängnisvoll wie ein Abgrund, aber die Arbeiter, die unten beschäftigt waren, grinsten zu mir herauf.

Tamlyn hatte mich stolz zu den Pflanzungen geführt – Rachel war gerade zu seiner Frau gegangen –, und obgleich die Zeit der Kamelien vorüber war, standen doch die Rhododendren noch in Blüte, auch die orangefarbenen Berberitzen, und darunter hingen die weichen gelben Blüten der Goldregenbäume und verstreuten ihre Blättchen ringsum.

«Nächstes Jahr werden wir sie versetzen müssen», sagte Tamlyn. «So wie sie wachsen, neigen sich die Zweige viel zu weit auf das Feld hinüber, und die Samen werden das Vieh vergiften.» Er griff nach einem Ast. Dort, wo die Blüten abgefallen waren, formten sich schon Schoten mit kleinen Samenkörnern. «Drüben, hinter St. Austell, hat ein Mann davon gegessen und ist gestorben», sagte Tamlyn und warf die Schote weg.

Ich hatte vergessen, wie kurz ihre Blütezeit war; und plötzlich erinnerte ich mich an den Baum in dem kleinen Hof der italienischen Villa und an die Frau, die ihren Besen genommen und die Schoten fortgefegt hatte.

«In Florenz habe ich solch einen Baum gesehen», sagte ich. «Im Garten von Mrs. Ashleys Villa; es war ein sehr schöner Baum.»

«Ja, Sir? Na gewiß, in dem Klima dort kann man alles pflanzen. Es muß ein wunderschöner Besitz sein. Ich verstehe, daß die Herrin gern zurückkehren möchte.»

«Ich glaube nicht, daß sie vorhat, nach Italien zurückzukehren.»

«Hoffentlich nicht», meinte Tamlyn, «aber wir haben's anders gehört. Daß sie damit nur wartet, bis Sie wieder ganz bei Kräften sind.»

Unglaublich, was aus allerlei Fetzen von Klatsch für Geschichten zusammengedichtet wurden! Die Anzeige unserer Eheschließung würde wohl das einzige Mittel sein, all dem ein Ende zu machen. Und doch brachte ich es nicht über mich, ihr gegenüber davon anzufangen. Dunkel glaubte ich zu wissen, daß einmal darüber gesprochen worden war und daß es sie erzürnt hatte; das war vor meiner Krankheit gewesen.

An jenem Abend, als wir im Boudoir saßen und ich meinen Kräutertee trank, wie ich das jetzt immer vor dem Schlafengehen tat, begann ich: «Es gibt schon wieder frischen Klatsch draußen in der Gegend.»

«Was jetzt?» fragte sie und hob den Kopf.

«Na ja, daß du nach Florenz zurückkehren willst.»

Sie antwortete nicht sofort, sondern senkte den Kopf über ihre Stickerei.

«Darüber können wir später einmal sprechen», sagte sie. «Zunächst mußt du wieder gesund und kräftig werden.»

199

Ich sah sie verwirrt an. So waren also Tamlyns Worte kein leeres Gerede gewesen. Der Gedanke, nach Florenz zurückzukehren, war da, nistete irgendwo in ihrem Geist.

«Hast du die Villa noch nicht verkauft?»

«Nein. Und ich denke auch nicht mehr daran. Ich werde sie auch nicht vermieten. Jetzt ist ja alles anders geworden, und ich kann es mir leisten, sie zu behalten.»

Ich schwieg. Ich wollte sie nicht kränken, aber die Vorstellung, zwei Heime zu haben, lockte mich nicht allzusehr. Im Gegenteil, mir war das bloße Bild der Villa, das ich immer noch vor mir sah, verhaßt, und so mußte es doch auch ihr gehen.

«Denkst du daran, den Winter dort zu verbringen?» fragte ich.

«Möglich. Oder den Spätsommer; aber es ist ganz überflüssig, jetzt davon zu sprechen.»

«Ich bin lange genug müßiggegangen», sagte ich. «Es wäre nicht recht, das Gut zu verlassen, ohne Vorsorge für den Winter getroffen zu haben; ich könnte mir kaum erlauben, so lange abwesend zu sein.»

«Wahrscheinlich nicht; und ich würde das Gut auch nicht verlassen, wenn ich es nicht bei dir gut aufgehoben wüßte. Aber du könntest mich ja im Frühjahr besuchen, und ich würde dir Florenz zeigen.»

Die Krankheit hatte meine Geistesschnelle offenbar ungünstig beeinflußt. Ich begriff nur schwer. Und dem, was sie da sagte, konnte ich mit dem besten Willen keinen Sinn entnehmen.

«Dich besuchen? Sind das deine Pläne für die Zukunft? Daß wir lange Monate voneinander getrennt leben sollen?»

Sie legte ihre Arbeit nieder und sah mich an. In ihren Augen war eine gewisse Besorgnis, ihre Züge waren beschattet.

«Philip, mein Lieber», sagte sie. «Ich möchte jetzt nicht von der Zukunft sprechen. Du hast dich kaum von einer sehr gefährlichen Krankheit erholt, und es hat keinen Zweck, Pläne für später zu machen. Ich verspreche dir, daß ich dich nicht verlassen werde, bevor du vollkommen gesund bist.»

«Ja, aber warum mußt du denn fort? Jetzt gehörst du hierher. Hier ist dein Heim!»

«Ich habe meine Villa und viele Freunde dort unten; und das Leben in Florenz — gewiß, es ist anders als hier, aber ich bin daran gewöhnt. Jetzt war ich acht Monate in England und habe das Bedürfnis nach Abwechslung. Du mußt versuchen, mich zu begreifen.»

«Vermutlich bin ich sehr selbstsüchtig», sagte ich langsam. «Daran hatte ich nicht gedacht.» So mußte ich mich also mit der Tatsache abfinden, daß sie ihre Zeit zwischen England und Italien teilen wollte; in diesem Fall mußte ich mich nach ihr richten und mich nach einem Verwalter umsehen, der während meiner Abwesenheit für das Gut sorgen würde. Denn die Idee einer Trennung war natürlich unsinnig.

«Mein Pate kennt vielleicht jemanden», sagte ich und sprach damit das Ergebnis meiner Gedanken laut aus.

«Jemanden? Wozu?»

«Einen Mann, der das Gut verwaltet, während wir nicht hier sind.»

«Das dürfte doch kaum nötig sein. Du würdest ja nicht länger als einige

Wochen in Florenz bleiben. Obwohl es dir vielleicht so gut dort unten gefällt,
daß du Lust bekommst, deinen Aufenthalt zu verlängern. Im Frühling ist
Florenz zauberhaft.»

«Zum Teufel mit dem Frühling!» sagte ich. «An dem Tag, da du hinunter-
zufahren beschließt, fahre ich mit dir.»

Abermals wurde ihr Gesicht leicht beschattet, erwachte die Sorge in ihrem
Blick.

«Lassen wir das jetzt! Sieh nur, es ist schon später als neun! So lange bist
du noch nie aufgeblieben. Soll ich läuten, damit John dir helfen kommt? Oder
kannst du allein in dein Zimmer gehen?»

«Läute nicht.» Langsam stand ich von meinem Stuhl auf, denn meine
Glieder waren noch furchtbar schwach, und dann kniete ich neben ihr und
legte die Arme um sie.

«Es fällt mir so schrecklich schwer», sagte ich. «Die Einsamkeit meines
Zimmers, und du bist mir doch so nahe! Könnten wir es ihnen nicht bald
sagen?»

«Sagen? Was denn?»

«Daß wir verheiratet sind!»

Sie saß ganz still und rührte sich nicht in meinen Armen. Es war, als wäre
sie vollkommen erstarrt, als wäre alles Leben aus ihr gewichen.

«O Gott ...» flüsterte sie. Dann legte sie mir die Hände auf die Schultern
und sah mich an. «Was meinst du denn damit, Philip?» fragte sie.

Irgendwo in meinem Kopf begann ein Puls zu pochen, gewissermaßen ein
Echo der Schmerzen, die mich in diesen Wochen gepeinigt hatten. Er schlug
tiefer und immer tiefer, und mit ihm wuchs ein Gefühl der Angst in mir.

«Den Dienstleuten sagen! Dann wird es endlich selbstverständlich sein,
daß ich bei dir bleibe, weil wir ja verheiratet sind ...» Aber meine Stimme
verhallte, als ich den abwehrenden Ausdruck in Rachels Augen sah.

«Wir sind ja nicht verheiratet, Philip, mein Lieber», sagte sie. Irgend etwas
schien in meinem Kopf zu bersten.

«Wir sind verheiratet», sagte ich. «Natürlich sind wir verheiratet. An meinem Geburtstag haben wir geheiratet. Hast du das denn vergessen?»

Wann aber war es geschehen? Wo war die Kirche? Wo der Geistliche? All
die heftigen Qualen kehrten zurück, und der Raum um mich begann zu
schwanken.

Und dann kam ich jäh zur Erkenntnis, daß alles nur Phantasiegebilde gewesen waren, all die Seligkeit, die ich in den letzten Wochen zu kosten geglaubt
hatte: reiner Wahn. Der Traum war zerbrochen.

Ich verbarg mein Gesicht in ihrem Schoß und schluchzte; nie, nicht einmal in meiner Kinderzeit, waren die Tränen so aus mir hervorgeströmt. Sie
drückte mich an sich, ihre Hand streichelte mein Haar, und sie sagte kein
Wort.

Bald hatte ich meine Selbstbeherrschung wiedergewonnen und lag erschöpft
in einem Stuhl. Sie brachte mir etwas zu trinken, dann setzte sie sich auf den
Stuhl neben mich. Die Schatten des Sommerabends umspielten den Raum.
Die Fledermäuse schlüpften aus ihren Löchern und kreisten vor dem Fenster.

«Es wäre besser gewesen», sagte ich, «wenn du mich hättest sterben
lassen!»

201

Sie seufzte und legte die Hand an meine Wange. «Wenn du das sagst, vernichtest du auch mich! Jetzt bist du unglücklich, weil du noch schwach bist. Aber bald, wenn du deine Kräfte wiedergefunden hast, wird dir all das nicht mehr so wichtig erscheinen ... Du wirst wieder an deine Arbeit gehen; auf dem Gut gibt es eine Menge zu tun. Durch deine Krankheit ist vieles liegengeblieben. Dann kommt der Hochsommer, du kannst wieder schwimmen, segeln ...»

Ich hörte ihr an, daß sie redete, um sich selbst zu überzeugen, nicht mich.

«Und was noch?» fragte ich.

«Du weißt sehr gut, daß du hier glücklich bist», sagte sie. «Das ist dein Leben und wird es bleiben. Du hast mir den Besitz geschenkt, aber ich werde ihn immer als dein Eigentum ansehen. Es wird zwischen uns eine Art Gütergemeinschaft bestehen.»

«Du meinst also, daß wir einander schreiben werden, das ganze Jahr lang, Monat um Monat von England nach Italien und von Italien nach England. Ich werde dir schreiben: ‹Liebe Rachel, die Kamelien stehen in Blüte.› Und du wirst mir antworten: ‹Lieber Philip, das höre ich gern. Auch mein Rosengarten gedeiht gut.› Soll das unsere Zukunft sein?»

Ich sah mich schon morgens nach dem Frühstück auf dem Kiesplatz ungeduldig den Burschen erwarten, der den Postsack brachte; und ich würde doch sehr wohl wissen, daß kein Brief darin war, höchstens eine Rechnung.

«Wahrscheinlich werde ich jeden Sommer wiederkommen», sagte sie, «um nachzusehen, ob alles in Ordnung ist.»

«Wie die Schwalben, die nur zum Sommer heimkommen. Und dann in der ersten Septemberwoche die Flügel ausbreiten und davonfliegen.»

«Ich habe dir ja schon vorgeschlagen, daß du mich im Frühling besuchen sollst. In Italien gibt es vieles, was dir gefallen würde. Du bist, bis auf das eine Mal, noch nicht auf Reisen gewesen. Du kennst sehr wenig von der Welt.»

Sie hätte eine Lehrerin sein können, die ein widerspenstiges Kind besänftigt. Vielleicht war ich auch in ihren Augen nichts anderes.

«Was ich gesehen habe», erwiderte ich, «macht mir alles Übrige verhaßt. Was sollte ich dort tun? Mit einem Führer in der Hand in Kirchen und Museen gehen? Mit Fremden reden, um meinen Horizont zu erweitern? Lieber möchte ich daheim sitzen und den Regen fallen sehen!»

Meine Stimme klang hart und bitter, aber daran war nichts zu ändern. Rachel seufzte wieder, und es war, als suche sie nach Argumenten, um mich davon zu überzeugen, daß alles in schönster Ordnung sei.

«Ich kann dir nur wiederholen, daß du die Zukunft mit ganz anderen Augen ansehen wirst, wenn du dich erst einmal völlig erholt hast. Im Grunde hat sich ja gar nichts so sehr verändert. Und was das Geld betrifft ...» sie hielt inne und sah mich an.

«Welches Geld?»

«Das Geld für die Bewirtschaftung des Gutes. All das wird geregelt werden; du sollst genügend Geld haben, um den Besitz ohne Schaden verwalten zu können, und ich werde mir das Geld, das ich brauche, nach Italien schicken lassen. Das alles wird jetzt festgelegt.»

Meinetwegen konnte sie jeden Pfennig mitnehmen! Was hatte das mit meinen Gefühlen für sie zu tun? Aber sie redete weiter.

«Du mußt auch weiter jede Verbesserung ausführen lassen, die du für nötig hältst», sagte sie schnell. «Ich werde gewiß nicht daran nörgeln. Du brauchst mir nicht einmal die Rechnungen zu schicken. Ich weiß, daß ich mich auf dein Urteil verlassen kann. Und außerdem wird dein Pate dir immer mit seinem Rat zur Seite stehen. Bald wird alles so sein wie vor meiner Ankunft.»

Jetzt lag der Raum im Zwielicht. So dicht waren die Schatten, daß ich Rachels Gesicht nicht mehr sehen konnte.

«Glaubst du das wirklich?» fragte ich.

Darauf antwortete sie nicht gleich. Sie suchte nach irgendeinem Daseinszweck, den sie mir geben, den sie auf die anderen häufen konnte, die sie bereits angeführt hatte. Es gab keinen, und das wußte sie wohl. Sie wandte sich zu mir und reichte mir die Hand. «Ich muß es glauben», sagte sie, «sonst wäre es um meine Seelenruhe geschehen.»

In all den Monaten, die ich sie kannte, hatte sie mir viele Fragen beantwortet, die ich ihr stellte – ernsthaft oder anders. Manchmal hatte sie gelacht, manchmal war sie mir ausgewichen, aber jeder Antwort hatte sie auf weibliche Art eine gewisse zierliche Wendung zu geben gewußt. Diesmal endlich kam ihre Antwort unumwunden, aus ihrem Herzen. Sie mußte mich glücklich glauben, ihrer Seelenruhe wegen. Ich hatte das Land der Phantasie verlassen, damit sie es betreten konnte. Zwei Menschen konnten sich also nicht in einen Traum teilen. Nur in der Dunkelheit, in der Selbsttäuschung. Und dann wurde jede Gestalt zu einem Phantom.

«Fahr zurück, wenn du willst», sagte ich, «aber noch nicht gleich. Schenk mir noch einige Wochen, die ich in der Erinnerung behalten kann. Ich bin kein Reisender, meine Welt bist du!»

Ich versuchte der Zukunft zu entrinnen. Doch als ich Rachel umschlungen hielt, war es nicht mehr dasselbe. Der Glaube war verschwunden und mit ihm jene erste Verzückung.

XXV

Wir sprachen nicht wieder von ihrer Abreise. Es war ein Alpdruck, den wir beide so tief wie möglich in unser Innerstes verdrängten. Um ihretwillen bemühte ich mich, leichtherzig und sorglos zu wirken. Und sie tat um meinetwillen dasselbe. Uns umgab sommerliches Wetter, und bald war ich wieder bei Kräften; so wenigstens schien es. Aber manchmal kehrte der Schmerz in meinem Kopf zurück, nicht mit voller Kraft, aber stechend, ohne Warnung und ohne jeden ersichtlichen Grund.

Ich sagte ihr nichts davon – wozu auch? Es rührte nicht von physischer Anstrengung her, auch nicht vom Aufenthalt im Freien, sondern stellte sich nur ein, wenn ich nachzudenken versuchte. Einfache Fragen, die mir von Pächtern vorgelegt wurden, konnten bereits diese Wirkung haben. Dann war es, als legte ein Nebel sich über mich, und ich war außerstande, eine Entscheidung zu fällen.

Häufiger noch war Rachel die Veranlassung. Ich beobachtete sie, wenn wir etwa nach dem Abendessen vor dem Salonfenster saßen, denn das Juniwetter ermöglichte es uns, abends bis nach neun im Freien zu bleiben;

und plötzlich fragte ich mich, was in ihr vorging, wenn sie hier bei ihrer Tasse Kräutertee saß und zusah, wie sich die Dämmerung auf die Bäume senkte, die den Rasen säumten. Erwog sie tief in ihrem Herzen, wie lange sie diese Einsamkeit noch erdulden müßte? Dachte sie insgeheim: ‹Kann ich nächste Woche endlich fort?›

Jene Villa Sangalletti in Florenz hatte jetzt für mich eine andere Wesenheit, eine andere Atmosphäre. Ich sah sie jetzt nicht mehr dunkel und düster, wie ich sie damals gesehen hatte, sondern alle Fenster waren weit geöffnet, und das Licht strömte herein. Jene Unbekannten, die sie ihre Freunde nannte, wanderten von Raum zu Raum; es herrschte Fröhlichkeit und Lachen und eine lebhafte, geräuschvolle Unterhaltung. Ein Strahlen schien von dem Haus auszugehen, und alle Springbrunnen sprudelten. Sie würde lachend und anmutig ihre Gäste begrüßen, sie, die Herrin in ihrem Reich. Und das war das Leben, das sie kannte, das sie liebte, das sie begriff. Die Monate hier waren nichts als ein Zwischenspiel gewesen. Dankbar würde sie dorthin zurückkehren, wohin sie gehörte. Ich konnte mir ihre Ankunft vorstellen, wenn Giuseppe und seine Frau das große Gittertor öffneten, um ihren Wagen einzulassen, und wie sie eifrig, glücklich durch die Räume ging, die sie so gut kannte und so lange nicht gesehen hatte, wie sie ihren Dienstleuten Fragen stellte, die Antworten anhörte, die vielen Briefe öffnete, die auf sie warteten, wie sie heiter und zufrieden all die Fäden eines Daseins wieder aufnahm und hielt, die ich nie kennen, nie mit ihr teilen sollte. So viele Tage und Nächte, die nicht mehr mir gehören sollten.

Sie fühlte meine Blicke auf sich und fragte: «Was hast du denn, Philip?»

«Nichts», erwiderte ich.

Und ein Schatten glitt über ihr Gesicht, ein Zweifel, ein Unbehagen; ich hatte den Eindruck, daß sie mich als Last empfand. Sie wäre froh, mich los zu sein. Ich versuchte, meine Energie, wie in früherer Zeit, auf die Bewirtschaftung des Gutes zu lenken, auf die Erledigung der Alltagsgeschäfte; aber das alles bedeutete für mich nicht, was es früher bedeutet hatte. Und wenn die Äcker der Barton-Farm verdorrten, weil es an Regen mangelte? Mir ging es nicht nah. Und wenn unser Vieh bei den Ausstellungen Preise errang — war das ein Ruhm? Noch voriges Jahr hatte ich es so empfunden. Jetzt aber war es ein leerer Triumph.

Ich merkte, wie ich in den Augen aller, die mich als ihren Herrn betrachteten, an Ansehen verlor. «Sie sind noch sehr schwach nach Ihrer Krankheit, Mr. Ashley», sagte Billy Rowe, der Farmer von Barton; und es war eine Welt von Enttäuschung in seiner Stimme, weil ich keine rechte Begeisterung für seine Leistungen gezeigt hatte. Ebenso ging es mir mit den andern. Sogar Seecombe las mir die Leviten.

«Sie erholen sich nicht, wie Sie sollten, Mr. Philip», sagte er. «Gestern abend im Verwalterzimmer haben wir davon gesprochen. ‹Was ist nur aus dem Herrn geworden?› hat Tamlyn mich gefragt. ‹Er ist verhext wie ein Geist zu Allerheiligen, und nichts interessiert ihn mehr.› Ich würde Ihnen ein Glas Marsala zum Frühstück empfehlen. Nichts belebt das Blut besser als ein Glas Marsala!»

«Sagen Sie Tamlyn, daß er sich um seine eigenen Angelegenheiten kümmern soll! Mir fehlt gar nichts.»

Die Sitte des Sonntagsessens mit Pascoes und Kendalls war noch nicht erneuert worden, und das war ein Segen. Die arme Mary Pascoe mochte damals, als ich krank wurde, ins Pfarrhaus geflohen sein und erzählt haben, ich sei verrückt geworden. Ich sah, wie sie mich von der Seite musterte, als ich nach meiner Genesung zum erstenmal wieder in die Kirche kam; und die ganze Familie beobachtete mich mitleidig und erkundigte sich mit leiser Stimme und abgewendeten Blicken nach meinem Befinden.

Mein Pate kam mich besuchen, und auch Louise kam. Auch sie fanden den alten Ton nicht wieder, sondern begegneten mir mit einer Mischung von Fröhlichkeit und Mitleid, die einem genesenden Kind gegenüber angebracht gewesen wäre. Ich spürte, daß man sie gewarnt hatte − nur ja kein Thema berühren, das mich aufregen könnte! Wie Fremde saßen wir vier im Salon. Mein Pate fühlte sich nicht sehr behaglich, das merkte ich, und wäre lieber überhaupt nicht gekommen; aber er hatte es doch für seine Pflicht gehalten, nach mir zu sehen; während Louise mit dem eigentümlichen Instinkt der Frauen zu wissen schien, was sich hier ereignet hatte, und vor dem bloßen Gedanken erschauerte. Rachel war wie gewöhnlich Herrin der Situation; sie lenkte die Unterhaltung, wohin sie wollte. Von der Landesausstellung zur Verlobung der zweiten Tochter des Pfarrers, von der Wärme des Wetters zu der Aussicht auf einen Regierungswechsel − all das waren ungefährliche Dinge. Was aber, wenn wir ausgesprochen hätten, was wir wirklich dachten?

‹Verlassen Sie England, bevor Sie sich und den Jungen zugrunde richten›, hätte mein Pate gesagt.

‹Du liebst sie mehr als je; das kann ich dir an den Augen ansehen!› Das war Louise.

‹Ich muß sie um jeden Preis davon abhalten, Philip aufzuregen›, hätte Rachel erklärt.

Und ich selber: ‹Geht und laßt mich mit ihr allein!›

Statt dessen war es eine höfliche, durch und durch verlogene Unterhaltung. Jeder atmete auf, als der Besuch ein Ende gefunden hatte, und als ich sie durch das Parktor fahren sah, auch sie glücklich, daß sie sich entfernen durften, da wünschte ich, ich könnte eine Mauer um das Gut errichten, wie in den Märchen unserer Kinderzeit, um alle Gäste und alles Unheil fernzuhalten.

Obgleich Rachel nichts sagte, hatte ich doch den Eindruck, daß sie die ersten vorbereitenden Schritte für ihre Abreise unternahm. So fand ich sie etwa eines Abends, wie sie ihre Bücher ordnete, ganz nach Art der Leute, die wählen, welche Bücher sie mitnehmen und welche sie zurücklassen wollen. Ein andermal saß sie vor ihrem Schreibtisch, sah ihre Papiere durch, füllte den Papierkorb mit zerrissenen Briefen und band die übrigen mit einer Schnur zu einem Bündel. All das hörte auf, sobald ich in ihr Boudoir trat; sie ging sogleich zu ihrem Stuhl, nahm ihre Stickerei auf oder setzte sich ans Fenster. Aber ich ließ mich nicht täuschen. Wozu dieser plötzliche Drang, ihre Angelegenheiten zu regeln, wenn sie nicht beabsichtigte, das Boudoir endgültig zu verlassen?

Ich hatte den Eindruck, der Raum sei leerer als früher. Kleinigkeiten fehlten. Ein Nähkorb, der im Frühjahr und Winter in einer Ecke gestanden, ein Schal, der immer über der Armlehne eines Stuhl gelegen hatte, eine

Bleistiftzeichnung des Hauses, die ein Gast ihr einst geschenkt und die einen Platz über dem Kamin gefunden hatte – all das war nicht mehr da. Ich fühlte mich in meine Knabenzeit versetzt, als ich zum erstenmal das Haus verlassen und zur Schule mußte. Damals hatte Seecombe das Kinderzimmer aufgeräumt, jene Bücher, die ich mitnehmen sollte, zu einem Bündel zusammengebunden, die andern in Kisten gepackt, um sie unter den Kindern auf dem Gut zu verteilen. Da gab es Mäntel, die ich ausgewachsen hatte oder die verschlissen waren; ich erinnerte mich, wie er darauf bestanden hatte, daß ich sie kleineren, weniger begüterten Kindern schenken sollte, und wie mir das ganz und gar nicht gefallen hatte. Es war, als raubte er mir meine ganze glückliche Vergangenheit.

Und jetzt haftete etwas von dieser Atmosphäre an Rachels Boudoir. Hatte sie den Schal verschenkt, weil sie ihn in einem wärmeren Klima nicht brauchen würde? War der Nähkorb geleert und auf den Boden eines Koffers gelegt worden? Sonst war bis jetzt noch keine Spur von Koffern zu sehen. Das wäre erst die letzte Warnung. Die schweren Schritte in den Bodenkammern, die Diener, die mit den Koffern heruntergestiegen kamen, der Geruch von Staub, Spinnweben und Kampfer. Dann würde ich das Schlimmste wissen und wie die Hunde mit ihrem unheimlichen Gefühl für jeden Wechsel das Ende erwarten.

Auffällig war auch, daß sie manchmal am Morgen ausfuhr, was sie früher nie getan hatte. Dann sagte sie, sie habe Einkäufe zu machen und müsse auch auf die Bank gehen. Das war durchaus möglich. Aber hätte sich das alles nicht mit einer Fahrt erledigen lassen? Drei Morgen in einer Woche und in der Woche darauf noch einmal! Das eine Mal am Morgen, das andere Mal an Nachmittag.

«Du mußt aber verdammt viel in der Stadt zu tun haben», sagte ich.

«Ich hätte das alles schon vorher erledigt», erwiderte sie, «aber während deiner Krankheit bin ich nicht dazu gekommen.»

«Hast du jemanden in der Stadt getroffen?»

«Ach, ich kann mich nicht entsinnen. Doch, richtig, Belinda Pascoe und den Geistlichen, mit dem sie verlobt ist. Sie lassen dich grüßen.»

«Ja, aber du bist den ganzen Nachmittag fort gewesen. Hast du sämtliche Stoffläden aufgekauft?»

«Du bist sehr neugierig», sagte sie. «Kann ich den Wagen nicht anspannen lassen, wann es mir beliebt? Oder hast du Angst, die Pferde könnten müde werden?»

«Fahr doch lieber nach Bodmin oder Truro; dort findest du viel bessere Geschäfte.»

Es war ihr offenbar nicht recht, daß ich sie ausfragte. Ihre Angelegenheiten mußten sehr persönlicher, sehr privater Natur sein, sonst wäre sie kaum so verschwiegen gewesen.

Als sie das nächstemal den Wagen anspannen ließ, konnte der Reitknecht nicht mitkommen. Wellington saß allein auf dem Bock. Jimmy, der Reitknecht, hatte Ohrenschmerzen. Ich war im Büro gewesen, und nachher fand ich ihn im Stall, wo er hockte und ein Tuch an das schmerzende Ohr hielt.

«Laß dir von der Herrin Öl geben», sagte ich. «Das soll das beste Mittel dagegen sein.»

206

«Ja, Sir», erwiderte er verdrossen. «Sie hat es mir versprochen. Ich glaube, daß ich mich gestern an der Schifflände erkältet habe.»

«Was hast du an der Schifflände getan?»

«Wir haben lange auf die Herrin warten müssen, und da meinte Mr. Wellington, es sei am besten, die Pferde in der ‹Rose und Krone› einzustellen, und mir hat er gesagt, ich könne die Schiffe im Hafen anschauen.»

«Hat denn die Herrin den ganzen Nachmittag Besorgungen gemacht?»

«Nein Sir. Sie hat überhaupt keine Besorgungen gemacht. Sie war im Gastzimmer in der ‹Rose und Krone›, wie immer.»

Ungläubig starrte ich ihn an. Rachel im Gastzimmer der ‹Rose und Krone?› Trank sie etwa Tee mit dem Wirt und seiner Frau? Sekundenlang dachte ich daran, ihn noch weiter auszuholen, aber dann besann ich mich. Er würde vielleicht nicht dichthalten und nachher von Wellington gescholten werden. In letzter Zeit wurde anscheinend alles vor mir geheimgehalten. Das ganze Haus war gegen mich verbündet; es war eine Verschwörung des Schweigens. «Na, Jim», sagte ich, «hoffentlich wird's mit dem Ohr bald besser.» Und damit ließ ich ihn allein. Doch ich war einem Geheimnis auf die Spur gekommen. War Rachels Verlangen nach Gesellschaft so groß geworden, daß sie sie in einem Gasthaus suchen mußte? Hatte sie, da sie meine Abneigung gegen Gäste kannte, die Gaststube gemietet und dort eines Morgens oder eine Nachmittags ihre Bekannten empfangen? Als sie heimkam, sagte ich kein Wort darüber, sondern fragte sie nur, ob sie einen angenehmen Nachmittag verbracht habe. Ja, sagte sie.

Am nächsten Tag ließ sie den Wagen nicht anspannen. Beim Mittagessen sagte sie mir, sie habe Briefe zu schreiben, und dann ging sie ins Boudoir hinauf. Ich sagte, ich müsse nach Coombe zum Farmer, und das war auch richtig. Aber ich ging bis in die Stadt. Es war ein Samstag, und das schöne Wetter hatte viele Leute auf die Straßen gelockt; auch aus den Dörfern in der Gegend waren manche gekommen, die mich nicht kannten, und so konnte ich mich unbeachtet unter sie mischen. Ich begegnete keinem Bekannten. Die ‹feinen Leute›, wie Seecombe sie nannte, gingen nie an einem Nachmittag in die Stadt, und schon gar nicht an einem Samstag.

Ich beugte mich über die Hafenmauer und sah ein paar Burschen, die von einem Boot aus angelten. Jetzt ruderten sie auf die Stufen zu und kamen herauf. Einen von ihnen erkannte ich. Es war der Bursche, der hinter dem Schanktisch in der ‹Rose und Krone› aushalf. Er hatte drei oder vier schöne Barsche gefangen.

«Glück gehabt!» sagte ich. «Sind die fürs Abendessen?»

«Aber nicht für mich, Sir», grinste er. «Im Gasthaus wird man sie gut brauchen können, obgleich ich sie nicht abliefern müßte.»

«Wird denn jetzt zum Apfelwein auch Fisch serviert?»

«Nein, der Fisch ist für den Herrn im Gastzimmer. Gestern hat er ein Stück Lachs bekommen.»

Ein Herr im Gastzimmer? Ich zog ein paar Münzen aus der Tasche.

«Hoffentlich bezahlt er die Fische gut», sagte ich. «Was ist das denn für ein Gast?»

Er verzog abermals das Gesicht zu einem Grinsen. «Weiß nicht, wie er heißt, Sir. Soll ein Italiener sein. Irgendwo aus dem Ausland.»

207

Und er lief über die Straße; die Fische baumelten an einer Schnur über seiner Schulter. Ich sah auf die Uhr. Es war nach drei. Zweifellos würde der Herr aus dem Ausland gegen fünf Uhr zu Abend essen. Ich ging durch die Stadt und durch den engen Durchlaß zu dem Bootshaus, wo Ambrose seine Segel aufbewahrt hatte. Das kleine Boot lag fest vertäut; ich zog es heran, sprang hinein, ruderte in den Hafen und blieb ein Stück von der Hafenmauer entfernt liegen.

Verschiedene andere kleine Boote fuhren von und zu den Schiffen, die im Kanal vor Anker lagen; aber die Ruderer beachteten mich nicht und hielten mich wahrscheinlich für einen Angler. Ich warf den Stein, der als Anker diente, ins Wasser und beobachtete den Eingang der ‹Rose und Krone›. Der Eingang zum Schankraum war in der Seitenstraße. Den würde er wohl kaum benützen. Wenn er überhaupt kam, dann benützte er bestimmt den Haupteingang. Eine Stunde verging. Die Kirchenglocke schlug vier. Noch immer wartete ich. Um dreiviertel fünf sah ich die Wirtin aus der Tür des Gastzimmers treten und sich umschauen, als erwarte sie jemanden. Ihr Gast kam anscheinend spät zum Abendessen. Der Fisch war fertig. Ich hörte, wie sie einem Mann, der bei den Booten stand, etwas zurief, aber ich konnte nicht verstehen, was sie sagte. Er rief auch etwas und zeigte auf den Hafen hinaus. Sie nickte und ging ins Haus zurück. Dann, zehn Minuten nach fünf, sah ich, wie ein Boot sich den Stufen der Schiffslände näherte. Von einem kräftigen Burschen gerudert, kam es heran, ein schmuckes, frisch gestrichenes kleines Boot, wie es die Fremden mieten, die den Hafen besichtigen wollen.

Ein Mann mit breitkrempigem Hut saß im Heck des Bootes. Jetzt war es an den Stufen. Der Mann stieg aus, bezahlte nach kurzer Verhandlung und wandte sich dann dem Gasthaus zu. Als er sekundenlang auf den Stufen der ‹Rose und Krone› stand, nahm er den Hut ab und schaute sich mit jenem abschätzenden Blick um, der allein jeden Zweifel behoben hätte. Ich war so nahe, daß ich ihm ein Stück Zwieback an den Kopf hätte werfen können. Und dann ging er ins Haus. Es war Rainaldi.

Ich zog den Stein ins Boot, ruderte zurück und vertäute es. Dann ging ich durch die Stadt und stieg den Pfad zu den Klippen hinauf. Ich glaube, daß ich die vier Meilen bis zu meinem Haus in vierzig Minuten zurücklegte. Rachel war in der Bibliothek und erwartete mich. Das Abendessen war wegen meiner Verspätung verschoben worden. Besorgt trat sie auf mich zu.

«Endlich bist du wieder da», sagte sie. «Ich hatte schon Angst um dich. Wo bist du denn gewesen?»

«Ich habe im Hafen gerudert», sagte ich. «Es ist viel besser auf dem Wasser als drinnen in der ‹Rose und Krone›.»

Die Bestürzung in ihrem Blick war jener endgültige Beweis, dessen ich bedurft hatte.

«Ja, ja, ich kenne dein Geheimnis», fuhr ich fort. «Du brauchst dir keine weiteren Lügen auszudenken!»

Seecombe erschien und fragte, ob er das Essen auftragen dürfe.

«Tragen Sie nur auf», sagte ich. «Ich werde mich heute nicht umziehen.»

Ich sah sie an, sagte aber kein weiteres Wort, und wir gingen ins Eßzimmer. Seecombe witterte, daß irgend etwas nicht stimmte, und war von übertriebener Aufmerksamkeit Er stand hinter mir wie ein Arzt und redete mir bei jedem Gang zu wie einem Kranken.

«Sie haben Ihre Kräfte überschätzt, Sir», sagte er. «Das war gar nicht recht. Jetzt werden Sie sich wieder nicht wohl fühlen.»

Er suchte bei Rachel Unterstützung, aber sie sagte nichts. Sobald das Essen vorüber war, das wir beide kaum angerührt hatten, stand sie auf und ging hinauf. Ich folgte ihr. Sie hätte die Tür des Boudoirs gern vor mir verschlossen, aber ich war zu schnell, trat hinter ihr ein und blieb mit dem Rücken gegen die Tür stehen. Abermals wurde die Angst in ihren Augen deutlich bemerkbar. Sie zog sich vor mir zurück und blieb beim Kamin stehen.

«Seit wann wohnt Rainaldi schon in der ‹Rose und Krone›?»

«Das ist meine Sache.»

«Meine auch. Antworte mir.»

Sie mochte gemerkt haben, daß ich mich diesmal nicht mit Märchen abspeisen lassen würde.

«Gut denn; seit vierzehn Tagen.»

«Warum ist er hier?»

«Weil ich ihn darum gebeten habe. Weil er mein Freund ist. Weil ich seinen Rat brauche. Und weil ich weiß, daß du ihn nicht leiden kannst, habe ich ihn nicht hierher eingeladen.»

«Wozu brauchst du seinen Rat?»

«Das ist nur meine Sache. Nicht deine. Benimm dich nicht wie ein Kind, Philip, und bring doch ein wenig Verständnis auf.»

Ich war froh, als ich sah, wie unbehaglich ihr zumute war. Das bewies, daß sie sich im Unrecht fühlte.

«Du verlangst Verständnis von mir», sagte ich. «Erwartest du etwa, daß ich Verständnis für Falschheit und Betrug haben soll? Du hast mich seit vierzehn Tagen jeden Tag belogen und kannst es nicht leugnen.»

«Wenn ich dich getäuscht habe, so geschah es nicht in böser Absicht. Ich habe es nur um deinetwillen getan. Du haßt Rainaldi. Wenn du gewußt hättest, daß ich mit ihm zusammentreffe, so wäre es schon früher zu dieser Szene gekommen, und du wärst wieder krank geworden. Ach Gott – muß ich denn alles zweimal erleben? Erst mit Ambrose und jetzt mit dir?»

Ihr Gesicht war weiß und die Züge gespannt, aber ob aus Angst oder Zorn, das war schwer zu entscheiden. Ich stand noch immer mit dem Rücken zur Tür und beobachtete sie.

«Ja, ich hasse Rainaldi, wie Ambrose ihn gehaßt hat. Und mit gutem Grund!»

«Aus was für einem Grund, um Himmels willen?»

«Weil er dich liebt. Und das schon seit Jahren.»

«Was für ein Unsinn...!» Sie ging in dem kleinen Zimmer auf und ab, vom Kamin zum Fenster, vom Fenster zum Kamin, die Hände vor sich gefaltet. «Da ist ein Mann, der in jeder Not zu mir gehalten hat. Der mich nie verkannt noch versucht hat, mich anders zu sehen, als ich bin. Er kennt meine Fehler, meine Schwächen und verdammt sie nicht, sondern schätzt mich nach meinem wahren Wert. Ohne seine Hilfe in all den Jahren, seit ich ihn kenne – Jahren, von denen du keine Ahnung hast –, wäre ich buchstäblich verloren gewesen. Rainaldi ist mein Freund. Mein einziger Freund.»

Sie hielt inne und sah mich an. Kein Zweifel, das war die Wahrheit oder wurde ihr zur Wahrheit, weil sie die Dinge in ihrem Geist derart verdrehte. Für mein Urteil über Rainaldi war es belanglos. Er hatte seinen Lohn erhalten: die Jahre, von denen ich, wie sie eben sagte, keine Ahnung hatte. Der Rest würde mit der Zeit folgen. Nächsten Monat vielleicht, nächstes Jahr – aber das Ende gehörte ihm. Er besaß eine unerschöpfliche Quelle der Geduld. Ich aber nicht, und Ambrose auch nicht.

«Schick ihn fort! Dorthin, wohin er gehört!» rief ich.

«Er wird gehen, sobald er dazu bereit ist», erwiderte sie. «Wenn ich ihn aber brauche, wird er bleiben. Wenn du mich wieder bedrohst, dann rufe ich ihn hier ins Haus, damit er mich beschützen kann.»

«Das wirst du nicht wagen!»

«Wagen? Und warum nicht? Das Haus gehört mir!»

So war es denn zum Kampf gekommen. Ihre Worte waren eine Herausforderung, der ich nichts entgegenzusetzen hatte. Ihr Frauenverstand arbeitete anders als mein eigener. Nur physische Kraft konnte eine Frau überwinden. Ich machte einen Schritt auf sie zu, aber schon war sie neben dem Kamin und hielt den Klingelzug in der Hand.

«Bleib, wo du bist!» rief sie. «Sonst läute ich nach Seecombe. Muß ich dich wirklich vor ihm beschämen und ihm sagen, daß du mich schlagen wolltest?»

«Ich wollte dich nicht schlagen.» Ich wandte mich um und öffnete die Tür. «Gut, ruf Seecombe, wenn du Lust hast. Erzähl ihm alles, was sich zwischen uns zugetragen hat. Wenn es zu Gewalttat und Beleidigungen kommen soll, dann wollen wir sie wenigstens in ganzem Maß haben.»

Sie stand an der Klingelschnur, ich an der offenen Tür. Sie ließ die Hand sinken. Ich rührte mich nicht. Dann traten ihr die Tränen in die Augen, sie sah mich an und sagte: «Eine Frau kann nicht zweimal dasselbe leiden. Das alles habe ich doch schon einmal durchgemacht.» Sie hob die Finger an die Kehle. «Sogar die Hände um den Hals. Auch das. Jetzt wirst du begreifen!»

Ich sah über ihren Kopf hinweg das Porträt über dem Kamin, und Ambroses junges Gesicht, das meinen Blick erwiderte, war mein eigenes Gesicht. Sie hatte uns beide besiegt.

«Ja», sagte ich. «Ich begreife. Wenn du Rainaldi sehen willst, so lade ihn hierher ein. Das ist mir lieber, als wenn du dich zu ihm in die ‹Rose und Krone› schleichst.»

Und ich verließ ihr Boudoir und ging in mein Zimmer.

Am nächsten Tag kam er zum Abendessen. Beim Frühstück fand ich eine Botschaft von ihr, in der sie mich bat, ihn einladen zu dürfen; ihre Herausforderung vom Abend war zweifellos vergessen oder fallengelassen worden, um mir meine Selbstachtung wiederzugeben. Ich schrieb ihr, daß ich Wellington beauftragen würde, Rainaldi abzuholen. Um halb fünf kam er.

Zufällig war ich bei seiner Ankunft gerade in der Bibliothek, und Seecombe führte ihn versehentlich zu mir und nicht in den Salon. Ich stand auf und begrüßte ihn. Er schien sich sogleich heimisch zu fühlen und reichte mir die Hand.

210

«Sie haben sich hoffentlich erholt», sagte er. «Ja, Sie sehen besser aus, als ich erwartet hätte. Die Berichte, die ich erhielt, klangen sehr unschön. Rachel hat sich große Sorgen um Sie gemacht.»

«Es geht mir tatsächlich wieder ganz gut», sagte ich.

«Das Glück der Jugend!» seufzte er. «Da sieht man, was es bedeutet, gute Lungen und eine gute Verdauung zu haben; in wenigen Wochen ist jede Spur von Krankheit verschwunden. Jetzt galoppieren Sie bestimmt wieder durchs Land, nicht wahr? Während gesetztere Leute wie Ihre Cousine und ich sorgfältig jede Anstrengung vermeiden. Ich persönlich halte einen kurzen Schlummer nach dem Mittagessen für ein unerläßliches Zugeständnis an die reiferen Jahre.»

Ich bot ihm einen Stuhl an, er setzte sich und schaute sich lächelnd im Zimmer um. «Noch keine Veränderungen?» sagte er. «Wahrscheinlich will Rachel dem Raum seine Atmosphäre bewahren. Und das ist gut so. Das Geld kann für andere Dinge verwendet werden. Sie erzählte mir, wieviel seit meinem letzten Besuch bereits im Garten geschehen ist. Ich kenne Rachel und kann mir das gut vorstellen. Aber erst muß ich es sehen, bevor ich es billige. Ich fühle mich gewissermaßen als ihr Vertrauensmann und muß darauf achten, daß alles im Gleichgewicht bleibt.»

Er zog eine dünne Zigarre aus seinem Etui und zündete sie an. Noch immer lächelte er. «Ich schrieb Ihnen in London einen Brief», sagte er, «nachdem Sie Ihren Besitz auf Rachel übertragen hatten; ich hätte Ihnen den Brief geschickt, aber da hörte ich von Ihrer Erkrankung. Es war übrigens kaum etwas drin, was ich Ihnen nicht jetzt sagen könnte. Ich wollte Ihnen nur um Rachels willen danken und Ihnen versichern, daß ich mir die größte Mühe geben werde, damit Sie selber dabei keinen Schaden erleiden. Ich werde ihre Ausgaben gut überwachen.» Er paffte eine Rauchwolke in die Höhe und betrachtete den Plafond. «Dieser Lüster ist nicht gerade mit besonders gutem Geschmack ausgewählt», sagte er. «Da könnten wir in Italien etwas Schöneres finden. Ich muß daran denken, daß Rachel sich diese Dinge notieren soll. Gute Bilder, gute Möbel, gute Einrichtungsgegenstände – das ist eine vernünftige Anlage. Wenn wir Ihnen den Besitz zurückgeben, wird er doppelt soviel wert sein. Nun, das liegt noch in ferner Zukunft. Und bis dahin werden Sie selber erwachsene Söhne haben, und Rachel und ich werden im Rollstuhl sitzen.» Er lachte. «Und wie geht es denn dem reizenden Fräulein Louise?» fragte er.

«Wahrscheinlich geht es ihr gut», erwiderte ich. Was für glatte Hände er hatte! Sie waren so weiblich, daß sie gar nicht zu ihm passen wollten, und auch der große Ring, den er trug, wirkte fremdartig.

«Wann kehren Sie denn nach Florenz zurück?» fragte ich.

Er strich die Asche, die ihm auf den Rock gefallen war, in die Feuerstelle ab.

«Das hängt von Rachel ab. Zunächst fahre ich nach London, um dort meine Geschäfte zu erledigen, und dann werde ich entweder vorausfahren, damit die Villa und die Dienstleute zu ihrem Empfang bereit sind, oder aber ich werde warten und mit ihr fahren. Sie wissen doch, daß sie abreisen wird?»

«Ja.»

«Es ist mir sehr lieb, daß Sie keinen Druck auf sie ausgeübt haben, um sie

211

zum Bleiben zu veranlassen», sagte er. «Ich begreife wohl, daß Sie während Ihrer Krankheit stark von ihr abhängig waren. Und sie war ängstlich darauf bedacht, Ihre Gefühle zu schonen. Aber ich erklärte ihr, daß Sie doch ein Mann seien und kein Kind. ‹Wenn Ihr Vetter›, sagte ich, ‹nicht auf eigenen Füßen stehen kann, so muß er es lernen.› Habe ich nicht recht?»

«Unbedingt.»

«Frauen, besonders Frauen wie Rachel, handeln immer aus ihren Gefühlen heraus. Wir Männer im allgemeinen, wenn auch nicht immer, auf Grund vernünftiger Erwägung. Aber ich bin froh, daß Sie so vernünftig sind. Vielleicht darf ich Ihnen im Frühjahr, wenn Sie uns in Florenz besuchen, etwas von den Schätzen der Stadt zeigen. Sie werden nicht enttäuscht sein.» Abermals blies er eine Rauchwolke zum Plafond.

«Wenn Sie ‹wir› sagen, gebrauchen Sie das Wort als Pluralis majestatis, als ob die Stadt Ihnen gehöre», sagte ich. «Oder ist es bloß eine Ihnen als Anwalt geläufige Wendung?»

«Verzeihung», erwiderte er, «aber ich bin so daran gewöhnt, auch für Rachel zu handeln, sogar für sie zu denken, daß ich mich nicht völlig von ihr lösen kann, und darum spreche ich immer für sie und für mich.» Er warf mir einen Blick zu. «Ich habe gute Gründe, zu glauben», sagte er, «daß ich dieses ‹wir› eines Tages in noch vertrauterem Zusammenhang gebrauchen werde. Aber das ruht noch im Schoß der Götter! Ach, da kommt sie ja!»

Wir standen auf, als Rachel jetzt ins Zimmer trat; und als sie ihm die Hand zum Kuß reichte, begrüßte sie ihn in italienischer Sprache. Vielleicht kam es daher, daß ich sie bei Tisch ständig beobachtete – seine Blicke, die an ihrem Gesicht hingen, ihr Lächeln, ihre Art, mit ihm zu plaudern –, aber ich spürte, wie ein Unbehagen in mir aufstieg. Das Essen schmeckte nach Staub. Selbst der Kräutertee, den sie für uns drei zubereitete, hatte einen ungewohnt bitteren Geschmack. Ich ließ die beiden im Garten sitzen und ging in mein Zimmer hinauf. Kaum entfernte ich mich, als ich sie schon italienisch weiterreden hörte. Ich setzte mich in den Stuhl an das Fenster, wo ich während der ersten Tage und Wochen meiner Genesung gesessen hatte; damals hatte sie mich kaum einen Augenblick verlassen. Und mir war es, als wäre plötzlich die ganze Welt schlecht und häßlich geworden. Ich brachte es nicht über mich, noch einmal hinunterzugehen und ihnen gute Nacht zu sagen. Ich hörte den Wagen vorfahren; ich hörte den Wagen über den Kies die Auffahrt hinunterrollen. Ich blieb auf meinem Stuhl sitzen. Jetzt klopfte Rachel an meine Tür. Ich antwortete nicht. Sie öffnete, trat ein, ging auf mich zu, legte mir die Hand auf die Schulter.

«Was gibt es denn jetzt schon wieder?» fragte sie. Es war ein Seufzer in ihrer Stimme, als hätte sie die Grenze des Tragbaren erreicht. «Er hätte doch nicht höflicher und liebenswürdiger sein können», sagte sie. «Was war denn heute abend nicht in Ordnung?»

«Nichts.»

«Er sagt nur Gutes von dir, wenn er mit mir spricht. Wenn du ihn hörtest, würdest du merken, daß er die größte Achtung für dich hegt. Heute abend hast du doch bestimmt an keinem seiner Worte Anstoß nehmen können. Wenn du nur weniger schwierig, weniger eifersüchtig sein wolltest...»

Sie zog die Vorhänge vor die Fenster, denn es dämmerte bereits. Selbst in der Geste, mit der sie die Vorhänge berührte, war ihre Ungeduld zu spüren. «Wirst du bis Mitternacht in diesem Stuhl kauern?» fragte sie. «Wenn ja, dann mußt du dich zudecken, sonst erkältest du dich. Ich jedenfalls bin todmüde und gehe zu Bett.»

Sie strich mir über den Kopf und ging. Es war keine Zärtlichkeit in ihrer Bewegung; es war, wie wenn ein Erwachsener ein ungezogenes Kind loswerden will; wie wenn er es satt hat, zu schelten und die ganze Sache von sich fortschiebt. ‹Schon gut... schon gut... lassen wir's dabei bewenden!›

In dieser Nacht hatte ich wieder Fieber. Nicht so heftig wie vorher, aber es war doch etwas Ähnliches. Ob es eine Erkältung war, die ich mir geholt hatte, als ich im Boot gesessen hatte, das weiß ich nicht. Aber am Morgen konnte ich mich nicht auf den Beinen halten, hatte Erbrechen und Schüttelfrost und mußte mich wieder ins Bett legen. Der Doktor kam, und da mir der Kopf weh tat, fragte ich mich schon, ob die ganze abscheuliche Krankheit von neuem beginnen würde. Er erklärte, meine Leber sei nicht in Ordnung, und ließ mir ein Medikament zurück. Aber als Rachel sich nachmittags zu mir setzte, hatte sie anscheinend den gleichen Ausdruck auf den Zügen wie in der Nacht zuvor: einen gewissen Überdruß. Ich konnte mir vorstellen, was sie dachte. ‹Wird das jetzt alles von neuem anfangen? Bin ich wirklich dazu verdammt, für alle Ewigkeit als Pflegerin hier zu bleiben?› Sie war ein wenig schroffer mit mir, als sie mir die Medizin reichte. Und als ich später durstig war und etwas zu trinken wünschte, bat ich sie nicht, mir das Glas zu reichen, weil ich fürchtete, es könnte sie verärgern.

Sie hatte ein Buch in den Händen, las aber nicht darin, und ihre Anwesenheit in dem Stuhl neben mir war wie ein stummer Vorwurf.

«Wenn du anderes zu tun hast, brauchst du nicht bei mir sitzen zu bleiben.»

«Was sollte ich denn anderes zu tun haben?»

«Vielleicht könntest du Rainaldi treffen.»

«Er ist fort.»

Mir wurde leichter ums Herz. Beinahe fühlte ich mich wieder gesund.

«Nach London?»

«Nein», erwiderte sie. «Er hat in Plymouth das Schiff genommen.»

Meine Erleichterung war so groß, daß ich den Kopf abwenden mußte, denn sie hätte es mir angesehen und wäre zornig geworden.

«Ich dachte, er hätte noch Geschäfte in England zu erledigen.»

«Das war auch so; aber wir stellten fest, daß er sie ebensogut brieflich erledigen könne. Daheim erwarten ihn äußerst wichtige Dinge. Er erfuhr, daß um Mitternacht ein Schiff in See sticht, und so hat er es genommen. Bist du jetzt zufrieden?»

Rainaldi hatte das Land verlassen, und damit war ich zufrieden; nicht aber mit dem ‹wir› noch damit, daß sie ‹daheim› sagte. Ich wußte, warum er abgereist war – damit die Dienstleute die Villa instand setzen konnten, bevor die Herrin kam. Das waren die wichtigen Geschäfte, die ihn erwarteten. Der Sand in meiner Uhr verrann.

«Und wann willst du ihm folgen?» fragte ich sie.

«Das hängt von dir ab.»

Vermutlich konnte ich fortfahren, mich krank zu fühlen, wenn ich wollte.

213

Über Schmerzen klagen, meinen Zustand zum Vorwand nehmen. Mit einiger List konnte ich ihre Abfahrt noch um Wochen verzögern. Und dann? Die Koffer waren gepackt, das Boudoir leer, ihr Bett im blauen Schlafzimmer mit dem Überzug bedeckt, der es all die Jahre zuvor gegen Staub geschützt hatte. Und ein großes Schweigen.

«Wenn du nur etwas weniger verbittert und grausam sein wolltest», seufzte sie, «dann könnten diese letzten Tage sehr glücklich verlaufen.» War ich verbittert? War ich grausam? Das hatte ich nicht geglaubt. Mein Eindruck war eher, daß sie sich verhärtet hatte. Da gab es kein Heilmittel. Ich griff nach ihrer Hand, die sie mir überließ; doch als ich ihre Hand küßte, mußte ich an Rainaldi denken.

In der Nacht träumte ich, daß ich zu dem Granitblock hinaufkletterte und den Brief noch einmal las, der dort vergraben lag. Der Traum war so lebhaft, daß er auch beim Erwachen nicht verschwinden wollte, sondern mich den ganzen Morgen lang in Bann hielt. Ich stand auf und fühlte mich wohl genug, um, wie gewöhnlich, um Mittag hinunterzugehen. So sehr ich auch versuchte, ich war nicht imstande, mein Verlangen zu unterdrücken; ich mußte den Brief noch einmal lesen. Ich konnte mich nicht genau entsinnen, was darin über Rainaldi gesagt worden war. Das wollte ich wissen. Nachmittags, als Rachel sich in ihr Zimmer zurückzog, um ein wenig zu ruhen, schlüpfte ich aus dem Haus, eilte durch die Wälder zu der Allee und stieg den Pfad hinauf. In mir war ein tiefer Widerwille gegen das, was ich vorhatte. Ich kam zu dem Granitblock. Ich kniete daneben nieder, grub mit beiden Händen und spürte plötzlich das feuchte Leder meiner Brieftasche. Eine nackte Schnecke hatte dort ihr Winterquartier aufgeschlagen und klebte an dem Leder. Ich schob sie hinunter, öffnete die Brieftasche und nahm den zerknitterten Brief heraus. Das Papier war feucht und schlaff, die Schrift ein wenig verblichen, aber noch immer vollkommen lesbar. Ich überflog den Brief. Den ersten Teil hastig, obgleich es seltsam war, daß seine Krankheit, trotz anderer Ursache, so ähnliche Symptome aufgewiesen hatte wie meine.

‹Im Laufe der Zeit›, schrieb Ambrose, ‹stellte ich fest, daß sie sich immer mehr jenem Mann zuwandte, den ich schon in meinen Briefen erwähnt habe, dem Signor Rainaldi, Freund und, wie ich hörte, Rechtsanwalt der Sangallettis, und sich bei ihm Rat holte statt bei mir. Ich glaube, daß dieser Mann einen höchst verderblichen Einfluß auf sie besitzt. Ich vermute, daß er sie seit Jahren, und zwar schon zu Sangallettis Lebzeiten, geliebt hat, und obwohl ich keine Sekunde zu glauben vermag, daß sie bis vor kurzem je in dieser Form an ihn gedacht hat, kann ich dessen doch jetzt, seit sich ihr Verhalten mir gegenüber geändert hat, nicht mehr gewiß sein. Wenn sein Name genannt wird, ist ein Schatten in ihren Augen, ein Ton in ihrer Stimme, und in mir erwacht der furchtbarste Verdacht.

Von unwürdigen Eltern erzogen, hat sie vor und sogar während ihrer ersten Ehe ein Leben geführt, über das wir beide möglichst wenig gesprochen haben. Aber es wurde mir häufig bewußt, daß ihre Begriffe von Anstand und Schicklichkeit von den unseren sehr verschieden sind. Das Band der Ehe mag ihr weniger heilig sein. Ich vermute, ja, ich habe Beweise dafür, daß er ihr Geld gibt. Geld, Gott verzeihe mir, daß ich das ausspreche, ist derzeit der einzige Weg zu ihrem Herzen . . .›

Da stand er, der Satz, den ich nicht vergessen, der mich verfolgt hatte. Wo das Blatt gefaltet war, wurde die Schrift undeutlich, bis ich wieder auf das Wort ‹Rainaldi› stieß.

‹Ich komme auf die Terrasse›, schrieb Ambrose, ‹und finde dort Rainaldi. Wenn die beiden mich sehen, verstummen sie plötzlich. Und ich kann mich nur fragen, worüber sie gesprochen haben. Einmal, als sie in die Villa gegangen war und Rainaldi und ich allein blieben, stellte er mir brüsk eine Frage wegen meines Testaments; zufällig hatte er es gesehen, als ich Rachel heiratete. Wenn ich jetzt stürbe, sagte er, bliebe meine Frau unversorgt zurück. Das wußte ich und hatte schon selber einen Entwurf aufgesetzt, der diesem Versäumnis abhelfen sollte; ich hätte dieses neue Testament auch vor Zeugen unterschrieben und gültig gemacht, wäre ich nur sicher gewesen, daß ihre Verschwendungssucht vorübergehend war, nicht tief eingewurzelt.

Dieses neue Testament hätte ihr Haus und Gut, doch nur auf Lebenszeit, zugesprochen; nachher sollte alles an dich fallen. Überdies hatte ich in einer Klausel verfügt, daß die Verwaltung des Besitzes auch weiterhin, ohne jede Einschränkung, dir überlassen sein sollte.

Doch es ist noch immer nicht unterzeichnet, und das aus dem Grund, den ich eben genannt habe.

Wohl ist es Rainaldi, der mir die Frage gestellt, der meine Aufmerksamkeit auf diese Unterlassung gelenkt hat. Sie selber sagt kein Wort darüber. Wie aber ist es, wenn sie miteinander reden? Was sagen sie darüber, wenn ich nicht dabei bin?

Der Zwischenfall mit dem Testament hat sich im März ereignet. Zugegeben — ich war unwohl und von Kopfschmerzen fast geblendet, und Rainaldi hat die Frage vielleicht in seiner kalten, berechnenden Art zur Sprache gebracht, weil er glaubte, ich könnte sterben. Vielleicht ist es so. Vielleicht haben sie auch nie darüber gesprochen. Das festzustellen, habe ich keine Möglichkeit. Allzuoft spüre ich jetzt ihre Blicke wachsam und eigenartig auf mich gerichtet. Und wenn ich sie anrühre, so ist es, als hätte sie Angst. Angst! Vor was? Vor wem?

Vor zwei Tagen — und so komme ich zu dem Anlaß für diesen Brief — hatte ich abermals einen Anfall jenes Fiebers, das mich im März gepackt hatte. Diese Anfälle kommen plötzlich. Unbehagen und Schmerzen stellen sich ein, gehen rasch in heftige Erregungszustände über, und dann wird mir derart schwindlig, daß ich mich kaum noch auf den Beinen halten kann. Auch das vergeht, und ein unbezwingliches Schlafbedürfnis überkommt mich, ich sinke auf dem Boden oder auf meinem Bett zusammen, unfähig, auch nur ein Glied zu rühren. Ich kann mich nicht entsinnen, daß es bei meinem Vater ebenso verlaufen wäre. Die Kopfschmerzen, ja, und auch die Gereiztheit, die wechselnden Stimmungen, nicht aber die andern Symptome.

Philip, mein Junge, der einzige Mensch auf Erden, dem ich vertrauen kann: sag mir, was das bedeutet, und wenn du kannst, komm zu mir. Kein Wort zu Nick Kendall. Kein Wort zu irgendeiner lebenden Seele! Vor allem, antworte mir nicht schriftlich, sondern komm!

Ein Gedanke vor allem hält mich im Bann, läßt mir keine Ruhe. Versuchen sie, mich zu vergiften?

Ambrose.›

Diesmal legte ich den Brief nicht in die Brieftasche zurück. Ich zerriß ihn in ganz kleine Fetzen, die ich mit dem Fuß in die Erde trat. Ich verstreute die Fetzen in weitem Umkreis und achtete sorgfältig darauf, daß auch kein einziger sichtbar blieb. Die Brieftasche, die vom Liegen in der feuchten Erde aufgeweicht war, konnte ich mit einem Ruck entzweireißen, und dann warf ich die Stücke über meine Schulter in das dichte Farnkraut. Und nun ging ich heim. Es wirkte gewissermaßen wie ein Postskriptum zu dem Brief, daß Seecombe, gerade als ich ins Haus trat, den Postsack brachte, den der Reitknecht aus der Stadt geholt hatte. Er wartete, während ich den Sack öffnete, und da, zwischen den wenigen Briefschaften, die für mich bestimmt waren, fand sich auch ein Brief für Rachel, der den Poststempel von Plymouth trug. Nur einen Blick brauchte ich auf die dünne, spinnwebgleiche Schrift zu werfen, um zu wissen, daß der Brief von Rainaldi stammte. Wenn Seecombe nicht dabei gewesen wäre, hätte ich den Brief wahrscheinlich behalten. So aber blieb mir nichts übrig, als ihn weiterzuleiten.

Es war reine Ironie, daß nachher, als ich ein wenig später zu ihr hinaufging, natürlich ohne etwas von meinem Spaziergang und dessen Ziel zu erzählen, Rachels Härte mir gegenüber völlig verschwunden war. Die alte Zärtlichkeit war wieder da. Sie streckte mir die Arme entgegen, sie lächelte, sie fragte mich, wie es mir gehe und ob ich mich ausgeruht hätte. Von dem Brief, den sie erhalten hatte, sagte sie nichts. Während des Abendessens fragte ich mich, ob der Inhalt des Briefs sie so glücklich gemacht hatte. Ich malte mir aus, welcher Art er sein mochte, was Rainaldi ihr zu sagen hatte, in welchem Ton er ihr schrieb – kurz, ob es ein Liebesbrief war. Höchstwahrscheinlich schrieb er ihr in italienischer Sprache. Aber da und dort fand sich gewiß ein Wort, das auch ich verstanden hätte. Einige Wendungen hatte sie mich gelehrt. Und jedenfalls würde ich an den ersten Worten erkennen, welche Art von Beziehung die beiden verband.

«Du bist so schweigsam! Fühlst du dich wohl?» fragte sie mich.

«Ja», erwiderte ich. «Ganz wohl.» Und dabei errötete ich, weil ich fürchtete, sie könnte meine Gedanken lesen und erraten, was ich gern getan hätte.

Nach Tisch gingen wir in ihr Boudoir hinauf. Sie bereitete wie gewöhnlich den Kräutertee zu und goß ihn in die beiden Schalen, die auf dem Tisch neben mir standen. Auf dem Schreibtisch, halb bedeckt von ihrem Taschentuch, lag Rainaldis Brief. Wie gebannt mußte ich meine Blicke darauf richten. Hielt ein Italiener, wenn er einer geliebten Frau schrieb, sich an Förmlichkeiten? Oder aber ließ er vor der Abreise von Plymouth, mit der Aussicht auf eine mehrwöchige Trennung, nach einem guten Abendessen, die Zigarre im Mund, den Brandy neben sich, selbstgefällig grinsend seiner Feder freien Lauf und vertraute dem Papier indiskrete Liebesbeteuerungen an?

«Philip», sagte Rachel, «du starrst in die Zimmerecke, als ob du einen Geist sähest. Was hast du denn?»

«Nichts, nichts», sagte ich. Und zum erstenmal log ich, als ich neben ihr kniete und tat, als brenne ich vor Liebe und Verlangen, während ich sie doch nur von weiteren Fragen abhalten und dazu bringen wollte, den Brief auf dem Schreibtisch zu vergessen.

Spät in der Nacht, lange nach Mitternacht, als ich ganz sicher war, daß sie schlief – denn ich stand in ihrem Zimmer, die brennende Kerze in der

Hand, und sah auf sie hinunter –, ging ich ins Boudoir zurück. Das Taschentuch war noch da, der Brief war fort. Ich sah in die Feuerstelle, aber es war keine Asche darin. Ich öffnete die Läden ihres Schreibtischs, und da lagen alle ihre Papiere in guter Ordnung, aber von dem Brief keine Spur. Er war auch nicht in den kleinen Fächern. Nur eine einzige Lade blieb noch übrig, und die war versperrt. Ich schob mein Messer in einen Spalt: etwas Weißes wurde sichtbar. Ich ging ins Schlafzimmer, nahm den Schlüsselbund von ihrem Nachttisch und versuchte es mit dem kleinsten Schlüssel. Er paßte. Die Lade öffnete sich. Ich steckte die Hand hinein und zog einen Umschlag heraus, doch meine Erwartung erfüllte sich nicht, denn er enthielt nicht Rainaldis Brief. Es war einfach ein Umschlag, in dem sich einige Schoten mit Samenkörnern lagen. Die Körner fielen aus den Schoten auf den Boden. Sie waren sehr klein und grün. Ich starrte sie an und erinnerte mich, solche Schoten und Samen schon vorher gesehen zu haben. Es waren die gleichen, die Tamlyn weggeworfen, die ich im Hof der Villa Sangalletti gesehen hatte, bevor sie weggefegt worden waren.

Es waren die Samenkörner des Goldregenbaums, ein gefährliches Gift für Tiere und Menschen.

XXVI

Ich legte den Umschlag wieder in die Lade. Ich drehte den Schlüssel im Schloß. Ich legte den Schlüsselbund auf den Nachttisch. Ich sah Rachel, die schlafend in ihrem Bett lag, nicht mehr an. Ich kehrte in mein Zimmer zurück.

Jetzt war ich ruhiger als seit vielen Wochen. Ich ging an den Waschtisch; neben Krug und Schüssel standen die beiden Flaschen mit der Medizin, die der Arzt mir verschrieben hatte. Ich leerte sie zum Fenster hinaus. Dann ging ich mit der brennenden Kerze hinunter und ins Office. Die Dienstleute hatten sich längst in ihre Zimmer zurückgezogen. Auf dem Tisch neben dem Ausguß stand das Tablett mit den zwei Tassen, aus denen wir unseren Kräutertee getrunken hatten. Ich wußte, daß John abends manchmal träge war und die Tassen bis zum nächsten Morgen ungewaschen stehen ließ, und das hatte er auch heute getan. In beiden Tassen waren noch Kräuterreste. Beim Licht meiner Kerze prüfte ich diese Reste. Ich konnte keinen Unterschied wahrnehmen. Ich steckte den kleinen Finger erst in die eine, dann in die andere Tasse und kostete. Nein, auf diese Art war nichts festzustellen. Die Kräuter in meiner Tasse mochten etwas fester sein als die Kräuter in ihrer Tasse, aber darauf hätte ich nicht schwören können. Ich verließ das Office und ging wieder hinauf.

Ich zog mich aus und legte mich in mein Bett. Als ich nun hier im Dunkeln lag, verspürte ich weder Zorn noch Furcht. Nur Mitgefühl. Ich sah in ihr einen Menschen, der für seine Handlungen nicht verantwortlich ist, über den aber das Böse Macht gewonnen hat. Von dem Mann gezwungen, der solche Macht über sie besaß, und selber durch Herkunft und Umstände ohne jeden Sinn für Moral, war sie imstande, instinktiv und triebhaft auch das Letzte zu tun. Ich sehnte mich danach, sie vor sich selber zu retten, wußte aber nicht wie. Mir war, als stünde Ambrose neben mir, und wieder lebte ich in ihm oder er in mir. Der Brief, den er geschrieben, den ich in Fetzen zerrissen hatte – jetzt war auch das letzte Wort darin zur Wahrheit geworden.

Auf ihre seltsame Art mochte sie uns vielleicht beide geliebt haben, aber wir waren entbehrlich geworden. Nicht blinde Neigung lenkte ihre Handlungen. Vielleicht waren zwei Wesen in ihr, die miteinander im Kampf lagen. Einmal herrschte das eine, und dann das andere. Ich wußte es nicht. Louise würde sagen, daß immer das zweite geherrscht habe. Daß von allem Anfang an jeder Gedanke, jede Geste berechnet gewesen war. Hatte diese Lebensform begonnen, als sie nach dem Tod ihres Vaters mit ihrer Mutter in Florenz gewesen war? Und Sangalletti, der im Duell gefallen, der für Ambrose oder mich nie etwas anderes als ein wesenloser Schatten gewesen war – hatte auch er gelitten? Louise würde das ohne Zweifel bejahen. Louise würde darauf beharren, daß Rachel vor zwei Jahren bei ihrer ersten Begegnung mit Ambrose bereits beschlossen hatte, ihn seines Geldes wegen zu heiraten. Und als er ihr nicht gab, was sie von ihm erwartet hatte, da war sein Tod der Ausweg. So dachte Louise in ihrem vom Vater beeinflußten logischen Geist. Und dabei hatte Louise den Brief nicht gelesen, der jetzt zerrissen in die Erde gestampft war. Was hätte sie dann erst gesagt?

Was eine Frau einmal unentdeckt unternommen hatte, das mochte sie auch ein zweites Mal tun. Und sich auf diese Art einer zweiten Bürde entledigen!

Nun, der Brief war zerrissen; weder Louise noch ein anderer lebender Mensch würde ihn lesen. Für mich bedeutete sein Inhalt heute nur wenig. Ich dachte nicht so sehr daran als an jenen letzten Zettel, den mir Ambrose geschrieben hatte, jene Botschaft, die für Rainaldi wie für Nick Kendall nichts als das Zeichen eines kranken Geistes war: ‹Endlich bin ich mit ihr fertig, mit Rachel, meinem Quälgeist.›

Ich war der einzige, der wußte, wie sehr er die Wahrheit gesprochen hatte!

Wieder war ich dort, wo ich vorher gewesen war. Ich war zu der Brücke über den Arno zurückgekehrt, wo ich einen Eid geschworen hatte. Vielleicht durfte man einen Eid nicht vergebens schwören, vielleicht mußte er gehalten werden, wenn die rechte Zeit gekommen war. Und nun war die rechte Zeit gekommen . . .

Der nächste Tag war ein Sonntag. Wie an allen Sonntagen, seit sie in unser Haus gekommen war, brachte der Wagen uns beide zur Kirche. Der Tag war schön und warm. Wir waren im Hochsommer. Rachel trug jetzt ein neues dunkles Kleid aus dünnem, leichtem Stoff, dazu einen Strohhut, und in der Hand hielt sie einen Sonnenschirm. Sie lächelte Wellington einen guten Morgen zu, ebenso Jim, der ihr beim Einsteigen half. Als ich neben ihr saß und wir durch den Park fuhren, legte sie ihre Hand in meine.

Wie oft hatte ich ihre Hand in Liebe gehalten! Hatte diese kleine Hand in meiner großen gespürt, die Ringe gedreht, die blauen Adern auf dem Handrücken bemerkt, die schmalen, gepflegten Nägel berührt. Jetzt, als diese Hand in meiner Hand lag, betrachtete ich sie zum erstenmal mit ganz anderen Blicken. Ich sah, wie sie gewandt nach den Schoten des Goldregens griff und ihnen die Samenkörner entnahm; dann zerquetschte sie die Körner und zerrieb sie. Einmal hatte ich Rachel gesagt, ihre Hände seien schön, und da hatte

218

sie lachend geantwortet, ich sei der erste, der das sage. «Sie sind vor allem brauchbar», sagte sie. «Ambrose hat immer, wenn ich mich im Garten beschäftigte, behauptet, es seien Arbeiterhände.»

Nun waren wir dort angelangt, wo die Straße steil abfiel, und Jim legte an das eine Hinterrad den Hemmschuh an. Rachel berührte meine Schulter mit der ihren, hielt den Schirm gegen die Sonne und flüsterte: «Ich habe heute nacht so gut geschlafen, daß ich nicht einmal gemerkt habe, wann du gegangen bist.» Und sie sah mich an und lächelte. Obgleich sie mich seit langem so hinterging, fühlte ich mich doch als der größte Lügner. Ich konnte ihr nicht einmal antworten, sondern mußte ihre Hand fester drücken, um meine Lüge zu verbergen.

In der westlichen Bucht glänzte der Sand golden, es war tiefe Ebbe, und das Wasser funkelte in der Sonne. Wir bogen in die Landstraße ein, die zum Dorf und zur Kirche führte. Die Glocken läuteten, und die Leute standen an der Zauntür und warteten, bis wir ausgestiegen waren und vor ihnen in die Kirche gingen. Rachel lächelte und grüßte nach allen Seiten. Wir sahen die Kendalls und die Pascoes und die vielen Pächter, und während die Orgel spielte, gingen wir durch die Kirche.

In kurzem Gebet knieten wir nieder, das Gesicht in den Händen. ‹Und was›, fragte ich mich, denn ich betete nicht, ‹was sagt sie zu ihrem Gott, wenn sie überhaupt einen Gott anerkennt? Dankt sie ihm für den Erfolg, den er ihr bei all ihren Handlungen beschert hat? Oder bittet sie um Barmherzigkeit?›

Sie erhob sich, setzte sich in den gepolsterten Stuhl und öffnete ihr Gebetbuch. Ihre Züge waren gelassen und glücklich. Ich wünschte, ich könnte sie hassen, wie ich sie, die Unbekannte, monatelang gehaßt hatte. Und doch konnte ich nichts für sie empfinden als jenes befremdende, furchtbare Mitgefühl.

Wir standen auf, als jetzt der Geistliche eintrat und der Gottesdienst begann. Ich erinnere mich an den Psalm, den wir an diesem Morgen sangen. ‹Wer Falschheit sinnt, soll nicht wohnen in meinem Hause; wer Lügen spricht, soll nicht verweilen vor meinem Blick.› Ihre Lippen bewegten sich im Rhythmus der Worte, ihre Stimme war weich und leise. Und als der Geistliche auf die Kanzel stieg, um seine Predigt zu halten, da faltete sie die Hände im Schoß, sammelte sich, um ihm zu lauschen, und ihre Augen hoben sich ernst und eindringlich zu ihm, als er nun den Text seiner Predigt nannte: «Schrecklich ist's, in die Hände des lebendigen Gottes zu fallen!»

Nach Schluß des Chorgesangs, als die Gemeinde durch die Kirche zum Ausgang strömte, flüsterte Rachel mir zu: «Ich glaube, wir sollten die Kendalls und Pascoes zum Abendessen einladen. Wir haben das jetzt so lange Zeit unterlassen, und sie werden gekränkt sein.»

Ich überlegte sekundenlang, und dann nickte ich. Es wäre besser so. Ihre Anwesenheit würde dazu beitragen, den Abgrund zwischen mir und Rachel zu überbrücken, und wenn sie sich mit den Gästen unterhielt, würde sie, an meine Schweigsamkeit in Gesellschaft gewöhnt, keine Zeit haben, mir ihre Aufmerksamkeit zuzuwenden. Bei den Pascoes bedurfte es keines langen Zuredens, dagegen machte mein Pate einige Schwierigkeiten. «Ich werde gleich nach Tisch wegfahren müssen, aber der Wagen kann nachher zurückkommen und Louise holen.»

«Mein Mann muß abends noch einmal predigen», sagte Mrs. Pascoe. «Wir können Sie mitnehmen.» Es folgte eine längere Auseinandersetzung über die Frage, wie sich das alles am besten einrichten ließe; da sah ich den Vorarbeiter, der den Bau des terrassierten Wegs und die Erdarbeiten für den künftigen Teich leitete, mit dem Hut in der Hand am Wegrand stehen. Er wollte offenbar mit mir sprechen.

«Was gibt's?» fragte ich.

«Verzeihung, Mr. Ashley, ich habe Sie gestern gesucht, als wir unser Tagewerk beendet hatten, aber ich konnte Sie nicht finden. Ich wollte Ihnen nur sagen, Sie sollten die Brücke nicht betreten, die über das Teichbett führt.»

«Warum denn nicht? Was ist damit nicht in Ordnung?»

«Es ist nur ein lockeres Gerüst, Sir. Montag früh wollen wir daran weiterarbeiten. Der Bodenbelag sieht ganz solid aus, aber er kann noch kein Gewicht tragen. Wer ihn betritt, um auf die andere Seite zu gehen, könnte einbrechen und in die Tiefe stürzen.»

«Danke», erwiderte ich, «ich werde es nicht vergessen.»

Ich wandte mich ab; es war unterdessen ein Einverständnis erzielt worden, und wie an jenem ersten Sonntag, der nun so unendlich lange zurücklag, fuhren Rachel und mein Pate in seinem Wagen und Louise und ich in meinem. Pascoes folgten uns in ihrem Brougham. So hatte es sich nachher noch manches Mal abgespielt, aber als wir den Hügel erreichten und ich ausstieg, um neben dem Wagen herzugehen, dachte ich beständig an jenes erste Mal vor fast zehn Monaten, an jenem Sonntag im September. Louise hatte mich damals geärgert, weil sie so stolz und steif neben mir saß, und darum hatte ich mich auch den ganzen Tag über nicht mehr um sie gekümmert. Aber sie war in ihrer Freundschaft für mich nicht wankend. Als wir oben waren und ich wieder in den Wagen stieg, fragte ich sie: «Hast du gewußt, daß die Samen des Goldregens giftig sind?»

Erstaunt sah sie mich an: «Ja, ich glaube», sagte sie. «Ich weiß, daß das Vieh daran zugrunde geht. Und Kinder sterben auch, wenn sie die Körner essen. Aber warum fragst du? Habt ihr Vieh verloren?»

«Nein, noch nicht. Aber Tamlyn hat unlängst davon gesprochen, daß man die Bäume versetzen müsse, weil die Samen auf den Boden fallen.»

«Das wäre richtig überlegt», meinte sie. «Vater hat einmal vor Jahren ein Pferd verloren, das Eibenbeeren gefressen hatte. Es kommt ganz schnell, und man kann gar nichts dagegen tun.»

Wir kamen jetzt zum Parktor, und ich fragte mich, was sie wohl sagen würde, wenn ich ihr von meiner Entdeckung in der letzten Nacht berichten wollte. Würde sie mich entsetzt anstarren und erklären, ich sei verrückt geworden? Das bezweifelte ich. Wahrscheinlich würde sie mir glauben. Doch hier war nicht der richtige Ort, denn Wellington saß vor uns auf dem Bock und Jim neben ihm.

Ich wandte mich um. Die anderen Wagen waren hinter uns. «Ich möchte mit dir sprechen, Louise», sagte ich. «Wenn dein Vater nach Tisch fort will, erfinde eine Ausrede, damit du noch bleiben kannst.»

Sie sah mich an, eine Frage in den Augen, aber ich fügte kein Wort hinzu.

Wellington fuhr vor dem Haus vor. Ich stieg aus und reichte Louise die

Hand. Wir warteten auf die andern. Ja, es hätte jener Sonntag im September sein können. Rachel lächelte, wie sie damals gelächelt hatte. Sie sah zu meinem Paten auf, und ich glaube, daß sie wieder bei einer politischen Diskussion angelangt waren. An jenem Sonntag war sie mir eine Fremde gewesen, obwohl ich mich zu ihr hingezogen gefühlt hatte. Und jetzt? Jetzt war mir nichts an ihr fremd. Ich kannte ihre besten, ich kannte ihre schlechtesten Seiten. Selbst die Beweggründe für alles, was sie tat, jene Beweggründe, die ihr selber vielleicht verborgen waren, erriet ich. Vor mir hatte sie kein Geheimnis mehr, Rachel, mein Quälgeist . . .

«So ist es wieder wie in alten Zeiten», sagte sie, als wir in der Halle versammelt waren. «Ich freue mich aufrichtig, daß Sie gekommen sind.»

Sie führte die Gäste in den Salon. Im Sommer wirkte das Zimmer am besten. Die Fenster standen weit offen, es war angenehm kühl. In den Vasen standen japanische Hortensien, blau, lang und schlank, und spiegelten sich in den Wandspiegeln wider. Draußen brannte die Sonne auf den Rasen. Eine träge Hummel brummte an einem der Fenster. Die Gäste setzten sich nieder, erschlafft, froh, sich ausruhen zu können. Seecombe servierte Kuchen und Wein.

«Sie sind alle erschöpft, weil die Sonne ein wenig scheint», sagte Rachel. «Für mich bedeutet das gar nichts. In Italien haben wir neun Monate im Jahr so eine Sonne. Ich brauche das. So, ich will Sie bedienen. Philip, bleib sitzen! Du bist immer noch mein Patient!»

Sie goß den Wein in die Gläser und reichte sie uns. Mein Pate und der Geistliche standen zwar protestierend auf, aber sie winkte ihnen ab, und die beiden Herren setzten sich wieder. Als sie schließlich zu mir kam, war ich der einzige, der nicht trinken wollte.

«Nicht durstig?» fragte sie.

Ich schüttelte den Kopf. Ich wollte nichts mehr aus ihren Händen nehmen. Sie stellte das Glas wieder auf das Tablett, und dann nahm sie ihr eigenes Glas und setzte sich zwischen Mrs. Pascoe und Louise auf das Sofa.

«Jetzt dürfte die Hitze in Florenz vermutlich nicht zu ertragen sein», meinte Mr. Pascoe. «Nicht einmal für Sie.»

«Das habe ich nie bemerkt», erwiderte Rachel. «Man schließt sehr früh die Läden, und so bleibt die Villa den ganzen Tag kühl. Wir passen uns dem Klima an. Wer mitten am Tag ins Freie läuft, fordert das Unheil geradezu heraus; und so bleiben wir im Haus und ruhen. Zum Glück hat die Villa Sangalletti einen kleinen Hof gegen Norden, der von der Sonne verschont bleibt. Dort ist ein Springbrunnen, und wenn die Luft schal und verbraucht ist, drehe ich ihn an; das Geräusch des Wassers, das herunterrieselt, ist so beruhigend. Im Frühjahr und im Sommer halte ich mich immer nur dort auf.»

Ja, im Frühjahr konnte sie dort die Knospen des Goldregenbaums beobachten, die schwollen und zu Blüten wurden, und die Blüten mit ihren gesenkten goldenen Köpfchen bildeten einen Baldachin über dem nackten Knaben, der auf dem Becken stand und die Muschel in den Händen hielt. Und die Blüten würden abfallen und verwelken, und wenn es Hochsommer war, wie derzeit hier, dann platzten die Schoten an den Ästen des Baums, und die grünen Samenkörner verstreuten sich über den Boden. All das hatte

221

sie beobachtet, wenn sie in dem kleinen Hof saß und Ambrose neben ihr.
«Ach, wie gern würde ich einmal nach Florenz fahren!» sagte Mary
Pascoe, mit runden Augen von unerhörten Herrlichkeiten träumend.

Rachel wandte sich ihr zu und erwiderte: «Das müssen Sie nächstes Jahr
tun! Sie alle müssen der Reihe nach zu mir nach Florenz kommen!»

Sogleich erhoben sich Ausrufe, Fragen, Bedauern. Mußte sie wirklich
schon fort? Wann würde sie wiederkommen? Was für Pläne hatte sie?
Sie schüttelte den Kopf. «Ich werde reisen, und ich werde wiederkommen.
Ich handle impulsiv und mag mich nicht auf Daten festlegen.» Sie ging
auch nicht auf Einzelheiten ein.

Ich sah, wie mein Pate mir aus dem Augenwinkel einen Blick zuwarf; dann
zog er an seinem Schnurrbart und starrte zu Boden. Ich konnte mir leicht
vorstellen, was er dachte. ‹Wenn sie einmal fort ist, wird er wieder er selber
sein.› Der Nachmittag schleppte sich hin. Um vier setzten wir uns zu
Tisch. Abermals saß ich obenan und Rachel mir gegenüber zwischen meinem
Paten und dem Geistlichen. Abermals wurde geplaudert, gelacht, und es
wurden sogar Verse rezitiert. Ich saß ungefähr ebenso schweigend da wie
damals und beobachtete sie. Diese Beherrschung der Konversation, dieses
Gleiten von einem Thema zum andern, diese geschickte Einbeziehung aller
Anwesenden in die Unterhaltung, das alles hatte ich noch nie bei einer
Frau erlebt. Aber ich kannte jetzt alle ihre Künste. Wie sie auf etwas zu
sprechen kam, hinter der Hand dem Pfarrer ein paar Worte zuflüsterte,
worauf beide zu lachen begannen und mein Pate sich sogleich vorbeugte und
fragte: «Was haben Sie da gesagt, Mrs. Ashley?» Und sie erwiderte unver-
züglich: «Das soll Mr. Pascoe Ihnen verraten.» Der arme Pfarrer aber
wurde dunkelrot und stolz dazu, hielt sich für ungemein wichtig und begann
eine Geschichte, die seine eigene Familie noch nie gehört hatte. Es war ein
kleines Gesellschaftsspiel, das ihr viel Spaß bereitete, und wir alle, mit unserem schwerfälligen Cornwall-Verstand, waren doch so leicht zu behandeln
und an der Nase herumzuführen!

Ob sie es in Italien schwerer hatte? Das glaubte ich nicht. Nur daß ihre
Kreise dort besser auf ihre Art eingespielt waren. Und mit Rainaldis Hilfe,
in der Sprache, die sie ja doch am besten beherrschte, würde sie aus der
Unterhaltung in der Villa Sangalletti ein wahres Feuerwerk machen; daneben mußte meine Tafelrunde sich recht trübe ausnehmen. Manchmal unter-
strich sie mit prägnanten Gesten den Sinn ihrer raschen Rede. Wenn sie mit
Rainaldi italienisch sprach, war mir das noch stärker aufgefallen. Und auch
heute, als sie meinen Paten bei irgendeiner Feststellung unterbrach, tat sie
es, schien mit beiden Händen flink die Luft beiseitezuschieben. Dann wartete sie, die Ellbogen leicht auf den Tisch gestützt, die Hände gefaltet und
still, auf seine Antwort. Ihr Kopf wandte sich ihm zu, während sie ihm
zuhörte, und ich konnte von meinem Platz aus ihr Profil sehen. So
wirkte sie immer wieder wie eine Fremde. Es waren die klaren, scharf
umrissenen Züge eines Kopfs auf einer Münze. Dunkel, distanziert, eine
Frau in einem Haustor, den Schal um den Kopf geschlungen, die Hand
ausgestreckt. Doch wenn sie mich ihr Gesicht voll sehen ließ, wenn sie
lächelte, war sie mir niemals fremd, war sie jene Rachel, die ich kannte, die
ich geliebt hatte.

Mein Pate beendete seine Geschichte. Eine Pause entstand, ein Schweigen. Ich kannte jede ihrer Bewegungen, ich beobachtete ihre Augen; sie sah erst Mrs. Pascoe, dann mich an. «Wollen wir jetzt in den Garten gehen?» fragte sie. Wir alle standen auf, der Geistliche zog seine Uhr und bemerkte: «Es tut mir sehr leid, aber ich werde mich verabschieden müssen.»

«Ich auch», sagte mein Pate. «Mein Bruder in Luxilyan ist krank, und ich habe ihm versprochen, ihn zu besuchen. Aber Louise kann bleiben.»

«Sie werden doch noch Zeit haben, eine Tasse Tee zu trinken!» sagte Rachel, aber es war wohl schon später, als sie geglaubt hatten, und schließlich stieg die Familie Pascoe nach einigem Hin und Her mit Nick Kendall in den Brougham. Nur Louise blieb noch.

«Da wir jetzt nur zu dritt sind», meinte Rachel, «sind Förmlichkeiten nicht mehr nötig. Kommt ins Boudoir hinauf.» Und auf der Treppe sagte sie lächelnd zu Louise: «Louise soll einen Kräutertee trinken. Ich werde ihr zeigen, wie ich ihn zubereite. Wenn Ihr Vater einmal an Schlaflosigkeit leiden sollte, ist das das beste Heilmittel.»

Wir gingen ins Boudoir und setzten uns, ich ans offene Fenster, Louise auf den Stuhl. Rachel beschäftigte sich mit der Vorbereitung für den Tee.

«Ich habe», erklärte Rachel, «meine eigenen getrockneten Kräuter aus Florenz mitgebracht. Wenn der Tee Ihnen schmeckt, werde ich Ihnen bei meiner Abreise etwas davon hier lassen.»

Louise stand auf und trat neben sie. «Ich habe von Mary Pascoe gehört, daß Sie den Namen jeder Pflanze kennen», sagte sie, «und daß Sie den Pächtern hier bei allerlei Krankheiten geholfen haben. In früheren Zeiten wußten die Leute weit mehr von diesen Dingen als jetzt; und noch heute können manche alten Frauen Warzen und Ausschläge besprechen.»

«Ich kann mehr als Warzen besprechen», lachte Rachel. «Gehen Sie nur zu den Pächtern und fragen Sie sie. Die Kräuterkunde ist eine sehr alte Wissenschaft; ich habe sie von meiner Mutter gelernt. Vielen Dank, John!» John hatte den Kessel mit dem kochenden Wasser gebracht. «In Florenz habe ich den Kräutertee in meinem Zimmer gebraut und nachher ziehen lassen. Dann wird er besser. Und dann gingen wir in den Hof, ich drehte den Springbrunnen an, und während wir unseren Tee tranken, rieselte das Wasser in das Becken. Ambrose konnte stundenlang dabeisitzen und zusehen.» Sie goß das Wasser, das John gebracht hatte, in die Teekanne. «Wenn ich das nächste Mal von Florenz nach Cornwall komme, will ich eine kleine Statue mitbringen, ähnlich der Brunnenfigur in dem Hof meiner Villa. Man wird eine Weile suchen müssen, aber ich werde schon das Richtige finden. Und dann können wir sie in die Mitte des Weihers stellen, der jetzt angelegt wird, und machen auch einen Springbrunnen daraus. Was hältst du davon?» Sie wandte sich lächelnd zu mir und rührte mit dem Löffel in ihrer Schale.

«Wenn du willst», sagte ich.

«Philip fehlt es an der rechten Begeisterung», sagte sie zu Louise. «Entweder er ist mit allem einverstanden, was ich sage, oder es ist ihm gleichgültig. Manchmal glaube ich, daß meine ganze Arbeit hier umsonst war, der terrassierte Weg, die Anpflanzung der Sträucher. Ihm wären rauhes Gras und ein verschlammter Pfad ebenso lieb gewesen. Hier, Ihre Tasse!»

223

Sie reichte Louise die Tasse; dann brachte sie auch mir eine. Ich saß auf dem Fenstersims.

«Keinen Tee, Philip?» fragte sie, als ich den Kopf schüttelte. «Er würde dir gut tun! Du könntest danach besser schlafen! Bisher hast du ihn doch immer getrunken! Und das hier ist ein ganz besonderes Gebräu! Ich habe ihn doppelt so stark gemacht.»

«Trink ihn für mich!» sagte ich.

Sie zuckte die Achseln. «Meinen Tee habe ich schon eingegossen. Ich lasse ihn gern eine Weile ziehen. Der hier muß ausgeschüttet werden; schade darum!»

Sie beugte sich vor und goß den Tee zum Fenster hinaus. Dann legte sie mir die Hand auf die Schulter, und ich spürte den Duft, der von ihr ausging und den ich so gut kannte. Kein Parfüm, sondern die Essenz ihrer eigenen Persönlichkeit, der Beschaffenheit ihrer Haut.

«Fühlst du dich nicht wohl?» flüsterte sie so leise, daß Louise es nicht hören konnte.

Wenn alles Wissen, alles Gefühl ungeschehen zu machen wären, so hätte ich in diesem Augenblick darum gefleht; hätte gebeten, daß ihre Hand auf meiner Schulter bleiben sollte. Keinen zerrissenen Brief hätte es geben dürfen, keinen geheimen Umschlag, in einem kleinen Fach versperrt, keine Arglist, keine Doppelzüngigkeit. Jetzt glitt ihre Hand von meiner Schulter zu meinem Kinn und verweilte dort mit kurzer Liebkosung, die unbemerkt blieb, weil Rachel zwischen Louise und mir stand. «Mein schlimmer Junge», sagte sie leise.

Ich schaute über ihren Kopf hinweg und sah Ambroses Porträt oberhalb des Kamins. Seine Augen blickten jugendlich und unschuldig in meine. Ich antwortete nicht, und sie stellte meine leere Tasse auf das Tablett.

«Wie schmeckt er Ihnen?» fragte sie Louise.

«Ich fürchte, bei mir wird es eine Weile dauern, bevor ich mich daran gewöhne», sagte Louise.

«Vielleicht», erwiderte Rachel. «Der leichte Modergeschmack ist nicht jedermanns Sache. Aber das tut nichts. Es ist ein Beruhigungsmittel für unruhige Gemüter. Heute nacht werden wir alle gut schlafen.» Sie lächelte und trank langsam aus ihrer Tasse.

Wir schwatzten noch etwa eine Stunde, oder vielmehr sie schwatzte mit Louise; dann stand sie auf, stellte auch ihre Tasse auf das Tablett und sagte: «Jetzt ist es kühler geworden; wer will mit mir in den Garten gehen?» Ich warf Louise einen Blick zu, den sie erwiderte; sie sagte nichts.

«Schön», meinte Rachel, «dann geh mit ihr in den Salon oder bleib hier, ganz wie ihr wollt. Ich werde meinen Spaziergang allein machen.»

Sie ging, ein Lied summend, in das blaue Schlafzimmer.

«Bleib, wo du bist», sagte ich ganz leise zu Louise.

Dann ging ich hinunter und in mein Büro; dort hatte ich unter meinen Papieren einen alten Plan, den ich hervorsuchte. Als ich wieder über den Hof zu der Seitentür lief, die in der Nähe des Salons in den Garten führte, trat eben Rachel heraus. Sie trug keinen Hut, sondern hielt einen Sonnenschirm offen in der Hand.

«Ich werde nicht lange draußen bleiben», sagte sie. «Ich gehe nur auf die Terrasse – ich möchte sehen, wie sich eine kleine Statue in dem Weiher ausnehmen würde.»

«Sei vorsichtig», sagte ich.

«Vorsichtig? Warum?»

Sie stand neben mir, der Sonnenschirm lag über ihrer Schulter. Sie trug ein dunkles Kleid aus dünnem Musselinstoff mit weißen Spitzen um den Hals. Sie sah ungefähr so aus wie damals, als ich sie vor zehn Monaten zum erstenmal gesehen hatte. Nur daß es jetzt Sommer war. Die Luft war vom Duft des frischgemähten Grases erfüllt. Ein Schmetterling taumelte in seligem Flug vorüber. Die Tauben gurrten von den hohen Bäumen jenseits des Rasens.

«Sei vorsichtig», sagte ich langsam, «wenn du in der Sonne gehst!»

Sie lachte und ging. Ich beobachtete, wie sie den Rasen überquerte und die Stufen zur Terrasse hinaufstieg.

Rasch wandte ich mich zum Haus, eilte die Stufen hinauf und ins Boudoir. Louise erwartete mich.

«Ich brauche deine Hilfe», sagte ich. «Wir haben nicht viel Zeit.»

Sie stand auf. In ihren Augen war eine Frage.

«Du erinnerst dich an unser Gespräch vor einigen Wochen in der Kirche?» fragte ich sie. Sie nickte.

«Also, du hattest damals recht, und ich hatte unrecht», sagte ich. «Aber darauf kommt es jetzt nicht an. Ich habe einen viel schwereren Verdacht. Nur muß ich den endgültigen Beweis haben. Ich glaube, daß sie versucht hat, mich zu vergiften, und daß sie Ambrose tatsächlich vergiftet hat.»

Louise sagte kein Wort. Ihre Augen öffneten sich in blankem Entsetzen.

«Wie ich es entdeckt habe, ist gleichgültig», fuhr ich fort, «aber der Schlüssel zu allem kann in einem Brief dieses Rainaldi zu finden sein. Ich werde jetzt ihren Schreibtisch durchsuchen, bis ich den Brief habe. Du hast ja mit deinem Französisch auch eine Spur Italienisch gelernt. Miteinander werden wir schon eine Übersetzung zustande bringen.»

Ich durchsuchte bereits die Fächer des Schreibtisches, diesmal aber gründlicher, als ich es nachts bei Kerzenlicht hatte tun können.

«Warum hast du meinen Vater nicht verständigt?» fragte Louise. «Wenn sie schuldig ist, dann hätte seine Anklage doch größeres Gewicht als deine!»

«Ich muß den Beweis haben!»

Da gab es Papiere, Umschläge, alles säuberlich geordnet. Da waren Rezepte und Rechnungen, die meinen Paten beunruhigt hätten; mir bedeuteten sie jetzt bei meiner fieberhaften Suche sehr wenig. Abermals kam ich an das kleine Fach, in welchem der Umschlag mit den Samenkörnern gelegen hatte. Diesmal war es nicht versperrt; ich öffnete es, aber es war leer, der Umschlag war nicht mehr da. Das hätte ein Beweis mehr sein können, aber sie hatte ja den für mich bestimmten Tee zum Fenster hinausgeschüttet. Eine Lade nach der andern öffnete ich, und Louise stand mit zusammengezogenen Brauen neben mir.

«Du hättest warten sollen», sagte sie. «Das ist sehr unklug. Du hättest auf meinen Vater warten müssen; er hätte nach Recht und Gesetz vorgehen können. Was du jetzt machst, ist, wenn du dabei ertappt wirst, nichts als gemeiner Diebstahl.»

«Leben und Tod», sagte ich, «fragen nicht nach Recht und Gesetz. Hier, was ist das?» Ich reichte ihr eine lange Liste, auf der verschiedene Namen standen. Manche in englischer, manche in lateinischer, manche in italienischer Sprache.

«Ich bin nicht sicher», meinte sie, «aber es dürfte ein Verzeichnis von Pflanzen und Kräutern sein. Die Schrift ist nicht ganz klar.»

Sie beugte sich darüber, während ich meine Nachforschungen fortsetzte.

«Ja», sagte sie, «das müssen Kräuter und Heilmittel sein. Aber das zweite Blatt ist englisch geschrieben, es sind anscheinend Notizen über die Verbreitung von Pflanzen; eine Art nach der andern ist angeführt, viele Dutzende.»

«Such, ob etwas über den Goldregenbaum dort steht!»

In jähem Verständnis trafen sich unsere Blicke. Dann suchte sie auf dem Blatt, das sie in der Hand hielt.

«Ja, da ist es», sagte sie, «aber man kann nicht viel daraus entnehmen.»

Ich riß ihr das Blatt aus der Hand und las die Stelle, auf die ihr Finger zeigte:

‹Bohnenbaum (Cytisus). Im südlichen Europa anzutreffen. Kahle oder flaumige behaarte Sträucher oder Bäume mit gefingerten Blättern, Blüten in endständigen, meist hängenden Trauben und flachen, ungefächerten, nicht oder spät aufspringenden Hülsen. Laburnum Cytisus, Goldregen, wird wegen der schönen hängenden, goldgelben Blütentrauben als Zierstrauch angepflanzt. Die Samen werden entweder in Beeten oder dort in den Boden gesetzt, wo die Pflanzen nachher bleiben sollen. Im Frühjahr, etwa im März, wenn die Pflanzen genügend Höhe erreicht haben, setzt man sie in Reihen, und so bleiben sie, bis man sie an ihren endgültigen Platz versetzt.› Darunter war noch die Quelle angegeben, der sie diese Information zu verdanken hatte: ‹Der neue botanische Garten, gedruckt für John Stockdale und Co. von T. Bousley, Bolt Court, Fleet Street, 1812.›

«Von Gift ist hier nichts zu finden», sagte Louise.

Ich durchstöberte noch immer den Schreibtisch. Ich fand einen Brief der Bank, ich erkannte Mr. Couchs Schrift. Vollkommen hemmungslos öffnete ich den Brief:

‹Geehrte Mrs. Ashley,
wir danken Ihnen für die Rückgabe des Schmucks der Familie Ashley, den wir Ihren Weisungen gemäß, da Sie binnen kurzem das Land verlassen, in Verwahrung nehmen, bis Ihr Erbe, Mr. Philip Ashley, darüber verfügt.

Ihr sehr ergebener
Herbert Couch.›

In jäher Besorgnis legte ich den Brief zurück. War es Rainaldis Einfluß, war es irgendein plötzlicher Impuls, der sie zu dieser letzten Handlung veranlaßt hatte?

Sonst war nichts von Belang zu finden. Ich hatte jede Lade gründlich durchsucht, die kleinsten Fächer geöffnet. Entweder sie hatte den Brief vernichtet, oder sie trug ihn bei sich. Meine Pläne waren durchkreuzt, mein

Vorhaben gescheitert. Ich wandte mich zu Louise um: «Er ist nicht da.»
«Hast du in der Schreibmappe nachgesehen?» fragte sie.

Die Schreibmappe hatte ich auf den Stuhl gelegt; es war mir nie in den
Sinn gekommen, daß ein so allgemein zugänglicher Gegenstand ein Geheim-
nis enthalten könnte. Jetzt griff ich danach, und tatsächlich, zwischen zwei
unbeschriebenen Blättern fiel der Umschlag aus Plymouth heraus. Der
Brief war noch darin, ich zog ihn aus dem Umschlag und reichte ihn Louise.
«Das ist er, sieh zu, ob du ihn entziffern kannst.»

Sie betrachtete das Blatt, dann gab sie es mir zurück. «Es ist ja gar nicht
italienisch geschrieben», sagte sie. «Lies nur selber!»

Ich las den Brief. Es waren nur wenige kurze Zeilen. Rainaldi hatte die
Förmlichkeiten beiseite gelassen, wie zu vermuten gewesen war, aber ganz
anders, als ich es mir vorgestellt hatte. Oben stand die Stunde vermerkt, zu
der er ihr geschrieben hatte – elf Uhr abends; eine Anrede fehlte. Es begann:
‹Da Sie nun mehr Engländerin als Italienerin sind, schreibe ich Ihnen in
der Sprache Ihrer Wahl. Es ist elf Uhr vorbei, und um Mitternacht lichten
wir die Anker. Ich werde in Florenz alles erledigen, was Sie mir aufgetragen
haben, und vielleicht auch mehr, obgleich ich nicht überzeugt bin, daß Sie
es verdienen. Zumindest wird die Villa Sie erwarten und die Dienstleute
auch, wenn Sie sich schließlich losreißen und nach Florenz kommen
sollten. Aber schieben Sie es nicht mehr zu lange hinaus. Ich hatte nie viel
Zutrauen zu den Impulsen Ihres Herzens und zu Ihren Gefühlsregungen.
Wenn Sie sich am Ende doch nicht entschließen können, den Jungen
zurückzulassen, so bringen Sie ihn eben mit. Aber ich rate Ihnen ab. Geben
Sie acht auf sich und bleiben Sie meiner Freundschaft versichert.

Rainaldi.›

Ich las den Brief einmal, zweimal.

«Ist das der Beweis, den du erwartet hast?» fragte sie.

«Nein.»

Irgend etwas mußte noch fehlen. Irgendeine Nachschrift, auf einem
zweiten Blatt, das sie zwischen zwei andere Blätter der Mappe geschoben
haben mochte. Ich suchte noch einmal, doch es war nichts da. Nur noch ein
zusammengefaltetes Päckchen lag obenauf. Ich riß den Umschlag fort.
Diesmal war es weder ein Brief noch eine Liste von Pflanzen und Kräutern.
Es war eine Zeichnung von Ambrose. Die Initialen in der Ecke waren
undeutlich, aber das Bild mochte von einem italienischen Freund oder Maler
angefertigt worden sein, denn hinter den Initialen war ‹Florenz› geschrieben
und das Datum: der Juni des Jahres, in dem er gestorben war. Als ich es
betrachtete, kam mir zu Bewußtsein, daß es das letzte Bild von ihm sein
mußte. Er war doch sehr gealtert. Um den Mund zogen sich Linien, die
ich nicht gekannt hatte; ebenso um die Augen. Die Augen selbst hatten
einen gehetzten Blick, als ob ein Schatten hinter ihm laure und Ambrose
nicht wagen würde, sich umzuschauen. In dem Gesicht war etwas Verlore-
nes, ein Gefühl der Einsamkeit. Es war, als wüßte er, daß ein Unheil
ihn erwartete. Die Blicke schienen um Zärtlichkeit zu flehen, aber auch um
Barmherzigkeit. Unter die Zeichnung hatte Ambrose selber ein italienisches
Zitat gekritzelt:

‹Für Rachel. *Non rammentare che le ore felici!*

Ambrose.›

Ich reichte Louise die Zeichnung. «Es ist nur noch das hier», sagte ich. «Was bedeutet es?»

Sie las die Worte laut, dann dachte sie sekundenlang nach. «Nur der glücklichen Stunden gedenken», sagte sie langsam. Dann reichte sie mir das Bild und auch Rainaldis Brief. «Hat sie dir das Bild schon einmal gezeigt?»

«Nein.»

Schweigend sahen wir einander an. Dann sagte Louise: «Ist es möglich, daß wir ihr Unrecht getan haben? Auch mit dem Gift? Du siehst doch selbst, daß kein Beweis vorhanden ist.»

«Es wird nie ein Beweis vorhanden sein», sagte ich. «Nicht heute noch jemals.»

Ich legte die Mappe und den Brief auf den Schreibtisch.

«Wenn kein Beweis vorhanden ist», sagte Louise, «dann kannst du sie auch nicht verdammen. Sie ist vielleicht unschuldig. Sie ist vielleicht schuldig. Aber du kannst nichts unternehmen. Wenn sie unschuldig ist und du hättest sie angeklagt, so könntest du es dir nie vergeben. Dann wärst nur du schuldig, nicht sie. Gehen wir hinunter in den Salon. Ich wünschte, wir hätten nie in ihren Sachen gestöbert.»

Ich stand am offenen Fenster des Boudoirs und schaute über den Rasen.

«Kommt sie?» fragte Louise.

«Nein», sagte ich, «sie ist vor fast einer halben Stunde fortgegangen und noch immer nicht zurück.»

Louise trat zu mir. Sie sah mir ins Gesicht. «Warum klingt deine Stimme so seltsam? Warum schaust du wie gebannt auf die Stufen, die zu dem terrassierten Weg führen? Ist irgend etwas nicht in Ordnung?»

Ich schob sie zur Seite und ging auf die Tür zu.

«Weißt du, wo die Glockenschnur auf dem Treppenabsatz unter dem Turm hängt?» fragte ich. «Die Glockenschnur, mit der die Dienstleute zum Mittagessen gerufen werden? Geh hin und zieh sie ganz fest!»

Verstört sah sie mich an. «Wozu?»

«Weil heute Sonntag ist. Alle sind draußen oder schlafen oder treiben sich irgendwo herum; und es kann sein, daß ich Hilfe brauche.»

«Hilfe?» wiederholte sie.

«Ja. Vielleicht ist Rachel ein Unglück zugestoßen.»

Louise starrte mich an. Ihre grauen, klaren Augen suchten in meinem Gesicht.

«Was hast du getan?» sagte sie; und in ihrem Blick war Angst, war Gewißheit. Ich wandte mich ab und verließ das Zimmer.

Ich lief die Treppe hinunter, quer über den Rasen, zu dem terrassierten Weg hinauf. Von Rachel keine Spur.

Bei den Steinen, dem Mörtel, den Bretterhaufen am Rande der Aushebungen für den Teich standen die beiden Hunde. Einer von ihnen, der jüngere, kam auf mich zu. Ich sah Rachels Spuren im Sand und ihren Sonnenschirm, der noch offen auf dem Boden lag. Plötzlich tönte die Glocke vom Uhrturm her. Sie tönte, sie tönte, und da es ein stiller Tag war, mußte ihr Klang über das Feld hinunter zum Meer gedrungen sein, so daß auch die Fischer in der Bucht ihn hörten.

Ich trat an den Rand der Mauer; unter mir war das gepflasterte Bett des Weihers, und ich sah, wo die Männer mit der Arbeit an der Brücke begonnen hatten. Ein Teil der Brücke war noch vorhanden und hing grotesk und greulich wie eine Strickleiter in der Luft. Der andere Teil war in die Tiefe gefallen.

Ich kletterte hinunter, wo Rachel zwischen Brettern und Steinen lag. Ich ergriff ihre Hände und hielt sie. Sie waren kalt.

«Rachel!» sagte ich; und noch einmal: «Rachel!»

Die Hunde oben begannen zu bellen, und immer lauter dröhnte die Glocke. Rachel öffnete die Augen und sah mich an. Zuerst, wie ich glaubte, schmerzlich. Dann bestürzt. Und schließlich, wie ich meinte, erkannte sie mich. Doch selbst in dieser Minute hatte ich mich geirrt. Der Name, den sie flüsterte, war ‹Ambrose›. Ich hielt ihre Hände umklammert, bis sie starb.

In früheren Zeiten pflegte man die Menschen am Kreuzweg zu hängen. Jetzt nicht mehr.